El OLVIDO más dulce

Novela

Biografía

Escritora también de género fantástico, Danielle Lori siente predilección por las novelas románticas. En ellas incorpora héroes moralmente cuestionables, relaciones eléctricas de amor-odio y, a veces, heroínas dulces pero también atrevidas. Un día normal para ella incluye café, historias sobre corpiños y películas para chicas de la década de 1990. Vive en un pequeño pueblo de Iowa con su esposo, su hijo y demasiados perros.

Danielle Lori

El olvido más dulce

Traducción de Auxiliadora Figueroa Polonio

CROSS BOOKS

Título original: *The Sweetest Oblivion*

Adaptación de la cubierta: Booket / Área Editorial Grupo Planeta a partir de la idea original de Sarah Hansen @okaycreationssh
Primera edición en Colección Booket: mayo de 2025
Segunda impresión: septiembre de 2025
Tercera impresión: febrero de 2026

Depósito legal: B. 7.191-2025
ISBN: 978-84-08-30308-4
Impreso en España

Para A. J.,
mi única inspiración en el amor

Lista de reproducción

World Gone Mad, Bastille
Rocket Man, Elton John
Human, Aquilo
Waterfalls, Eurielle
Her Life, Two Feet
Like I'm Gonna Lose You, Jasmine Thompson
Madness, Ruelle
Fireworks, First Aid Kit
Seven Nation Army, The White Stripes
Dirty Diana, Shaman's Harvest
Holocene, Bon Iver
Hurt For Me, SYML
Soldier, Fleurie

Capítulo 1

«No existe el dinero limpio o el dinero negro. Solo existe el dinero».

Lucky Luciano

Long Island, Nueva York
Elena

Vivía en una casa bastante pintoresca. La puerta de entrada era roja y, de ella, colgaba un llamador dorado. El suelo parecía un tablero de ajedrez blanco y negro. Había una reluciente escalera de madera barnizada y una lámpara de araña que brillaba cuando le daba la luz. Pese a todo esto, siempre me pregunté qué pasaría si tirara de una de las esquinas del papel de la pared. ¿Sangraría? Si el mundo fuese transparente como el cristal, los suelos de mármol se inundarían con el suave ploc de las gotas.

Tenía las pupilas clavadas en la televisión que se encontraba en una de las esquinas de la cocina, y, apenas estaba siendo capaz de procesar la voz de la presentadora del telediario, cuando sus labios de color rojo rubí pronunciaron la palabra *asesino*; el vocablo se quedó resonando en mi cabeza. Comencé a girar el anillo que llevaba en el dedo corazón a la vez que se me formaba un nudo en la garganta.

Aunque mi hogar, mi vida, estuviesen construidos sobre pilares de dinero negro, siempre había podido presumir de haberme mantenido al margen. Es decir, hasta principios de este año; ahora tenía las manos manchadas de sangre y la culpa no me abandonaba ni mientras dormía.

Cada vez que los sirvientes entraban y salían por las puertas batientes para preparar el almuerzo, llegaban a mis oídos las voces provenientes del vestíbulo.

La risa estridente de una mujer, el timbre alegre de mi primo Benito y una voz que reconocí vagamente esa misma mañana al salir de la iglesia. Hablaba en un tono bajo, suave e indiferente. Se me erizó el pelo de la nuca. Sabía que esa voz pertenecía a mi futuro cuñado.

En parte, esa era la (única) razón por la que me estaba escondiendo en la cocina, aunque no pensase admitirlo jamás.

—No frunzas el ceño, mi dulce Abelli, con lo guapa que eres —me dijo *mamma* en cuanto entró por la puerta, acompañada del ruido de las conversaciones de nuestros invitados.

Me moví incómoda bajo el peso de sus palabras. Por razones obvias, hacía tiempo que no escuchaba ese apodo. Me había hartado un poco de que me llamaran así, especialmente cuando me di cuenta de que era la niña de sus ojos por las peores razones del mundo: resultaba agradable a la vista, me quedaba calladita cuando debía estarlo y era educada cuando no. Me había quedado atascada en las expectativas que todo el mundo tenía de mí, como si fueran un vestido infantil que ya no me quedaba bien. Durante años me había sentido como un pájaro bonito encerrado en una jaula, hasta que todo aquello me sobrepasó... y me escapé.

—Elena, no sé para qué ves eso —continuó mi madre mientras removía una salsa que se estaba cocinando en el fuego—. Todo ese sinsentido es deprimente.

Mamma estaba casada con Salvatore Abelli, el importantísimo jefe de una de las mayores organizaciones del crimen organizado de Estados Unidos. A veces, me preguntaba si su ingenuidad era negación o si de verdad prefería sentarse a ver *Los días de nuestras vidas* a preocuparse por los asuntos de *papà*.

—Es que no tengo claro a quién votar en estas elecciones —le contesté en tono distraído.

La mujer negó con la cabeza, incapaz de creer lo que acababa de escuchar. Supongo que resultaba bastante raro que la hija de un jefe de la mafia se preocupase por los entresijos legales del Gobierno.

—Tu padre no está muy contento contigo —añadió, y me miró a través de sus pestañas negras, con los labios fruncidos dibujando una expresión de «te has metido en un buen lío».

—¿Cuándo está *papà* contento conmigo últimamente?

—¿Qué esperabas después de lo que hiciste?

Ya habían pasado seis meses, pero juro que lo sacaba a colación todos los días. Era un tiburón y había olido la sangre. Para ser sincera, creo que disfrutaba de que hubiese cometido un error porque así, por fin, tenía algo con lo que castigarme.

—¿Por qué no has venido a conocer a Russo al acabar la misa? —Y me señaló con el cucharón—. No me trago el cuento ese de que se te olvidó y nos estabas esperando inocentemente en el coche.

Yo me crucé de brazos.

—Es tan simple como que no quería ir. Ese hombre es... un maleducado.

—Elena —comenzó en tono de regañina—, ni siquiera lo conoces.

—*Mamma*, no hace falta conocer a alguien con su reputación para saber cómo es.

—*Oh, Madonna, salvami* —murmuró.

—Y no va a ser capaz de entender a Adriana —añadí en tono seco.

A mi madre casi se le escapó la risa en un resoplido.

—Ni él ni la mayoría de la gente sería capaz de comprender a tu hermana, *figlia mia.*

El jardinero podía..., pero no iba a contarle eso a mi *mamma* porque, si lo hacía, el muchacho terminaría el día en el fondo del río Hudson.

A principios de esa misma semana, *papà* había anunciado que Adriana iba a casarse con Nicolas Russo, el don de una de las cinco familias de la mafia de Nueva York. Las heridas de los pecados que había cometido en el pasado todavía no se habían cerrado del todo, pero, al añadir esta noticia a la lista, sentí como si me las hubieran vuelto a abrir.

Yo era la hija mayor y, por eso, era mi responsabilidad casarme primero. Pero, debido al error que cometí, habían lanzado a mi hermana a los pies de los caballos (y a los de un hombre con una nefasta reputación). En este mundo era bien sabido que, cuando alguien se labraba una fama así, solo se podía hacer una cosa: alejarse todo lo que fuese posible de esa persona.

—Además, Nico es un perfecto caballero. Si lo hubieses conocido esta mañana después de la misa, como se suponía que tenías que hacer, te habrías dado cuenta.

En lugar de eso, salí por las puertas de la iglesia entre zancadas y me metí directamente en el coche, antes de que pudiesen acorralarme para conocer a mi futuro cuñado. Prácticamente, me había convertido en una vergüenza para mi padre, así que me sorprendió que se diese cuenta siquiera de mi ausencia. Además, estaba segura de que el papel de «caballero» de Nicolas Russo no era más que una cortina de humo.

Cuando su *papà* murió cinco años atrás, él pasó a ocupar el cargo de don a la edad de veintinueve años, convirtiéndose en el más joven de la mafia. Para entonces, ya había conseguido hacerse famoso en el inframundo. Era un estafador, igual que su padre, tenía más sangre en las manos que todos los presos de las cárceles del estado de Nueva York juntos, y no se arrepentía de nada. Por lo menos, así me lo imaginaba yo, como una persona sin remordimientos. Si hubiese sentido un mínimo de culpabilidad, los presentadores del telediario no habrían estado un año entero informando todas las mañanas de la muerte de una persona con el apellido Zanetti (la familia con la que Nicolas entró en guerra por haber asesinado a su *papà*). En mi opinión, con esa actitud iría directamente al infierno.

—Ya lo conocía, *mamma*.

La mujer levantó una ceja.

—Ah, ¿sí?

—Bueno, no.

Entonces se le ensombreció el gesto.

—Pero cruzamos miradas —insistí—. Y con eso me bastó para saber que no va a traerle nada bueno a Adriana.

Su respuesta fue poner los ojos en blanco y decir:

—*Ridicolo.*

Fulminar a alguien y cruzar una mirada era lo mismo... ¿No? Fue un accidente, de verdad. Yo estaba bajando las escaleras de la iglesia cuando mis pupilas descubrieron la reunión a la que debería estar asistiendo. Adriana estaba entre *papà* y *mamma* y, delante de ellos, se encontraba Nicolas Russo (en este mundo, esa era la típica forma en la que se conocen los novios). Los matrimonios concertados eran el pan nuestro de cada día en la Cosa Nostra.

Como toda aquella situación me molestaba bastante, mis ojos se entrecerraron ligeramente al observar a mi futuro cuñado, al instante descubrí que él ya me estaba observando. Y así es como lo asesiné con la mirada (¿ves? Un accidente). Lo que ocurrió es que difícilmente podría haberle dado la misma explicación a aquel hombre, y, si hubiese sonreído, habría parecido condescendiente, así que simplemente... seguí fulminándolo con la mirada y esperé que no me matara por ello.

Durante un instante, Nicolas me observó con dureza para dejarme claro que aquello no le había gustado y, tras un segundo de intenso contacto visual, devolvió su atención a mi *papà*, como si yo solo fuese una hoja arrastrada por el viento. Entonces solté un suspiro y fui a esconderme en el coche. Era imposible que fuese a presentarme después de aquel intercambio de miradas. Tendría que limitarme a evitarlo para siempre.

—Deja de preocuparte tanto y confía en tu padre.

Yo le contesté con un «mmm» porque ya había escuchado sin querer a mi primo Benito decir que la razón de aquella unión era colaborar en algún negocio de armas, punto. Mi hermana solo era un peón en algún acuerdo comercial ilegal a gran escala. Muy romántico. Pese a eso, todos sabíamos que este día tenía que llegar. Yo no albergaba ninguna esperanza de casarme por amor, y Adriana tampoco.

El problema era que ella creía haberse enamorado ya.

Del jardinero.

—Elena, ve a ver si tu hermana está lista para almorzar.

—Anoche me dijo que no iba a venir.

—¡Sí que viene! —espetó *mamma* y, a continuación, comenzó a farfullar en italiano.

Reticente, me aparté de la encimera y me dispuse a salir de la cocina. La voz de la presentadora me persiguió mientras atravesaba la puerta batiente y, como si de un aviso se tratase, la palabra *asesino* volvió a salir de sus labios rojos.

On an Evening in Roma sonaba en el viejo tocadiscos cuando me dirigía hacia las escaleras y escudriñaba a los invitados que se encontraban en el vestíbulo. Vi a la hermana de mi *papà* y a su marido, a unos cuantos primos y a mi hermano, Tony, que estaba lanzando una intensa mirada asesina en la misma dirección en la que se encontraba Nicolas. Estaba apoyado en la pared, con las manos metidas en los bolsillos del traje negro y solo. Tenía novia, pero no era italiana, así que casi nunca la invitaban a casa. *Mamma* la despreciaba solo por salir con su hijo.

Quería a mi hermano, pero era un inconsciente, impulsivo y vivía según la máxima: «Si no me gusta algo, le pego dos tiros, coño». En ese momento, parecía que quería disparar a Nicolas Russo. Había pasado algo entre los dos, y no podía ser nada bueno.

De pronto, mis ojos repararon en una mujer despampanante con... un estilo interesante. Se encontraba junto a un hombre, quien di por hecho que sería su abuelo hasta que vi como deslizaba su mano hasta el trasero de ella. La mujer se limitó a fruncir los labios en señal de molestia.

Llevaba un chal de visón (en ¡julio!) encima de un fino vestido verde aceituna y unas botas hasta la rodilla. Una larga melena negra le caía sobre el cuerpo en unas ondas suaves y, viendo las pestañas postizas y los enormes aros que tenía por pendientes, parecía salida de un anuncio de los setenta. Además, por si no estuviese interpretando su papel lo bastante bien, hizo una pompa de chicle rosa y la explotó mientras me lanzaba una mirada suspicaz, como si mi forma de vestir fuese la que se había quedado anticuada hacía cuatro décadas. Si cabía la posibilidad de que dos polos opuestos se pudiesen encontrar en la misma habitación, claramente seríamos ella y yo en ese instante.

Ya tenía una mano en la barandilla y estaba a punto de

ponerme a salvo cuando escuché la voz de mi padre detrás de mí.

—Elena, ven aquí.

Me dio un vuelco el estómago y cerré los ojos en señal de derrota, aunque solo vacilé un segundo: por el tono que había usado, no cabía negociación.

Las manos me empezaron a sudar mientras me dirigía hacia Nicolas y mi *papà*. En cuanto llegué a su lado, me agarró del brazo y me dedicó una sonrisa, aunque su mirada no expresaba ninguna alegría. Mi padre ya había cumplido cincuenta y cinco años, pero, con las mechitas plateadas que le teñían el pelo negro, aparentaba tener diez menos. Siempre iba en traje y nunca llevaba una arruga, sin embargo, aquella imagen de caballero no era más que una fachada. Descubrí cómo se había ganado la reputación con siete años, a través de la puerta entreabierta de su despacho.

—Elena, este es Nicolas Russo. Nico, ella es Elena, mi hija mayor.

Ya había repetido esta misma coreografía cien veces, no era más que otro día, otro hombre. Aun así, en esta ocasión me quedé sin respiración. Si levantaba la vista y lo miraba, sería como si estuviesen a punto de tirarme por la borda a un mar infestado de tiburones. «No es más que un hombre», me recordé a mí misma. El hombre con la peor reputación de todo el estado de Nueva York, sin duda.

«¿Por qué tuve que echarle esa mirada asesina?».

Tomé una bocanada de aire para armarme de valor y levanté un poco la cabeza porque el ala de mi sombrero me impedía verle la cara. Una agradable ola de reconocimiento me recorrió la espalda en cuanto mis ojos se encontraron con su mirada penetrante. Tenía las pupilas de color marrón claro, como el *whisky* solo con hielo, y las pestañas negras y espesas. Estas le conferían a su expresión un toque taciturno y hacían que diese la sensación de que estaba mirando directamente al sol, pero, en lugar de eso, me estaba observando a mí, y con el mismo gesto que pondría si acabasen de presentarle a alguien del servicio en vez de a la persona a la que un día llamaría «cuñada».

Yo era unos centímetros más alta que Adriana y, pese a llevar tacones, no le llegaba ni a la altura de la barbilla. Sentía la terrible necesidad de apartar la mirada y clavarla en su corbata negra, a la altura de mis ojos, pero me pareció que si lo hacía sería como si le dejase ganar, así que se la sostuve. Usé el mismo tono educado con el que hablaba siempre que estaba en público.

—Encantada de...

—Ya nos conocíamos.

«¿Que nosotros qué?».

Su voz indiferente me recorrió la espalda, y sentí una extraña excitación. Apenas había dicho un par de palabras, pero en ese momento fue como si estuviese en territorio Russo en lugar de Abelli. Parecía como si, estuviese donde estuviese, todo lo que se encontrase a menos de dos metros de él fuese reclamado por su familia.

Papà frunció el ceño.

—¿Dónde habéis tenido ocasión de conoceros?

Tragué saliva.

Un toque peligroso y divertido apareció en los ojos de Nicolas.

—Antes, en la iglesia. ¿No te acuerdas, Elena?

Los latidos de mi corazón armaron un estrépito al colisionar. ¿Por qué había pronunciado mi nombre como si estuviese más que familiarizado con él?

Mi padre, que estaba junto a mí, se puso tieso como una vela, y yo ya sabía por qué: creía que había hecho algo inapropiado con aquel hombre, que era justo lo que este había querido sugerir con su tono. Al instante, una ola de calor me encendió las mejillas. ¿Bastaba con que hubiese cometido un error hacía seis meses para que *papà* pensase que me había lanzado a los brazos del prometido de mi hermana?

Pestañeé con aprensión. ¿Lo había hecho por una miradita fulminante y fugaz que ni siquiera se podía definir como hostil? Aquel hombre había dado con mi talón de Aquiles y estaba jugando conmigo.

La frustración se aferró a mi pecho. No podía empeorar la situación mostrándome en desacuerdo con un don al que, en este momento, mi padre creería más que a mí. Así que forcé la voz para poner el tono más despreocupado que pude.

—Sí, *papà*, nos hemos conocido antes. Es que se me olvidó la chaqueta dentro de la iglesia y me encontré con él al entrar a por ella.

Cuando me di cuenta del error, ya era demasiado tarde. Estábamos en julio. No llevaba chaqueta. Y Nicolas lo sabía.

Entonces el don sacó una mano del bolsillo, se acarició el labio inferior con el dedo pulgar y sacudió ligeramente la cabeza. Parecía impresionado de que le hubiese seguido el juego, aunque también aparentaba estar casi decepcionado conmigo por haberlo hecho tan mal.

Este hombre no me gustaba... Nada de nada.

Un rumor helado corrió por mis venas cuando mi padre nos observó con cara de que no le convencía mucho lo que acababa de escuchar.

—Bueno, pues muy bien —contestó al final *papà*, y me dio unos golpecitos en el brazo—. Eso está muy bien. Estoy seguro de que Nico quiere preguntarte algunas cosas sobre Adriana. Tú eres la que mejor la conoce.

En ese momento, mis pulmones se relajaron y volví a respirar.

—Claro que sí, *papà*.

Antes preferiría tragarme un puñado de barro.

Acto seguido, la puerta de entrada se abrió, y por ella entró Marco, el hermano de mi madre y *consigliere* de mi padre, con su mujer, así que *papà* se despidió de nosotros y se fue a darles la bienvenida, dejándome a mí con aquel hombre cuya presencia empezaba a quemarme.

Entonces bajó la mirada para observarme.

Yo alcé la vista para hacer lo mismo.

El hombre mostró una media sonrisa, y yo me di cuenta de que le estaba haciendo gracia. Las mejillas me ardían del enfado. Hace un tiempo, habría musitado algo amable y me habría marchado, pero eso era antes. Ahora no era capaz de mantener una expresión amable mientras le sostenía la mirada a Nicolas (o Nico, como se llamara).

—No nos conocíamos —le dije en tono tajante.

Él levantó una ceja con aire desenfadado.

—¿Estás segura? Me ha dado la impresión de que tenías una idea muy formada sobre mí.

El corazón me latió tan rápido que no podía ser sano. No sabía qué decir porque, en realidad, llevaba razón, aunque con aquel encuentro no estaba consiguiendo para nada probar que no era la persona que yo me había imaginado durante todo este tiempo.

A continuación, se alisó la corbata con aire distraído.

—¿Sabes adónde te llevan las suposiciones?

—¿A la tumba? —suspiré.

A continuación, bajó la mirada hasta mis labios.

—Chica lista.

Aquellas palabras las pronunció de una forma suave y profunda, y una parte de mí que me era ajena sintió que había hecho algo bien.

Mi respiración se volvió superficial cuando comenzó a andar para marcharse, pero se detuvo a mi lado. Su brazo rozó el mío y me quemó como si una llama me hubiese lamido suavemente la piel. Acto seguido, me acarició un lado del cuello con la voz.

—Encantado de conocerte, Elena.

Pronunció mi nombre como debería haberlo hecho la vez anterior: sin ningún tipo de insinuación.

Igual que si yo fuese algo que tachar de su lista antes de irse.

Me quedé ahí de pie, mirando hacia delante, mientras le devolvía una sonrisa ausente a un par de familiares.

Así que ese era mi futuro cuñado. El hombre con el que se iba a casar mi hermana.

Puede que fuese una persona horrible, pero parte de mi culpa salió por la misma puerta por la que acababa de entrar otra persona.

Porque, de pronto, me alegré de que le hubiese tocado a ella y no a mí.

Capítulo 2

«No es nada personal, solo negocios».
Otto Berman

Elena

Era peor de lo que esperaba.

Encontré a Adriana doblando cuidadosamente una blusa para, luego, meterla en la maleta que descansaba encima de su cama. Llevaba puesta una camiseta holgada de Piolín y unos calcetines navideños. También había trozos de papel higiénico esparcidos por toda la habitación.

Hace unos años, mi hermana pasó por una etapa rebelde en la que se cortó el pelo al estilo *pixie*. Nunca había visto a mi madre tan horrorizada. Como resultado, le quitaron la tarjeta de crédito, dejó de ir a las clases de arte dramático en nuestro colegio femenino y, durante un mes, fue víctima de miradas asesinas a diario. Ya le había crecido la melena y llevaba un elegante corte *bob*, pero aquel episodio me sirvió para aprender que, en esta casa, cortarse el pelo era peor que asesinar a alguien.

La habitación de Adriana, con las paredes azules oscuras y las molduras blancas adornadas con detalles dorados, podría encajar perfectamente en un anuncio de casa en venta... si no fuese porque parecía que una diseñadora de moda había vomitado en ella. Las paredes estaban decoradas con pósteres de obras famosas, como *El gran Gatsby*. En el tocador descansaban varios elementos de atrezo bastante extraños: plumas, sombreros y máscaras para disfrazarse; cosas que solo de intentar averiguar para qué servían daba jaqueca (como, por ejemplo, la cabeza de conejo gigante que había sobre la cama).

No creía que *papà* estuviese al tanto de que estaba pagando cada céntimo de los accesorios que aparecían en el escenario de la escuela de arte dramático a la que asistía mi hermana. En realidad, no se preocupaba mucho por ella; se contentaba con que estuviese donde supuestamente debía. Era tan simple como que no la entendía, y ella a él tampoco.

Solté un suspiro, saqué la blusa de la maleta y fui hasta el vestidor para volver a colgarla. Adriana ignoró mi presencia y me rozó el hombro con el suyo al pasar a mi lado con un par de vaqueros en la mano.

—¿Qué ha pasado con todo este papel higiénico? —le pregunté mientras colocaba la camisa en la percha.

La escuché sollozar, pero no respondió.

La última vez que la vi llorar fue cuando ella tenía trece años, en el funeral de nuestro *nonno*. Mi hermana pequeña era una de las personas menos sensibles que había conocido en mi vida. De hecho, solía pensar que la idea de una emoción le repelía. Me dio un vuelco el estómago de la preocupación, aunque sabía que a Adriana le gustaba que la compadecieran tanto como las películas ñoñas. Las odiaba.

Cogí los vaqueros de la maleta y volví a dirigirme al vestidor.

—Bueno, y ¿adónde te vas?

En ese momento, pasó a mi lado con un bikini amarillo de lunares en la mano.

—Cuba. Arabia Saudí. Corea del Norte. Elige una.

Mientras tanto, continuamos con nuestra coreografía de hacer y deshacer la maleta como si fuésemos una cinta transportadora humana.

Yo fruncí el ceño.

—Bueno, no se puede decir que me hayas dado una buena lista. Aunque, si tienes la intención de ponerte ese bañador, Arabia Saudí debería quedar descartada.

A continuación, lo doblé y lo saqué del equipaje.

—¿Lo has conocido? —me preguntó a la vez que pasaba junto a mí con un vestido con estampado de cebra.

Sabía que se estaba refiriendo a su futuro marido.

Y dudé un momento.

—Sí. Es, eh..., muy amable.

—¿Dónde voy a meter todos los accesorios para el escenario?

Entonces puso los brazos en jarras y se quedó mirando la maletita como si se acabase de dar cuenta de que aquel no era el bolso de Mary Poppins.

—Creo que van a tener que quedarse aquí.

La cara se le arrugó en una mueca y me dio la impresión de que estaba a punto de echarse a llorar.

—Pero me encantan mis disfraces. —Y las lágrimas comenzaron a resbalar por su cara—. ¿Y qué pasa con el señor Conejo?

Acto seguido, cogió de la cama la cabeza gigante del animal y la colocó junto a la suya.

—Bueno... No estoy muy informada de la política de envíos a Corea del Norte, pero me juego lo que quieras a que al señor Conejo no lo dejan pasar.

A continuación, se tiró en la cama y empezó a gimotear.

—¿Y a Cuba?

—Seguramente sea la mejor opción.

Ella asintió como si estuviese de acuerdo.

—Pronto actúo en la obra *Alicia en el país de las maravillas*.

Acto seguido, se secó los mofletes; por fin, había terminado de llorar.

—¿A quién interpretas?

Ya sabía que no podía ser Alicia. A mi hermana no le gustaba nada que fuese rubio ni convencional.

—Al Gato de Cheshire. —Y sonrió.

—Sí, te pega bastante.

Entonces fui hasta el armario y busqué un vestido negro de tirantes finos que me parecía apropiado para el almuerzo. Me costó un rato encontrarlo porque estaba apretujado entre un disfraz de *The legend of Zelda* y otro de Peter Pan.

Luego, le dejé el vestido sobre la cama.

—Más te vale ir arreglándote. Ya ha llegado casi todo el mundo.

—Ryan me ha dejado —me anunció en un tono totalmente inexpresivo.

En ese momento, suavicé la expresión.

—Lo siento muchísimo, Adriana.

—No entiende por qué voy a casarme y no quiere volver a verme. Así que no me querría mucho, ¿no, Elena? —Y me miró con sus enormes ojos marrones.

Yo me quedé un momento callada.

Podía explicarle que el chico estaba siendo racional y aliviar un poco su desengaño amoroso o quitarle la tirita de un tirón.

—Exacto.

Ella asintió.

—Enseguida bajo.

Me encontraba en la planta de abajo, girando la esquina del vestíbulo que había junto a la biblioteca, cuando me estrellé contra algo sólido y caliente. Se me escapó un gruñido y me vi obligada a dar un paso atrás. Supe con quién me había chocado antes de tener que mirarlo.

Russo.

La inquietud me recorrió todo el cuerpo como si fuese una llama. Ya no estábamos en un recibidor lleno de gente, sino completamente solos, y había tanto silencio que podía escuchar el latido de mi corazón.

Di otro paso atrás como para no perder el equilibrio, pero básicamente lo hice para alejarme de su alcance. Tuvo que ser algún tipo de instinto de supervivencia.

Él se quedó clavado en el sitio, con su traje gris y la corbata negra lisa. Al verlo en aquel distribuidor me resultó tremendamente fascinante. ¿Sería porque estábamos en un sitio pequeño? No, aquel era un espacio de tamaño normal. «Puaj, contrólate, Elena».

Él me observaba con el mismo gesto con el que vería un documental de National Geographic (como si yo perteneciese a otra especie y le resultase bastante aburrida). Llevaba un móvil en la mano, así que di por hecho que debía de haber estado haciendo alguna llamada personal.

El distribuidor era más bien un hueco formado por arcos que había detrás de la escalera. Unas cuantas macetas impedían que viésemos el salón principal, y una lámpara verde de cristal que descansaba sobre una mesita arrojaba una luz tenue a nuestro alrededor, aunque brillaba lo suficiente como para que me permitiese ver el destello de impaciencia que escondía su mirada.

—¿Vas a quedarte ahí mirándome todo el día o piensas moverte?

Yo pestañeé.

—¿Y si te contesto que voy a quedarme aquí mirándote?

Aquello salió de mi boca antes de que pudiese impedirlo, enseguida quise poder alargar el brazo para retirar mis palabras. Nunca le había hablado así a nadie en mi vida (y mucho menos a un jefe de la mafia). Sentí vértigo en el estómago igual que si me acabase de bajar de la atracción de la olla de la feria.

Sin soltar el teléfono, se llevó el pulgar a la mandíbula para acariciársela. Entonces me lo imaginé haciendo eso siempre que planeaba cómo asesinar a alguien.

A continuación, dio un pasito adelante.

Y, como si fuéramos los mismos polos de un imán, yo di uno atrás.

Luego, dejó caer la mano a un lado del cuerpo y una ínfima chispa de diversión se prendió en sus ojos, como si acabase de hacerle un truco y le hubiese hecho gracia. De pronto tuve claro que no quería ser su entretenimiento, aunque tuve todavía más claro que ya lo era.

—Creía que lo de «la dulce Abelli» era por algo.

¿Cómo sabía cómo me apodaban?

No sé qué fue lo que me invadió en ese momento, pero de pronto sentí que me liberaba de ese nombre (puede que porque él nunca había llegado a conocer a esa chica). Ya no quería ser esa persona y, por alguna razón inexplicable, con él menos todavía.

—Bueno, supongo que nos han engañado a los dos. Yo creía que los caballeros se disculpaban cuando se chocaban con una mujer.

—Parece que alguien ha estado haciendo conjeturas otra vez —dijo arrastrando las palabras.

Un latido desacompasado comenzó a golpearme en el pecho, y negué con la cabeza.

—No era una conjetura.

Dio otro paso adelante y, una vez más, yo di uno atrás.

Después, se metió las manos en los bolsillos y bajó la mirada por mi cuerpo. No fue algo lascivo, sino más bien contemplativo, como si de verdad perteneciese a otra especie y estuviese preguntándose si era comestible.

Al final, entornó los ojos al advertir mis tacones rosas.

—¿Qué? ¿Tienes alguna prueba de que lo sea?

Asentí, y me sentí extrañamente sin aliento ante su mirada escudriñadora.

—Mi *mamma* me ha comentado que te has comportado como un perfecto caballero en la iglesia.

—Es que me he comportado como un perfecto caballero.

—Entonces, ¿depende de si quieres ser así o no?

Él no dijo ni una palabra, pero su inexpresión lo confirmó mientras sus ojos volvían a ascender desde mis tacones.

—Y supongo que ahora mismo no quieres ser uno, ¿no?

Me di cuenta de que no debería haberlo dicho en ese tono.

Su mirada intensa alcanzó la mía y me hizo arder.

El hombre negó lentamente con la cabeza.

«Vale».

Me había mantenido firme lo suficiente, mucho más de lo que la dulce Abelli hubiese aguantado. Pero necesitaba salir de una maldita vez de allí.

—Vale, bueno... Ya nos veremos por ahí.

Fue la respuesta menos estúpida que se me ocurrió, así que, acto seguido, me limité a comenzar a andar con intención de sortearlo; pero, antes de que lo consiguiese, algo me sujetó por la muñeca. Me acababa de agarrar él. Y su mano me pareció un lazo de fuego alrededor de mi piel; un fuego áspero y calloso. Un soplo helado de terror, mezclado con algo hirviendo, se filtró a mis venas.

Estaba a poco más de medio metro de mí, y lo único que nos conectaba era la mano con la que me estaba agarrando.

—Escribe una lista con las aficiones de tu hermana. Lo que le gusta y lo que no, su número de pie, su talla de ropa y cualquier otra cosa que consideres que me puede ser útil. ¿De acuerdo?

—De acuerdo —musité.

¿A cuántos hombres habría asesinado con la mano con la que me estaba rodeando la muñeca? No me apretaba, pero sí que me agarraba de una forma intensa, firme e inflexible. Y eso me hizo ser consciente de que era mucho más pequeña, había actuado como una desquiciada y estaba fuera de lugar. De que no podría marcharme hasta que él decidiese dejarme ir.

Me observó con ojos inquisitivos. Parecía que se me iba a parar el corazón en cualquier momento y me ardía la piel. Que me estuviese tocando no era apropiado, incluso aunque no fuese a ser mi cuñado. *Papà* podría salir por la puerta de su despacho en cualquier momento, pero a él parecía no importarle. Aunque a mí sí, especialmente después de la escenita de antes.

—Te la daré el viernes, en la fiesta de compromiso —conseguí decir, y tiré de la muñeca para intentar soltarme.

Pero no me dejó. En cambio, me rozó los nudillos con el pulgar, y se me aceleró el pulso.

—Tenía la impresión de que los Abelli podían permitirse algo mejor que un anillo de cincuenta centavos.

En ese momento le eché un vistazo al anillo que descansaba en mi dedo corazón. Había salido de una máquina expendedora y tenía un adorno redondo de color morado en el centro. Al pensar en él me relajé.

—A veces, las cosas más baratas son las más valiosas.

Entonces volvió a dirigir la vista hacia mi cara y los dos nos miramos durante un instante. Su mano se deslizó por mi muñeca, por la palma y por los dedos. Sus ásperas yemas rozaron las mías, más suaves, e hicieron que mi corazón se saltase un latido.

—Hasta el almuerzo, Elena.

Y se marchó, desapareció tras la puerta del despacho de mi padre.

Cazzo...

Me apoyé en la pared. Aquel anillo resultaba ser un peso tremendo en mi dedo. En realidad, podía quitármelo y guardarlo en algún sitio en el que no pudiese atormentarme, pero sabía que nunca haría algo así. Al menos de momento.

Cuando salí del vestíbulo, el roce de su mano en mi muñeca seguía ardiendo como si me hubiese marcado con un hierro candente. Había vuelto a pronunciar mi nombre, y lo había hecho de una forma muy inapropiada.

Capítulo 3

«Los asesinos llegan con sonrisas; a "uno de los nuestros" nunca le resultó un gran problema dispararle a alguien».

Henry Hill

Elena

Una dulce melodía entonada por Billie Holiday salía de la vieja radio de la piscina. La condensación resbalaba por los vasos de cristal y la brillante luz del sol se reflejaba en la cubertería de plata. Era un mediodía caluroso de julio, pero la brisa incesante conformaba el interludio perfecto.

La luz se enroscaba en los listones de madera de la pérgola, y las rosas de mi madre estaban comenzando a florecer. Las sillas eran cómodas y la comida estaba buena, la situación era todo lo agradable que podía ser almorzar con un puñado de desconocidos. Aun así, el anuncio de los setenta que tenía sentado enfrente no parecía compartir mi opinión.

—En fin, que el policía me dejó libre y ni siquiera se llevó mi coca...

—Gianna.

El nombre albergaba una leve advertencia que provenía desde el sitio que ocupaba Nicolas en la mesa.

La mujer puso los ojos en blanco y le dio un buen sorbo a la copa de vino, pero no volvió a abrir la boca.

Me pregunté por qué el hombre le habría llamado la atención y cuál sería su relación. ¿Hermanos? Daba la sensación de que los dos se consideraban una molestia mutua, pero estaba segura de que en algún sitio había escuchado que él era hijo único. El jubilado que estaba sentado al lado de Gianna, y que era su marido, no había dicho ni una palabra en todo ese rato, más allá de alguna risita a destiempo. Empezaba a pensar que estaba un poco sordo.

Aquella mujer era mi polo opuesto. Cuando yo estaba callada, ella hablaba como quería y nos atronaba con su risa. Si yo me mostraba recatada, bueno... Gianna pegaba el chicle que estaba mascando en la servilleta de tela para ponerse a comer pasta sin enrollarla en el tenedor. Me daba un poco de envidia su forma desenfadada de afrontar la vida.

Tony estaba sentado al otro lado de la mujer. En un momento, se recostó en la silla con la chaqueta desabrochada y cara de aburrimiento, pero yo lo conocía tan bien que no me lo tragué. Lo había visto rascarse la barba de tres días con aire engreído, como si estuviese enfadado y, al mismo tiempo, se estuviese divirtiendo. Y eso nunca implicaba nada bueno. Era bastante atractivo, aunque, si no fuese su hermana, no lo tocaría ni con un palo de tres metros. Su inconsciencia ponía en peligro a todo el que estuviese a su alrededor, especialmente a él mismo. Entonces se dio cuenta de que le estaba lanzando una mirada preocupada y me guiñó un ojo.

El ruido sutil de la conversación y de los arañazos de la

cubertería en los platos inundó el patio, pero más allá de esto había un ambiente tenso imposible de disipar, una atmósfera de incomodidad que la brisa no podía llevarse consigo. Todo el mundo parecía cómodo mientras charlaban los unos con los otros, así que a lo mejor era cosa mía. Lo aparté de mi mente.

Gianna no aguantó mucho más tiempo callada, aunque no volvió a mencionar los tres gramos y medio de coca. Decidió cambiar de tema y hablar sobre carreras de caballos. Aquella era una conversación aceptable en la que la mayoría podría participar. No es que estuviésemos en una zona libre de drogas (de hecho, todos los días venía bastante gente a casa con ella), pero, de puertas para afuera, la seña de identidad de la Cosa Nostra consistía en simular que conformábamos el ejemplo clásico de la familia modélica de clase media, cuyo hogar se encontraba rodeado por una valla blanca de madera. No importaba que, en realidad, nuestros hogares estuviesen protegidos con seguridad y cancelas de hierro.

Me alegré de ver que Adriana había decidido aparecer, en lugar de coger un avión a Cuba. Estaba sentada junto a su prometido y con *papà* al otro extremo de la mesa.

Puede que fuese una cobarde, pero me alegré de no tener que ser yo la que se encontrase al lado de Nicolas. Era la perfecta anfitriona, y siempre tenía una respuesta educada para todo (incluso para los comentarios que podían resultar inapropiados cuando la gente bebía de más), pero con él me quedaba sin palabras. Enmudecía si andaba cerca, hacía que perdiese mi centro de gravedad y, a decir verdad, solo sentía calor, como si un rubor constante me caldease la piel.

Puede que hablar con él me resultase desagradable, pero me sentía demasiado tentada a mirarlo. Si no fuese por su altura, estaba casi segura de que encajaría en el tipo de chico que mi hermana consideraría guapo, aunque solo cuando ponía una expresión serena. Tenía la piel bronceada, el pelo prácticamente negro, y no pude evitar darme cuenta de que se le marcaban los bíceps a través de la camisa. Mi futuro cuñado era más atractivo si cabe a la luz del sol. Era una pena que su personalidad no encajase con el físico.

Sin embargo, lo que me resultaba más intrigante de su apariencia era la tinta negra que se atisbaba a través de la camisa blanca. No se veía bien, pero creo que se extendía desde el hombro hasta el reloj de oro que llevaba en la muñeca. Nicolas Russo se había tatuado todo el brazo. Ya sabía que toda esa imagen de caballero no era más que una cortina de humo.

Entonces miró hacia donde yo estaba sentada, y sus ojos se encontraron con los míos. Fue como si se hubiese sentido observado por mí. Aunque nos separasen cinco asientos, el impacto de su mirada indiferente encontró la manera de rozarme la piel. En mi cabeza se repetía sin parar el tono grave e insinuante en el que no debería haber pronunciado mi nombre. Simplemente no quería parecer una cobarde, así que le aguanté la mirada durante un segundo que me dejó sin aliento, hasta que no lo soporté más. De pronto tuve la sensación de que, por el bien de mi salud futura..., no debía volver a interactuar con aquel hombre.

—Elena, me he enterado de que tienes una función de danza dentro de poco —dijo mi tío Manuel, que se encontraba unos asientos más allá.

Su voz no hacía más que recordarme el derramamiento de sangre de hace seis meses por el papel que desempeñó en él. Le di un sorbo a la copa de vino, pero lo único que saboreé fue la culpa y el resentimiento.

Todos los pares de ojos se volvieron hacia mí, los veinte, pero yo solo era consciente de uno.

—Sí. —Y le dediqué una sonrisa forzada—. El sábado.

—¿Bailas? —me preguntó Gianna—. ¡Qué gracia! Yo también bailaba, pero... —Y bajó la voz—. Seguro que estamos hablando de cosas diferentes.

A mí se me encendió la mirada.

—¿Te refieres al claqué?

Se rio de forma frívola y despreocupada.

—Sí, claro, el claqué. ¿Llevas mucho tiempo bailando?

—Sí, desde que era pequeña.

—¿Y se te da bien?

Aquella pregunta tan descarada hizo que me entrase la risa.

—En realidad, no.

En el otro extremo de la mesa, *mamma* murmuró algo para mostrar su contrariedad. No podía estar de acuerdo conmigo (eso formaba parte de ser madre), pero era una bailarina mediocre y no tenía ningún problema en reconocerlo. Solo era algo con lo que ocuparme. Algo con lo que rellenar mi monotonía. De niña me encantaba; ahora tan solo era la manga de vestido que ya no me quedaba bien.

La conversación se apagó, y Gianna empujó un brócoli por el plato como si tuviese siete años y no le gustase la verdura. Su marido se rio sin que nadie dijese absolutamente nada y, acto seguido, ella puso los ojos en blanco y le dio un largo sorbo a la copa de vino.

El almuerzo continuó entre la conversación superficial y la deliciosa comida y bebida, pero la tensión no se disipó en ningún momento. Se quedó ahí, eterna. Como un eco antes siquiera de que se pronunciasen las palabras.

Mi hermano se recostó en su asiento, y la copa que tenía delante emitió un sonido agudo mientras él acariciaba su borde con el dedo. Adriana estaba comiendo, como si el enorme hombre desconocido con el que se casaría dentro de tres semanas no estuviese sentado a su lado.

Papà mencionó que se había comprado un antiguo campo de tiro, y todo el mundo se puso a hablar de eso, como si la mesa fuese un tablero y los comensales piezas de dominó que mi padre había golpeado. Acababan de servir el tiramisú de postre, y yo estaba preparada para que aquel almuerzo llegase a su fin. Desafortunadamente, la incómoda tensión estaba a punto de retorcerse y desembocar en lo inevitable.

Todo comenzó con la propuesta inocente por parte de los hombres de visitar la nueva propiedad de mi *papà*. A partir de ahí, observé lo que vino a continuación como si se tratase de una pesadilla. El Russo que estaba sentado a mi izquierda refunfuñó en tono sarcástico. Sabía que se llamaba Stefan, pero apenas le había escuchado pronunciar más de una palabra.

El zumbido que salía de la copa de mi hermano se desvaneció lentamente. Y, en ese instante, Tony posó su mirada amenazante en él.

—Creo que no he pillado la broma, Russo.

Stefan negó con la cabeza.

—Tengo mejores cosas que hacer que ver cómo un puñado de Abelli no aciertan en el blanco.

—Oh, oh —dijo Gianna en un susurro.

Yo cerré los ojos. El día que mi hermano dejara pasar algo así sin pelearse se partiría el cielo en dos.

—Tony, no... —le advirtió Benito, que estaba sentado al lado de mi hermano.

Él siempre era la voz de la razón en ese dúo, pero Tony ni siquiera miró a su primo; en lugar de eso, le dedicó una sonrisa a Stefan Russo y para nada fue una amable.

En ese instante, se me encogió el corazón y lancé una mirada al otro lado de la mesa para intentar atraer la atención de *papà*, pero estaba sumergido en una conversación con Nicolas y mis tíos.

—Sigue sin quedarme claro a qué te estás refiriendo —continuó mi hermano arrastrando las palabras—. Yo no fallé... ¿Cómo se llamaba el blanco? Ah, sí, ¿Piero...? —Los ojos de mi hermano centellearon con una diversión macabra—. Esa vez di en la diana.

El aire divertido de Tony se desvaneció para dar paso a un silencio tan sepulcral que hasta los invitados y la familia que estaban en el otro extremo de la mesa se dieron cuenta de lo que estaba pasando. Todo se volvió estático, como si fuésemos una foto fija en una revista.

Y no lo vi venir.

El corazón casi se me salió por la boca cuando un brazo se aferró a mi cintura para ponerme de pie. Un cañón frío se pegó a mi sien e hizo que girase la cabeza a un lado.

Empecé a escuchar gritos en italiano. Todo el mundo se puso de pie, y las sillas cayeron de espaldas contra el suelo del patio. Entonces las armas se levantaron en todas direcciones.

Escuché que mi padre estaba dando órdenes, pero los latidos de mi corazón no me dejaron escuchar su voz. Pum-pum. Pum-pum. Pum-pum. Las palpitaciones resonaron bajo la fría y brillante superficie del miedo.

No es que hubiese vivido una vida pintoresca, pese a la impresión que diera la puerta de entrada roja y el llamador dorado. Había visto a mi padre cortarle un dedo a un hombre con siete años. A mi tío pegarle un tiro en la cabeza a otro y que este acabase tumbado con la cabeza de lado y los ojos abiertos sobre una alfombra manchada de sangre. Heridas de arma blanca, de bala, muchísimo *rojo*. Pero, a pesar de todo eso, nunca había tenido un arma pegada a mi cabeza. Nunca había sentido el frío del metal contra mi sien. Ni la posibilidad de perder la vida así, de golpe.

El frío que corría por mis venas se convirtió en hielo.

Escuché la voz de Nicolas a pesar de la sangre que tamborileaba en mis oídos. Dijo las palabras en voz baja, tranquilo, y yo me aferré a ellas como a un clavo ardiendo.

—Baja el arma, Stefan.

—¡Él fue quien mató a Piero!

Noté que el cañón comenzó a temblar contra mi cabeza. Acto seguido, sentía que se me encogían los pulmones, pero no moví ni un músculo mientras clavaba las pupilas en los setos que rodeaban la verja de hierro.

—¡Tony! —gritó de pronto *papà*—. No.

Entonces miré hacia mi hermano para encontrarme con el extremo de otro cañón. Iba a disparar al Russo que tenía detrás, pero, como yo llevaba los tacones puestos, el hombre no me sacaba mucha altura.

—Tony, eres un tirador de mierda. ¡Seguro que le das a la pequeña favorita de los Abelli!

El tono airado de Stefan vibró contra mi espalda.

—Baja. El. Arma.

Las palabras de Nicolas desprendían calma, pero albergaban un toque de hostilidad, igual que el mar antes de una tormenta.

Un segundo, dos segundos. Stefan dudó...

Pum.

Un líquido caliente se estrelló contra mi cara. Los oídos me zumbaban mientras las voces de mi alrededor se hundían en el agua. El brazo del hombre me soltó, y se escuchó un golpe sordo cuando cayó al suelo.

En mi cabeza, no dejaba de oír la voz de la presentadora del telediario repitiendo «asesino»; la palabra salía de sus labios una y otra vez. Me inundó una sensación de entumecimiento. De pronto, todos los sonidos volvieron de golpe, empapados tras haber sido rescatados del agua con unas pesadas cadenas.

—¡Sentaos de una puta vez! ¡Ya! —ordenó mi padre—. Vamos a terminar este almuerzo, ¡por el amor de Dios!

Tardé un segundo en procesar sus palabras y darme cuenta de que todo el mundo, excepto Nicolas y él, estaba sentado en su silla, derecho como una vela. La mirada penetrante e inescrutable de mi futuro cuñado me tocaba la piel mientras yo clavaba los ojos en el arma que sostenía en una de sus manos.

—¡Elena! ¡Siéntate! —me espetó *papà*.

Yo me dejé caer en mi asiento.

Las gotas calientes de sangre resbalaron por mi mejilla. Tanto la silla como parte del mantel blanco de tela tenían salpicaduras de color rojo. El pie del Russo muerto estaba tocando el mío.

Me senté en mi sitio y trasladé mis pupilas de Gianna, que tenía sus ojos clavados en mí, a Tony, que estaba disfrutando del postre.

—Elena.

Aquella pequeña llamada de atención vino de parte de mi padre y, siguiendo su orden, pinché un buen trozo de tiramisú con el tenedor, me lo metí en la boca y comencé a masticar.

Después, me llevé la mano a la parte de atrás del sombrero y miré hacia arriba, hacia el despejado cielo azul.

Dejando las circunstancias de lado, hacía un día precioso.

Capítulo 4

«Acepto esta oscuridad como parte de mí».
William Shakespeare

Nico

El disparo se quedó resonando en el aire y la tensión se escuchaba por encima del golpeteo que producía la cubertería de plata al chocar contra los platos. Los Abelli lanzaban miradas cautelosas, mientras que mi familia permanecía con las pupilas clavadas en sus postres, más rígidos que las sillas en las que estaban sentados.

Me recosté en mi asiento, descansé el antebrazo encima de la mesa y me quedé mirando fijamente el cigarro que tenía entre los dedos. Estaba tan furioso que tenía que ahogar la ira de alguna manera. Me ardía en la garganta, en el pecho, y había dejado caer sobre mis ojos una neblina carmesí.

Levanté un poco la vista durante un segundo para ver a Luca, mi mano derecha y el único primo en el que podía confiar, limpiándose la boca con la mano en un intento bastante pobre de ocultar lo bien que se lo estaba pasando. Mi mirada se tornó amenazadora, y comenté en voz alta que quizás hoy debería pegarles un tiro a dos de mis primos. En ese momento, se recostó en su silla y su buen humor se desvaneció.

Luca acababa de ganar una apuesta sobre que sería imposible que nos fuésemos de aquí sin montar ningún altercado. Y había ganado el doble porque todo lo que tuviese que ver con la dulce Abelli implicaba un extra. Mi familia apostaba por todo (to-do). Siempre explotaban cualquier oportunidad de ganarse unos pavos.

Ahora le debía cinco mil putos dólares. Y prefería culpar de ello a una pequeña mujer de pelo negro, porque, si ahora mismo pensaba lo más mínimo en su hermano, le metería un balazo en la puta cabeza.

Hay ciertos familiares que no te caen bien (esos a los que dispararías por tu cuenta y riesgo si se te presentase la oportunidad), pero verme forzado a hacerlo... me molestaba muchísimo, como si me dieran un latigazo con una fusta. Apreté la mandíbula mientras el veneno se arrastraba por mis venas.

Mi padre sentía debilidad por pegarme en las costillas cuando actuaba sin pensar.

Mi madre solía fumar en la cocina, sentada en la mesa, con el camisón puesto, después de que mi padre y ella echasen la casa abajo a gritos.

Me ardían las costillas y tenía el cigarro en la mano, así que era consciente de que de tal puto palo tal puta astilla. Y supongo que aquellos que conocieron a Antonio Russo (incluso mi propia familia) no dudarían en pensar que el parecido solo podía considerarse desafortunado.

Yo fui creado por obra y gracia de mi padre y la Cosa Nostra. Una combinación tan mala como lo sería un barril de pólvora y una chispa. Mi madre intentó rellenar las grietas que dejó la forma en la que me crio mi padre. Lo «intentó» con las pupilas dilatadas y la nariz normalmente ensangrentada. La difunta Caterina Russo hizo todo lo que pudo por enseñarle a su único hijo a respetar a las mujeres. Y, a decir verdad, no se me pegó nada. No era fácil respetar a una madre a la que había noches en las que la tenías que recoger del suelo. Sin mencionar que poseí casi todo lo que quise desde que tuve edad para pedirlo. No necesitaba ser encantador ni respetuoso para conseguir a una mujer: mi prodigiosa riqueza y mi posición intervinieron por mí desde los trece años.

La madre de Luca fue la primera que tuvo el valor de dirigirme la más mínima mala cara. Mi familia podía estar todo lo jodida que quisiera, pero, por lo menos, habría apreciado un puto gracias por impedir un baño de sangre que arruinase un domingo perfectamente agradable.

Dios. Si de todas formas solo era Stefan.

No le caía bien a nadie.

La verdad era que no cualquier hombre era capaz de soportar ser un Russo. Mi *nonna* solía decir que nuestra sangre estaba más caliente que la de la mayoría de las personas. Aunque puede que aquello solo fuese una excusa para justificar que toda su prole masculina fuese autoritaria, codiciosa y posesiva con todo lo que no le pertenecía. Un Russo quería lo que quería, y desde que empezaba a desearlo era como si fuese prácticamente de su posesión. Normalmente era así a través de una variedad de negocios ilegales. A lo mejor, en parte llevaba razón, porque tenía mucho más calor del que debería.

I'll Be Seeing You, de Billie Holiday, inundaba el amplio jardín trasero; las suaves notas al piano invadían la tensa atmósfera, cargada de carraspeos y miradas esquivas. Seguí pasándome el cigarro entre los dedos, en un intento de ahogar la irritación que sentía. Solo fumaba cuando estaba inquieto o demasiado cabreado como para pensar con claridad, aunque lo primero no pasaba casi nunca.

Salvatore abandonó la mesa para pedirles a los sirvientes que se fuesen a casa. Todos sabían quién era su jefe, y de alguna manera estaban relacionados con la Cosa Nostra, aunque me jugaría el brazo derecho a que algunos de ellos no podrían soportar la imagen del cadáver que yacía en el patio y la sangre corriendo entre las hendiduras de los adoquines.

Solo pillé parte de la conversación que había provocado todo esto, pero seguro que Tony había estado presumiendo de haber matado a Piero, otro primo idiota. No sabía que fue Tony el que lo ejecutó, aunque la verdad es que no me sorprendió mucho. Tampoco me removió demasiado. Había afrontado la muerte de Piero como lo haría con la de un Zanetti: con dos dedos de *whisky*. Si actúas como un imbécil, acabas muerto. Así es como funciona el mundo, y el cupo de mi primo estaba más que cubierto.

Para ser del todo sincero, creí que Stefan iba a bajar el arma, aunque llegados a ese punto ya me daba lo mismo. La falta de respeto por parte de mi primo había hecho que un arrebato de ira latiera en mi pecho y, aunque pueda parecer mentira, lo que más me sacó de mis casillas fue el hecho de que estuviese amenazando a la dulce Abelli. Me invadió la molesta sensación de que yo era el único que podía amenazarla, así que le pegué un puto tiro y vi cómo su sangre salpicaba el vestido blanco de Elena.

A Tony se le habría puesto dura al contemplar mi cadáver, sobre todo desde que su amigo, Joe Zanetti, vio el cañón de mi calibre cuarenta y cinco, aunque de eso hacía tantos años que yo ya lo consideraba algo irrelevante. Daba por hecho que tendríamos alguna discrepancia, pero había subestimado su capacidad de ser un puto imbécil, no creí que fuese a sentar esos problemas a la mesa. Supongo que la idea de que me iba a follar a su hermana hacía que mi presencia le irritase un poco más de lo que lo haría en cualquier otra ocasión.

Di unos golpecitos en la mesa con el cigarro y, sin poder contenerme, miré hacia donde se encontraba sentada la dulce Abelli. Entorné los ojos. Si no hubiese sido por ella, solo le debería veinticinco a Luca.

Las gotas de sangre se resbalaban por su piel aceituna mientras se comía el postre por orden de su padre. No es que normalmente fuese un sádico, pero, por Dios, tenía un punto sexi. Una ola de excitación salvaje me inundó la ingle.

Hablando de sádicos, posé mi mirada en mi primo Lorenzo, que se encontraba a un par de asientos. Estaba observando a la chica como si aquello se lo hubiese hecho él. Y no porque yo se lo hubiese encargado (era un experto en arruinar todo lo que le ordenaba), sino por pura vocación o algo así. No era nada que se pudiese adivinar a simple vista ni hablando con él, pero el muy cabrón tenía debilidad por el sado. Sabiendo eso, una ínfima sensación de irritación recorrió mi cuerpo al verle mirando a Elena Abelli.

Lo más seguro era que a ella le gustase lento y suave.

Seguro que prefería que el hombre se arrodillase para rogarle un poco.

Y Lorenzo lo haría.

Pero yo preferiría pillarme la polla con la puerta del coche.

Hoy mismo me había lanzado una mirada asesina cuando estábamos en la iglesia, y me pregunté qué tendría la dulce Abelli contra mí. Sabía su apodo incluso antes de conocerla. Era un apelativo inocente y cariñoso que se había hecho bastante famoso (bueno, entre los hombres) no solo porque ella fuese dulce, sino porque tenía el cuerpo más apetecible de la zona.

Durante el último par de años, había escuchado más hablar del culo de esa muchacha de lo que consideraba necesario. Y, para ser sincero, llegué a hartarme porque, siempre que se le da muchísimo bombo a algo, acaba decepcionándote. Supongo que, como eso no era aplicable a este caso, me convertí en objeto de burla.

Siempre que ella aparecía en una conversación, dejaba de escuchar. No la había visto nunca, pero me molestaba que los imbéciles de mis primos perdiesen el tiempo hablando del mismo coñito una y otra vez, como si les pagara por ello. Al final, su nombre acabó irritándome, igual que si se tratase de algún tipo de acto reflejo adquirido, por lo que, cuando su padre me dijo que no era apta para el matrimonio, ni siquiera le pregunté por qué. Firmé el contrato por la otra.

Pero, entonces, la vi en la iglesia.

Hijo de puta.

Mis primos se fijaban en cualquier mujer con menos de cincuenta años. Cualquiera con tal de que tuviese un solo atributo decente, así que, por supuesto, hice oídos sordos a los bombos y platillos.

Piensa en el sueño erótico de todo hombre.

Ese cuerpo... Joder, era más que digno de ser el centro de atención. Mi debilidad era su pelo: negro, sedoso y lo bastante largo como para poder enrollármelo dos veces alrededor de la mano. Aunque no quisiera, aquella imagen no paraba de revolotear por mi cabeza. Y estaba en la iglesia. Dios mío.

Pero era su expresión, inocente y relajada, la que parecía quemarme la piel y atravesarla para dirigirse directamente a mi pene. Joder, era tan dulce... Y, entonces, supe que de ahí venía su pequeño apodo. Era imposible que fuese por su personalidad de señorita Miraditas Asesinas.

La estuve observando desde el final de la iglesia durante mucho más tiempo del que habría debido. La contemplé mientras les dedicaba la misma sonrisa a todos los hombres que se congregaban para acercarse a ella igual que si estuviesen haciendo cola para ver a la reina de Inglaterra.

Yo mido uno noventa y dos (lo que difícilmente me ayuda a pasar inadvertido), pero la chica tardó otra media hora en darse cuenta de mi presencia, momento en el cual me lanzó una mirada fulminante.

La dulce Abelli era un encanto con todo el mundo menos conmigo. Me habría hecho gracia si, por razones ajenas a mí, no me hubiese molestado. Era la primera vez desde que era jefe de la mafia que alguien me había faltado al respeto descaradamente. Puede que fuese infantil, pero quería que Elena Abelli supiese que ella tampoco me importaba lo más mínimo.

Una mujer que recibía tanta atención por parte de los hombres solo podía ser una estirada superficial. Por sus tacones rosas de diseño, se podía adivinar que le gustaba gastar el dinero de su padre. En cambio, su hermana llevaba unas chanclas. Seguro que ahorraría millones de dólares casándome con ella.

Adriana era un poco rara, pero tenía atractivo. Si la separabas de su hermana, era despampanante; pero si la veías al lado de Elena, pasaba completamente desapercibida. Aquella situación me venía de perlas. Prefería casarme con alguien en quien no pensasen mis primos para hacerse pajas.

Tampoco es que me importase mucho con quién formar un matrimonio. Había llegado el momento de tomar una esposa y, en mi mundo, eso significaba obtener beneficios. Salvatore tenía un pequeño conflicto con unos mexicanos, y se estaba convirtiendo en un problema. Se había vuelto blando con el paso de los años. Después de la boda, le ayudaría a encontrar la raíz del problema y a encargarse de él como a mí me habían enseñado: con una bala en la cabeza. Aquella alianza me haría ganar varios millones de dólares, y eso sin mencionar que me permitiría tomar el control de gran parte de la ciudad.

La sensación de saber que me estaban mirando me recorrió la espalda en cuanto, desde el otro lado de la mesa, Elena posó sus ojos sobre mí. Noté esa consciencia, agradable a la vez que irritante, en un lado de mi cara. Iba a ignorarla, pero, para cuando me quise dar cuenta, estaba devolviéndole la mirada. Sentí una comezón en la nuca, aunque no aparté la vista hasta que no lo hizo ella.

Después de la mirada llena de ira que me lanzó en la iglesia, decidí encargarme personalmente de descubrir por qué no era apta para el matrimonio. Resulta que la dulce Abelli se escapó y se acarameló con un tío.

Yo sabía que la razón de que Salvatore no me la hubiese ofrecido no tenía nada que ver con que no fuese virgen. Eso solo era una excusa. Él no quería que fuese mía, aunque tampoco podía culparlo por ello. Si yo estuviese en su situación, tampoco me entregaría a su hija, y no costaba mucho entender que no tuviese ningún problema en ofrecer a la otra.

Adriana, que se había puesto un vestido negro, estaba sentada a mi lado con las piernas cruzadas. La melena castaña le tapaba la cara cada vez que se inclinaba hacia delante para garabatearse la palma de la mano con un boli.

No le había dirigido la palabra desde que apareció en la mesa, tarde. Para ser sincero, casi se me había olvidado que estaba ahí sentada. En fin, supuse que ya había llegado la hora de conocer a mi futura esposa.

—¿Qué estás dibujando?

La muchacha dudó un momento, pero luego giró la pequeña palma de la mano hacia mí para enseñármela.

—Un conejo.

Joder, no era una pregunta, la respuesta resultaba demasiado evidente.

A continuación, frunció los labios y apartó la mano antes de continuar.

—El señor Conejo —se corrigió en un tono que normalmente me habría molestado bastante, pero hacía rato que había pasado mi límite, así que pasé de ella y comencé a planear lo que le haría exactamente a su hermano.

—¿Derecha o izquierda?

Tony comenzó a apretar la mandíbula, pero no dijo ni una palabra. Simplemente se quedó sentado en la silla que había delante del escritorio de su padre como si estuviese en una reunión directiva. La sangre que le goteaba del labio le estaba manchando la camisa blanca, pero aun así mantenía una expresión que destilaba una diversión macabra.

Así que le di un puñetazo. Y otro.

Un ardor me inundó los nudillos, ya resquebrajados.

Apretó los dientes y recibió el golpe sin hacer ni un ruido. Tony era uno de esos hombres que estaban de mierda tan hasta el cuello que ya no podían sentir dolor, pero por mis muertos que iba a sentir algo antes de que yo saliese por la puerta.

Los rayos del sol se colaban en el despacho de Salvatore a través de las persianas e iluminaban las partículas de polvo que estaban suspendidas en el aire. Todos los invitados se habían marchado ya, y era imposible no coincidir en que aquella comida había sido un error, lo que solo significaba que tendría que asistir a más fiestas y almuerzos. Ninguna de las dos familias quería arriesgarse a conocer a todo el mundo en un evento multitudinario porque se podía repetir la misma mierda de hoy y la tensión podía aumentar hasta desembocar en un baño de sangre con mujeres y niños presentes.

Luca estaba delante de la puerta, con su fría mirada clavada en la nuca de Tony. Benito y otro de los primos más jóvenes, que tendría más o menos la edad de Adriana, se encontraban apoyados en la pared con los brazos cruzados mientras que su padre permanecía sentado detrás de su escritorio con cara de arrepentimiento.

Podría empezar una guerra por la muerte de Piero si me diese la gana; seguramente por eso, Salvatore había aceptado pasar por este trance. Eso y el hecho de que la estupidez de Tony había puesto en peligro la vida de su hija.

—Hijo, la has cagado bien —le dijo el hombre a la vez que se aferraba al escritorio de madera—. Te lo advertí, y aun así tú has cogido y has provocado un problema. Si a Elena le hubiese pasado algo, ahora mismo estarías flotando en el río Hudson. Deberías sentirte afortunado.

—Afortunado —se mofó Tony.

Entonces se acarició la mandíbula con una mano y añadió:

—Izquierda.

Una ola de satisfacción me inundó el pecho.

«Derecha pues».

Capítulo 5

«Una historia siempre tiene tres partes: la mía, la tuya y la verdad».

Joe Massino

Elena

Atravesé sigilosamente el pasillo enmoquetado en dirección a los lejanos golpes de batería de los Misfits que salían por debajo de la puerta del dormitorio de mi hermana. Me metí en el baño en cuanto entré en mi habitación dejando un rastro de ropa por el camino. Evité pasar por el espejo, abrí el grifo del agua caliente de la ducha y pasé adentro.

Quemaba.

Pero algo tendría que borrar este recuerdo. Lo que había ocurrido hoy me había devuelto a hacía seis meses. Aquel fue el último día en el que la sangre de otra persona me manchó la cara.

El agua caliente se derramaba por el grifo y me pegaba el pelo a los hombros y a la cara. Me imaginé que el rojo que se deslizaba por mi piel y se arremolinaba en el sumidero era pintura. Como si librarse de la culpa fuese así de fácil.

Cerré los ojos.

Los gritos. El frío cañón de la pistola contra mi sien. Un segundo, dos segundos. Duda y...

Pum.

Abrí los ojos de golpe.

Ese disparo no había sido fruto de mi imaginación.

Se me erizó el vello de la nuca. Con suerte, solo habría sido Tony disparando a otro jarrón de la *nonna*. Hasta ahora, no había pensado en las consecuencias a las que mi hermano tendría que enfrentarse por haber armado aquel lío...

Salí de un salto de la ducha y me sequé lo más rápido que pude. Con el pelo mojado y enredado, me puse una camiseta y unos pantalones cortos, y salí corriendo escaleras abajo. Noté el frío del suelo de mármol en los pies mientras giraba la esquina que llevaba al despacho de mi padre cuando, otra vez, me choqué con algo sólido.

Una bocanada de aire abandonó mi cuerpo. Iba tan rápido que me habría caído al suelo de culo de no ser porque, al balancearme hacia atrás, un brazo me rodeó por la cintura para sujetarme. Uno increíblemente caliente y fuerte.

—Madre mía —mascculló Nicolas en tono molesto.

Noté que se me encogía el estómago cuando este se pegó a su vientre. Haber entrado en contacto con él hizo que se me estremeciera todo el cuerpo, pero no tenía tiempo para analizar más aquella sensación. Me apartó de su camino y yo me quedé observando la espalda de aquel hombre mientras él continuaba caminando por el pasillo.

Sentí la fría caricia de indiferencia del que era su mano derecha cuando pasó por mi lado y, de pronto, aunque no sin sorprenderme, me alegré de haberme tropezado con Nicolas en vez de con él.

Me dejó una sensación de ardor alrededor de la cintura y, además, se me aceleró el pulso por el golpe y la preocupación, cada vez mayor.

—¿Has matado a mi hermano?

—Debería haberlo hecho. —Eso es todo lo que Nicolas dijo antes de que la puerta de entrada se cerrase tras ellos.

Entonces respiré aliviada, pero la tranquilidad se disipó en cuanto vi a Tony salir del despacho de mi padre y tambalearse por el pasillo como si estuviese borracho. Se había quitado la camisa para envolverse la mano con ella. Las gotas de rojo carmesí se estrellaron contra el suelo de mármol.

Mi hermano era alto, algo musculoso, y estaba lleno de cicatrices: desde las dos heridas de bala hasta un número incontable de otras cuya causa solo podía intentar adivinar. Posiblemente fuesen de las peleas ilegales en las que sabía que participaba.

Tony no dijo ni una palabra cuando pasó por mi lado, pero no hizo falta para que yo lo siguiera hasta la cocina. Apoyé la espalda en la puerta batiente y lo observé mientras intentaba abrir con una mano una botella de *whisky* que había cogido de la despensa. Al final, la sujetó contra su pecho para poder girar el tapón y lo consiguió. Acto seguido, le dio un largo sorbo y se sentó en la isla.

—Vete de aquí, Elena.

—Tienes que ir a ver a Vito.

Era el párroco de la iglesia, pero también tenía experiencia en coser heridas. Después de todo, eso también era obra de Dios.

—Estoy bien.

Le dio otro sorbo a la botella y se le derramó un poco de *whisky* por el pecho desnudo.

No estaba bien. De hecho, estaba manchando la encimera de sangre y ya daba la sensación de que estaba borracho antes de que se pusiese a beber como alguien a quien acaban de romperle el corazón.

—Voy a llamarlo.

Y me dirigí hacia el teléfono inalámbrico que había junto al frigorífico.

Tony levantó la vista y me miró con cara de arrepentimiento.

—Lo siento, Elena. No sabía que acabaría así. De verdad.

Se me encogió el corazón.

—Te perdono.

Mi hermano se rio sin fuerzas.

—Pues no deberías.

Normalmente, Tony tenía cara de ser un engreído, pero, cuando sonreía (si lo hacía de verdad), su soberbia desaparecía y se convertía en alguien bastante atractivo. Aquel era el hermano al que quería, aunque no consiguiese verlo muy a menudo. A veces, parecía que, para sobrevivir en este mundo, debías sacar la peor versión de ti.

No sabía por qué había matado a ese Piero, fuese quien fuese, pero yo daría por hecho que había sido en defensa propia. A Tony lo lanzaron a esta vida siendo un chaval e, igual que a mí me asfixiaban mis cadenas, de alguna manera, a él también le apretaban las suyas.

—No puedo evitarlo —le contesté.

Él negó con la cabeza en cuanto empecé a marcar en el teléfono.

—No llames a Vito. Estoy bien.

—No lo estás. Tony, de verdad, no tienes lo que se dice buena cara.

Su tez, normalmente bronceada, estaba pálida y sudorosa.

—Estoy bien, Elena.

Suspiré. Dejar a Tony sangrando sin llamar para pedir ayuda era propio de *papà*. Volví a soltar el teléfono en la base por el tono de voz que había utilizado. Aunque Vito hubiese venido, no habría dejado que le hiciese nada. Era demasiado cabezota.

Entonces me crucé de brazos y me apoyé en la encimera mientras las gotas de agua se resbalaban por mi pelo y caían al suelo sin parar.

—¿Por qué no te gusta Nicolas?

Resopló y dio otro sorbo.

—Por muchas razones.

—Bueno, ¿cuál es la primera?

—Se folló a mi novia.

Los ojos se me iban a salir de las órbitas.

—¿Jenny?

Volvió a beber de la botella.

—¿Te lo contó ella? —le pregunté.

Negó con la cabeza.

—Él me envió una foto.

Auch.

—¿Estás seguro de que era ella?

—Tiene una mariposa. En la parte baja de la espalda.

—Oh... Vaya, qué maleducado por su parte.

Sinceramente, no era fácil sentir pena por Tony. Él había engañado a Jenny con aquella del servicio, Gabriella, y no pondría la mano en el fuego porque fuese la única. No habría dicho que Nicolas fuese del tipo de persona que se acostase con las novias de otros porque sí, aunque tenía la sensación de que...

—¿Qué le hiciste tú?

Una sonrisa no muy amable se dibujó en la boca de mi hermano.

Así era. Todas las historias tienen dos versiones.

Dio otro sorbo a la botella, y observé con el ceño fruncido que estaba goteando sangre por un lado de la isla y que se estaba formando un charco en el suelo. Bebiendo solo iba a conseguir sangrar más. Me aparté corriendo de la encimera y le arranqué la botella directamente de los labios. El *whisky* se le derramó por la barbilla y el pecho.

Me lanzó una mirada de odio y lo siguiente que dijo lo hizo balbuceando.

—Jo-joder, Elena.

Parecía estar muy borracho o a punto de perder el conocimiento.

En ese momento desenrollé la camisa que se había atado alrededor de la mano y di un paso atrás de la impresión.

—¡Madre mía! ¡Tony, tienes que ir al hospital!

Un agujero con la forma de una bala le atravesaba la mano como si se lo hubiesen hecho a quemarropa. Me tapé la boca en cuanto noté que una arcada me trepaba por la garganta. Cuando me giré para ir a buscar a Benito, Tony se quedó inconsciente. Se cayó por el lado de la silla, dejando un reguero de sangre en la encimera, y se escuchó un fuerte golpe al chocar su cuerpo contra el suelo de la cocina.

«Mierda, mierda, mierda».

—¡Benito! —aullé.

—¿Por qué gritas? —me preguntó Adriana cuando entró como quien no quiere la cosa en la cocina.

Llevaba unas mallas estampadas con la imagen de una galaxia y un sujetador deportivo.

—¡Tu prometido ha disparado a Tony!

—¿Está muerto? —Tan solo levantó una ceja y siguió concentrada en coger la mejor manzana del bol que se encontraba sobre la encimera.

—¿Dónde está *mamma*? —quise saber.

Mi hermana se encogió de hombros mientras le quitaba la pegatina a una manzana verde.

Suspiré.

«Bien. Si quieren jugar, jugaremos...».

Abrí las puertas batientes de un empujón y grité por el pasillo:

—¡Voy a llamar a emergencias!

Al segundo, Benito, Dominic y mi padre se abrieron paso a empujones hasta la cocina.

Papà me fulminó con la mirada, pero un momento después se dio cuenta de que su único hijo estaba tumbado bocarriba sobre un montón de sangre. Le dijo algo en voz baja a Benito (nunca subía la voz, a no ser que estuviese muy cabreado) y, a continuación, mis primos cogieron a Tony, uno por los hombros y el otro por los tobillos, y lo sacaron de la cocina.

—Vito no —le pedí a mi padre—. Id al hospital.

—Sí, sí, Elena. Ya lo están llevando —me contestó con desdén a la vez que dirigía la mirada a la sangre que había en el suelo.

Lo escudriñé mientras me preguntaba si me habría dicho la verdad. Mi padre nunca nos había llevado al hospital sin oponer resistencia.

En ese instante, levantó un momento la vista para posar sus ojos en mí; se había dado cuenta de que lo estaba observando con suspicacia.

—Es igual de bueno que un hospital —me espetó.

Uf. No tenía ni idea de adónde se estaban llevando a mi hermano. Lo más seguro es que fuesen camino del médico que *papà* tenía a sueldo.

—Oye, ¿alguien ha visto mis carboncillos? —intervino Adriana.

Capítulo 6

«Detrás de toda gran fortuna, se esconde un delito».
Lucky Luciano

Elena

Puede que en un principio no tuviese ninguna buena razón para que Nicolas Russo no me cayese bien, pero después de conocerlo, de que disparase a un milímetro de mi cabeza y de que atravesase la mano de mi hermano con una bala tenía motivos de peso para odiarlo con todas mis fuerzas.

Los porqués de todo eso no importaban.

Tony se pasó fuera toda la noche. Hasta que volví del ensayo de baile, hacía veinte minutos, no supe si iba a sobrevivir. Le habían dado una esperanza del setenta y cinco por ciento de recuperar la movilidad completa de la mano.

Al parecer, Jenny se había ofrecido voluntaria para mudarse a su apartamento y así poder ayudarlo. Cuando mi madre me lo contó, no pudo evitar poner los ojos en blanco. Ella odiaba a Jenny con todo su ser y, después de enterarme de que había engañado a mi hermano con Nicolas, yo tampoco sabía muy bien qué pensar de ella. Yo habría dejado a Tony hace años si fuese su novia, eso por supuesto, pero no entendía el sentido de seguir juntos si no iban a ser fieles. Eso me hacía creer que solo estaba con él por una razón.

Estaba sentada en el sofá con las piernas entrecruzadas mientras veía un documental sobre las últimas crisis humanitarias. Todavía no me había quitado las mallas ni la camiseta con los hombros al aire, las dos empapadas de sudor. Era de lejos uno de los días más calurosos del verano, y Benito no había subido las ventanillas del coche durante todo el camino a casa. Decía que el aire le venía genial para el pelo, y por eso a mí todavía no se me había pasado el calor. Me pegué una botella de agua fría a la cara.

En ese momento, la puerta de la entrada se abrió y la voz de mi padre inundó el recibidor. Tuve la sensación de conocer quién era la otra persona que acababa de entrar y un escalofrío me recorrió la espalda desde la nuca. Supe que Nicolas había llegado incluso antes de escucharle hablar con su tono grave e indiferente, y comenzó a desarrollarse una extraña danza en mi estómago.

Aunque tenía los ojos clavados en la televisión, no tenía ni idea de lo que estaba viendo. Tenía los cinco sentidos puestos en todos los ruidos que provenían del recibidor.

Cuando escuché que sus pasos se acercaban a las puertas dobles del salón, sonó un teléfono.

—Cógelo —le dijo *papà*—. Estaré en mi despacho.

Como no hubo respuesta, supuse que Nicolas asintió. A continuación, oí las pisadas de mi padre alejándose por el pasillo.

—¿Sí? —contestó él arrastrando la pregunta. Pasaron un par de segundos antes de un—: Hijo de puta.

Me puse tensa. Lo había dicho como si fuese a matar a alguien, y sus pasos se dirigían directamente hacia mí. Antes de que pudiese darme cuenta, alargó el brazo por encima de mi hombro y me quitó el mando.

—Eh —protesté.

No me respondió; simplemente se limitó a cambiar de canal. El rótulo «Última hora» apareció en la mitad inferior de la pantalla, y una presentadora rubia comenzó a comentar los detalles de una enorme redada antidroga que se había llevado a cabo en la frontera.

Nicolas estaba detrás de mí, lo suficientemente cerca como para que mi coleta rozase su vientre. Tenía las manos clavadas en el respaldo del sofá, a ambos lados de mi cabeza. A continuación, se inclinó un poco sobre mí, absorto en la televisión, como si yo ni siquiera estuviese allí. Aquello era invasivo y de mala educación.

El pulso me repicaba en los oídos, mi corazón estaba desconcertado por lo que solo podían ser expectativas. La reacción involuntaria de mi cuerpo vino acompañada de una ola de enfado. No me gustaba ese hombre (se me acelerase el pulso o no) y, de pronto, me importaba un comino lo inapropiado que pudiese ser volver a dirigirle la palabra.

—¿Era tuya? —le pregunté con soltura—. Qué pena.

Entonces me tiró de la coleta.

—Ten cuidado.

Habló en voz baja y con un tono distraído.

Una sensación agradable se derramó por mi pecho. Fue como si me hubiese salido con la mía pese a haber jugado con fuego, y quería volver a hacerlo. ¿Así era como la gente se volvía adicta?

—Russo, tenemos siete televisiones más en casa.

Volvió a agarrarme de la coleta, pero esta vez tiró hacia

atrás todo lo que pudo, de manera que acabé mirándolo del revés, y entornó los ojos.

—Estoy empezando a dudar de la mera existencia de esa tal dulce Abelli.

Yo tragué saliva.

—Le disparaste a mi hermano.

¿Tenía el puño...? Se había enrollado la coleta alrededor de la mano. Una vuelta. Dos.

En ese momento, desvió rápidamente la atención a la televisión.

—Se merecía algo peor.

¿Este hombre iba a ver las noticias agarrándome del pelo? «Madre mía». A lo mejor era porque tenía la cabeza colocada en un ángulo un poco incómodo y me estaba cortando ligeramente la circulación, pero no me estaba llegando suficiente oxígeno al cerebro. Además, el hecho de que oliese tan bien, como una mezcla entre jabón y hombre, estaba haciendo que empezara a tener visión de túnel.

—Tú no eres juez y parte —susurré.

Entonces bajó la cabeza y me miró.

—Ha estado a punto de matarte, ¿y aun así lo defiendes?

—Es mi hermano.

Acto seguido, me observó con una expresión severa.

—Es un imbécil.

La voz de mi madre se filtró en la sala desde el otro lado del pasillo, él, sin ninguna prisa, desenrolló el pelo con el que se había envuelto la mano y dio un paso atrás.

Un segundo después, la mujer entró en el salón.

—Nico, no sabía que ibas a venir hoy.

Mi *mamma* habló con un tono tenso. A ella tampoco le había hecho ninguna gracia que disparase a Tony, aunque seguro que lo había visto venir y por eso se quedó toda la noche escondida en su dormitorio.

—¿Te quedas a comer?

—Seguro que está demasiado ocupado, mam...

—Me parece maravilloso, Celia.

—Genial. —Aunque sonó a todo lo contrario.

Me alegraba tanto que volviese a estar de mi parte.

—Pues voy a ponerte un cubierto.

—Gracias.

Sus pasos se desvanecieron en cuanto salió del salón.

—¿Sabes qué es lo que me toca los cojones?

Usó un tono amenazador, pero, sin saber cómo, lo único que consiguió fue despertar una excitación bajo mi piel.

Yo ya conocía la respuesta a esa pregunta.

—¿Las suposiciones?

Decidí concentrarme en la televisión y hacer como que no importaba lo que aquel hombre estuviera haciendo, pero los latidos de mi corazón vacilaron cuando se acercó a mí por detrás. Contuve la respiración mientras él volvía a dejar lentamente el mando en mi regazo y, luego, justo en el hueco de detrás de la oreja, me susurró:

—Chica lista.

Un escalofrío me recorrió el cuello, pero entonces se fue diciendo a modo de despedida:

—Ni se te ocurra volver a hacerlo otra puta vez.

El sol caía sin piedad. Pensé que, si me tumbaba en el suelo de ladrillo del patio, me quedaría como me gustaban los filetes: muy hecha.

—Celia, de verdad —se quejó la *nonna*—. Aquí hace más calor que en el infierno, y todavía se puede ver un rastro de sangre en el suelo del patio.

Yo me había puesto unos pantalones cortos de tiro alto y un top corto que me dejaba al aire una franja de vientre y, aun así, una gota de sudor me recorrió la espalda.

—A ti te viene bien un poco de aire fresco —le contestó *mamma*.

—Y la comida comestible —musitó mi abuela, y empujó con el tenedor una gamba por el plato con cara de que se las había servido vivas.

Yo tenía los ojos clavados en mi almuerzo mientras comía, principalmente porque Nicolas estaba sentado justo enfrente de mí. No llevaba chaqueta y se había remangado la camisa blanca. Había acertado. La tinta negra nacía de su muñeca y desaparecía dentro de la tela. No conocía a hombres con tatuajes (al menos no unos tan obvios). El único que pude descifrar fue el del as de picas que tenía tatuado en el interior del antebrazo. Supuse que había admitido el apodo de «As», que era como lo llamaban según tenía entendido. Puede que hubiese leído algún artículo sobre él.

Se había sentado al lado de Adriana, y daba la impresión de que los dos llevaban haciendo esto toda la vida. Mi hermana incluso le lanzó una miradita porque le estaba rozando la pierna con la suya. Era raro imaginárselos como a una pareja, aunque los había visto intercambiar alguna palabra, lo que ya me parecía todo un hito en sí mismo. Seguro que el señor Conejo ya habría salido en alguna conversación. Desde el principio di por hecho que serían perjudiciales el uno para el otro, pero empezaba a preguntarme si durante todo este tiempo no habría estado equivocada.

Papà y *mamma* estaban enfrascados en una conversación y la *nonna* seguía criticando la comida cuando Adriana dijo de pronto:

—Se llama *manspreading*.

Nicolas desvió su atención hacia mi hermana.

—¿Qué?

—*Manspreading*. La forma en la que estás sentado.

No le contestó. Se limitó a recostarse en su asiento, colocar el brazo en el respaldo de la silla de Adriana y, como si simplemente se estuviese poniendo cómodo, abrió las piernas un poco más.

El gesto de mi hermana se volvió más severo.

Bueno, a lo mejor había dicho muy pronto que podría irles bien juntos.

—¿Sabes, Nico? —comenzó la *nonna*—. No te culpo para nada por haber disparado a Tony. Llevaba mucho tiempo pidiéndolo a gritos y su padre no hacía nada. —*Papà* emitió un gruñido; al parecer ahora estaba pendiente de la conversación—. Ese chico ha disparado a cuatro de mis jarrones. No respondo de lo que haré si rompe otro.

Lo dijo en un tono que hacía pensar que aquello era lo más grave que había hecho mi hermano en su vida.

—Me alegro de escucharla decir eso —le contestó Nicolas arrastrando las palabras.

Mamma le lanzó una mirada amenazadora a mi abuela y ella sonrió triunfante con los ojos clavados en su plato. Solo necesitaba verlas a las dos para saber que nunca viviría con mi suegra.

Entonces me mordí el labio. Estaba dudosa. Había esperado al momento adecuado para pedirle a *papà* una cosa y ahora parecía que había llegado. Siempre se le persuadía con más facilidad cuando estaba rodeado de gente, normalmente, porque no quería dar la impresión de ser un gilipollas controlador.

Hacía seis meses que apenas salía de casa para nada que no fuesen los ensayos de baile. Seguro que no podía castigarme para siempre, ¿no?

—*Papà* —comencé—, alguien de la compañía va a organizar una fiesta en la piscina el domingo para celebrar la función de verano. Y quería saber si podía ir...

—¿Cómo se llama la bailarina? —me preguntó.

Me moví en mi asiento, incómoda bajo sus ojos de lince.

—Bueno, en realidad... se llama Tyler.

La *nonna* carraspeó con indignación.

—Elena, ¿desde cuándo te gustan los perdedores?

Yo le lancé una mirada asesina por querer hacerle creer a *papà* una idea equivocada.

Ella frunció los labios y se concentró en pinchar su comida.

Todos los presentes nos quedamos en silencio mientras mi padre se lo pensaba un poco. Tuve que tragar saliva cuando noté la mirada cálida de Nicolas en un lado de la cara.

Papà le dio un sorbo a su vaso y volvió a dejarlo en la mesa.

—Quiero que me des la dirección y el contacto del dueño. Y vas con Benito.

Dejé escapar un pequeño suspiro. ¿Me había perdonado? En ese instante, la culpa se me clavó en el pecho; sabía que no lo merecía.

—Gracias, *papà*.

—Voy a entrar antes de derretirme —sentenció la *nonna* a la vez que se ponía de pie—. Hoy era el peor día para comer fuera, Celia. No sé en qué estabas pensando.

Capítulo 7

«Nosotros no derrocamos a nuestros líderes. Los asesinamos».

Vincent Gigante

Elena

—Ten piedad.

Mamma puso una mueca en cuanto le expliqué el argumento de su libro del club de lectura.

—Ni siquiera me siento mal por no haberme leído este.

En realidad, no se había leído ninguno (lo había hecho yo).

—Vale, me voy ya —se despidió mientras se ponía un zapato de tacón con una mano y un pendiente con la otra—. Benito y tu padre han salido, pero Dominic está en el sótano. Ah, y ayuda a tu hermana a escoger un sabor para la tarta. *Tua zia Liza* necesita saberlo hoy. Elena, ¡por favor!

Yo solté un suspiro y me bajé de la cama de mis padres.

—¡Adiós! —La voz de *mamma* salió del dormitorio con ella.

A continuación, escuché a mi *nonna* decir «por fin» en voz baja cuando salía por la puerta de entrada acompañada de su asistenta, Gabriella. Iría a dar su paseo del mediodía o, lo que era más probable, a sentarse cinco minutos en el patio para tomar el aire y cotillear.

Unos segundos después, empujé la puerta de la cocina y me encontré a Adriana sentada en la encimera con las piernas cruzadas y dos platos de tarta delante. Tenía los codos apoyados en las rodillas y la barbilla sobre los puños. Solo llevaba puesto el bikini amarillo de lunares.

—¿De qué son los sabores? —le pregunté mientras me acercaba al otro lado de la isla.

La única luz que alumbraba la sala era la del sol, que derramaba los reflejos de los cristales de la ventana sobre la encimera.

—De champán rosa y de delicia de limón.

Pero lo dijo como si las opciones en realidad fueran basura sabrosa y albaricoque podrido.

Iba a alargarlo todo lo que pudiese. De hecho, pedirle a mi hermana que tomase una decisión era como querer que escribiese la fórmula para los viajes en el tiempo.

Cogí un trocito de cada una con los dedos y las probé.

—La de limón, sin duda —dictaminé, y abrí el armario de la cocina para coger un vaso.

Normalmente no tenía ensayo de baile los martes, pero, como la función estaba al caer, ahora teníamos uno todos los días. Los muslos me ardieron en cuanto me puse de puntillas para llegar a la jarrita de la balda de arriba. Benito y el resto de mis primos eran más altos que yo, aunque siempre cogían los vasos de la parte de abajo solo para molestar a las chicas de la familia.

—Yo me estaba decantando por la de champán rosa —se quejó Adriana.

—Pues la de champán rosa —le contesté mientras me llenaba la jarrita en el dispensador de agua del frigorífico.

Ella negó con la cabeza.

—No, ahora no me parece que esté tan buena.

—Pues entonces la de limón.

—Esa tampoco me parece bien.

Dejé escapar un suspiro. Mi hermana era capaz de agotarle la paciencia al santo Job. Me apoyé en el frigorífico y la observé por encima del vaso.

—¿Por qué vas en bikini?

—Porque estaba yendo a la piscina cuando *mamma* me ha parado y me ha dicho que no podía salir de la cocina hasta que no tomase una decisión.

Lo pensé un momento y, un segundo después, se me dibujó una sonrisa en la cara.

—*Mamma* se ha ido.

Adriana arrancó la mirada, tierna y llena de esperanza, de los platos.

Una hora después, con el sabor de la tarta todavía por decidir, *Don't Stop Believin'* sonaba en la radio de la piscina. El sol quemaba y se reflejaba brillante en el agua azul mientras mi cabeza salía a la superficie. El líquido frío me recorría los hombros cuando me dirigía hacia a mi hermana, que llevaba unas gafas de sol y estaba tumbada tranquilamente en una colchoneta. En la piscina se comportaba como una diva. O en otras palabras: era aburrida. Así que la tiré.

Salió escupiendo agua, se quitó las gafas y se apartó el pelo oscuro de la cara.

—No sé por qué no puedes simplemente dejarme... —La voz se le apagó poco a poco.

La piscina se encontraba a un lado de la casa, por lo que desde ella se podían ver las verjas de la entrada. Seguí su mirada para descubrir una de las furgonetas del jardinero acercándose por el camino. «Oh, no». Antes de que pudiese decirle nada, mi hermana ya se estaba aupando para salir de la piscina.

—Adriana, no —la avisé.

Se me revolvió el estómago. No sabía muy bien cómo se las había apañado para ver a Ryan durante todo este tiempo sin que *papà* se diese cuenta. Había falsificado su horario de clase y añadido una hora más para poder pasarla con él, pero verse en casa era demasiado arriesgado.

Un momento después, se giró hacia mí con ojos dulces y suplicantes.

—Solo quiero hablar con él.

—¿Y qué le vas a decir? ¿Que sigues casándote en tres semanas?

—¿Y quién tiene la culpa de eso? —me espetó.

Auch.

Nunca era así de brusca conmigo. Puede que no hubiésemos hablado mucho últimamente (porque ¿de qué íbamos a hablar?, ¿de su boda?), pero nunca antes me había tratado de manera hostil.

—No he hecho nada que no hubieras hecho tú —le contesté.

—Lo sé. Solo necesito hablar con él. A ti también te gustaría hablar con... —Entonces le dedicó una mirada fugaz al anillo de mi dedo, que descansaba debajo del agua—. Él si pudieses, ¿no?

¿Sí? No lo sabía. Puede que esa fuese la razón por la que la culpa parecía ser un peso enorme con el que tenía que cargar todos los días. Aquello no significó nada. Ni siquiera fue por amor. Y, aun así, fui la única que salió con vida.

—Las cámaras —le avisé.

En la planta de abajo había un sistema de seguridad gracias al cual a Dominic le bastaba con echar un vistazo para ver todo lo que estaba pasando fuera de la casa. Respiré hondo e intenté ignorar la preocupación que me corría por las venas.

—Al salón. Ve allí a hablar con él y así podrás vigilar el camino de la entrada por si llega alguien.

El jardinero venía los martes y los viernes para ocuparse del césped y limpiar la piscina, así que la imagen de la furgoneta no haría saltar las alarmas de Dominic. Solo cabía esperar que mi primo estuviese tan sumido en el *Skyrim* como siempre y no se dejase ver por la planta de arriba. Por suerte, no estaba Benito; a él no se le escapaba nada.

Mis ojos se posaron en Ryan, que estaba de pie junto a su furgoneta, mirando hacia nosotras. Ni siquiera se había puesto la camiseta de jardinero, sino una camisa abotonada hasta arriba y unos vaqueros. Se me escapó un gemido. «¿En qué estaba pensando?».

Adriana me dedicó una sonrisa radiante.

—¡Gracias, Elena!

Un segundo después, echó a correr hacia él.

A continuación, me tumbé bocarriba con los brazos extendidos, y el sol me calentó la parte delantera del cuerpo mientras el agua fría me lamía los costados. Cerré los ojos y me pregunté cómo sería vivir aquí sin mi hermana. Cuánto tiempo me pasaría deambulando por los pasillos hasta que acabase igual que ella. Me gustaría saber si *papà* me dejaría seguir yendo a clase el próximo semestre, aunque estaba segura de que me había cargado esa posibilidad yo solita.

Me habían borrado de todas las clases de redacción y política hacía seis meses. Si no quería, no debía trabajar ni tener ninguna responsabilidad, pero, aunque estuviese flotando en el agua mientras esta me giraba lentamente, sentí que me estaba ahogando. Ahogándome en un error del pasado que nunca podría llegar a arreglar, pero que sí podría intentar enmendar. Un error que solucionaría de la única manera posible.

El zumbido quedo de un motor interrumpió mis pensamientos.

Y abrí los ojos de golpe.

Comencé a nadar hacia un lado de la piscina, me agarré al borde y observé el resplandeciente coche negro que había aparcado junto a la furgoneta de Ryan. No tenía ni idea de a quién pertenecía, pero enseguida se abrió la puerta y por ella salió la peor persona que podía aparecer en aquel momento.

Un sudor frío me recorrió el cuerpo. El desastre se cernía en el horizonte. Más sangre. Unos ojos jóvenes y sin vida. No. No podía volver a pasar.

Me impulsé para salir de la piscina e, ignorando el deseo de ir en la dirección opuesta, me dirigí hacia la entrada de la casa. Nicolas estaba cerrando el coche con una mano y llevaba un sobre de papel de manila en la otra. La piel me vibró con una sensación fría y me quedé clavada con los pies descalzos al final del camino del jardín.

Ahí estaba, de pie, solo con el bikini blanco y empapada mientras el corazón me palpitaba a un millón de latidos por segundo.

El hombre se paró en seco cuando sus ojos, por fin, repararon en mí. Nos miramos el uno al otro durante un instante. Ese día solo llevaba unos pantalones de traje negros y una camisa blanca de manga corta. Tragué saliva. Daba la sensación de que él estaba más desnudo que yo. La tinta negra le cubría un brazo, el otro era musculoso y estaba ligeramente bronceado. Un calor surgió de pronto en la boca de mi estómago y se extendió por todo mi cuerpo como si se tratase de un incendio.

Mi respiración se volvió superficial cuando sus pupilas comenzaron a seguir las gotas de agua que se deslizaban por mi piel. Cada vez que una tocaba el hormigón, era como si se encendiera otra cerilla en el pequeño espacio que nos separaba. Entonces centró su atención en mi cara y me dedicó una mirada suspicaz.

—¿Así es como recibes a todos tus invitados?

Yo pestañeé, atónita, ante el tono tan grosero en el que me acababa de hablar. No podía decir que, cuando me había puesto medio desnuda delante de un hombre que no fuera de la familia, este se hubiera enfadado conmigo por ello.

—A veces.

Intenté responderle con indiferencia, pero pareció más un jadeo que otra cosa.

A continuación, el hombre negó con la cabeza y soltó un pequeño resoplido que denostaba que le había hecho gracia. Aunque, por la forma en la que apretaba sin parar el músculo de la mandíbula, estaba claro que no le estaba haciendo ninguna. Normalmente no resultaba una persona irritante y no estaba segura de si me gustaba serlo.

Un frío helador se apoderó lentamente de mí en cuanto lo vi dirigirse a la puerta de entrada, y di un paso adelante.

—Nicolas, espera.

Él se paró y me miró de reojo.

—Mi *papà* no está —me apresuré a decir.

—Ya. —Y eso fue todo lo que me contestó mientras volvía a encaminarse hacia la puerta.

Me dio un vuelco el estómago.

Sin pensarlo (porque si lo hubiese hecho no habría tenido el valor), eché a correr y me puse delante de él. El hombre se paró en seco y me fulminó con la mirada.

Los latidos de mi corazón fueron perdiendo fuerza igual que una cuerda después de pulsarla. Sin los tacones, su presencia era más grande... Más intimidante.

—No puedes entrar. No es... apropiado si *papà* no está en casa.

Era totalmente imposible que mi padre hubiese invitado

a aquel hombre a casa en su ausencia. ¿Cómo había conseguido atravesar las puertas de la urbanización? Bueno, ya sabía que Nicolas hacía lo que le daba la gana sin importarle las normas. Mi padre debería haberse dado cuenta de eso antes de firmar el contrato de matrimonio.

Una chispa le prendió la mirada.

—Tienes un segundo para apartarte antes de que lo haga yo por ti.

—Adelante, pero voy a ponerte chorreando.

No sé en qué momento me pareció que aquella respuesta era ingeniosa, pero, en realidad, lo único que conseguí fue hacer patente que estaba semidesnuda y empapada. La brisa se volvió más cálida y el aire más denso.

Apretó la mandíbula y dio un paso adelante, pero yo no me moví. Estuvo a punto de rozarme el top blanco del bikini con su camisa del mismo color. Mis pechos se estremecieron por la expectativa, y unas gotas de agua me hicieron cosquillas al deslizarse por mi vientre. Su calor corporal era como un ser vivo que se hundía en mi piel y me instaba a dar un paso adelante y pegar mi cuerpo al suyo.

No podía respirar cuando se inclinó sobre mí y me dijo en voz baja y al oído.

—Tienes suerte de que hoy tenga que hacer otras mierdas.

Aquel sonido áspero me recorrió todo el cuello y me puso el vello de punta. No pude evitar preguntarme qué habría hecho si hubiese estado libre.

Sus dedos rozaron los míos cuando deslizó el sobre de papel de manila en mi mano.

—Déjalo en el escritorio de tu padre. —Luego dio un paso atrás y, como consecuencia, todo mi cuerpo comenzó a arder—. Y ni se te ocurra abrirlo.

Me encantaría decir que su tono de voz cayó sobre mí como un jarro de agua fría, pero no fue así.

Alcé la vista para dedicarle una mirada suspicaz. La luz del sol otorgaba un color más dorado a sus ojos ámbar.

—Los asuntos que mi padre y tú os traéis entre manos son lo último del mundo por lo que yo me preocuparía.

El tono de su voz se volvió más amenazador.

—Bien.

Luego, nos quedamos mirándonos durante otro instante. Al final, hizo sonar las llaves que llevaba en la mano y, lentamente, dio otro paso atrás antes de darse la vuelta y volver a su coche. Yo me quedé ahí, observándolo, porque de espaldas era tan atractivo como de frente.

Nicolas abrió la puerta del coche y gritó:

—¡Por cierto, es Nico! No me llama Nicolas ni Dios.

Mientras se alejaba por el camino, me recordé a mí misma que debía seguir llamándole Nicolas. Después entré en casa y dejé el sobre en el escritorio de *papà*, pero, antes de que pudiese volver a salir, mi mirada se vio atraída por la pequeña caja fuerte que había en una de las esquinas de la sala. Con un nudo en la garganta, me dirigí hacia ella y probé a accionar el picaporte, aunque ya sabía cuál sería el resultado. Estaba cerrada.

La culpa hacía que me aferrara al menor atisbo de esperanza.

Busqué por todos los cajones del enorme escritorio de caoba, aunque, una vez más, sabía perfectamente que no encontraría lo que estaba buscando. Todos los datos bancarios de las cuentas que mi padre tenía en casa se encontraban bajo llave, pero algún día cometería un error.

Algún día esta familia pagaría por las vidas inocentes que había quitado.

Cuando salí del despacho me encontré con Adriana sacando a rastras a Ryan por la puerta de entrada.

Solo pude cruzarme de brazos cuando vi que se había

abrochado a un lado y con bastante torpeza la parte de arriba del bikini y que tenía la parte de abajo del revés. ¿Se lo había estado montando con el jardinero mientras yo le salvaba el culo? Vaya pequeña... Uf.

Cuando el muchacho por fin se marchó, se apoyó en la puerta con la cara pálida y expresión de alivio.

Yo fruncí los labios en señal de desaprobación, me di media vuelta y anuncié en un tono agudo y estridente: «De limón», y comencé a subir las escaleras.

Capítulo 8

«Con los zapatos adecuados, cualquier mujer podría conquistar el mundo».

Marilyn Monroe

Elena

Cuando llegué al umbral de la puerta del dormitorio de Adriana, me paré en seco y cerré los ojos sin poder creerme lo que acababa de ver.

—*Papà* va a matarte —le dije.

—Perfecto —musitó, y añadió con un pincel un largo arco al lienzo que descansaba apoyado en la pared.

La pintura podría haber sido un arcoíris si no fuese porque era completamente negra.

Mi hermana había estado taciturna desde que Ryan se pasó por casa. De hecho, solo salía de su habitación para asistir a sus clases. La semana pasó lentamente bajo la nube negra en la que sumió a la casa con sus cuadros emo y la música sensiblera. Estaba volviendo a sentirme culpable, pero la verdad es que ninguna parte de mí quería encontrarse en su lugar. Prefería casarme con alguien que no fuese tan grosero ni, por lo que había escuchado, tan mujeriego y, para ser sincera, que fuese menos atractivo. Puede que sonase raro, pero para mí tenía todo el sentido del mundo.

A mis oídos llegó una risa desde la planta de abajo, y volví a cerrar los ojos. La fiesta de compromiso de Adriana había comenzado hacía cinco minutos, aunque ella se encontraba sentada en el suelo como los indios, con un mono y llena de pintura.

Ya estaba viendo venir el cabreo de *papà* y sabía que su ira me iba a terminar salpicando, básicamente, por ser un blanco demasiado fácil. Adriana jamás reaccionaba cuando nuestro padre descargaba su furia contra ella, lo que lo cabreaba bastante, por lo que acababa pagándolo conmigo.

—¿En qué demonios estás pensando? —Me dirigí directamente hacia su armario, sin ninguna gana de ponerme a rebuscar entre sus disfraces hasta encontrar por fin el único vestido que pudiera ponerse para la ocasión.

—En que odio a mi prometido. Es maleducado y, además, tú lo has visto, ¿no? Elena, ¿puedes siquiera imaginarnos haciendo el amor?

Me quedé quieta un momento, negué con la cabeza y continué apartando perchas de ropa.

—Mmm, no. Y voy a intentar no hacerlo.

Mi hermana suspiró.

—Hasta hace un par de horas no he sido consciente de que tendría que hacer el amor con él.

Yo solté un ruidito a modo de respuesta. No me extrañaba que hubiese tardado todo este tiempo en llegar a esa conclusión. Para la mente excéntrica de Adriana, lo obvio resultaba ser un gran enigma. Lo que era sorprendente teniendo en cuenta que siempre fue a la que se le daban mejor las tareas del colegio y tenía más amigos de los que yo podía soñar.

—Y no dejo de pensar que a lo mejor hay una razón para que tenga que abrir tanto las piernas cuando está sentado. Es una persona grande. Aquel día empecé a preocuparme, así que busqué fotos (bueno, vídeos) de hombres de su tamaño, desnudos, y eso solo hizo que me preocupase más.

—Has estado viendo porno —dije impávida, de pie en el umbral del vestidor, mientras la observaba pintar al señor Conejo detrás del arcoíris negro.

Entonces ladeó la cabeza para examinar su obra maestra.

—Sí, creo que se llama así.

—¡Adriana!

Mi hermana soltó un quejido, y yo miré hacia la puerta. Mi madre llevaba un vestido rojo de cóctel y una expresión de enfado en la cara. Un montón de palabras en italiano salieron de sus labios a la velocidad de la luz a la vez que me arrebataba el vestido de la mano y le daba un pescozón a mi hermana.

—Dúchate, ¡ya!

Adriana refunfuñó, pero se puso de pie.

—¡Y *porno*! —Más italiano—. ¿En qué estabas pensando?

En ese instante, se me escapó una carcajada.

Mamma me fulminó con la mirada, y yo me puse a toser para disimular la risa. Siempre aparecía en los momentos menos oportunos. Nunca podíamos salirnos con la nuestra.

—Elena, ve a calmar a Russo. Que el Señor no permita que vuelva a ponerse a disparar a los invitados.

—¿Yo? ¿Y qué se supone que tengo que hacer?

Las únicas indicaciones que recibí fueron un puñado de frases de reprimenda en italiano que ni siquiera estaban relacionadas con el tema que teníamos entre manos. Siempre que mi madre explotaba, se ponía a hablar de todo excepto de aquello por lo que estaba cabreada en ese momento. Esta vez habló de que antes había roto su plato de porcelana favorito, la *nonna* había vuelto a quejarse de la comida y el jardinero no había aparecido ese día. Lo que, definitivamente, era lo mejor...

Los invitados llegaban con cuentagotas por la puerta de entrada mientras me abría paso escaleras abajo. Llevaba un vestido largo rosa atado al cuello, unos tacones con un lazo anudado a los tobillos y el pelo suelto y recogido a un lado con unas horquillas. El hecho de que no aprobase aquel matrimonio no significaba que fuese a perder la oportunidad de vestirme de gala. Sinceramente, llevaba esperando este día toda la semana.

—¡Elena! —chilló mi prima Sophia a la vez que cruzaba la puerta de entrada.

Sí, «chilló». Ese era el verbo que mejor lo describía. La chica tenía diecinueve años y una expresión pícara constante.

—¡Te he echado de menos!

Se lanzó sobre mí para abrazarme y hasta me lanzó un paso atrás con el impacto.

—Pero si te vi el domingo en la iglesia —me reí.

—Ya. —A continuación, me estampó dos besos en las mejillas y se retiró—. Pero han pasado tantas cosas desde entonces.

Ella no estuvo presente el día del incidente en el almuerzo, pero conocía a mi familia lo bastante bien como para saber que mi prima Caitlin, con tres años, podía recitar lo que ocurrió de principio a fin como si hubiese estado allí.

—¿Dónde está Sal? —le pregunté.

Su hermano mayor era la versión masculina de ella.

—Se ha encontrado con Benito en la entrada. Están manteniendo, ya sabes, una «conversación de hombre a hombre». —Y puso los ojos en blanco—. Bueno. Voy a buscar algo de alcohol para las dos. Cuando vuelva, tenemos que charlar sobre ese Nico del que he oído hablar tanto.

—Pues ve al patio a echarle un vistazo a la mancha del suelo. Eso es todo lo que te puedo contar —le contesté.

—Pues eso no es lo que dicen. Mi madre me ha contado que está más bueno que David Beckham.

—No sé quién es ese.

Se quedó boquiabierta.

—Elena, vives en una cueva. Lees demasiados libros y ves demasiado poco la tele.

—La frase del siglo —mascullé en tono irónico mientras mi acompañante veía a otra prima, chillaba su nombre y me abandonaba.

Durante un segundo me quedé sola en el vestíbulo. Tanto las ventanas como la puerta del patio estaban abiertas para permitir que la brisa veraniega corriese por la casa. Hacía una noche preciosa, y estaba rezando por que no acabase como la última vez que los Russo habían venido. Tony no estaría, así que la probabilidad era menor.

Me di la vuelta para buscar a mi padre y decirle que había habido un problema con el vestido de Adriana, que iba a llegar tarde, y pedirle que «él» se lo transmitiese a su prometido; sin embargo, antes de que pudiese, la puerta de entrada se volvió a abrir. Un sabor amargo me trepó por la garganta, pero ya era demasiado tarde para escapar.

Sin lugar a dudas, Nicolas Russo tenía la peor reputación de todos los hombres que había conocido. Pese a eso, y sin saber cómo, había encontrado el valor de ser yo misma cuando estaba con él, no la dulce Abelli que todo el mundo conocía y que esperaban que fuese siempre. Pero, exactamente igual que cuando alguien se ve atado a sus viejas costumbres por la presión de la gente de la que se rodea, yo estaba volviendo a caer en el abismo de sonrisas y palabras falsas, y no sabía cómo salir de ahí.

—Elena.

Un aire cálido me acarició la piel cuando la puerta se cerró, y yo deseé con todas mis fuerzas estar en cualquier otro sitio, pero sonreí con educación.

—Óscar.

Rondaba los treinta y cinco, tenía el pelo castaño con reflejos rubios y siempre llevaba trajes caros con corbatas de colores. Óscar Pérez era atractivo de una forma clásica y carismática. Nunca le faltaba atención por parte de las mujeres, aunque él siempre me colmaba a mí con la suya. Trabajaba para mi padre y solía asistir a las fiestas, pero llevaba meses sin verlo, desde que dejamos de tener algo entre manos, desde antes del incidente. Para mí había sido un alivio tremendo, pero, por desgracia, todo lo bueno se acaba.

—Estás tan guapa como siempre —me dijo a la vez que me plantaba dos besos demasiado largos en las mejillas y continuaba hablando en español—. Demasiado hermosa para las palabras.

No entendí lo que me acababa de decir, pero di por hecho que tendría algo que ver con la simetría de mi cara.

Me quedé mirando la corbata azul claro que llevaba puesta. Era del mismo color que sus ojos.

La odiaba.

Era el colombiano más blanco que había conocido en mi vida y, por alguna razón, me ofendía su apariencia rubia y atractiva. Me resultaba una mentira tremenda.

—Gracias —le contesté e intenté dar un paso atrás, pero él llevó la mano a la parte baja de mi espalda y la deslizó hasta casi mi trasero.

La inquietud hizo que se me formara un nudo en el estómago. Era esbelto, alto y su presencia me consumía, igual que el regusto que queda después de comer algo repulsivo.

Él siempre se pasaba de la raya de una manera sutil. Se limitaba a acariciar con los dedos lo que no debía, a acercarse lo suficiente como para hacerme sentir incómoda, pero no lo suficiente como para que mi *papà* le metiese un balazo. ¿Mi padre me creería siquiera si esta vez se sobrepasaba?

Óscar se apartó un poco para mirarme a los ojos, pero no me quitó la mano de encima. Noté algo arrastrándose bajo mi piel y, entonces, me di cuenta de por qué no podía escapar de las expectativas que todo el mundo, excepto el prometido de mi hermana, tenía para la dulce Abelli. Nicolas Russo no era un peligro para mí. Iba a casarse con mi hermana. Era imposible que yo me casase con él, imposible que mis acciones alterasen la forma en la que me trataría como esposa. Y la mayoría de los hombres que cruzaban esa puerta eran futuros maridos en potencia. ¿Por qué iba a empeorarme las cosas?

Los dedos de Óscar se aferraron a mi lumbar para decirme al oído:

—Me he enterado de que te has metido en problemas desde la última vez que nos vimos.

El corazón se me iba a salir del pecho. Nunca se había comportado según las normas, pero, dentro de eso, había sido educado, si es que eso tiene algún sentido. Jamás había sacado a colación algo tan invasivo y personal.

Aquella voz azucarada tomó un matiz cruel.

—Cuando me enteré me decepcioné muchísimo, Elena. Entiendes por qué, ¿verdad?

Aquello solo podía significar una cosa (mi peor pesadilla), pero me negaba a aceptarlo, no iba a creérmelo. Aunque tampoco iba a llamarle mentiroso.

—Claro —suspiré.

No fui consciente de lo fuerte que me estaba agarrando hasta que me soltó y di un traspié hacia atrás. Enfoqué la visión en la fea corbata. Tardé un segundo en darme cuenta de que ya no estábamos solos, y la fuerte presencia que noté pegada a mi espalda solo podía pertenecer a una persona.

Óscar echó un vistazo con cautela más allá de mí, después me miró con una sonrisa falsa en la cara; la amargura danzaba en sus ojos.

—Nos vemos para cenar, Elena.

A continuación, me dio un beso en el dorso de la mano, observó mi anillo barato con una mueca y desapareció en mi casa como una serpiente en libertad.

Yo clavé las pupilas en la puerta, su insinuación resonaba una y otra vez en mi mente. El resentimiento reptó por mi pecho y volvió a rastras a donde fuera que residiese. Pese a todo, puede que me mereciese a Óscar Pérez...

Lentamente, me di la vuelta mientras recorría con los ojos el chaleco negro, la corbata del mismo color y, al final, me encontré con una mirada igual de oscura que el atuendo.

—Si esa era la dulce Abelli, no puedo decir que me haya impresionado.

Aunque la presencia de Óscar fuese una sombra negra que se cernía sobre mí, no era nada en comparación con la gigantesca y agradable de Nicolas. La suya te atraía en lugar de repelerte, lo que era infinitamente más peligroso.

El recuerdo de mi comportamiento cobarde todavía podía respirarse en el aire, y no podía cambiar el chip tan rápido.

—Disculpa —murmuré y di un paso para sortearlo, pero alargó el brazo y me agarró de la mano.

No me dio tiempo ni a sopesar la expresión de su cara antes de que me llevase a rastras hasta la puerta principal. La áspera palma de su mano prácticamente estaba quemando la mía, a la vez que propagaba una sensación agradable en la zona baja de mi vientre.

Me costó un momento encontrar la voz para hablar y, cuando lo conseguí, lo que dije sonó más a un jadeo incierto que nunca.

—¿Qué haces?

Estaba furioso. Tenía que estarlo para tocarme en medio del recibidor pese a estar rodeado de invitados.

Mi futuro cuñado ignoró la pregunta que le acababa de hacer.

—¿Dónde está mi lista?

Fruncí el ceño, y entonces me acordé de que tenía que redactar una.

—Yo, eh, se me ha olvidado.

Bajo el cálido resplandor de la luz del porche, escuché la risa de Benito y de Sal cerca de los coches que había en el camino de entrada, pero estaba demasiado oscuro como para verlos. Nicolas me agarraba de una forma firme y suave, y por lo tanto la única opción que tenía era ir tras él por el sendero de piedra que llevaba a un lateral de la casa.

No tenía ni idea de lo que estaba haciendo, pero mis dos alternativas eran acompañarlo o volver adentro, donde Óscar campaba a sus anchas. No era una elección difícil de tomar, aunque sí que me resultó sorprendentemente fácil teniendo en cuenta que había visto a uno de ellos disparar a un miembro de su familia en la cabeza.

Nicolas se paró al lado de la esquina de la casa, me soltó la mano y apoyó la espalda en el muro de ladrillo del que era mi hogar. Un segundo después, la llama naranja de un mechero le iluminó la cara con tonos dorados cuando se encendió el cigarrillo que descansaba entre sus labios.

—¿Fumas?

Era una pregunta bastante tonta considerando que estaba expulsando una bocanada de humo mientras me observaba con expresión despreocupada.

—A veces —fue todo lo que me contestó.

Tenía los hombros tensos. Alzó la vista para mirar las cámaras de seguridad que había sobre nuestras cabezas. Al apoyarse en la pared, se había colocado en un punto ciego.

En cambio, lo más seguro es que yo estuviese de frente y en el centro de la pantalla, a la vista de Dominic. ¿Qué pensaría la gente si volvían a pillarme a solas con un hombre con el que no debía estar? Una ola de ansiedad se desató en mi interior, así que di un paso al lado para salir del campo de visión de la cámara.

Nicolas me miraba con dureza, incluso con ira, pero no estaba muy segura de qué le había hecho. Observé durante un segundo el cielo estrellado. Era bonito, aunque no creía que me hubiese traído hasta aquí para que lo admirásemos juntos. De hecho, daba la impresión de que estar allí era lo último que quería en el mundo.

Suspiré.

—¿Qué hacemos aquí fuera?

Era una noche oscura, pero aun así pude ver una expresión amarga en su cara.

—He visto al gilipollas ese zarandearte y tocarte el culo, y me he preguntado si yo también podría hacerte lo mismo.

El corazón se me paró durante una milésima de segundo, y luego entorné los ojos. Tenía mis razones para aguantar a Óscar, pero no debía soportar algo así de un cuñado. Di un paso para marcharme, una mano áspera me envolvió la muñeca.

—Quédate.

No fue una sugerencia, aunque tampoco una orden. ¿Por qué quería que me quedase cuando claramente estaba furioso conmigo? Era grosero, y me confundía. Y ¿quién le había dicho que pudiese cogerme de la mano, tirar de mí y provocarme una sensación tan placentera por todo el cuerpo? Supuse que Nicolas Russo había conseguido todo lo que había querido desde que era pequeño y, al ser hijo único, ni siquiera había tenido que compartirlo.

Solté un suspiro sonoro y tiré de la muñeca para que me

la soltara. Era una estupidez, pero iba a quedarme. Me dije a mí misma que solo era porque necesitaba averiguar cómo era, por el bien de mi hermana. No porque su mera presencia desatase un calor ardiente en mi interior.

Observé el cigarro. Parecía tan pequeño e inofensivo en su mano. No tenía ni idea de cómo quedaría en la mía, aunque empezaba a preguntármelo.

Nicolas tuvo que darse cuenta por el gesto que estaba poniendo, porque se quitó el cigarrillo de los labios y me lo pasó. ¿Quería compartirlo? Me estaba observando con los ojos ligeramente entornados, como si estuviese mirando al sol de frente, pero no dijo ni una palabra. Se me aceleró el pulso.

Hacía seis meses que ni siquiera tocaba a un hombre (seguramente por eso tenía una idea tan infantil de que me cogiesen de la mano y compartiesen un cigarrillo conmigo). El contacto masculino nunca fue nada normal para mí y, antes de que este anillo adornase mi dedo, ni siquiera había existido.

Le quité el cigarro de la mano y él me observó mientras me lo llevaba a los labios e inhalaba. Empecé a toser inmediatamente, y los ojos se me llenaron de lágrimas.

Una diversión macabra apareció sigilosamente en su mirada. Acto seguido, alargó el brazo y, al quitármelo, sus dedos rozaron los míos.

—No había terminado —protesté, aunque todavía no había dejado de toser del todo.

Si iba a fumar, quería hacerlo bien. A lo mejor era una perfeccionista, pero no podía dejar nada a medias o mal hecho.

Lo observé mientras ponía los labios en el mismo punto del cigarro en el que habían estado los míos. Gracias a Dios que estaba oscuro, porque las mejillas comenzaron a arderme. Aquel hombre apenas me había dicho nada que no fuese desagradable, un monosílabo o una orden y, pese a eso, mi cuerpo reaccionaba a todo lo que hacía como si fuese maravilloso. *Che palle*. Me estaba pillando por mi futuro cuñado.

A continuación, me devolvió el cigarro.

—Esta vez no aspires tanto.

Le hice caso y solo inhalé un poco. Unos segundos después, dejé que el humo escapase suavemente por mis labios entreabiertos. Una ola de languidez inundó mis venas y noté que me mareaba un poco.

La brisa era cálida y las cigarras cantaban una canción inalterable, y yo estaba compartiendo un cigarro con un hombre del que no sabía nada.

—Mi madre va a matarme —le confesé en un tono suave, a lo que siguió el débil sonido de las risas de mis primos que traía el suave viento.

Nicolas tiró la colilla, expulsó una bocanada de humo y pisó lo que quedaba de cigarro.

—¿Se lo cuentas todo a tu madre?

Levanté la vista para observar el cielo estrellado. La respuesta era que no; nunca le contaba casi nada a nadie. Desde luego, nada que importase.

—Va a oler el humo —le respondí mientras contemplaba las constelaciones.

Entonces lo miré de reojo y me di cuenta de que él ya tenía sus ojos puestos en mí. Me puse colorada, y cada centímetro de mi ser comenzó a arder.

—Ven aquí.

Algo suave y encantador se entrelazó con el tono grave de su voz.

Y, de pronto, se me paró el corazón.

Así era como este hombre conseguía a las mujeres: solo tenía que decir «ven aquí» usando ese tono. Aunque tampoco podía decir que me dejase indiferente cuando era brusco conmigo.

Siempre había cumplido las órdenes, especialmente cuando venían de los hombres de mi vida que pertenecían a la mafia, aunque esa no era la razón de ninguno de los pasos que había dado para acercarme a él. Yo era una polilla revoloteando alrededor de la llama, y no podría parar hasta que me acercara tanto que se me quemaran las alas.

Nicolas me posó la mano en la cintura y aguanté la respiración. Hundió los dedos en mi piel al tirar de mí hasta que mi pecho rozó el suyo. El corazón me palpitaba en la garganta, y la mano le quemaba tanto que hacía que el calor se extendiese hasta llegarme a la boca del estómago. Con todo esto, apenas me di cuenta de que se estaba inclinando sobre mí ni de que su cara rozó mi pelo.

—No fumes.

Aquellas palabras sonaron suaves, pero también tenían un toque áspero.

La palma de su mano se deslizó desde mi cintura hasta la cadera justo antes de que la apartase y dejara un rastro de fuego por mi costado. Se separó de la pared, y yo di un paso atrás para apartarme de su camino. De pronto, mientras se alejaba, se paró y se giró hacia mí. Usó un tono liviano, indiferente, pero envenenado con ese toque dominante que controlaba tan bien.

—Quiero la lista mañana, Elena.

Capítulo 9

«¿Qué quieres decir? ¿Que llevo encima un carnet de socio en el que pone "mafia"?».

Willie Moretti

Nico

La tentación se presenta inocente, medio desnuda y chorreando.

«Y yo soy igual que los imbéciles de mis primos».

Esta semana había llegado a esas dos conclusiones y las aceptaba, lo que me irritaba bastante. Se podía decir que estaba de trabajo hasta el cuello y, aun así, solo podía concentrarme en una puta cosa.

En Elena Abelli, claro está. Mojada de la puta cabeza a los pies.

La forma en la que estaba ahí de pie, mirándome con esos tiernos ojos marrones y esa expresión dulce mientras las gotas de agua se estrellaban en el hormigón. Con el pelo largo mojado, y un cuerpo que solo ves en las estrellas del porno.

Dios, no podía ser de este mundo. O eso era de lo que me había convencido, pero después me siguió, hasta se interpuso en mi camino y me dijo lo que no podía hacer.

Desgraciadamente era real. Cada perfecto centímetro de piel.

Por alguna razón que desconocía, la idea de que diese la bienvenida así a los invitados hacía que perdiera los estribos. ¿Su padre la dejaba ir correteando medio desnuda por ahí mientras había hombres en casa? Y, como su futuro cuñado que era, ¿podía decirle que fuese a ponerse algo de ropa, joder?

En mi vida había deseado que una mujer se vistiera, especialmente ninguna con un culo como el de Elena Abelli. La frustración se aferró a mi pecho porque ya sabía que, cuando esas reacciones irracionales se me pasaban por la cabeza, solo significaba una cosa. Y normalmente no era nada positivo para ninguna de las partes involucradas.

Unas antorchas tiki y las centelleantes luces naranjas que descansaban sobre la mesa del patio de los Abelli iluminaban la noche. La atmósfera parecía bastante relajada, aunque puede que eso fuese porque ellos se encontraban a un lado del espacio y nosotros al otro.

Un mayordomo le sirvió a Adriana su sexta copa de vino, pero yo alargué el brazo y se la quité para ponerla al otro lado de mi plato de postre.

Acto seguido, sus pupilas me quemaron la mejilla hasta que me abrieron un agujero.

—Joder, no tienes edad para beber —le dije.

Ella suspiró y masculló sobre que tenía que beber para olvidar los vídeos (significase lo que significase eso).

Se suponía que teníamos que estar «empezando a conocernos», por sugerencia de su madre, pero apenas nos habíamos dirigido la palabra y no me importaba lo más mínimo.

Mayormente porque sabía dónde estaba su hermana y me estaba concentrando en no permitirme mirar en su dirección. La chica tenía a toda la población de Nueva York besándole el culo, y no me habría importado que me incluyesen en su club de pajilleros.

Aun así, un destello rosa en una de las esquinas del patio llamó mi atención y no pude evitar echar un vistazo involuntario. Estaba jugando al cróquet con sus primas y Benito, e, igual que una diva, seguía con los tacones puestos. Pensé que me sobraría con la idea que me había conformado de su personalidad para que me sirviese de repelente, igual que una nube espesa de insecticida o un poco de gas pimienta. Por desgracia, no logró evitar que la desease. No si la miraba o, especialmente, si me hablaba con esa voz suave y agradable que me calaba la piel y corría directamente hacia mi entrepierna.

Ahora entendía por qué mis primos estaban tan fascinados con ella.

El hecho de que pudiesen incluirme en el mismo grupo que a esos idiotas era... ridículo.

Pero sabía que era así. Yo era un Russo. Nosotros queremos lo que no podemos tener, y no podía tener a Elena Abelli en mi cama, ni siquiera una puta vez.

—¿No te gusta mi hermana? —me preguntó Adriana.

Coño, era un poco perceptiva. Tendría que tenerlo en cuenta.

Le di un sorbo al *whisky*.

—No en especial.

—Mmm —fue todo lo que dijo, como si no me creyese, pero tampoco le importase una mierda.

Parecía que así era como serían nuestras conversaciones. Cortas y apáticas. No sabía decir si seríamos perfectos el uno para el otro o si me volvería loco con sus peculiaridades.

Entonces mis ojos se toparon con el gilipollas rubio, que se encontraba charlando con uno de los primos de Elena. No conocía a aquel hombre, pero tenía claro que no le ayudaría si me lo encontraba desangrándose en la calle. Un fuego abrasador irradiaba de mi pecho solo con mirarlo. Antes estuve a punto de no contenerme y estrellarle la cara contra la puerta de la entrada. Elena Abelli no era asunto mío, aunque la sangre Russo que me corría por las venas ardiese un poco más en su presencia.

—¿Los Yankees o los Mets?

Adriana había desparramado toda la sal del salero y se había puesto a dibujar caricaturas con ella.

—Los Red Sox —le contesté en un tono cortante.

—¿Bóxers o *slips*?

—A lo comando —le mentí.

Acto seguido sus ojos recayeron sobre mi pene, aunque un segundo después apartó la mirada y frunció los labios.

—Este juego es un aburrimiento.

Aquello me hizo muchísima gracia. Esa chica era rara de cojones. Y ya sabía por qué Salvatore me había ofrecido a esa hija de entrada. Dijo que Elena era «no apta». «No apta, mis cojones». Ni un solo hombre de toda la Cosa Nostra rechazaría a esa mujer por no ser virgen. Salvatore no quería renunciar a su favorita, la dulce Abelli, al menos no para entregármela a mí. Seguramente pensase que me la había colado.

Yo me llevaría a la rarita. Al menos, estaría entretenido. Y también era la elección más inteligente. ¿Quién sabe con cuántos hombres habría estado Elena? Yo era un don. No estaría bien visto que me casara con una mujer a la que se habían follado otros cuantos de la Cosa Nostra. Y, para ser sincero, nunca se me ha dado bien compartir nada. Tendría que matarlos a todos y ya tenía bastantes problemas por resolver.

Luca se apoyó en el muro que había junto a las puertas

dobles abiertas mientras intercambiaba una mirada con mi primo Ricardo, que se encontraba apartado de la fiesta, observando la escena sentado y en silencio. El primero levantó dos dedos y señaló con la cabeza a las chicas, que se encontraban en el césped. Mi otro primo negó con la cabeza. Después de unos cuantos intercambios mudos más, los dos asintieron.

Al menos parecía que esta noche sería lo bastante sosa como para apostar sobre estúpidos partidos de cróquet en lugar de tan movidita como lo había sido el último domingo. Y por mis muertos que yo no sería el que la arruinaría por partirle el cráneo a nadie contra una puerta.

Miré un segundo a Elena para descubrir que ella ya tenía los ojos puestos en mí. Y de la misma manera en la que me miró cuando me dijo: «Voy a ponerte chorreando». Intenté ignorar la excitación que corría hasta mi entrepierna. Aquellas palabras fueron inocentes, ni se le pasó por la cabeza que cualquier hombre dejaría que lo pusiese todo lo chorreando que ella quisiera. Y no precisamente con la puta agua de la piscina.

Al principio, pensé que quien le hubiese puesto el apodo no la conocía mucho, pero, a medida que pasé algo más de tiempo observándola, empezó a cobrar sentido. Parecía ponerse tensa cuando se enfrentaba a mí, como si fuese algo nuevo para ella, como si esperase que le rodease el cuello con las manos y apretase. Ya lo había pensado, aunque posiblemente en un contexto diferente.

La dulce Abelli estaba intentando abrir sus alas.

Joder, gracias a Dios.

Algo en mi pecho se agitaba de satisfacción cuando me hacía caso al instante. El hombre de sangre caliente que residía en mí se preguntaba cómo de obediente sería. Y el Russo quería saber hasta dónde me dejaría llegar.

Ya la había tocado más de lo que debía. Solo había compartido el cigarro con ella para poder ver sus labios donde habían estado los míos, e imaginé esas uñitas rosas alrededor de una parte específica de mi cuerpo en lugar de en el pitillo que estaba sujetando.

Me bastó con tocar la cintura de la mujer para que su calor y suavidad siguiesen ardiéndome en la palma de la mano.

Toda aquella situación de mierda era un puto coñazo.

El gilipollas rubio agarró a Elena del brazo cuando la chica pasó a su lado para tirar de ella y decirle algo al oído. La irritación me recorrió lentamente el cuerpo. Acto seguido, me recosté en mi asiento y puse el antebrazo sobre la mesa para alejarlo de mi pistola, porque de pronto estaba sintiendo la necesidad de disparar a otro hombre en el patio de los Abelli. El padre de Elena miró por un instante aquella interacción, aunque no pareció preocuparse nada de nada.

Me pasé la lengua por los dientes. Un ansia tremendamente perturbadora se estaba desatando bajo mis costillas.

Elena asintió, tensa, y acto seguido el gilipollas dejó caer la mano para permitir que se marchase. Luego, la muchacha desapareció en el interior de la casa.

—¿Cómo se llama? —le pregunté a Adriana, y le señalé con la cabeza al rubio cuya mera presencia se había convertido en algo tedioso para mí.

—Óscar Perry... No, Pretzel. —Y frunció el ceño—. No, eso tampoco me suena. Es Óscar algo. Dios, ahora me han entrado ganas de comer *pretzels*.

—¿De qué trabaja para tu padre?

La chica volvió a fruncir el ceño.

—No lo sé. Aunque es un poco lameculos. No deja en paz a Elena.

Solté un suspiro irónico.

—¿Y quién sí?

Todos la saludaron en la iglesia como si fuese la mismísima virgen María.

—Cierto, pero ella no se fija en ninguno de ellos. Mi hermana está enamorada.

En ese momento, le lancé una mirada suspicaz.

—Que está ¿qué?

—Enamorada.

Algo macabro e indeseado se deslizó por mis venas.

Adriana me miró con los ojos como platos, como si acabase de darse cuenta de que había hablado más de la cuenta. Acto seguido, se bebió toda la copa de vino de un trago. Ni siquiera me había percatado de que había conseguido otra.

Yo negué con la cabeza, inquieto.

—Esta noche vas a acabar potando, y yo no voy a ser el que te sujete el pelo. No hago ese tipo de mierdas.

—Ya lo hará mi hermana —me contestó, como si tuviese planeado vomitar—. ¿Ya hemos terminado de conocernos?

—De momento.

—Gracias a Dios —mascculló a la vez que se ponía de pie y se alejaba haciendo eses para unirse a una de sus ruidosas primas.

La chica hasta se me había presentado. Bueno, en realidad apareció y me dijo: «*Mamma* llevaba razón. David no te llega ni a la suela de los zapatos», para después guiñarme un ojo y desaparecer. Aquella familia era rara de cojones.

Acepté otra copa de *whisky* de la bandeja que llevaba uno de los sirvientes mientras ignoraba a mi primo Lorenzo, que acababa de acercarse para sentarse a mi lado. A continuación, se abrió la chaqueta de golpe y se metió las manos en los bolsillos. Ni Dios sabía de dónde venía, pero habría preferido que se fuera a cualquier lugar antes que se quedase allí mirando a Elena Abelli. Solo de pensarlo me subía por las paredes.

Se hizo un segundo de silencio, y a Lorenzo se le fueron los ojos detrás del culo de alguna Abelli menor de edad que estaba atravesando la zona de césped.

—¿Qué te ha hecho? —Y me señaló con la cabeza al gilipollas rubio.

Supuse que no había disimulado mucho que quería pegarle un tiro.

—Me ha tocado los cojones —fue todo lo que dije mientras giraba la copa de *whisky*.

—Pues ha tenido que ser grave. No es fácil tocarte los cojones. A ver que lo adivine, ¿ha insultado a tu *mamma*?

—No.

—¿A tu *papà*?

—No.

—¿Al primo más guapo de la familia? Uno ochenta y nueve, pelo oscuro, un pollón...

—¿Lorenzo? —le interrumpí en tono tajante.

—Dime.

—Vete a tomar por culo.

Al muchacho le entró la risa, me dio una palmada en el hombro lo bastante fuerte como para que se derramase un poco de *whisky* por el borde de la copa y se fue.

Lo que decía, mis primos son unos putos idiotas.

Capítulo 10

«Sea por ambición, por la sangre o por lujuria, igual que al diamante, el corte que nos mata es el que nos hacemos nosotros mismos».

John Webster

Elena

Era minúsculo, plateado y brillante. Casi podía verme la cara reflejada en él. Por supuesto, me refiero al vestido de Gianna. El conjunto de aquella noche lo completaban unos largos pendientes de plumas, unos tacones verdes, un recogido alto y, como único maquillaje, los labios rojos.

—... si vas a hacerlo, contrata a un estríper. Fíate de mí.

Estaba hablando con mi prima Emma, de quince años, que se había sentado en la isla de la cocina a sorber ponche con una pajita y con cara de aburrimiento.

Todas mis tías estaban hablando sin parar de la despedida de soltera de Adriana mientras yo me encontraba sentada a un lado de la mesa, frente a la *nonna*, que tenía una taza de café delante. Solo habíamos oído aquel trocito de la conversación de Gianna. Justo después, el ruido de mi familia ahogó el resto.

Negué con la cabeza. Me había hecho cierta gracia, pero, sobre todo, estaba inquieta. Las palabras que Óscar Pérez me había susurrado al oído se hundieron en mi ser hasta llegar a la boca de mi estómago. Había vuelto a apartarme del resto para pedirme que sonriese, que sería el complemento de mi belleza (significase lo que significase). No hablaba español y nunca había querido aprenderlo. Aquel precioso idioma sonaba hostil e invasivo cuando salía de sus labios. Además, odiaba que me dijesen que sonriera, como si mi sonrisa les perteneciese a ellos en lugar de a mí.

Jamás me aclaró por qué le molestaba que me hubiese escapado y acostado con un hombre, pero solo había una posibilidad: pensaba que iba a casarse conmigo. Me costaba imaginarme a *papà* aceptando algo así, teniendo en cuenta que Óscar ni siquiera era italiano, pero ¿por qué otra razón me habría sentado junto a él en la cena cuando no lo había hecho nunca antes?

—No eres feliz.

Dejé de mirar los arañazos de la mesa de madera para observar los ojos marrones de la *nonna*. Acto seguido, negué con la cabeza.

—Sí, sí que lo soy.

No iba a permitir que un hombre como Óscar Pérez me robase la felicidad.

—Mientes fatal, *cara mia*.

Yo preferí no contestarle. No estaba muy segura de qué decir.

—Los jóvenes siempre hacéis una montaña de un grano de arena —se lamentó—. Verás, yo también solía preocuparme, igual que tú. Y ¿sabes lo que me ha aportado? Nada de nada. No pierdas el tiempo en cosas que no puedes cambiar. —De repente, se puso de pie y, apoyando una mano en la mesa, anunció—: Me voy a la cama.

—Buenas noches, *nonna*.

Antes de salir de la cocina, se paró y se giró hacia mí.

—¿Sabes lo que tienes que hacer cuando no eres feliz?

No quería discutir con ella el hecho de que sí era feliz, así que levanté una ceja y le pregunté:

—¿El qué?

—Algo emocionante.

—¿Como qué?

—No sé. A lo mejor fumarte un cigarrillo con algún joven atractivo.

Uf. Se me dibujó una sonrisa en los labios. Solo ella podía pensar que Nicolas era joven.

—Buenas noches, *tesoro*. —Y la *nonna* me guiñó un ojo.

La llama de la vela bailaba y su luz naranja e hipnotizante me traía a la mente el recuerdo desalentador de las sonrisas falsas. La suave brisa veraniega hacía volar las finas cortinas, y una lámpara iluminaba con su tenue resplandor la pared cubierta de estanterías con libros. La voz de Frank Sinatra entraba tan sigilosamente por debajo de la puerta de la biblioteca que bien podría haber sido el recuerdo lejano de una noche parecida a aquella, pero cincuenta años antes.

Estaba sentada de lado junto a la chimenea con un libro apoyado en el brazo. No había leído ni dos páginas cuando me di por vencida y descansé la cabeza en la silla para observar la vela que inundaba la habitación de olor a lavanda. Mis tacones yacían en el suelo, caídos en el olvido, mientras los lazos blancos, deshechos, se extendían por la alfombra roja con motivos orientales.

Salí de la cocina en cuanto pude para escapar de la conversación que mi madre estaba manteniendo sobre la boda. Al principio, me resultó un ruido molesto, pero poco a poco se volvió ensordecedor, y acabé necesitando el silencio. Ya ni siquiera tenía que ver con Óscar Pérez. Era por todas las palabras que se habían quedado en el tintero, por el futuro incierto.

Igual que la corteza dura de un coco, la dulce Abelli protegía del resto del mundo a la persona que era en realidad. Y, para romperla, hacían falta herramientas fuertes. Al bajar esa guardia, mostraba una parte de mí que casi nadie había visto (mi yo que sentía). La parte vulnerable. No sabía muy bien por qué había dejado que Nicolas Russo viese esa faceta de mí. Quizás porque su indiferencia me llevaba a creer que no quería hacerme daño.

Alcé la mirada en cuanto escuché el clic de la puerta de la biblioteca para ver entrar a aquel hombre, como si al pensar en él lo hubiese invocado.

Él levantó la vista del suelo y, al darse cuenta de que yo también estaba allí, se paró en seco. Durante un segundo, pareció que iba a darse la vuelta y marcharse sin decir nada solo y exclusivamente por haberme encontrado a mí allí. Me observaba de forma condescendiente y con indiferencia (como si al entrar en su librería se hubiese topado con una asistenta descansando en su silla). Aquel hombre no quería tener nada que ver conmigo. Bueno, a mí tampoco me agradaba él, aunque, para ser sincera, principalmente era porque yo no le caía bien.

Entonces me lanzó una mirada inquisitiva.

—¿Por qué no estás en la fiesta?

—¿Y tú? —contraataqué.

Se pasó la mano por la corbata mientras me observaba con aire calculador, como si estuviera sopesando los pros y los contras de mi presencia en la sala. No parecía que estuviese encontrando muchas ventajas.

Cuando, al final, tomó una decisión, cerró la puerta y se dirigió al minibar sin responder a mi pregunta. A continuación, se sirvió una copa, y yo intenté hacer como que él no estaba allí, como que su presencia no había inundado la habitación y que, al entrar, no había provocado que fuese incapaz de pensar. Sin embargo, me di cuenta de que tenía los ojos clavados en él y no podía dejar de contemplar cada movimiento acompasado que hacía para llenarse un vaso de cristal de *whisky*.

La piel se me encendió como si me hubiese atravesado una corriente eléctrica, y la tela del vestido se volvió pesada mientras la brisa que entraba por la ventana me acariciaba los hombros. Pasó por mi lado y yo fingí estar absorta en las frasecitas estampadas en negro que tenía ante mí, pero, en realidad, no estaba entendiendo ni una palabra del asesinato de John F. Kennedy. La historia y los hechos siempre me reconfortaban cuando estaba pasando por un momento de incertidumbre porque, algún día, yo no sería más que un recuerdo, igual que sus protagonistas.

Nicolas fue a sentarse a un sillón gris que había junto a la ventana y se sacó el móvil del bolsillo. Luego, se inclinó hacia delante y apoyó los codos en las rodillas. Se había desabrochado la chaqueta para dejar a la vista un chaleco negro que le abrazaba el vientre plano. Como se había deshecho la corbata, esta colgaba torcida de su cuello, y, de pronto, aquella imagen me hizo preguntarme: «¿Qué pinta tendrá por las mañanas cuando está totalmente desaliñado?». Tragué saliva.

Puede que fuese capaz de lucir un traje igual que lo haría un perfecto caballero, pero, una vez más, los nudillos destrozados y ensangrentados de la mano con la que estaba sujetando el móvil delataban que aquella apariencia no era más que una fachada.

Una sutil barba de tres días le cubría la mandíbula. Tenía el pelo tan oscuro como el traje que llevaba puesto, en la parte de arriba era espeso y estaba despeinado. Parecía una persona intimidante, con una presencia arrolladora y una mirada asesina que abrasaba, pero cuando ponía una expresión relajada y serena, como en ese momento..., ni siquiera tenía que mirarme para hacerme arder.

Levantó un segundo la vista y me pilló observándolo.

—Tienes que mejorar esa miradita.

De pronto, el corazón comenzó a palpitarme en la garganta y una ola de calor ascendió veloz hasta mi cara.

Sus ojos recayeron en mis mejillas y, entonces, hizo algo que jamás habría esperado de él.

Puede que fuese por incredulidad o quizás pensase que era ridícula. Ni lo sabía ni me importaba, pero el caso es que se rio. Lentamente, con un tono amenazante. Fue el tipo de risa del que no tiene buenas intenciones, el tipo de risa que se queda impregnada para siempre en las paredes.

El calor se enroscó en la parte baja de mi vientre y, sin poder evitarlo, le mantuve la mirada más todavía. Tenía los dientes blancos y unos colmillos afilados, como el villano que era. Cuando me miró de soslayo, con aquel júbilo macabro en los ojos, una llama palpitó en mi entrepierna.

—Joder —dijo en un suspiro a la vez que se pasaba la mano por el cabello.

A continuación, apoyé la cabeza en la silla mientras me mordía el labio inferior y tiraba de este. Él me dedicó otra mirada a la vez que su risa se desvanecía y su diversión daba paso a un ambiente tan tenso que echaba chispas. Un cálido soplo de aire entró por la ventana, pero yo sentí un escalofrío.

No tenía ni idea de cuánto rato llevábamos sentados en la misma habitación, bastante cerca y en silencio. El tiempo no entraba en la ecuación. Cada vez que se movía, levantaba la vista del teléfono, daba un sorbo o me miraba porque pasaba la página o me apartaba el pelo de los hombros, el momento quedaba grabado en mi mente.

Pensé que lo estaba haciendo bien, que estaba pasando las páginas igual que lo haría alguien que estuviese leyendo. Pero lo eché todo a perder cuando sus ojos se despegaron del móvil y se posaron en mi cara. Se quedaron ahí durante un momento, para después bajar a toda prisa por mi cuello y mis hombros desnudos. Dejé de respirar cuando continuaron su camino por las curvas que dibujaban mis pechos y descendieron por mi vientre. Y me puse colorada cuando bajaron más todavía, hasta las caderas, y siguieron por mis piernas hasta llegar a las uñas de los pies pintadas de rosa que asomaban bajo el vestido.

Ahora era él el que me estaba observando fijamente, pero yo no tenía el valor de decirle nada al respecto. Me habían repasado tantas veces con la mirada que me había convertido en una experta en ignorarlo, pero era la primera vez que ese hecho me hacía sentir así. Estaba acalorada, ansiosa, sin aliento.

Por debajo de la puerta se coló *I Will Always Love You*, de Whitney Houston, y escuché a Benito cantando la letra a voz en grito. Él nunca perdía la oportunidad de ser el primero en empezar el karaoke e, irónicamente, siempre escogía canciones de amor emblemáticas. Mi primo, que nunca se acostaría con ninguna mujer más de una vez si no usaba la talla D de sujetador. Lo decía él, no yo.

En cuanto le oí destrozar el siguiente verso, se me escapó una risita. Entonces me permití mirar a Nicolas, esperando algún tipo de diversión por su parte, pero mi alegría se disipó al darme cuenta de que él aun estaba observándome. La amenaza que se cernía en sus ojos ensombrecía su expresión tranquila.

La sangre comenzó a repiquetear en mis oídos, y la música y las voces que venían de más allá de la puerta se convirtieron en un ruido indiscernible. En ese momento, él se levantó, dejó la copa de *whisky* todavía llena en una mesita auxiliar y se dispuso a marcharse; pero, al llegar a mi lado, se paró. Perdí completamente la capacidad de respirar cuando me acarició la mejilla con el pulgar, sutil como el satén y áspero como su voz. Entonces me agarró de la barbilla y me giró la cara hacia él.

Nos miramos durante unos segundos que parecieron minutos.

—No deberías seguir a los hombres hasta los rincones oscuros. —Una chispa le prendió la mirada, pero se suavizó cuando me rozó el borde del labio inferior con el pulgar—. Puede que la próxima vez no salgas con vida.

Con aquella advertencia todavía flotando en el aire, alejó la mano de mi cara con una caricia y salió de la habitación sin decir nada más.

En ese momento, apoyé la cabeza en el sillón y respiré con normalidad por primera vez desde que aquel hombre cruzara el umbral de la puerta. No sabía qué era ni por qué parecía que una corriente eléctrica pasaba continuamente por debajo de mi piel cuando él estaba presente, pero no quería pararme a analizarlo. Sabía que no era nada bueno. Nada que te deje sin aliento puede serlo.

Entonces mis ojos recayeron en la copa que había dejado en la mesa.

Estaba fuera de mí.

Ardiendo.

Cerré el libro y me levanté de la silla. Rodeé la mesita

auxiliar y empecé a girar el vaso sobre la madera laqueada con dedos perezosos.

El líquido que quedaba descansaba en el fondo, dorado, olvidado.

Nunca me había gustado el *whisky*, pero aun así me lo llevé a los labios... y me lo bebí igualmente.

Capítulo 11

«Si puedo evitar que un corazón se rompa, mi vida tendrá sentido».

Emily Dickinson

Elena

El *whisky* era un recuerdo cálido en mi vientre cuando me senté en cuclillas delante del mueble de la televisión del dormitorio de mi hermana.

—¿*Noche de miedo*, *Posesión infernal* o *La noche de los muertos vivientes*?

Luego, solté las películas en mi regazo y esperé una respuesta.

Escuché el sonido amortiguado de las palabras que Adriana pronunció desde la cama.

—*Dieciséis velas*.

Se me pusieron los ojos como platos.

—¿*Dieciséis velas?*

—Mmm.

Aquello no era bueno. Nada bueno.

—¿Estás cien por cien segura?

Ella suspiró.

—Sí, Elena.

—Vale... Espera que voy a por ella.

Escudriñé a mi hermana como si acabasen de salirle dos cabezas mientras salía de la habitación, aunque, en realidad, bajo su manta de *Star Wars*, solo parecía estar borracha y cansada.

Un segundo después, volví de mi dormitorio, puse el DVD y me subí a la cama para colocarme a su lado. Le robé la mitad de la manta y me la eché encima del vestido que no tenía fuerzas para quitarme. La tenue luz que salía del televisor iluminó la oscura habitación mientras veíamos la película en silencio.

—¿Elena? —me preguntó en voz baja.

—¿Sí?

—¿Qué piensas de Nico?

Yo dudé un instante.

—No estoy segura —le contesté al final.

—Hoy he hablado un poco con él.

—Ah, ¿sí?

—Sí. No ha estado tan mal. Es un poco grosero, pero no le detesto.

Entonces me concentré en la película sin saber qué decir. Me alegraba de que mi hermana hubiese encontrado algo de lo que hablar con él..., pero, pese a eso, se me encogió el corazón de una forma que me resultó extraña.

—¿Elena? —me preguntó en voz baja mientras sacaba algo de debajo de la manta.

—Dime.

Me dio su teléfono móvil sin mirarme.

—Envíalo tú, por favor. Yo no puedo.

Cogí el teléfono y leí el mensaje ya escrito que iba dirigido a Samantha (bueno, al nombre en clave que utilizaba para Ryan). Lo único que ponía era un simple «Adiós».

Se me formó un nudo en la garganta, pero aun así apreté el botoncito que podía cambiar vidas y romper corazones; tan solo una palabra enviada desde la otra punta de la red.

—Hecho —suspiré.

Entonces nos tumbamos la una junto a la otra y vimos a una chica enamorarse.

Una de las dos ya lo estaba; la otra sabía que nunca lo estaría.

♠

Me encontraba sentada con las piernas entrecruzadas en una silla de la mesa de la cocina, mirando cómo una gota de lluvia se abría paso para descender por el cristal de la ventana.

—¡No, no, no!

Mamma tiró la cuchara de madera contra la isla: acababa de probar la salsa de tomate que había preparado Adriana. Ese día, mi madre llevaba puesto un chándal morado y, como siempre, se había hecho un semirrecogido en el pelo.

—Ahora mismo acabas de matarlo.

Adriana suspiró y tensó el gesto con frustración.

—¿Cómo lo he vuelto a matar?

—Está tan amarga que podría caer fulminado al instante.

Aquello me hacía mucha gracia. Mi hermana había dejado demasiado rato al fuego la última olla de salsa y el pobre Nicolas se había muerto de hambre.

Mamma negó con la cabeza.

—*Incredibile*. No sé cómo has llegado hasta aquí sin saber cómo preparar *una semplice salsa di spaghetti*. Debería borrarte de esas clases a las que vas y obligarte a pasar el día metida en la cocina.

Adriana se apoyó en la encimera. Un delantal blanco le cubría la camiseta de *Hamlet*, más larga que los pantalones cortos que llevaba puestos, y un pañuelo amarillo le recogía el pelo para despejarle la cara.

—Elena tampoco cocina bien.

Yo fruncí el ceño.

—¡Tu hermana no va a casarse en dos semanas!

El leve tamborileo de las gotas estrellándose contra el cristal inundó la habitación, y un malestar mudo reemplazó las palabras. Sentí la imperiosa necesidad de relajar la tensión del ambiente. Después de todo, ese era mi fuerte.

—No creo que acabe matando a ese hombre, *mamma*. Si ha podido sobrevivir a todas las balas que estoy segura que le han disparado, debería poder sobrevivir a los platos de Adriana.

—Tres veces —me informó mi hermana.

Yo volví a fruncir el ceño.

—¿Qué?

—Que le han disparado tres veces.

—*Mamma mia* —refunfuñó mi madre—. No habléis de esas cosas.

Un innegable interés me recorrió todo el cuerpo e, ignorando a nuestra *mamma*, pregunté:

—¿Cómo lo sabes?

A mi hermana le centelleaban los ojos cuando me miró.

—Se lo pregunté anoche.

—¿Que tú qué? ¡Adriana!

Yo me senté al filo de la silla.

—¿Y te lo contó él?

—Bueno... No exactamente. Se lo pregunté, pero él solo me dedicó una mirada de menosprecio, como si le estuviese molestando. Entonces Gianna, que estaba escuchando la conversación, me dijo que habían sido tres veces.

—¿Tienes la cabeza de adorno o qué? ¿Por qué le has preguntado algo así?

Ninguna de las dos miramos a *mamma*, y una sonrisa se dibujó en nuestras caras. Habíamos pasado a jugar a un juego muy popular que consistía en ver cuál de las dos podía escandalizar tanto a nuestra madre que saliese de la habitación echa un basilisco y regañándonos en italiano. Solíamos empezar ignorándola un par de veces.

—¿Gianna es su hermana? —quise saber, aunque estaba segura al noventa y nueve por ciento de que era hijo único.

Podía ser una prima, pero, de alguna manera, sabía que no lo era.

Adriana soltó una carcajada.

—No. Es su madrastra.

Se me desencajó la mandíbula.

—¡Si ella es más joven que él!

—Un año —me confirmó mi hermana.

—Dios mío. ¿Te imaginas lo que tiene que ser acostarte con un hombre que tenga más del doble de edad que tú?

—¡Elena!

Adriana tensó un poco más la cuerda.

—¿Crees que ha follado con el padre de Nico?

—Se acabó la conversación.

Yo fruncí los labios.

—Bueno, estaban casados. Por lo menos habrán hecho el misionero...

—*¡Basta!*

Mamma fue derecha hacia la puerta, lanzó el delantal a la encimera y comenzó a escupir palabras en italiano sobre lo incivilizadas que eran sus hijas durante todo el camino.

Nuestras carcajadas invadieron toda la cocina.

—No puedo creerme que sea su madrastra —dije, y añadí—: O que lo fuese.

—Lo sé. —A continuación, Adriana metió un dedo en la salsa y, cuando la probó, puso una mueca de asco—. Pero no creo que tengan una relación madre-hijo.

—No —le contesté—. Más bien todo lo contrario.

Mi hermana negó con la cabeza.

—No, eso tampoco.

—¿Qué quieres decir?

—Me juego toda mi colección de disfraces a que se han acostado.

Los ojos se me pusieron como platos.

—¿De verdad?

—Sip —sentenció mientras limpiaba la encimera.

Normalmente, mi hermana era una persona callada que pasaba desapercibida en los eventos y las fiestas, pero eso había hecho de ella una experta en leer a las personas (bueno, solo cuando quería hacerlo o se tomaba el tiempo necesario para ello). Seguramente llevara razón, pero qué... obsceno. Aunque no habría esperado nada menos del don.

Me bajé de un salto de la silla, fui hasta la olla que estaba al fuego y probé un poco de la cuchara de madera. Un sabor amargo me explotó en la boca.

—Vaya, esto es, mmm...

Adriana se rio mientras intentaba llegar a una taza de la balda de arriba con todas sus fuerzas. Dio un salto y soltó un gruñido al no conseguirlo. Entonces se dio la vuelta, dándose por vencida, y entornó los ojos.

—Benito y Dominic están abajo —le comenté—. Seguro que tienen hambre.

—¿Y a mí que me importa...? —Hizo una pausa. Su mirada rebosó comprensión y se separó de la encimera de golpe—. Voy a decirles que ya está lista la comida.

Las luces rojas y naranjas de las farolas se difuminaban al otro lado del cristal por el que se resbalaban las gotas de lluvia. El cielo estaba oscuro y parecía haberse hecho de noche, cuando en realidad solo eran las seis de la tarde de un día de verano.

El móvil de Benito se encendió y vibró en la consola, otra vez. Me recordaba, con el toque justo de ironía, a Manny Ribera, de *El precio del poder*, en apariencia y personalidad. Como si del mecanismo de un reloj se tratase, podía estar segura de que al menos le tiraría los trastos a una mujer, fuésemos donde fuésemos.

—Léelo, Elena.

—No —protesté—. La última vez me encontré con algo que no quería ver.

—Pues entonces no me des por culo por mirarlo.

Uf. Al final, me incliné hacia delante y lo leí.

—Es de «Angela Rubia».

No me sorprendió lo más mínimo darme cuenta de que tenía que diferenciar sus contactos femeninos por algo más que sus nombres, seguro que porque simplemente eran demasiados y no quería que se le mezclaran.

—«No quiero verte nunca más» —leí sin ningún tipo de emoción.

Luego volví a dejar el móvil en la consola antes de que pudiese recibir cualquier foto de «despedida».

Frunció el ceño mientras sujetaba el volante con una mano. Llevaba unos pantalones negros y una camisa blanca, pero no corbata. Para él, aquel era un día casual. Estaba bastante segura de que tardaba más que yo en arreglarse por las mañanas.

Mamma y *papà* tenían una cena con uno de los contactos de mi padre, y yo le había pedido a la *nonna* que no se molestara en venir porque estaba cayendo el diluvio universal. Así que solo estábamos Benito y yo, y él solo podía hacer de chófer a su manera: cuando me dejaba, iba a casa de cualquier chica antes de tener que volver a recogerme. Aunque hoy no sería Angela.

Mi primo soltó un suspiro y se pasó la mano por el pelo oscuro y engominado hacia atrás.

—Elena, como mujer que eres, ¿cómo interpretarías este mensaje?

Me quedé callada un momento.

—Bueno, creo que quiere decir que no quiere volver a verte.

—¿Y eso incluye acostarnos?

—Sip.

Volvió a fruncir el ceño.

—Mierda.

—¿Tenía una 120 de pecho o algo así?

—Sí —me respondió apenado.

Yo copié el tono en el que había hablado y contesté:

—Qué pena.

Entonces paró en el bordillo de la puerta del teatro, alargó el brazo por delante de mí y empujó la puerta para abrírmela.

—A por ellos, primita. Aquí te espero a las nueve.

—Gracias.

Salí del coche de un salto y cogí mi bolsa de deporte del asiento de atrás.

—Elena —Benito tenía un gesto serio cuando se inclinó hacia delante y pasó el brazo por detrás del reposacabezas del asiento del copiloto—, ¿crees que el mensaje también se refiere al sexo oral?

Yo puse los ojos en blanco.

—Dios, eres asqueroso.

Entonces me dedicó una sonrisa de oreja a oreja.

—¡Mucha mierda!

Me dirigí al interior del edificio con la bolsa al hombro y saludé a los pocos bailarines que me encontré por el camino. No era un teatro grande, pero sí lujoso (como si mi padre me hubiese dejado bailar en un cuchitril). Luces brillantes, paredes color crema con toques rojos y dorados... Era un auditorio precioso. Y me encantaba lo llamativo de todo aquello: el maquillaje, el vestido, las amistades que había hecho (por superficiales que fuesen...), pero, para mí, bailar solo era una forma maravillosa de hacer ejercicio. La pasión que un día sentí por la danza se estaba desvaneciendo, y no estaba muy segura de cuánto tiempo seguiría con aquello.

De pronto, me envolvió una ráfaga de aire, seguida de una voz grave.

—Dime que vas a salir conmigo.

Sin mirar al hombre que se había interpuesto en mi camino, negué con la cabeza y dibujé una sonrisa.

—No.

—¿Un *sushi*?

Yo arrugué la nariz.

—Vale, *sushi* no. ¿Vamos a un italiano?

—Ja, ja —me reí.

—¿Vienes mañana?

Tyler tenía un cuerpo musculoso, como el de la mayoría de los bailarines, el pelo castaño con reflejos rubios y una sonrisa deshonesta. Era mono y educado, aunque no encajaba con mi tipo. Quería que fuésemos más que amigos, pero, por su bien, nunca dejaría que pasase nada. Ya había aprendido la lección.

A veces me preguntaba cómo reaccionaría si le contase la verdad sobre mi familia. Dudo que siguiese pidiéndome salir cada vez que nos encontráramos. Cualquiera podía averiguar quién era mi padre con una simple búsqueda de su nombre en Google. Mis compañeras del colegio femenino al que fui lo descubrieron muy pronto y prácticamente me convirtieron en una paria. Adriana había hecho muchísimos amigos dentro de sus círculos de teatro, pero yo nunca supe qué era eso.

—Sí, voy —le contesté—. Iré con mi primo, si no hay problema.

—Ah, sí. Ese Benito. ¿Tu familia se ha enterado de que las mujeres ya no necesitan ir con carabina?

Yo le sonreí.

—Sí, pero les da igual.

Subimos el volumen cuando nos metimos entre bastidores, donde había unos diez bailarines más.

—Es mi última oferta —anunció en tono tajante—. Unas hamburguesas con queso. Tráete a Benito. Podemos hacer un trío.

Yo solté una carcajada.

—Creo que no le van los chicos.

Entonces fue su turno de reírse y, acto seguido, separamos nuestros caminos.

Capítulo 12

«Hasta los salvajes saben bailar».
Jane Austen

Elena

Apoyé la espalda en el frío y duro metal de la puerta que salía al callejón. Estaba cayendo una ligera llovizna, y esta comenzó a mezclarse con el sudor que se deslizaba por mi vientre desnudo. Hasta allí llegaban ruidos de neumáticos y sirenas y, de vez en cuando, las risas de un bar cercano.

—Lo has hecho muy bien.

Sierra salió a la calle, se retiró el pelo de la cara empapada de sudor y se hizo un moño.

El telón se abrió, se cerró y, después de unos cuantos *de côtés*, *pirouettes* y *sauts de biche*, el espectáculo de danza resultó un éxito. La actuación iba de un hombre que moría por amor (una versión moderna de la historia de Romeo y Julieta). Yo hacía de la Muerte.

La interpretación era lenta y dramática, pero tenía un

precioso tono evocador. ¿Por qué todo tenía que terminar con un «y fueron felices para siempre»? ¿Los momentos más memorables y conmovedores de la historia no eran trágicos? Siempre había apreciado los finales tristes. Yo era una realista, no una romántica.

Hablé un ratito con Sierra sobre su hijo de dos años y cómo era ser madre soltera, pero luego di por hecho que Benito tenía que estar hartándose de esperarme.

—Hasta luego, Sierra. Si vas, nos vemos mañana en la fiesta.

—Sí, ¡voy! Mi madre va a quedarse con Nathan. Por favor, dime que el buenorro de tu primo irá también.

Lancé un gemido y puse los ojos en blanco en broma.

—Allí estará.

—Genial. Pues mañana nos vemos. —Y me guiñó un ojo.

Antes de dirigirme a la salida principal, me puse un top con los hombros al aire y cogí mi bolsa. Apenas había conseguido atravesar las puertas de los artistas cuando un brazo me envolvió la espalda.

—Ya sé que te dije que era mi última oferta, pero se me había pasado proponerte un restaurante chino.

Yo negué con la cabeza y sonreí, aunque, en realidad, no existía ninguna posibilidad de que recorriese todo el camino hasta el coche con el brazo de Tyler rodeándome. Quería a mi primo, pero no podía olvidar que trabajaba para mi *papà*. De hecho, fue su propio padre, mi tío Manuel, el responsable de la muerte que no dejaba de atormentarme. Benito solo se quedó mirando, y no me cabía duda de que dejaría que algo parecido volviese a pasar.

Justo cuando llegamos al recibidor, y yo estaba a punto de zafarme sutilmente del brazo de Tyler, el corazón se me paró en seco y, como consecuencia, los pies también.

Nicolas estaba apoyado en la pared que había junto a la

salida con las manos en los bolsillos. Podría haber pasado por ser un atractivo caballero bajo aquella luz centelleante que le iluminaba el traje negro, pero solo hacía falta mirar un poco más arriba y ver la mirada amenazadora que albergaban sus ojos para saber que solo era un espejismo. Lo que más me preocupaba era que tenía las pupilas, rebosantes de veneno, clavadas en Tyler.

Se me formó un nudo en el estómago y sacudí los hombros para que me quitase el brazo de encima. Al parecer, no se había dado cuenta de la presencia de Nicolas hasta ese momento.

—¿Es familia? —preguntó con inseguridad.

—Mmm... Sí.

Supongo que era más o menos verdad. Tampoco iba a darle todos los detalles con Nicolas observándolo mientras le salían chispas por los ojos. Al parecer, creía que, como iba a emparentarse con mi familia, su deber era lidiar con cualquier hombre que se cruzase en mi camino.

La frustración comenzó a trepar por mi espalda. Ya estaba servida con mis tíos, mis primos y un hermano temperamental, lo último que necesitaba era otro hombre que se metiese en mi vida. Me imaginé que cada cosa que hacía Nicolas la hacía con todo su ser, porque ni siquiera Benito le pondría esa cara a ningún hombre que me estuviese pasando el brazo por los hombros.

—Así que... supongo que lo del chino es un no, ¿no?

—Tyler, vete y punto.

—Vale. —Y dio un paso atrás, posiblemente desalentado por mi tono—. Pues nos vemos mañana, Elena.

La preocupación que me estaba estrangulando el pecho se disipó cuando lo vi marcharse vivo. Juro que todos los hombres que forman parte de mi vida están psicóticos. En momentos como este, era algo que odiaba; pero solo hubo una vez, hace tiempo, en la que quise cortar todos los lazos con ellos, cuando empecé a sentir que solo era una niña bonita con un futuro desalentador por delante, atrapada en un mundo de sonrisas forzadas. Las fiestas, el baile, las risas falsas... Todo aquello explotó hasta el punto que, por primera vez en mi vida, me encontré sola en una ciudad que, en realidad, no había experimentado nunca.

Y no tardé mucho en darme cuenta de que no pertenecía a aquello, que el mundo en el que me habían criado ya me había marcado. Aquel hombre, con la conciencia y las manos limpias, nunca habría encajado bien conmigo. Destruí la vida de una persona decente y, cuando me tocó en sitios que nadie había rozado siquiera, deseé que lo hubiera hecho con un poco menos de delicadeza. Quise que estuviese teñido de oscuridad, igual que los hombres a los que estaba acostumbrada.

Cualquiera sabe que no te puedes enamorar de ningún hombre que pertenezca a mi entorno; de ninguno como el que en ese instante se encontraba delante de mí. No, a no ser que quieras que se te parta el corazón en mil pedacitos. Así que no, yo no me enamoraría nunca. De verdad, no esperaba que ocurriese. Y no puedes echar de menos algo que siempre supiste que no podías tener.

Por lo menos él no era mi hombre. Me distraía demasiado, me resultaba tan fascinante... que no habría salido con vida.

Me coloqué bien el asa en el hombro y comencé a caminar hacia él mientras el corazón me latía al ritmo de mis pisadas. Paré a algo menos de un metro de Nicolas. Viendo cómo me estaba mirando, no iba a ponerme a su alcance por nada del mundo.

—¿Tu padre sabe que besas a hombres encima de un escenario?

Vacilé un momento, y me aferré con la mano empapada

de sudor a la bolsa. Tenía que llevar allí lo suficiente como para haber pillado el final de la actuación. ¿Dónde demonios estaba Benito? Parecía que aquel hombre iba a matarme.

Entonces arrastré los pies.

—Yo no he besado a nadie.

Técnicamente era mentira, pero estaba dispuesta a decir lo que fuese necesario para salir de esta. Porque, después de que Nicolas escuchase a Tyler pedirme salir, junto con el hecho de que fuese a él a quien besase, bueno, podía parecer peor de lo que era en realidad. A los hombres de mi familia les sonaría a que nos habíamos desnudado. Lo que decía: *psicóticos*. Por lo visto, los Russo eran iguales.

Nicolas se apartó de golpe de la pared y caminó hasta ponerse a treinta centímetros de mí.

—Ah, ¿sí? Entonces, ¿por qué no me explicas qué era lo que estabas haciendo?

Noté que las mejillas comenzaban a arderme.

—Yo era la Muerte. Estaba... chupándole la vida.

Puede que no fuese la mejor forma de explicárselo, porque su expresión se volvió más amenazante si cabe. Supuse que fue por usar el verbo *chupar*. Uf. Me estaba escudriñando con la mirada y me ponía de los nervios.

—Ha sido totalmente platónico —continué.

La ira se desató en su mirada.

—Tocar los labios de otro hombre con los tuyos y chupar nunca es platónico.

Hizo que sonara sucio cuando, en realidad, había sido un beso sin lengua ni emoción. La rabia comenzó a hervirme en las venas. ¿Quién era él para decir a quién podía besar? (¿El señor «me acuesto con mi madrastra y las novias de otros hombres»?).

La frustración trepó por mi garganta arruinando cualquier posible respuesta ingeniosa, así que me limité a pasar por su lado rozándolo. En ese instante, me cogió la bolsa de deporte del hombro. Todavía estaba que echaba fuego por los ojos, pero aun así cruzó las puertas tras de mí.

La llovizna caía incesante, y yo pestañeé para deshacerme de las gotitas que me mojaban las pestañas mientras buscaba su coche con la mirada. Lo encontré subido al bordillo; era completamente negro y resplandeciente. No iba a meterme ahí. Esperaría a Benito. Estaba clavada en la acera cuando Nicolas lanzó mi bolsa al asiento de atrás.

Después, cerró la puerta y se giró para mirarme.

—¿Vas a quedarte ahí toda la noche o vas a meterte dentro?

—¿Dónde está mi primo?

Acto seguido, abrió la puerta del copiloto.

—Tenía asuntos que atender con tu padre.

Según mi experiencia, eso significaba que esa noche no estaba pasando nada bueno en Nueva York. Me sorprendió que *papà* hubiese enviado a Nicolas para hacer de chófer, sobre todo, teniendo en cuenta lo poco que confiaba en mí con los hombres, aunque también me incomodaba un poco que sintiese que necesitaba que él me llevase a casa.

Nunca me había sentido insegura, y lo más probable era que no fuese nada, pero, si había una razón por la que mi padre tuviese que preocuparse por mi seguridad, me alegraba que hubiese enviado a Nicolas. Aquel hombre tenía un millón de enemigos y había aguantado vivo todo este tiempo.

Por otro lado, la idea de estar encerrada en un coche con él hacía que se me formase un nudo de nervios en el estómago. Me imaginé que antes de saltar de un avión me sentiría más o menos así. No sabía por qué causaba unas reacciones tan viscerales en mí, pero cuando dijo: «Al coche, Elena, ya», sentí que era la primera vez que algo me desagradaba tanto.

Quería que me lo pidiese «por favor», pero cuando mi mirada se encontró con la suya, la oscura tormenta que vi ante mí hizo que cambiase de opinión enseguida, así que pasé a su lado para meterme en el coche de las narices.

Entonces mi frustración se mezcló con la confusión. ¿Qué pensaría hacer con la información sobre Tyler? No creía que a *papà* le importase mucho un beso en el escenario, pero que me rodease con el brazo y me pidiese salir... Me dio un vuelco el estómago. Aquello podía sonar fatal.

En ese momento estaba tan resentida con Nicolas Russo que intenté ignorar la agradable esencia masculina que invadía el coche. A sándalo, al olor de la piel cuando sales de la ducha y a un cierto peligro que hizo que mis latidos se dejasen llevar hasta mi entrepierna. Intenté ignorar la manera en la que dominaba mis sentidos y nublaba los rincones de mi mente. Aquel olor me pegó igual que un chupito de alcohol, así que decidí distraerme abrochándome el cinturón.

Cuando se sentó en el asiento del conductor y cerró la puerta, el coche me pareció muchísimo más pequeño. Había tanto silencio que podía escuchar los latidos de mi corazón, y la temperatura era tan alta que tenía que llevar el aire acondicionado encendido. ¿Era su cuerpo el que desprendía tantísimo calor?

La llovizna se estrellaba contra el parabrisas, se precipitaba por el cristal y difuminaba el mundo exterior. Estaba sola con él en un espacio pequeñísimo. Aquel hecho no paraba de resonar en mi cabeza y estaba sembrando el caos en mi sistema nervioso.

Sin dirigirme la palabra, Nicolas comenzó a escribir un mensaje en su móvil. Muy probablemente fuese para mi padre. Seguro que decía algo como: «Paquete recogido sin incidentes».

Hundí las uñas en la palma de mi mano.

¿Cómo iba siquiera a dirigirme a él? Nunca me había resultado tan difícil hablar con nadie; todos mis pensamientos racionales salían volando cuando él estaba cerca.

—Nicolas —comencé en tono dubitativo—, puede que la semana pasada en la iglesia... empezáramos con mal pie. No pretendía lanzarte esa mirada asesina, de verdad.

Entonces sus ojos se posaron en mí durante un segundo, y en ellos se atisbó un ligero brillo de diversión, aunque no la que sentiría cualquiera. Aquel hombre tenía que darle a todo un tinte macabro.

Volví a notar que me estaba poniendo colorada.

—Y quería pedirte perdón. Al principio no estaba convencida del matrimonio, pero ahora... creo que Adriana y tú estaréis... bien juntos.

Forcé la sonrisa más dulce que pude, pero no conseguí la reacción deseada.

Soltó un suspiro sarcástico y tiró el móvil a la consola central.

—Me alegra escucharte decir eso, pero, aun así, voy a contarle a tu padre lo de tu historia de amor con el bailarín.

Me dieron un vuelco la sonrisa y el estómago.

A continuación, metió la llave en el contacto y arrancó el coche. Un sonido metálico salía muy bajito de la radio, y no pude evitar darme cuenta de que era la misma cadena que Adriana escuchaba de vez en cuando.

—Un momento —le pedí apresuradamente, y puse la mano en la palanca de cambios, como si así pudiese frenarlo.

El hombre dirigió la vista a las marchas y luego de nuevo a mí mientras me decía con la mirada que, si no quitaba yo la mano, me la apartaría él.

—Ya te lo he dicho, no hay nada entre Tyler y yo. ¡Ni siquiera era un beso! Solo estaba... quitándole la vida. Ha sido totalmente platónico.

Él no dijo nada, pero su quietud me hizo pensar que estaba dudando.

En ese momento, tragué saliva.

—Nicolas, por favor...

De pronto, una chispa le iluminó la mirada.

—¿Cómo me llamo?

Yo me quedé un momento callada. Abrí la boca y la volví a cerrar. No quería decirlo. Nicolas Russo tenía una reputación. Nicolas Russo era un extraño. Nicolas era distante. No quería llamarle Nico. A mis labios no les costaría nada pronunciarlo; sonaría demasiado bien en mi lengua.

Durante un instante, nos quedamos sentados y rodeados de un tenso silencio y, a continuación, negó con la cabeza.

—Normalmente, cuando alguien quiere algo, intenta satisfacer a la persona a la que está intentando persuadir. Esa es la base de una negociación.

Me lo explicó como si fuese estúpida, y eso me enfadó tanto que me sonrojé.

—No se negocia con embusteros.

Aquellas palabras salieron de mi boca antes de que pudiese evitarlo.

Entonces, se pasó una mano por la cara para borrar el atisbo de diversión que se le había dibujado en ella.

—*Touché.*

Me miró de reojo y me evaluó, puede que porque le hubiese sorprendido que tuviese el valor de decirle lo que le acababa de decir. Se relamió los labios y, a continuación, su voz, seria y grave, se precipitó sobre mí.

—Pues demuéstramelo.

Yo fruncí el ceño.

—¿Que te demuestre el qué?

—Que era platónico.

—¿Cómo se supone que voy a...?

Cuando me di cuenta, el estómago se me llenó de mariposas. El estupor que sentí por lo que quería que hiciera se asentó en el ambiente como un tema tabú en una conversación.

—¿Lo dices en serio?

—Completamente.

Justo en ese momento y lugar, fui claramente consciente de su reputación. La muerte de su primo no lo consiguió. Los artículos que hablaban sobre que le estaban siguiendo la pista, tampoco; pero su expresión, fría e indiferente, al tenderme esta trampa sí.

Esperaba que dijese que era inapropiado y, entonces, la excusa de que «era platónico» se iría al garete en un abrir y cerrar de ojos, justo delante de mis narices.

No sabía por qué le importaba tanto Tyler, pero me apostaba lo que fuese a que sentía una pequeña satisfacción masculina por apartar a su futura cuñada de hombres que no fuesen italianos. Benito siempre se quedaba en el puñetero coche (¿por qué no habría venido a recogerme él hoy?).

No iba a caer en su trampa. Lo que significaba que solo podía empujar a Nicolas Russo a enseñar sus cartas.

—Vale.

Mi respuesta tranquila invadió el pequeño espacio como si ni siquiera el aire se la hubiese esperado.

Un titileo casi imperceptible cruzó la mirada de mi chófer. Entonces comenzó a pasarse los dientes por el labio inferior, quizás por la sorpresa de que no hubiese caído en la trampa que había cavado para mí. El problema fue que, con aquel gesto, solo consiguió que clavase las pupilas en su boca, y una sensación agradable me asaltó el estómago.

—Vale —contestó al final, y la amenaza le asedió los ojos.

Qué.

Pensaba que me estaba tirando un farol, pero nada más lejos de la realidad. Se suponía que eso es lo que estaba haciendo él. Estaba jugando conmigo. Quería verme sufrir (podía verlo a través de su expresión fría), y eso desató una frustración ardiente dentro de mí.

—Vale.

Nos miramos fijamente.

Ninguno de los dos quería admitir que no lo estaba diciendo en serio. Yo, en nombre del bienestar de Tyler, y él, en el de su gigantesco ego. Mi pecho se agitó de incomodidad. Ya no creía que pudiese salir de esta.

—Si lo hago, ¿no se lo contarás a nadie?

Me desaté el cinturón; él seguía mi movimiento con la mirada.

Comenzó a apretar la mandíbula, pensativo, pero la tensión de sus hombros me decía que era lo último que quería hacer en el mundo. Puede que, entonces, no debiese subestimar a sus oponentes. A continuación, sus ojos se posaron en mí, asintió una vez con la cabeza y las mariposas que tenía en el estómago levantaron el vuelo.

Me dije a mí misma que iba a acabar ya con esto, pero el hormigueo nervioso y la expectativa que vibraba bajo cada centímetro de mi piel me ralentizaban los movimientos.

Puse la mano en la consola, no pensaba tocarle nada que pudiese evitar, y me incliné hacia delante. Mientras tanto, él me observaba con la misma expresión que tendría si estuviese en un atasco. Doce centímetros, diez, siete... Y de un salto salvé la distancia que nos separaba.

Mis labios tocaron los suyos y en la radio sonó *Snap Your Fingers, Snap Your Neck*. Su esencia concentrada, suave y agradable, me anestesió la mente. Ni siquiera había movido los labios, solo los había presionado contra los suyos, pero, aun así, un gemido trepó por mi garganta, aunque conseguí que no saliera de mí.

No podía respirar; cada poro de mi piel estaba ardiendo.

Exactamente igual que hice con Tyler, aunque esto no se pareciese en nada, inhalé un soplo de aire del ínfimo hueco que quedaba entre sus labios. Un segundo, dos, tres. Le robé el aliento, aunque, por la forma en la que me estaba mareando, era como si él me lo hubiese robado a mí.

Lo único que escuchaba era el repiqueteo de la sangre en mis oídos. Solo sentía la suavidad de su boca y el hormigueo que corría bajo mi piel. Noté cómo un peso se asentaba en mi entrepierna.

Entonces hice algo que no debería, pero no pude resistirme, ni siquiera pude pensar en refrenarme: mis labios rodearon su labio superior durante un cálido y húmedo segundo. Solo tiré un poquito, como una muestra ínfima de lo que sería besarlo de verdad. Entonces me aparté de golpe, me caí sobre mi asiento y miré hacia delante.

—¿Ves? —susurré—. Totalmente platónico.

Como respuesta, me calcinó la mejilla con la mirada durante un instante demasiado largo, pero debía de estar de acuerdo porque se limitó a arrancar el coche e incorporarse a la carretera.

Capítulo 13

«Me gusta la persona que soy. A la pena le encanta estar en compañía».

Anthony Corallo

Nico

Había dos reglas que nunca me saltaba.

No salía de casa sin mi calibre cuarenta y cinco.

Y jamás me ponía en una situación de la que supiese que no podía salir.

Tenía más enemigos que el presidente de Estados Unidos, y la única razón por la que seguía vivo eran esas dos simples reglas. Nunca había sentido la tentación de romperlas (hasta que me vi encerrado en un coche con Elena Abelli).

Las luces de neón de la gasolinera parpadeaban y zumbaban sobre mí. Una llovizna caía desde un cielo oscuro y sin estrellas, y cada gota chisporroteaba al entrar en contacto con mi piel. Joder, estaba que echaba humo. Me había quitado la chaqueta del traje y la había lanzado al asiento de atrás.

Me desanudé la corbata y me apoyé en la puerta del coche. Tomé una bocanada de aire, pero solo olía a lluvia y gasolina. Entonces me puse a escuchar el ruido de los neumáticos que cruzaban la autopista.

Podría haberme reído, pero es que no me hacía ninguna gracia. La interacción sexual más ínfima que había tenido con una mujer me había puesto tanto que tuve que fingir que tenía que echar gasolina solo para poder salir del puto coche. El calor de la excitación se extendía bajo mi piel, y tuve que remangarme la camisa.

Los labios de Elena Abelli contra los míos infringían la regla número dos. Sabía que era algo que no podía controlar y, aun así, dejé como un imbécil que mi polla decidiese por mí. No me había matado, pero, joder, parecía que lo hubiese hecho. Nunca había estado tan cachondo. Lo juro, era pura lujuria en todo su ansioso y ardiente esplendor corriendo por mis venas.

Me llevé un cigarrillo a los labios y me metí las manos en los bolsillos. No iba a encendérmelo. Si lo hacía, tendría que admitir que había conseguido incomodarme, y me negaba a aceptar algo así por un puto beso de patio de colegio.

Luego, me apoyé en el coche durante más rato del que se tarda en llenar cinco dólares de depósito. Pagué directamente en el surtidor; no podía entrar porque tenía una erección de dos pares de cojones.

La llovizna comenzó a serenarme, pero, antes de ser consciente, volvieron a absorberme sus suaves labios sobre los míos, la respiración superficial en mis oídos, la levísima caricia de su lengua, caliente y húmeda, antes de separarse de mí... ¡Hostia puta! La excitación salió disparada hacia mi entrepierna.

No sabía cómo había conseguido no agarrarla por la nuca, acercarla a mí y deslizar mi lengua hasta pegarla a la suya para descubrir a qué sabía su boca. En el momento no lo sentí como algo que deseaba, sino algo que necesitaba. Y darme cuenta de eso fue lo que me dio fuerzas para controlarme. Especialmente después de la noche anterior. Siempre había pensado que era materialista y superficial, pero, en realidad, veía documentales, leía sobre historia y era reservada. Quería saber qué hacía todo el tiempo y qué tipo de pensamientos obsesionaban a esa preciosa cabecita.

Entonces escuché la puerta de un coche cerrarse tras de mí.

Me di la vuelta y vi a Elena observándome por encima del techo del vehículo. Llevaba una coleta alta que nunca debería haberme enrollado alrededor del puño. Ahora nunca podría olvidar lo sedosa que era.

Acto seguido, me señaló la gasolinera con la cabeza.

—Voy al baño.

Yo asentí una sola vez y le di la espalda porque lo último que necesitaba ahora mismo era mirarle el culo mientras se alejaba. Llevaba puestas unas mallas (no hace falta que diga más).

La había subestimado. Di por hecho que se negaría a recrear el beso de la obra, lo que me ayudaría a apoyar mi teoría de que llamar a eso «platónico» era una excusa de mierda. En realidad, me sudaban los cojones si lo era. Solo es que me había tocado los huevos.

Después de haber pasado toda la semana intentando sacarme su cuerpo medio desnudo de la cabeza, quería hacerla sufrir. Lo que ocurrió es que no sufrió; en cambio, se desabrochó el cinturón y le dio la vuelta a la tortilla. Lo llamó platónico, mientras que yo había estado a punto de perder las riendas de mi autocontrol: la habría tocado en todos los lugares que me hubiese dejado.

Joder, qué persona más irritante; era como una pequeña molestia contoneándose bajo mi piel. Se suponía que tenía que serme indiferente, pero no podía evitar buscarla por la habitación con la mirada, estuviera donde estuviera.

La noche anterior, en la biblioteca, me miró con descaro, y que me maten si aquello no me puso a cien. Cuando no pude soportarlo más, la interpelé, pero ella no dijo ni una palabra, solo se limitó a continuar observándome con los ojos marrones más tiernos que había visto en mi vida y las mejillas teñidas de rosa.

Nunca habría creído que alguien sonrojándose podía ponérmela tan dura.

Al verla con Tyler me pregunté si él sería el hombre del que estaba enamorada. No se pensó dos veces besarme para protegerlo. Apreté los dientes. El anillo que llevaba en el dedo se lo había dado un hombre. Apostaría dinero a ello. ¿Era Tyler? ¿O el hombre con el que se escapó?

Dios, ¿y qué me importaba?

No iba a unirme al resto de la población masculina de Nueva York que idolatraba a Elena. Yo me quedaría al margen observando cómo esos idiotas suspiraban por su atención. Me pasé una mano por la cara, me quité el cigarrillo de la boca y me lo guardé en el bolsillo de la camisa.

Mientras enroscaba el tapón del depósito, alcé la vista para encontrarme a la chica volviendo al coche a paso rápido con los ojos clavados en el hormigón.

Le dediqué una mirada inquisitiva. A lo largo de los años había aprendido a leer el lenguaje corporal. Era muy útil para saber cuándo alguien iba a dispararte en medio de una reunión, y la postura que tenía hizo que se me saltaran todas las alarmas. Evitaba el contacto visual, tenía los hombros tensos... Estaba preocupada.

—Elena —dije en un intento de conseguir que me mirase.

Pero ella no se paró al escuchar mi voz. Se subió a mi Audi y cerró de un portazo. En ese momento, el pecho comenzó a arderme y, sin saber cómo había llegado hasta ahí, me encontré de pie en su lado del coche.

—¿Qué ha pasado? —le pregunté en cuanto abrí la puerta.

La muchacha negó con la cabeza.

—Nada. ¿Podemos irnos?

Quizás me lo habría creído si no hubiese estado hecha un manojo de nervios. Bueno, no, ni siquiera si hubiese sido así. Todo el mundo sabe que cuando una mujer dice «nada» es una puta mentira.

—Sí.

Entonces me lanzó una mirada, y la pillé. En ese momento, pude ver la agitación que nadaba en sus ojos.

—¿Sí? —susurró.

—Sí. Cuando me cuentes qué coño ha pasado.

Elena suspiró y apoyó la cabeza en el asiento.

—Nada. Solo quiero irme a casa.

Yo me puse en cuclillas, la agarré de la barbilla y le giré la cabeza para que me mirara.

—No me voy a ir hasta que me cuentes qué ha pasado.

Acto seguido, se mordió el labio inferior y apartó la mirada.

—No quiero que hagas un mundo de esto.

—No lo haré.

«Depende».

—Prométeme que no vas a hacer nada.

—Te lo prometo.

«Mentira».

Aquellos ojos marrones se encontraron con los míos y comenzaron a abrirse paso hasta mi pecho.

—El cajero... —Y tragó saliva—. Bueno, me ha dicho que tenía que comprar algo por haber usado el baño, y yo le he respondido que no llevaba dinero y...

Dudó un momento.

—Dios, dilo de una puta vez —le espeté.

La ira comenzó a reptar bajo mi piel, lenta pero abrasadora.

—¿Te ha tocado?

—¡No! —respondió demasiado rápido—. No es para tanto... Solo me ha amenazado con que lo haría si no me iba.

Me envolvió una calma fatal.

—Me estás mintiendo.

Entonces dio un tirón con la cabeza para intentar liberarse de mi mano, pero la agarré con más fuerza.

—¿Dónde?

En ese instante, sus ojos me miraron con ira.

—Me ha dado un azote en el culo y me ha dicho que podía pagarle de otra manera, ¿vale?

Tuve que tomarme un segundo para tragarme la rabia ardiente y poder formar una oración coherente. ¿Esta mujer podía ir a algún sitio sin que los hombres perdieran la puñetera cabeza? Mi parte irracional comenzó a agitarse, a golpearme el pecho y a sacudir los barrotes de su jaula.

Luego le pasé el pulgar por el hoyuelo de la barbilla.

—¿Con qué mano te ha pegado?

Se le pusieron los ojos como platos.

—No —susurró—. ¡Me lo has prometido!

Yo ya escuchaba su voz distorsionada por la rabia que me estaba recorriendo el cuerpo y que me repiqueteaba en los oídos. El rojo fue invadiendo mi campo de visión hasta que vi a Elena cubierta de él. Cerré los ojos, respiré hondo los vapores de la gasolina y me puse de pie.

—No, no lo hagas. Por favor, por favor, Nicolas, no lo hagas —me suplicó.

—Solo voy a hablar con él.

—No, no vas...

Cerré de un portazo.

Del interior del coche salió un sonido de frustración.

Solo había un hombre negro repostando una vieja tartana en uno de los surtidores. Un bidón de gasolina descansaba en el hormigón manchado de aceite; el mismo que le había visto llenar mientras Elena estaba dentro aguantando que le metiesen mano, joder. Cogí el recipiente y me dirigí a la entrada de la gasolinera.

—Tío, ¿qué coño te crees que estás haciendo?

—Te voy a dar un consejo de amigo —le dije sin ni siquiera darme la vuelta—. Si yo fuese tú me iría cagando leches de aquí.

El hombre tardó dos segundos en unir las piezas del puzle.

—Oh, maldita sea, no —escuché detrás.

A esto le siguió un portazo y el sonido de un coche alejándose.

La «P» del letrero de «Pronto» parpadeaba sin cesar. Sonó una campanita al entrar en la gasolinera; la iluminación era muy desagradable y tenía un suelo laminado sucio y desconchado. Encontré al cajero leyendo una revista detrás del mostrador. Aparentaba tener cuarenta y tantos y era calvo. En la camiseta almidonada roja que llevaba puesta ponía «David» en amarillo.

—¿Eres el único que está aquí trabajando esta noche?

El dependiente tenía la punta de un bolígrafo entre los dientes cuando levantó la vista de golpe. Enseguida, se lo sacó de la boca y dijo con un marcado acento de Long Island:

—Sí, ¿y a ti qué te importa?

Yo hice oídos sordos a la pregunta y comencé a echar un vistazo a aquel cuchitril.

—Tienes un sitio muy bonito. ¿Eres el dueño?

El vendedor le echó un vistazo al bidón de gasolina que llevaba en la mano.

—Sí.

—Imagino que este debe ser tu sustento.

En ese momento, se le heló el gesto.

—No sé qué es lo que quieres, pero no me interesa.

—No puedes permitirte un suelo nuevo ni reemplazar las letras de la entrada. Estoy seguro de que todos los ingresos van directos a casa. Tienes mujer... y a lo mejor también hijos.

A continuación, desenrosqué el tapón y derramé un poco de gasolina en el asqueroso suelo laminado.

El hombre dejó caer el bolígrafo y dio un paso atrás.

—¿Qué coño estás haciendo?

—¿La chica que acaba de entrar? —Y negué con la cabeza—. Te has equivocado de chica, David.

Salpiqué una estantería de postales con un poco de gasolina.

—Voy a llamar a la policía —dijo con voz temblorosa.

Por el rabillo del ojo me di cuenta de que no llegaba a coger el teléfono. Entonces le eché un vistazo para advertir que tenía los ojos clavados en mi antebrazo, en el as de picas que tenía tatuado en la parte interna.

Se me escapó un suspiro cargado de diversión.

—Joder, te juro que esta falta de anonimato siempre se carga todo el entretenimiento. Nunca debería haberme hecho el tatuaje.

—No lo sabía —me soltó—. ¡No tenía ni puta idea de quién era!

—Yo quería tu mano —continué mientras recorría los pasillos e iba derramando combustible en las estanterías, las puertas de los frigoríficos, la repisa de las revistas porno—... pero la verdad es que sería un desastre de un par de cojones. No me he traído el cuchillo para poder realizar un trabajo en condiciones.

El dependiente se quedó quieto, congelado. No paraba de sudar.

—David, ¿tienes seguro?

El hombre tragó saliva.

—Claro.

El olor de los vapores del combustible invadió la gasolinera. En ese momento, tiré al suelo el bidón ya vacío y cogí un Zippo de una de las estanterías. Irónicamente, tenía un as de picas en las dos caras. Dediqué un segundo a pensar en el tipo de antro que era y el lugar en el que se encontraba.

—¿Con seguros Hartford?

—S-sí.

Me llevé un cigarrillo a los labios y mis comisuras dibujaron una sonrisa amenazadora.

—La respuesta correcta era que tenías un seguro.

—Un momento —me suplicó—. Joder, lo siento. Deja que le pida perdón...

En mi cabeza, aquellas palabras pasaron a ser un ruido blanco, un borboteo molesto. Estaba de pie, delante de las puertas de cristal, cuando me encendí el cigarro que tenía entre los labios. Un rojo intenso resplandeció en el otro extremo del pitillo, y acto seguido la nicotina comenzó a fluir por mi sangre.

Con la mirada autocrática y de desdén que me caracterizaba, le dije al dependiente, que estaba petrificado y se le iban a salir los ojos de las órbitas:

—Si tienes una puerta trasera, más te vale buscarla.

En lo que solté una bocanada de humo por los labios, el vendedor ya se había esfumado. Fue resbalándose con la gasolina durante todo el camino hacia la trastienda. Antes de que le diese tiempo a llegar, le di un capirotazo al cigarro para tirarlo al suelo laminado mientras esperaba en silencio a que David no fuese más rápido de lo que parecía.

La campanita volvió a sonar sobre mi cabeza cuando las viejas puertas de cristal estallaron tras de mí. Yo me metí las manos en los bolsillos. La llovizna helada se estrellaba contra mi cara y el calor del fuego me acariciaba la espalda.

La vieja gasolinera Pronto se iluminó como un puto árbol de Navidad.

Capítulo 14

> «Las melodías que ya hemos oído son muy dulces,
> pero más lo son las que aún están por escuchar».
> John Keats

Elena

—*Papà*, apreciaría que la próxima vez que decidas enviar a alguien a recogerme se lo pidas a cualquiera (quien sea) menos a Nicolas.

Estaba clavada en el umbral de la puerta del despacho de mi padre, con la bolsa de deporte todavía colgada al hombro. En cuanto mi chófer aparcó en el camino de entrada particular y vi que mi padre estaba en casa, salí del coche como una bala para venir directamente aquí.

Aquel accidente había colmado el vaso de las humillaciones que podía recibir. No era el tipo de chica que desease que la salvaran ni la vengaran. Yo solo quería olvidarlo y dejarlo atrás, pero ya no podría porque Nicolas había quemado la gasolinera hasta los cimientos. Los restos calcinados (y posiblemente un cuerpo) serían un recuerdo imborrable. No vi al cajero salir. Era un rarito asqueroso, eso era indiscutible, pero ¿se merecía morir quemado? Se me formó un nudo en la garganta.

Papà soltó el bolígrafo que tenía en la mano y me dedicó su expresión de «te escucho» por primera vez en mucho tiempo.

—¿Y eso por qué?

Yo me crucé de brazos y me limité a contestarle:

—Está psicótico, *papà*.

En ese momento, un escalofrío en la espalda me avisó, y mi padre levantó la vista para mirar más arriba de mi cabeza. Al parecer, Nicolas entraba y salía de aquí como Pedro por su casa.

No le dirigí la palabra en el resto del camino, aunque él apenas intentó iniciar una conversación. Entre sus amenazas sobre Tyler, el medio beso que le había dado y ver la gasolinera prenderse desde mi espejo retrovisor mientras nos marchábamos, me sentía más frustrada que en toda mi vida.

Aquel beso me puso muchísimo más cachonda de lo que había estado nunca, y eso que ni siquiera me tocó. Odiaba que me hiciese sentir así. Que me empujase a darme cuenta que había arruinado la vida de un hombre por una motivación carente de sentido, ni siquiera por pasión.

Papà levantó las cejas al escuchar mis palabras y, a continuación, y para mi sorpresa, se rio.

—Bueno, As, nunca había escuchado una acusación parecida salir de la boca de mi hija. ¿Qué tienes que decir al respecto?

Nicolas estaba tan cerca que le estaba rozando el pecho con la coleta. Me enfadé al ser consciente de que aquel hombre no conocía los límites a la vez que intentaba ignorar la embriagadora llamada a dar un paso atrás para tocar su vientre con mi espalda.

—El cajero le metió mano —contestó con tono indiferente—. Así que quemé su negocio... y puede que también a él.

A mi padre se le endureció la mirada.

—¿Quién es tan imbécil como para tocar a mi hija?

«Óscar Pérez siempre que lo invitas a casa...».

—Ya nadie, si es que ha conseguido salir.

—Bien —soltó *papà*—. Esperemos que no sea así.

No sabía ni para qué lo había intentado.

—Nico, si tienes un momento, me gustaría que hablásemos. Elena, ve a la cocina a comprobar que Benito está bien y a asegurarte de que sigue vivo.

Los ojos se me salieron de las órbitas.

—¿Qué?

—Esta noche le han disparado. Aunque, a lo mejor, eso no te preocupe tanto como quién se encarga de traerte a casa.

Yo fruncí el ceño.

Entonces me di media vuelta, pero estaba tan frustrada por la pulla que me había soltado mi padre que se me olvidó que Nicolas estaba tan cerca, así que me choqué con él y apoyé la mano en su vientre para no caerme. Un calor ardiente atravesó la camisa blanca y me quemó la mano. Dios, era una estufa. Sin querer, cerré un poco el puño sobre sus músculos, pero enseguida di un paso atrás.

—Estoy seguro de que deberían cambiarte el mote por el de «la torpe Abelli».

Se me llenaron los ojos de ira.

—Muy ingenioso.

El atisbo de una sonrisa divertida se dibujó en sus labios, pero acto seguido se limitó a agarrarme de la muñeca, apartarme de su camino sin ninguna educación y, al final, cerrar la puerta del despacho de mi *papà* tras él.

Me sacudí el cálido hormigueo que sus manos me habían dejado en la piel y atravesé el pasillo en dirección a la cocina. No tardé mucho en darme cuenta de que Benito iba a sobrevivir. Estaba empujando las puertas batientes cuando me paré en seco al observar con la mirada perdida aquel terrorífico espectáculo.

Mi primo estaba inclinado sobre la encimera mientras se presionaba el hombro con una toalla de manos a la vez que Gabriella (que ni siquiera debería estar aquí tan tarde) le besaba la comisura de los labios y le susurraba algo que no pude escuchar. Supuse que sería algo como: «Pobrecito».

Aquello ya daba un poco de vergüenza ajena, pero esa no fue la razón por la que me di media vuelta y me fui a mi habitación. Ella tenía la mano metida en sus pantalones. A mi primo le estaban haciendo una paja en la cocina y, aunque era algo totalmente insalubre, no tenía fuerzas para decirles que se fuesen a un hotel.

Más tarde, tumbada en mi cama, miraba al techo, a la única estrella fluorescente que seguía ahí después de tantos años, porque, cada vez que cerraba los ojos, lo único que veía era el fuego reflejado en unas pupilas de color ámbar.

Cada vez que cerraba los ojos, sentía los labios del hombre equivocado sobre los míos.

—Benito, te he dicho que no teníamos que ir.

—Ya lo sé, Elena, y yo te he respondido que no es para tanto.

Yo suspiré y volví a desplomarme en el asiento. Me hacía mucha ilusión la fiesta en la piscina, pero, después de la noche anterior, no estaba segura de que fuese buena idea pasar más tiempo cerca de Tyler. Especialmente ahora que había visto con mis propios ojos lo poco que le costaba a Nicolas Russo destruir la vida de un hombre en cuestión de minutos.

Los edificios en construcción y el sol de las once de la mañana se difuminaban por la ventanilla del coche cuando nos adentramos en la zona alta de la ciudad. Benito iba conduciendo pese al brazo herido mientras cantaba y repiqueteaba con los dedos en el volante al ritmo de *How Deep is Your Love*, de los Bee Gees. Aquel comportamiento era típico de él, pero se había pasado todo el viaje en coche extremadamente callado... Entonces lo observé durante un segundo y fruncí los labios.

—¿Vas puesto de analgésicos?

Él arrugó el ceño.

—Solo me he tomado tres por la mañana.

—¿Te refieres a justo antes de meternos en el coche? ¿A esta mañana?

—Sí, con un poco de zumo de naranja.

Lo dijo como si ese detalle fuese determinante, y yo cerré los ojos. Benito iba puesto. Debería haber sabido que los analgésicos que les daba Vito iban en dosis tan grandes que servían para tratar a caballos, y él se había tomado tres.

Me froté las sienes.

—No deberías estar conduciendo.

—¿Y qué hago? —se burló—. ¿Te dejo conducir a ti? Si no sabes.

—No, iba a decirte que simplemente deberíamos habernos quedado en casa. —Mis palabras fueron apagándose poco a poco mientras observaba con confusión que tomaba una salida de la autopista—. Benito, ¿qué haces? No puedes salir por aquí.

—Ahora sí. La boda, Elena.

¿Cómo se me podía haber olvidado? Comenzó a parecerme real a medida que recorría en coche las calles de los Russo por primera vez. Mi hermana iba a casarse con Nicolas. Se me hizo un nudo en la garganta.

—¿Qué hacemos aquí?

Era como si estuviese de visita en otro mundo, cuando, en realidad, solo era una parte desconocida de la ciudad de Nueva York. Aquello me hizo darme cuenta de lo protegida que estaba. Los únicos países en los que había estado eran Italia y México. Al primero fuimos a visitar a los padres y a la familia de *mamma*, que seguían viviendo allí, y al otro, para las vacaciones anuales, aunque creía que aquello solo era una coartada para que *papà* asistiese a sus reuniones de negocios con los cárteles mexicanos.

—Tengo que dejar una cosa en casa de Nico.

Acto seguido, tragué saliva e intenté hacer que mi cuerpo entrara en un estado de calma, pero no pude frenar la avalancha de expectación que se disparó bajo mi piel. Sacudí levemente la cabeza con frustración. La realidad era que me sentía increíblemente atraída por el prometido de mi hermana, me gustase él o no. Y no me gustaba. La simple idea de que a lo mejor llegaba a verlo por la ventanilla del coche bastaba para que perdiera los estribos. Odiaba aquello, pero tampoco sabía cómo darle la vuelta a esa situación.

La ciudad pasó ante mis ojos por primera vez mientras nos adentrábamos en territorio Russo.

Nosotros vivíamos en una urbanización espaciosa y elegante en Long Island. Desde el jardín trasero, solo se veía a un vecino, Tim Fultz, el dueño de un bufete de abogados a través del cual *papà* blanqueaba dinero, o por lo menos eso fue lo que Benito me contó una vez. A parte de eso, era un tío agradable. Nuestro vecindario era privado y tranquilo, así que siempre di por hecho que Nicolas viviría en un lugar parecido, pero no. Su casa estaba en medio del Bronx. Era una casa de ladrillos rojos con un pequeño porche blanco y un camino privado que conducía a un garaje que había en la parte de atrás.

Mi primo paró en la entrada, fue hasta la parte de atrás y aparcó justo al lado del coche de Nicolas. La puerta del garaje estaba levantada. Dentro se encontraban dos vehículos, uno de ellos con el capó abierto. Los dos eran negros, como el alma de mi futuro cuñado. No tenía ni idea de coches (y nadie podía culparme; ni siquiera me habían enseñado a conducir), pero reconocí que esos en cuestión eran unos clásicos. Uno de ellos era un Gran Torino. Solo lo sabía porque había visto la película *Gran Torino* hacía poco. Benito lloró, aunque nunca lo admitiría. Y, como ver a un hombre llorar es lo más triste del mundo, yo acabé igual.

Me dio un vuelco el corazón al ver a Nicolas salir de debajo del capó mientras se limpiaba las manos con un trapo. Llevaba unos vaqueros oscuros y una camiseta blanca lisa. Nunca había visto a un hombre al que le sentase tan bien estar cubierto de grasa. En ese instante, me permití apoyar la cabeza en el asiento.

—Me cago en mis muertos... Estoy sangrando otra vez.

En efecto, una mancha roja traspasaba la camisa blanca de Benito. Íbamos de camino a una fiesta en una piscina, pero no iba a bañarse ni a quitarse la ropa. ¿Dónde llevaría el arma si no?

—¿No te dieron puntos?

—Sí. —Y sacó las llaves del contacto—. Pero se me han saltado un par.

Como una tonta, le pregunté:

—¿Cómo te las has apañado?

—Gabriella. —Y me dedicó una sonrisa de suficiencia.

—Sí, sobre eso... —Arrugué la nariz—. ¿Podrías no hacerlo en la cocina?

El chico entornó los ojos, pero después se le llenaron de una divertida lucidez.

—Elena, ya sé que todos tenemos nuestras filias, pero eres mi prima. Busca a otro al que mirar.

Puse los ojos en blanco, abrí la puerta y salí del coche antes de ser consciente de lo que estaba haciendo. No quería quedarme sentada en un sitio en el que hacía un calor asfixiante, no cuando mi piel ya estaba más caliente de lo normal por encontrarme cerca de cierto hombre.

Nicolas se apoyó en la puerta del garaje con el trapo en la mano. Sus ojos encontraron a los míos y se entornaron ligeramente antes de dirigir la mirada a Benito, que le tendió un sobre de papel marrón. Estaba claro que a estos hombres les encantaban los sobres.

—Oye, tío, ¿puedo ir a tu baño?

La atención de nuestro anfitrión recayó en la mancha de sangre y, entonces, asintió solo una vez con la cabeza.

—La segunda puerta a la izquierda.

—Gracias —dijo Benito, y entró en la casa.

Nicolas y yo nos quedamos allí, mirándonos. Sus pupilas recayeron en las tiras del bikini blanco que llevaba debajo de un vestido rosa y ancho para la piscina, a juego con unas sandalias de cuña. Era un conjunto bastante mono, pero solo obtuve una mirada condescendiente de reojo por su parte.

Yo fruncí el ceño y me crucé de brazos en un gesto defensivo.

Él me miró durante otro segundo más, para después volver a entrar al garaje. No pude evitar clavar los ojos en su musculosa espalda vestida de blanco, hasta que, al final, metió la cabeza debajo del capó del coche y comenzó a ignorarme. Era el perfecto anfitrión.

Aquel era uno de esos días en los que el calor te atrapaba y ya no te soltaba. Habíamos tenido un verano fresco hasta hacía una semana, pero, con el inicio del mes de agosto al día siguiente, daba la sensación de que nos estaba azotando con toda su fuerza de golpe. Caía un sol de justicia, lo bastante para que mi piel de color oliva se quemase si pasaba el tiempo suficiente sin refugiarme en la sombra.

Algo relacionado con el calor implacable y la imagen de Nicolas secándose el sudor del cuello con la camiseta hizo que una neblina cálida se filtrase hasta todos los rincones de mi mente.

Un ventilador daba vueltas junto a la puerta. A través de la ventana abierta de la casa del vecino se escuchaba un partido de béisbol, y en la pequeña televisión que ocupaba una de las esquinas del garaje estaban emitiendo las noticias. Quería pillar los titulares, pero el volumen estaba demasiado bajo y, para acercarme a ella, tenía que pasar por los menos de sesenta centímetros que quedaban entre la espalda de Nicolas y la pared. Dudé un momento.

Con la idea de que estaba siendo ridícula, me decidí a hacerlo. Todas mis terminaciones nerviosas se estremecieron cuando me escurrí por el ínfimo espacio para llegar a la mesa de trabajo y al taburete. Cogí el mando a distancia y subí el volumen, pero tardé mucho más de lo que debería en encontrar el botón. Estaba pendiente de cada movimiento y de cada ruido que escuchaba detrás de mí. Me sentía conectada a él como si fuese electricidad estática. Una gota de sudor se deslizó por mi espalda y se me puso la piel de gallina.

Intenté ver las noticias, pero fue como cuando quise leer teniendo a aquel hombre cerca: imposible. Me recogí el pelo en una coleta y fingí escuchar las palabras de la presentadora rubia.

Podía sentir sus ojos sobre mis hombros desnudos mientras retorcía la goma alrededor de mi pelo. Sin aliento. Ansiosa. Cachonda. Aquel día debería haber ido a la iglesia, porque aquella no era la forma apropiada de sentirse en presencia de un futuro cuñado, pero o me quedaba en casa o llegaba tarde a la fiesta en la piscina.

Hundí las uñas en la palma de la mano. ¿Por qué tenía que atraerme este hombre? Si me hubiesen dado a elegir, habría preferido enamorarme locamente de Tim Fultz, casado y con cincuenta y cinco años. A lo mejor, si hablaba con él, su horrorosa personalidad haría que esta extraña atracción se desvaneciera. Merecía la pena intentarlo...

Me di la vuelta, me incliné sobre la mesa de trabajo e hice caso omiso a los nervios que me recorrían todo el cuerpo por el simple hecho de entablar una conversación con él.

—Tu casa es... acogedora. No es para nada lo que esperaba.

El hombre me miró de reojo con una expresión que hizo que mi corazón tartamudeara, sin dejar de trabajar en lo que fuese que estuviese haciendo bajo el capó del Gran Torino.

—¿Y qué esperabas?

Tragué saliva. Me estaba prestando atención. Las tres palabras que acababa de pronunciar me excitaron más de la cuenta.

—Supongo que esperaba algo con un poco más de... fuego y azufre.

Entonces su mirada se volvió divertida, pero con un toque macabro.

—El infierno.

—O con habitaciones acolchadas...

Se limpió un lado de la cara con la camiseta, todavía concentrado en lo que estaba haciendo.

—Para pensar que soy un psicópata no parece que te dé miedo quedarte a solas conmigo.

—Puedo gritar. Muy fuerte.

En ese momento, me dedicó una mirada fugaz, como si mis

palabras tuviesen un sentido completamente distinto (como si quizás quisiese escucharme gritar), y mi respiración se volvió superficial.

El partido de béisbol de la casa de al lado se coló en el garaje, y yo eché un vistazo a la calle. Nicolas tenía una valla metálica, ninguna privacidad... Para alguien con su profesión, eso no era normal.

—Tienes a los vecinos al lado —comenté.

Su expresión chispeó de pura diversión.

—¿Y qué? ¿Crees que disparo a alguien todos los días a la hora de comer?

Levanté un hombro y me mordí el labio inferior.

Entonces me miró fijamente, y yo a él. Esta conversación no estaba consiguiendo para nada acabar con su atractivo. Estaba un poco sudado, manchado de grasa y tenía tatuajes. Hasta ese momento, nunca pensé que pudiese apreciar nada de eso. Aquella extraña atracción se hundía tan dentro de mí que mis células se movían y se volvían más pesadas a medida que la absorbían.

—No sé cómo, pero los únicos actos violentos que he cometido esta semana han tenido que ver contigo.

—¿Te refieres a anoche cuando prometiste que no harías nada? ¿Ese es uno de ellos?

Mis palabras se endulzaron a la vez que ladeaba un poco la cabeza.

—¿No fuiste tú la que me llamó embustero, Elena?

Ni siquiera estaba segura de cómo lo hacía, pero sus labios pronunciaban mi nombre en un tono bajo, de una forma lenta y sugerente, que se adentraba sigilosamente en mi piel, como un escalofrío. La excitación me recorrió la entrepierna.

—No lo digas así.

—¿Así cómo?

Me estaba poniendo nerviosa.

—Sabes lo que estás haciendo. Para.

Entonces se acercó a mí con una pieza del coche en la mano para dejarla en la mesa de trabajo. Todo mi costado se estremeció porque se encontraba a unos sesenta centímetros de mí. Yo me giré hacia él y apoyé la cadera en la mesa. No tenía ni idea de qué estaba haciendo allí, observándolo mientras trabajaba, pero era casi... emocionante. Como si estuviese caminando por la cuerda floja. ¿Quién habría preferido quedarse en el coche?

A continuación, sacó una pieza parecida a la anterior de una caja. No podía creerme que se encargase de hacer él mismo las tareas de un mecánico, aunque supuse que hasta los hombres como él necesitaban tener aficiones.

—¿Por qué estás con Benito?

Su tono rezumaba indiferencia, pero no pudo ocultar el interés.

—Vamos a una fiesta en una piscina.

Esperó un segundo y luego dijo:

—Imagino que a la de Tyler Whitmore.

—Exacto... —Me quedé helada. Sabía que esta interacción estaba yendo demasiado bien—. ¿Por qué sabes su apellido?

—Hoy en día puedes encontrar lo que sea, Elena —dijo con un tono ligeramente amenazador mientras se limpiaba las manos.

Yo apreté los dientes.

—No te he preguntado cómo, quiero saber por qué.

Entonces dirigió su mirada hacia mí; era dura e intimidante.

—Voy a emparentarme con tu familia. Eso convierte tus asuntos en los míos.

—No, no es así. —Y entorné los ojos—. Eso hace tuyos

los asuntos de Adriana, no los míos. Ya voy sobrada de hombres en mi vida.

—Supongo que ahora hay otro.

Aquellas palabras fueron profundas. Suaves. Definitivas.

Abrí la boca para decir algo (algo sobre lo mucho que lo detestaba), pero, antes de que pudiese convertir mis pensamientos en palabras coherentes, me dijo:

—Quizás deberías pensarte dos veces lo que vas a decir.

Cerré el pico. Tenía tanta confianza en sí mismo, era tan despreocupado y, mientras tanto, yo tenía un nudo en el estómago por Tyler. Lo último que querría nadie es que Nicolas Russo tuviese su nombre completo en su radar. La frustración me clavó las garras bajo la piel. Había llegado y se había metido en mi vida como si tuviese el derecho. La iba a convertir en un desastre.

Y no pude callármelo.

—¿Has estado siempre tan desquiciado? ¿O tu naturaleza controladora y delirante es producto de tu ineptitud? —pregunté en un tono dulce.

Dulce como el veneno.

Él continuó trasteando con su pieza, sin levantar la mirada, como si no me hubiese escuchado.

Tenía que admitir que sentaba bien sacarme aquello del pecho. Genial, a decir verdad...

Una fría avalancha de estupor me invadió cuando me agarró de la nuca y tiró de mí para ponerme a treinta centímetros de él. El corazón se me iba a salir por la boca y cerré los ojos con todas mis fuerzas: no quería ver cómo iba a matarme. Lo único que sentí fue una piel cálida y un tirón de mi vestido. Un instante después, su mano se deslizó por mi nuca y él ya no estaba.

Esperé un par de segundos para abrir los ojos y lo vi alejándose con la pieza en la mano.

Yo me quedé clavada en el sitio, petrificada.

—La verdad es que no lo había pensado nunca —me contestó arrastrando las palabras—, pero supongo que lo he estado siempre.

Bajé la mirada al notar que había algo fuera de lo normal. Me quedé boquiabierta de la incredulidad. Me había cortado la tira del bikini.

Me dio la sensación de que aquello ni siquiera había sido por el comentario; simplemente, no quería que fuese a esa fiesta.

La voz de Benito se coló en el garaje, aunque no pude verlo por encima del coche.

—He usado el kit que había debajo del lavabo para arreglarme un par de puntos. Espero que no te importe.

Yo intenté recuperar el aliento y recomponerme mientras ellos charlaban un momento. Deslicé la parte de arriba de mi bikini para sacármela por debajo del vestido (ya era inútil). No era el tipo de chica que podía ir sin sujetador. No entraba en los estándares de Benito, pero casi. Tendría que ir todo el camino de vuelta a casa con los brazos cruzados y decirle a mi primo que se me había roto la tira. Seguro que me creía y ni siquiera se daba cuenta. Los hombres nunca se enteran de nada.

—Elena, ¿estás lista? —me preguntó Benito—. Vámonos.

—Voy.

Cuando pasé junto a Nicolas, y comprobé que mi primo estaba ensimismado enviando mensajes junto al coche, le lancé la parte de arriba del bikini debajo del capó.

—¿A los psicópatas no les gustan los *souvenirs*?

Un atisbo ínfimo de diversión apareció en sus labios, y una mano manchada de grasa cogió el trozo de tela blanco antes de que yo hubiese salido del garaje.

Benito me esperaba sentado en el asiento del conductor.

—Perdón por haber tardado tanto. Casi pierdo el conocimiento por arreglarme un punto.

Tal y como había imaginado, no se dio ni cuenta de que no llevaba la parte de arriba del bikini. No me hizo ninguna pregunta sobre la tira rota. Simplemente me llevó a casa. Pero, antes de que llegásemos a la puerta roja de la entrada, me lanzó una mirada suspicaz.

—¿Qué tienes en el cuello?

Me pasé la mano y me limpié una mancha de grasa. La ansiedad se coló en mi sangre.

—Mmm, ni idea.

Él no me respondió ni escuchó el latido de mi corazón rebotando en mi pecho, aunque algo amenazante apareció fugazmente en su expresión antes de que pudiese desaparecer escaleras arriba.

Yo no había pedido que Nicolas Russo, el prometido de mi hermana, me tratase así, pero la única y desafortunada verdad era que temí que Benito pudiese leer en mi cara que... me gustaba.

Capítulo 15

«Quiero vivir la vida, no capturarla en una película».

Jackie Kennedy

Elena

Estaba comenzando a pensar que aquella atracción por él era mi castigo. Mi karma. Cuando aquel hombre me tocó, deseé que lo hiciese otra persona, y esa persona había llegado a mi vida como el prometido de mi hermana.

El resto del domingo transcurrió entre la humedad, el aire acondicionado a bajo cero y mis pensamientos. Antes de él, era virgen, ni siquiera había besado a ningún hombre. Todo ese universo de lujuria y sexo siempre había estado ahí, pero yo no fui consciente de él hasta que entré a un apartamento de protección oficial de la mano de un hombre al que apenas conocía. Él tampoco sabía quién era la dulce Abelli, y eso fue todo lo que me importó.

Cuando salí por esa puerta, en la que habían roto el candado de la cadena, con un anillo barato en el dedo, lo hice como una mujer distinta, una con una mancha roja que nunca podría limpiar y un deseo más profundo, más oscuro, corriéndome por la sangre. Una vez que pisas ese rincón carnal y confuso del mundo, no hay vuelta atrás. Lo más gracioso de todo es que ni siquiera quería hacerlo. Le eché la culpa de eso a mi problema y asumí que se me estaba yendo la cabeza.

Hacía unos minutos, estaba haciendo la colada para pasar el rato y había escuchado a mi futuro cuñado en el recibidor, así que decidí cambiar de ruta para cruzarme en su camino. No necesitaba ningún vaso de agua y, desde luego, no tenía que ponerme los pantalones cortos con menos tela del armario para ir a por él. Estaba a punto de cruzar una línea y no sabía cómo frenarme para no pasarme de la raya.

Entendía por qué me atraía aquel hombre. Tenía unas manos ásperas, la voz grave, una presencia imponente... Cumplía con todos los requisitos que no quería, pero necesitaba.

Siempre que andaba cerca, una soga invisible me empujaba hacia él mientras vibraba con la promesa de la excitación si sucumbía al último tirón. No fui consciente del poco autocontrol que tenía hasta que lo conocí a él. Lo que me dejaba un regusto amargo en la boca era que ni siquiera quería mostrar resistencia.

Al menos, sabía que no podía cruzar del todo la línea. Afortunadamente, hacían falta dos para eso.

Nicolas estaba hablando por teléfono en el recibidor cuando pasé por su lado. Sus ojos viajaron de los suelos de mármol hasta mis caderas, recayeron en los ridículos pantalones cortos, que en ese momento me arrepentí de haberme puesto, y, al final, se posaron en mi cara. Me miró como si fuese un chicle pegado en la suela de uno de sus carísimos zapatos. Era todo un misterio que me sintiese tan atraída por él.

Después de aquella breve y muda interacción, había estado intentando concebir un plan para librarme de aquel interés obsesivo por todo lo relacionado con Nicolas Russo.

Podía ignorarlo, aunque ya me había dicho a mí misma que iba a hacerlo y mira dónde había acabado: en la cocina bebiendo un vaso de agua que no necesitaba con unos pantalones tan cortos que podían clasificarse como ropa interior. Podría ir a confesarme y después pedirle a Dios nuestro señor la salvación, pero, con mi suerte, el padre Mathews se lo contaría a mi padre.

La opción más factible era intentar redirigir esa atracción hacia otra persona. Puede que ese plan provocara algunos inconvenientes, pero, por lo menos, no estaría babeando detrás del prometido de mi hermana. El problema era que, si eso era posible, ya lo había hecho.

La frustración me recorrió el cuerpo, y tiré lo que quedaba de agua en el fregadero. Estaba siendo ridícula. Solo tenía que superarlo. La mente puede controlarlo todo. Es fácil, ¿no...?

En realidad, no tenía mucha fe en mí misma, así que, la tarde del lunes, mientras íbamos de camino a Don Luigi's para cenar con la familia Russo, le planteé una situación hipotética a mi abuela. No podía darle detalles (casi ninguno) porque era tan astuta que enseguida uniría las piezas del puzle.

—*Nonna* —comencé dudosa—, imagínate que siempre has... querido una... perra.

Mi abuela arrugó la nariz desde su asiento en la limusina.

—Yo nunca tendría una perra. Soy alérgica.

Dominic estaba sentado entre las dos y enviaba mensajes con su teléfono. Era el primo más callado y melancólico que tenía. Además, fumaba muchísima hierba; olía a marihuana en ese mismo instante.

Benito iba conduciendo mientras cantaba *Rocket Man*, de Elton John, con las gafas de aviador puestas a pesar de que el sol ya estaba ocultándose tras los rascacielos. *Mamma* estaba sentada delante, mirándose en el espejo para retocarse el maquillaje y quejándose cada vez que Benito se pasaba más de cuatro kilómetros por hora del límite de velocidad. Sorprendentemente, Adriana había ido con *papà* y Tony. Seguro que mi padre solo quería reprenderla sobre todo lo que no podía hacer cuando estuviese casada con Nicolas.

—*Nonna*, imagínate que no fueras alérgica y quisieras una, pero la que te gusta es... la perra de tu vecino.

—Elena, no vamos a comprar ningún perro —intervino mi madre.

—*Cazzo*. Ya lo sé.

Solo hablaba en italiano cuando quería blasfemar. Casi nunca lo hacía más allá de «maldita sea», «mierda» y, quizás, ahora que había conocido a Nicolas, un «gili» acompañado por un «pollas» al final. Pero casi siempre formaba parte de un monólogo interno, así que no contaba.

—Es una hipótesis —continué—. Bueno, digamos que el animal es tan mono... mmm, mona, que te lo quieres quedar tú.

—Creo que, si pudiese, preferiría tener un gato —me contestó la *nonna* mientras miraba por la ventanilla.

—Vale. —Y suspiré—. Pues un gato. Quieres el gato de tu vecino...

—No vamos a comprar ningún gato, Elena —volvió a interrumpir *mamma*.

«Madre mía».

—Lo sé. He dicho que es una hipótesis...

—¿Por qué huele aquí a hierba?

La *nonna* frunció el ceño.

Me percaté de que Benito le estaba lanzando una mirada asesina a Dominic por el retrovisor. No debía fumar marihuana: alteraba la mente y ralentizaba los reflejos. *Papà* se pondría como una fiera si se enteraba.

—Bueno… —Mi abuela se quitó una pelusa de la falda—, seguro que es ese perfume que te echas, Celia. Cuando pasa un rato, parece como si fermentara.

A Benito se le atragantó la risa y Dominic se pasó la mano por la cara, que casi delata la gracia que le había hecho, mientras seguía concentrado en su teléfono. Tenía la teoría de que la *nonna* solo pinchaba tanto a mi madre porque a los chicos les hacía gracia.

Mamma negó con la cabeza, posiblemente planeando beber esa noche por cinco. Le encantaba el vino. Y las telenovelas. Solo le faltaba que uno de sus hijos hubiese jugado al fútbol.

—Bueno, ¿qué me estabas preguntando, Elena? ¿Quieres una mascota?

A continuación, mi abuela abrió el bolso para, lo más seguro, sacar una golosina. Ahí dentro solo llevaba chocolate y un clínex, que reutilizaba una y otra vez, como si fuesen a dejar de fabricarlos.

—No va a tener ninguna mascota —sentenció *mamma*.

La *nonna* se revolvió arrogante en su asiento.

—Bueno, he oído que las mascotas hacen milagros con la depresión. A lo mejor, debería preocuparte la salud mental de tu hija.

—No está deprimida.

—¡Quiere un animal! En la casa. ¿Qué más te tiene que decir? Celia, de verdad…

Desconecté de la conversación como si estuviera usando el botón de una radio, hasta que lo único que escuché fue un ruido distorsionado e inteligible.

Al parecer, estaba sola en esto.

Unas fotos en blanco y negro del viejo Bronx decoraban las paredes del lugar. Unos manteles de cuadros rojos y verdes cubrían las mesas redondas. Una barra de madera recorría una de las paredes y, nada más entrar, mi madre fue directa hacia ella. El otro lado estaba ocupado con conjuntos de mesas y bancos enfrentados, y unas cuantas mujeres Russo se habían congregado allí. Las lámparas eran originales y arrojaban un cálido y suave resplandor a la sala. Era el tipo de restaurante en el que cenarías para conversar y emborracharte, pero yo solo me quedé clavada en la puerta, dudando si entrar o no.

Estaba en un restaurante Russo, en su territorio.

Me sentía como un pez fuera del agua, y, por la forma en la que mis dos primos se quedaron a mi lado mientras escudriñaban el lugar con las manos metidas en los bolsillos, supuse que ellos se sentían igual.

Conocía a un par de mujeres de las que estaban sentadas en los bancos, pero no lo suficiente como para que me sintiese cómoda sentándome con ellas, y, ni por todo el oro del mundo, iría hasta la esquina de la barra para unirme a los hombres. Vi a Nicolas entre ellos; no solo porque sobresaliese por su altura, sino porque su mera presencia era hechizante.

Una sensación agradable se propagó por todo mi cuerpo cuando posó sus ojos en mí. Siempre me miraba de una manera que hacía que me pareciese que iba vestida de forma indecente. Luego, apartó la mirada para responder al hombre con el que estaba hablando, y yo solté un suspiro.

—¿Qué hacéis en medio de la puerta? —farfulló la *nonna* mientras se abría paso entre Dominic, Benito y yo—. Estos niños de hoy en día. Todo el rato escribiendo en esos móviles, se os van a pudrir los cere...

La voz se le fue apagando a medida que se dirigía a una mesa para sentarse.

Una brisa cálida me acarició la piel cuando se abrió la puerta. Adriana entró hecha un basilisco; sus ojos eran una oscura tormenta. Entonces me fijé en lo que llevaba puesto: había elegido un vestido camisero amarillo y unas Converse negras. Era un conjunto bastante mono, pero aquella era una noche de etiqueta, aunque el restaurante italiano fuese informal. Yo llevaba un vestido largo negro brillante, y eso que no era la novia.

Su expresión rezumaba furia y desesperación a partes iguales.

—¿Qué ha pasado? —le pregunté.

Mi hermana abrió la boca, la cerró y, al final, se escabulló hacia la barra para sentar su pequeña figurita en un taburete. *Mamma* se estaba llevando una copa de vino a los labios cuando vio a Adriana. Los ojos se le pusieron como platos y se le ensombreció el gesto, pero, acto seguido, negó con la cabeza, como si no pudiese lidiar con aquello en ese momento, y miró para otro lado.

Cuando me dirigí a la barra, me topé con la mirada del joven camarero, que llevaba una camisa blanca y un chaleco negro, y le pedí una cerveza. El muchacho levantó una ceja al escuchar mi elección.

Benito era cuatro años mayor que yo y siempre había tenido el frigorífico de la planta baja hasta arriba de cervezas. Cuando era adolescente, bebía con él en secreto, porque, por aquel entonces, mi madre me habría echado una buena bronca por hacer algo así. Al final, su sabor había llegado a gustarme más que la acidez del vino. En aquel momento, pensaba que aquello sería lo más escandaloso que haría en mi vida. Chico, ojalá hubiese sido verdad.

—¿Por qué cruza un pavo la calle? —pregunté sin mirar a mi melancólica hermana, que le estaba dando un sorbo a un chupito de algo que parecía vodka.

No tenía ni idea de cómo podía beberse eso, durante un segundo hasta me planteé si quizá mi madre había tenido una aventura con un ruso. Aunque, si hubiese sido así, no habría tardado en convertirse en un ruso muerto.

—Para demostrar que no es un gallina —me contestó en tono cortante.

Mierda. Tendría que haber usado antes esta carta. Le contaba chistes malos siempre que se enfadaba, pero parecía que esta vez no iba a funcionar.

—Vale. —E intenté mejorar la estrategia—. ¿Por qué los plátanos se ponen protección solar?

Pero no respondió, simplemente se limitó a darle otro sorbo al vodka.

—¡Para no pelarse! —exclamé con una alegría tan chillona que me hice daño en los oídos.

El camarero se rio y me pasó la cerveza por la barra de madera laqueada. Mi hermana, en cambio..., ni pestañeó.

Yo lancé un suspiro.

—Oh, vamos. A él le ha hecho gracia.

—No, solo quiere acostarse contigo —sentenció Adriana con cara de póquer.

Los ojos se me pusieron como platos y, acto seguido, los clavé en el camarero, que se encontraba a una distancia suficiente para poder escuchar la conversación. Yo esperaba una negativa clara, pero él simplemente levantó un hombro y me sonrió para después marcharse a atender a otro cliente.

O era el hombre más valiente o el más idiota de la sala por tirarle los tejos a la hija de un don.

Yo me puse colorada, negué con la cabeza mirando a mi hermana, me llevé el botellín a los labios y le di un sorbo. Estaba fría, refrescante, y tenía un toque amargo.

—¿Quieres contarme de qué se trata o prefieres ahogar el problema en alcohol?

Como ya sabía la respuesta, me apoyé en la barra y me puse cómoda.

—Ahogarlo en alcohol.

Así que bebimos.

Capítulo 16

«En el espacio no he visto nada tan esperanzador como las vistas desde una noria».

E. B. White

Elena

Empecé a notarme un poco mareada cuando la segunda cerveza se asentó en el cálido charco que se me había formado en el estómago.

Solo estaba contentilla, pero ya había cambiado el alcohol por agua. Nunca bebía mucho en público: el alcohol me soltaba la lengua hasta tal punto que temía lo que fuese capaz de decir o hacer. ¿Y si le decía a todo el mundo lo que pensaba? La dulce Abelli y el alcohol no se llevaban bien, y no estaba preparada para lanzarme de cabeza al mundo siendo yo misma. Tampoco sabía si algún día lo estaría. Cuando se pasan toda tu infancia preparándote y elogiándote por ser de una determinada manera, no tienes escapatoria.

Adriana no opinaba lo mismo que yo al respecto. Estaba

borracha como una cuba. Por suerte, normalmente se quedaba callada cuando se ponía en ese estado de embriaguez, y, al menos en apariencia, lo único que le pasaba es que comía mucho más y con bastante menos decoro que si estuviese sobria.

No había dejado de llegar familia y el restaurante estaba casi lleno. Los Russo se sentaban con los Russo y los Abelli con los Abelli, aunque Adriana se sentaba al lado de Nicolas, sus tíos y las mujeres de estos. Sabía que su madre había fallecido cuando él era un adolescente, y que a su padre lo asesinaron cuando los Zanetti abrieron fuego en uno de sus locales nocturnos. Para sorpresa de nadie, fue porque el padre de Nicolas los engañó en un acuerdo comercial.

Era raro que Adriana no estuviese en nuestra mesa, pero lo cierto es que se convertiría en una Russo en dos semanas. Se me formó un nudo de desasosiego en la garganta.

Yo estaba sentada al lado de Tony, quien aparentemente estaba de buen humor. Tenía la mano derecha vendada, así que no paraba de pedirme que le trajera la bebida, que le pasase esto y lo otro y que le cortase el filete. Y siempre me lo pedía con muchísimo entusiasmo, como si le encantase su nueva situación. Lo sentí por Jenny, le engañase o no.

Mis padres, la *nonna*, Dominic y Benito también estaban sentados a nuestra mesa. Los hombres seguían con la misma monótona conversación de trabajo: *papà* era dueño de varios establecimientos diferentes, desde un club de estriptis hasta una lavandería, aunque esta última posiblemente fuese una tapadera para el empaquetado y la distribución de droga o para apostar por hombres que participasen en sus peleas ilegales.

Gianna dominó la conversación en la sala e hizo que los Abelli conversaran con los Russo y viceversa. Aquel día parecía una *barbie*. Llevaba un vestido rosa de tirantes finos, una coleta alta y un maquillaje rosa claro. Tenía carisma, era independiente y, ahora que creía que se había acostado con Nicolas, la observaba más de la cuenta. Me fascinaba la idea de que supiese cómo era acostarse con él. Aunque, cuando lo pensaba, una sensación extraña (una ola de algo desagradable) se esparcía por mis venas.

Envidia.

Eso es lo que era.

No solo es que me sintiese atraída por aquel hombre, sino que sentía celos de las mujeres con las que había estado.

Entonces se me escapó un gemido en voz alta.

Todos los ojos que se encontraban en nuestra mesa redonda apuntaron hacia mí, los tenedores de postre se quedaron a medio camino de los labios.

—¿Indigestión? —me preguntó la *nonna*.

—Sí —le contesté sin pensar, y empujé la silla hacia atrás—. Voy al servicio.

Ni siquiera me di cuenta de lo que acababa de decir hasta que escuché las risitas por lo bajini de mi hermano y mis primos tras de mí. Hombres.

A través de la puerta del baño, que había dejado tres dedos abierta, escuché mi nombre mezclado con el sonido de un grifo corriendo y de una cisterna.

—Mira, yo solo digo que la conocen por ser la dulce Abelli, pero, en realidad, solo se lo dicen porque actúa de forma muy dulce con un montón de hombres.

La boca se me llenó de un regusto amargo.

Aquella voz pertenecía a una mujer Russo. Valentina. Estaba casada con uno de los primos de Nicolas, aunque no sabía con cuál. Era alta, escultural y tenía unas marcadas facciones sicilianas. Era difícil de olvidar o no fijarse en ella.

—Solo estás celosa porque Ricardo lleva toda la noche mirándola —le contestó otra chica.

Parecía Jemma, la prima de Nicolas. Tenía más o menos mi edad, puede que fuese un poco más joven, y su pelo y sus ojos eran de color marrón claro. Solo había hablado con ella una vez, pero me parecía una muchacha agradable.

—Me da igual lo que haga Ricardo. Tengo a Eddie —le respondió Valentina.

Escuché un ruidito, como si alguna estuviese rebuscando en el bolso y, a continuación, se hizo el silencio, puede que porque se estuviesen retocando el maquillaje.

—Asesinaron a su amante, ¿lo sabías? Era un tipo de Staten Island.

—Y van a matar al tuyo si no dejas de hablar del tema —le advirtió Jemma.

La otra mujer soltó una risita burlona.

—Ricardo y yo ya casi no nos acostamos. ¿Qué espera que haga?

—Para. No quiero escuchar nada que tenga que ver con mi hermano, tú y el sexo.

—Vale, mojigata.

Dejé que la puerta se cerrase sin hacer ruido. No supe que mi apodo era tan popular hasta que conocí a los Russo. Me preguntaba si eso era lo que creía todo el mundo: que la dulce Abelli era acaramelada y fácil en ese aspecto.

Me dio un vuelco el estómago. No me importaba mucho lo que los demás pensasen de mí, pero aquel rumor me tocó la fibra sensible más de lo que me hubiese gustado. Habían asesinado a un hombre porque yo cometí el error de acostarme con él, y ahora estaba babeando detrás del prometido de mi hermana. Aquel comentario me había dado donde más me dolía.

Las chicas salieron del baño entre una fresca nube de perfume y sin ni siquiera darse cuenta de que yo estaba escondida entre las sombras.

Entonces me apoyé en la pared mientras dejaba que el pasado saliese a la luz.

Lo conocí en las atracciones de la feria.

La brisa cálida, el sol y las risas que llegaban desde lo alto de la noria. El olor a buñuelos fritos, palomitas y algodón de azúcar. Al menos, así es como yo me había imaginado que serían las ferias al calor del verano. En cambio, el lugar estaba tan vacío como la sonrisa de la dulce Abelli. Solo había nieve, hormigón y el silbido del viento helado.

Trabajaba como guardia de seguridad en un supermercado cerca de allí, además de en otros dos empleos a media jornada para poder mantener a su madre y a su hermana pequeña, a quienes solo me las podía imaginar luchando por sobrevivir mientras lloraban a su hijo y hermano. La triste realidad era que ni siquiera supe cómo se llamaba. Yo no quería decirle mi nombre, así que él me dijo con una sonrisa que no me revelaría el suyo hasta que yo no le diese el mío. Ahora no podría volver a decirle nada más a nadie.

Era rubio, carismático y resultaba fácil estar cerca de él. No sabía que existía esa alegría y, de algún modo, aquello me atrajo. Sin embargo, a mí me criaron en un mundo completamente diferente que tenía incrustado en lo más profundo de mi ser. Un mundo que acabó con su vida.

Lo más amargo de todo era que la culpa ya se estaba desvaneciendo, como una imagen que desaparece en el espejo retrovisor mientras te alejas por la carretera.

Apoyé la cabeza en la pared, miré hacia arriba y comencé a retorcer el anillo que llevaba en el dedo corazón. Él me lo dio de broma. Pero, aun así, se había convertido en el símbolo de una promesa: me había prometido a mí misma que compensaría mi error. Y no me lo quitaría hasta que no la cumpliese.

La sensación familiar de saber qué iba a ocurrir me rozó la piel desnuda.

Giré la cabeza hacia un lado y vi a Nicolas de pie al final del pasillo, con las manos en los bolsillos y observándome fijamente con su mirada de desazón.

—Y yo que creía que nunca te vería sin algo rosa.

El sonido grave de su voz me rozó los oídos y sentí un escalofrío cuando esta invadió el pasillo, que, hasta entonces, había permanecido en silencio. «Nunca te vería sin algo rosa». Mi mente se llevó aquella frase a un lugar sucio, en el que no llevaba nada puesto y él me observaba. Mis pechos se endurecieron mientras un calor agradable recorría lentamente el camino entre mis piernas. Tragué saliva y me deshice de aquella sensación de asfixia.

Casi nunca iba vestida de negro, pero esa noche me sentía una rebelde. Puede que porque supiera que él iba a estar allí y necesitaba toda la fuerza que el color negro pudiese ofrecerme para fingir que no existía. Solo me había visto de blanco y de rosa; no me sorprendía que casi siempre me mirase como si fuese ridícula. Aunque aquello era lo mejor. Si mi fascinación fuese correspondida, solo podía imaginarme el caos que eso conllevaría, y no iba a volver a formar otro escándalo. Jamás.

Sin despegarme de la pared, me levanté el dobladillo del vestido hasta que se vieron los tacones fucsias.

Un atisbo de sonrisa apareció en su boca, pero se lo borró con el pulgar antes de volver a deslizar la mano en su bolsillo. Otra vez volvieron a aparecer mariposas en la zona baja de mi vientre. Si alguna vez blasfemaba (si lo hacía de verdad) sería para describir lo atractivo que era. Merecía una palabra lasciva, si no nadie entendería la magnitud de su belleza.

—¿Qué sabes sobre lo que quiere decir la dulce Abelli? —le pregunté con expresión pensativa.

Tenía que saber si toda la Cosa Nostra me consideraba

una puta. Vivir en la ignorancia no era mi estilo, por poco que me gustase la verdad.

Levantó una ceja oscura sin acortar los tres metros que nos separaban.

—¿Quieres que te lo diga?

Yo asentí lentamente y me mordí el labio inferior con los dientes.

«¿Tan malo era?».

La mirada se le iluminó con una diversión macabra, aunque se notaba que había cierto amargor en ella.

—Uno de los culos más dulces de Nueva York, sin duda.

Yo pestañeé. Tragué saliva. Hice un ruidito de mmm para ocultar mi incapacidad de respirar. Solo era lo que él sabía que significaba, y no quería decir que estuviese de acuerdo, ¿verdad? Aun así, no pude evitar que un peso ganase espacio en mi entrepierna ni que el vestido me abrasase y me excitase.

Aquella atracción era muy ardiente, y tenía que tratarlo de otra manera antes de que me dejase marcada para siempre. A lo mejor se me pasaba si lo observaba como a alguien de la familia (cosa que sería verdad dentro de poco).

Me aparté de la pared de golpe y me dirigí hacia él. La electricidad se respiraba en la atmósfera del viejo restaurante. De pronto, me pregunté si aquella sensación simplemente sería una reacción entre dos fuerzas combustibles o si el encaprichamiento se había hundido tanto en mi piel que, en su presencia, el aire se volvía demasiado denso como para poder respirar.

Con un suspiro que podría interpretarse de alivio, dije:

—Bueno, había dado por hecho que sería peor.

Me paré delante de él, al alcance de su brazo. Siempre que estaba con ese hombre, me inundaba una sensación de importancia, como cuando el chico más popular del colegio te hacía caso.

Aún estaba atrapada en el pasado, lo suficiente para que el presente me pareciese sencillo y no me costase envalentonarme. Entonces di un paso adelante y pasé el dedo por el filo del botón de su chaqueta.

Su voz adoptó una variedad de su tono amenazante tan natural en él: esta vez era más áspera, sin el menor atisbo de diversión.

—¿Qué te he dicho sobre dar las cosas por sentado?

De alguna manera, solo conseguía que me ardiesen las mejillas con su esencia exigente y mandona. Qué fácil era para este hombre decirle a la gente lo que debía hacer y esperar obediencia inmediata. Seguro que se lo habían consentido todo desde que nació.

—Tenía una razón de peso para creer que era otra cosa.

A continuación, apreté el botón para sacarlo del ojal y desabrocharle la chaqueta. Él me observó, y cada centímetro de mi piel ardió, como si me estuviese acercando demasiado a un fuego.

—Me encantaría escuchar ese razonamiento mal concebido.

Su tono me dijo lo contrario.

—Bueno, entonces, ¿qué quieres? —Le abrí la chaqueta para revelar el chaleco negro que llevaba debajo y abrazaba su vientre—. ¿Controlarme?

Sus palabras estaban envenenadas con hostilidad.

—Tu hermana está borracha y tú la has animado a ello.

—Ah, así que ¿me he metido en un lío?

Metí la mano en el bolsillo del chaleco y saqué el cigarro que ya sabía que estaría ahí. Le vi llevándoselo a los labios o rulándolo entre los dedos, como si estuviese intentando dejarlo.

—Cuéntaselo a mi padre. Soy una Abelli, no una Russo.

Fui a darme media vuelta, pero Nicolas me agarró de la muñeca.

—No vas a salir tú sola.

—He visto a unos cuantos empleados de la cocina ir afuera.

Intenté agitar el brazo para deshacerme de su mano, pero aquello solo hizo que dirigiese su atención hacia la mía. La mirada se le ensombreció al ver el anillo, como si quisiese arrancármelo. Yo cerré el puño en un ademán protector porque me pareció que podría intentarlo. En ese momento, me soltó suavemente la muñeca y me encaminé hacia la puerta trasera.

—No vas a salir ahí con los empleados de la cocina.

Trátalo como a la familia, ¿no?

—Nicolas, ve a buscar a otro al que mangonear...

Me quedé petrificada mientras los latidos de mi corazón se ralentizaban como si se hubiesen caído en un tarro de melaza. Me estaba agarrando de la coleta e impidiendo que diese un paso más, igual que si fuese una correa. Al sentir la parte frontal de su cuerpo contra mi espalda, se me paró la respiración. Lo noté tan caliente, fue tan agradable, que habría gemido si hubiese tenido aire para ello.

Me dio un tironcito de la coleta, mi cabeza se giró a un lado y sus labios acariciaron el espacio que quedaba detrás de mi oreja.

—Vuelve a decirme qué cojones tengo que hacer.

Puede que mi cuello sea la parte más sensible de mí, después de la obvia, claro. Se me puso toda la piel de gallina. Su tono áspero recorrió toda mi nuca para después seguir bajando por mi espalda y acabar entre mis piernas. Como consecuencia, arqueé la espalda en un acto reflejo.

—No vas a salir sola. Y tampoco con el personal de la cocina.

Tardé un segundo en asimilar sus palabras; tenía los ojos entrecerrados y las ideas confusas. Pestañeé en un intento de aclararme la mente.

—¿Tienes mechero?

Iba a salir, quisiese o no. Mi pregunta dejó abierta una sugerencia a que me acompañase, aunque no supe por qué. En aquel momento y lugar, se demostró que no podía tratarlo como familia.

Nicolas me agarró de la cintura y me movió un paso a un lado. Tenía que haberme soltado el pelo sin que me diese cuenta.

Luego, abrió la puerta del callejón y el aire húmedo de agosto me acarició la cara. Dudé un momento.

Apoyó la espalda en la puerta para dejarla abierta y volvió a meterse las manos en los bolsillos. Su mirada transmitía algún tipo de emoción (puede que enfado). No quería estar ahí fuera conmigo.

La dulce Abelli habría tenido en cuenta sus sentimientos, pero, cuando estaba con él, ya no tenía que ser esa persona.

Entonces salí a la calle para fumarme un cigarro con Nicolas Russo.

Capítulo 17

«Lo mejor y más hermoso de este mundo no puede verse ni tocarse: debe sentirse con el corazón».

Helen Keller

Elena

En mi corazón, el pasado albergaba un encanto simple, pero eso no significaba que no pudiese apreciar la belleza de mi complicado presente. Los edificios en construcción se alargaban queriendo tocar el cielo, tapando las estrellas con su contaminación, y, más allá, era donde residía la magia de la humanidad. Había cosas buenas en el mundo, y no podía entender por qué la presentadora rubia se centraba solo en lo desagradable.

Los empleados de la cocina ya se habían dispersado y el callejón estaba vacío. El ruido de fondo de los neumáticos, los cláxones y las sirenas se mantenía inalterable, pero más ensordecedora que este era la suave y armónica cadencia de un saxofón.

Mis zapatos resonaron contra el asfalto cuando di unos

pasos en dirección a la música. Me invadió una realidad incuestionable: no había aportado al mundo ninguna historia de amor fascinante. La verdad más absoluta era que solo me había obligado a disfrutar de los finales trágicos porque sabía que el mío no sería muy diferente.

Un calor agradable me acarició la espalda desnuda; era el susurro de la emoción que me pisaba los talones. Me di la vuelta para encontrarme a Nicolas tan cerca que tuve que levantar la cabeza para poder mirarlo a los ojos. Entonces, me quitó el cigarrillo de entre los dedos, me lo puso en los labios y, tras el clic metálico de un mechero Zippo con un as de picas en el lateral, el resplandor hipnotizante de una llama titiló entre los dos.

—Este es el último cigarro que te vas a fumar, así que disfrútalo.

Yo le sonreí mientras me encendía el cigarrillo y di una calada lentamente para no toser y volver a mostrarme como la novata que era.

—¿Te hace gracia algo?

Se me escapó una carcajada suave.

—Sí. Tú.

Con la mirada absorta, me quitó el cigarrillo de los labios, se lo llevó a los suyos y aspiró.

Yo levanté la cabeza para observarlo.

—Bueno, ¿puedo llamarte ya *fratello*?

No sabía por qué acababa de decir aquello, simplemente se me escapó de entre los labios como si fuese un suspiro. La nicotina corría por mis venas y me soltaba la lengua.

Nicolas me miró y soltó una bocanada de humo por encima de mi cabeza. Estábamos tan cerca que la manga de su chaqueta me tocaba el brazo. Tanto que su presencia anulaba la mía. Y no había nada familiar en todo aquello.

A continuación, me pasó el cigarro.

—No.

Fue un «no» tajante, uno que no se podía debatir.

—¿Por qué no? Vas a serlo.

Entonces comenzó a apretar el músculo de la mandíbula.

—Voy a ser tu *cognato*, no tu hermano.

—En realidad, es lo mismo. Y ya te estás comportando como un hermano controlador.

Por su expresión pude ver que no estaba disfrutando de la conversación ni iba a participar en ella.

—A mí puedes llamarme *sorella*. A lo mejor necesitas un hermano para darte cuenta de que el mundo no gira a tu alrededor.

Él soltó un resoplido de diversión, pero sonó a que quería estrangularme.

—Fúmate el cigarro y calla.

Me di media vuelta para ocultar el ridículo calor que se disparó en mis mejillas y me alejé unos pasos de él. El suave taconeo de mis zapatos sincronizado con la cadencia del saxofón era hipnótico. La nicotina tenía que haberse mezclado con el alcohol dentro de mi sistema. O puede que sencillamente me embriagase su presencia.

Volví a girarme y levanté la vista para observarlo.

—No tienes que hacer de canguro, ¿sabes? Normalmente no me agreden dos veces la misma semana.

Él se apoyó en la puerta. La mirada le brillaba con sarcasmo.

—Entonces, ¿solo una vez?

—Solo una —repetí, y se me dibujó una sonrisa en la cara.

—No soy tu canguro.

—Pues es lo que parece.

Los perfiles de su expresión se ensombrecieron. No sabía por qué estaba prácticamente pinchándole con un palo, pero el filtro que solía impedirme hacer estos comentarios se había desvanecido con la última nota del saxofón.

Usó un tono áspero y seco.

—Si no cierras el pico, seré yo el que te agreda.

No creía que se refiriese a una agresión de tipo sexual, aunque lamentablemente así es como decidí tomármelo yo. Me llevé el cigarrillo a los labios y aspiré. Su mirada se encontró con la mía a través de una nube de humo.

—Me aseguraré de comentarle a mi próximo atacante que el único que puede agredirme es mi *cognato*.

Sin saber cómo, un ambiente sugerente llenó el callejón con tanta fuerza que hasta un transeúnte lo podía notar. Yo tenía una expresión reflexiva, aunque los latidos de mi corazón estaban bailando la conga en mi pecho.

—De todas formas, seguro que te estás quedando sin maneras de arruinarle la vida a los hombres.

—Elena, se llama repertorio. Puedo repetir.

—Mmm. ¿Quién es el siguiente de la lista?

—¿A quién están agrediendo?

Puso una voz anodina, como si estuviésemos hablando del tiempo por tercera vez.

En ese instante, levanté un hombro.

—A mí.

Me miró con frialdad, aunque mantuvo el tono impasible.

—Pues el espectáculo de esta noche consistiría en verlo desangrarse.

Nada de su expresión me dijo que estuviese exagerando.

—Bueno, no sería una noche típica contigo cerca si no hubiese algo de sangre de por medio. —E hice una pausa—. Aunque, supongo que lo hiciste bien en nuestra última cena.

La sonrisa más discreta, y a la vez más amenazadora, se dibujó en sus labios.

—Supongo que sí.

En ese momento, se me llenó el estómago de mariposas.

Aquella sonrisa, pícara y retorcida, era exactamente la razón por la que a las mujeres les gustaban los chicos malos.

Cazzo.

Necesitaba un poco de aire.

Me agaché y apagué el cigarro en el hormigón, para después tirarlo en el contenedor de basura del restaurante. El callejón ya estaba lleno de colillas y porquería, y no quería contribuir a aquello.

Nicolas seguía apoyado en la puerta, así que me paré delante de él y esperé. Entonces me tendió su teléfono.

—Mi lista. Escríbela ya.

Primero miré el móvil con el ceño fruncido y, luego, a él.

Tenía una expresión seria y, sinceramente, con esta espiral de atracción descontrolada chisporroteando bajo mi piel como si fuese electricidad, no tenía lo que hacía falta para discutir con él. Cogí el teléfono y di unos pasos atrás. Era imposible que pudiese pensar con aquel hombre tan cerca.

Abrí las notas y escribí la talla de ropa de Adriana, la de zapato e, incluso, la de sujetador. No parecía alguien que prefiriese evitar los detalles. Cuando empecé con sus gustos y sus aficiones, no pude resistirme.

Actuar

Películas de terror de culto

Cuidar del jardín

Tú no

Se me dibujó una sonrisa en la cara, pero se me borró cuando sonó una notificación en su teléfono.

La miré fijamente.

¿Quién era él? ¿Benito?

La imagen era de una mujer, desnuda. Rubia, sonrisa coqueta, tetas grandes.

Jenny.

Le lancé una mirada y advertí que solo estaba esperando

a que terminara. Le di la vuelta al móvil para mostrarle la pantalla. Sus ojos se clavaron en los míos durante un segundo, y, al final, le echó un vistazo. Ni pestañeó.

—Esa es la novia de Tony —le acusé.

—Ah, ¿sí?

No podía discernir entre si aquello le hacía gracia o le molestaba. Tampoco podía decir si no sabía quién era ella o si se estaba haciendo el tonto. ¿Le llegaban tantas fotos de mujeres desnudas aleatorias que no podía distinguirlas? Una furia se prendió en mi pecho.

—Deja de acostarte con ella —le ordené en un tono frío.

En ese momento, su gesto macabro era de los que escondían diversión.

Yo apreté el móvil con fuerza.

—No está bien.

Él levantó un hombro.

—Ojo por ojo.

Yo me quedé un instante callada.

—Tú no tienes novia.

«Tienes una prometida...», aunque eso normalmente no significaba mucho para los hombres con esta vida.

—Sí que tengo.

«Oh».

Un extraño malestar se acurrucó en mi pecho.

Pestañeé en un intento de entender lo que estaba pasando.

—Os acostáis con las novias del otro ¿para qué?, ¿vengaros entre vosotros?

No contestó ni una palabra. Su mirada asesina me dejó claro que no lo iba a hacer.

—Él la quiere, Nicolas, sea consciente o no.

En ese instante, se le heló la expresión.

—Eres una defensora del amor, ¿a que sí? ¿Es por tu propia experiencia?

«¿Qué?».

A continuación, entornó los ojos. No sabía a qué se estaba refiriendo, pero estaba demasiado furiosa como para que me importase.

—Vas a casarte con su hermana, así que ha dejado de ser justo.

No tenía ni idea de lo que estaba diciendo, pero no me estaba poniendo de su parte.

Soltó una carcajada amenazante.

No le gustó que escogiese un bando. ¿A caso creía que escogería el suyo?

Me vino a la mente un pensamiento repentino, la necesidad de saber, y se escapó de mis labios antes de que pudiese frenarlo.

—¿Vas a serle fiel a Adriana?

Mi corazón palpitó con un latido torpe y acelerado. Aquello era lo más invasivo que le había preguntado a nadie, y me dejó en la lengua un regusto desconocido a arrepentimiento.

Bajó la mirada hasta posarla en la mía. A él tampoco le gustaba mi pregunta, pero sus palabras mantuvieron el mismo tono grave y tranquilo.

—¿Ella espera que lo sea?

Por supuesto que no.

Ninguna mujer que perteneciera a este mundo lo esperaba: no cuando un hombre consideraba trabajo ir a un club de estriptis. No cuando el dinero y el poder los corrompían. Y no cuando las mujeres como Jenny se tiraban a los brazos de los hombres ricos y atractivos. Por eso no quería tener un marido tan guapo como él. Ni siquiera tenía que esforzarse para ser infiel (la infidelidad se sentaría directamente en su regazo).

Negué con la cabeza. La frustración que me estaba haciendo sentir aquella conversación estaba comenzando a fastidiarme.

—Estás evitándome. Responde a mi pregunta.

Quizás si pronunciaba esas palabras y me demostraba lo desleal y mentiroso que era, podría deshacerme de la fascinación que sentía por él. Estaba más interesada en su respuesta de lo que mi hermana lo estaría nunca.

Él se apartó de la puerta.

—Responde tú a la mía.

Mi contestación fue tranquila y suicida.

—Puedes recuperar tu teléfono después de responder a mi pregunta.

Su mirada condescendiente me abrasó. Luego, agitó la cabeza en un gesto casi imperceptible y se acercó a mí.

El corazón me dio un vuelco y di un paso atrás, pero, en ese momento, toqué el muro del callejón con la espalda desnuda, y el frío hormigón hizo que se me estremeciese toda la columna. Estaba atrapada, arrinconada y había llevado mis nervios tan al límite que no podía pensar con claridad. No estaba pensando, para nada.

Acto seguido, dejé caer el móvil dentro de la parte delantera de mi vestido.

Nicolas se quedó petrificado a dos pasos de mí. Clavó los ojos donde había acabado su teléfono, y luego se pasó la lengua por los dientes con una especie de incredulidad traviesa.

—¿De verdad crees que eso va a impedirme recuperarlo?

No tenía ni idea de por qué había hecho eso. Por primera vez en mi vida, deseé que la dulce Abelli me salvase de aquello. Para empezar, su tranquilidad y sus maneras serenas no la habrían metido en este lío. Me tragué mi falta de aliento.

—No sería apropiado.

Los dos bajamos la vista cuando el móvil pasó de entre mis pechos al vientre y se quedó pillado en la tela que se apretaba contra una zona cercana a mis caderas. Estaba atrapado debajo del ombligo.

Entonces volvió a mirarme a los ojos.

—Según lo que he aprendido, hoy en día un beso es algo platónico. Levantarte el vestido no puede ser mucho peor.

Sentí que algo aleteaba en mi estómago.

—No vas a subirme el vestido.

—Te doy tres segundos, Elena.

Sus palabras fueron concisas y rezumaban enfado. Supe que ese era el tiempo que me daba para devolvérselo.

No tenía ni idea de lo que estaba haciendo ni en qué momento había adquirido el deseo de morir de pronto, pero mis ojos se clavaron en los suyos durante los tres segundos siguientes. En un tono bajo y maduro, le dije:

—No me has respondido a la pregunta.

Su mirada descendió hasta el hormigón durante un instante y, cuando volvió a dirigirla hacia mí, echaba humo. Ahí supe que me había metido en un lío. Una ola de expectación se filtró en mi torrente sanguíneo, pero la apagó la incomodidad que sentí cuando dio los pasos que faltaban para acercarse a mí.

Sus hombros me impidieron la huida por el callejón, y su fuerte presencia ralentizó mis respiraciones. No estaba siendo amable. Con sus ojos ámbar clavados en los míos, aferró con la mano la tela del vestido que se pegaba a mis muslos y tiró de ella hacia arriba, haciendo lo mismo conmigo en el proceso.

Apretó el puño con el que sujetaba la tela, pegándomela a las piernas. Estimuló cada poro de mi piel; se formó en la zona baja de mi vientre un deseo que tenía que satisfacer. Tuve que morderme el labio para contener un gemido cuando entró en contacto con mis muslos desnudos. La palma de su mano era áspera y estaba tan caliente que quemaba. Y, Dios, nunca había estado delante de un hombre que oliese tan bien. Quería acurrucar la cara en su cuello para poder tener más de aquella esencia. Para poseerla toda.

Era consciente de que le estaba criticando por serle infiel a Adriana mientras fantaseaba con que lo fuese conmigo. Aquel pensamiento solo fue fugaz porque su presencia, su calor, lo apartaron de mí.

De pronto, no sabía si había decidido ir a un ritmo más pausado o es que aquel momento era tan significativo que lo estaba viviendo a cámara lenta, pero todo se ralentizó a la vez que el sonido de mi respiración entrecortada invadía el callejón. Una brisa ligera se abrió paso en el ínfimo espacio que quedaba entre los dos y advertí lo cachonda que estaba. No me había sentido más caliente en mi vida.

Entonces se pegó más a mí, hasta que su chaqueta me tocó los brazos y noté el frío de su reloj en la piel suave del interior de mis muslos. Tenía una mano apoyada en la pared, junto a mi cabeza, atrapándome, pero lo que no sabía es que yo no quería escapar.

Justo cuando tocó la piel desnuda, su mirada se volvió más severa y luego la bajó un instante, como si fuese reticente a lo que acababa de hacer. Noté el pálpito de un deseo que necesitaba saciar en mi entrepierna. No pude evitar separar los muslos e imaginarlo deslizándose entre ellos. Agarrándome con la mano ahuecada por encima del tanga. Apartándolo y metiendo un dedo en mi interior. Dejé las palmas abiertas en la fría pared de hormigón y comencé a escuchar un zumbido en los oídos.

Nicolas apretó la mandíbula y sus dedos se aferraron al interior de mi muslo. Del calor de su mano saltaron chispas hasta mi clítoris. Toda mi sangre palpitaba en esa zona. Solo tenía que pasar la palma por la tela para darse cuenta del efecto que todo aquello estaba provocando en mí, de lo mojada que me estaba poniendo. De lo mucho que lo deseaba.

Pero no hizo nada de eso.

Simplemente cogió su teléfono.

Solo tiró un poco del hilito del tanga que se ceñía al muslo al rozarlo con el pulgar antes de que sus manos dejaran de tocarme. Mientras mi vestido se deslizaba hasta rozar el asfalto, sentí su voz áspera decirme al oído:

—Ya tienes la respuesta.

A continuación, dio un paso atrás y señaló la puerta con la cabeza para decirme que entrase ya.

No tenía aliento para hacer nada más, así que empecé a caminar en esa dirección, dejando tras de mí el susurro del anhelo.

Capítulo 18

«Nadie se atreverá jamás a asesinarme».
Carmine Galante

Nico

Mi sitio estaba en el corazón de la Cosa Nostra. Igual que la última pieza de un puzle, mi existencia encajaba perfectamente en él.

Habría dado igual si hubiese sido el hijo de un abogado, un médico o un conserje, porque me habría abierto paso hasta el otro lado de la ley haciendo lo único que me apasionaba: timar.

Era el hijo del Antonio Russo, no de otro, y por eso era increíblemente bueno en lo mío. Mi padre solía usar un dicho: «*Non può provare il dolce chi prima non ha provato l'amaro*». Era una forma de explicarme que, en este mundo, no había sitio para el arrepentimiento: un hombre tenía que probar lo amargo para después poder saborear lo dulce.

Aquello lo escuché con siete años cuando observaba el

primer cadáver que había visto en mi vida: tenía los ojos abiertos mientras se formaba un charco de sangre en el suelo de la bodega.

En mi profesión era muy fácil tener remordimientos. Y se acumulaban hasta que debilitaban la determinación de un hombre. Yo no me arrepentía de casi nada y, hasta hace poco, solo había una culpa que me perseguía fuese a donde fuese: follar con Gianna mientras seguía casada con mi padre. Últimamente, me arrepentía, más incluso que de esto último, de haber firmado el contrato de Adriana.

Deseaba a su hermana.

En mi cama.

Contra la pared.

De rodillas.

Involuntariamente, había repasado lo que supondría romper el pacto, y sabía exactamente lo que iba a hacer. Mi familia era conocida por no cumplir sus acuerdos (de hecho, eso fue lo que acabó con la vida de mi padre). No era el mejor incentivo, pero los Abelli no me daban miedo. Sinceramente, nada me lo daba, y quizás, llegado el momento, esa fuese la razón de mi muerte.

Deseaba a Elena Abelli y, cada vez que esta andaba cerca, empezar un conflicto solo para poder tenerla me parecía mejor idea. Pero no iba a continuar con el retorcido plan que había trazado en mi mente.

Quería follármela.

No casarme con ella.

Mi esposa debía ser una mujer a la que pudiese respetar y que me diese hijos. No una que me fascinase tanto que no me dejase pensar con claridad. En esta vida no puedes permitirte distracciones. No buscaba un vínculo. Además, ella ya me había jodido la mente.

Pero, pese a todos los remordimientos que aquello me podía causar, no podía evitar interesarme por todo lo que salía de la boca de esa chica. Estaba llegando al punto de que no podía moverse sin que yo me diese cuenta, por mucho que intentase refrenarme.

No sabía por qué me hablaba con tanta libertad y obstinación, aunque probablemente fuese porque ahora me consideraba su puto hermano. Si supiera que siempre que me respondía a algo quería taparle la boca con la palma de la mano, empotrarla contra la pared y observar la conmoción en sus tiernos ojos marrones mientras deslizaba la mano debajo de aquel pequeñísimo tanga rosa que llevaba puesto... Puto rosa. Por alguna razón, cuando lo veía, mi autocontrol se tambaleaba con fuerza.

Si hubiese mirado, no habría podido refrenarme.

Me la habría follado contra la pared del callejón y tenía la firme sensación de que con eso no me habría bastado. Era la sangre Russo que tenía dentro. Quería lo que quería, y que le diesen a todo lo demás.

El clic que emitió la puerta del callejón al cerrarse tras de mí me sacó de mis pensamientos. Entonces me abroché la chaqueta del traje y seguí a Elena por el pasillo. Aquella sedosa coleta negra estaba al alcance de mi mano. Cuando estábamos fuera, al darse la vuelta me había dado con ella en el pecho. Tuve que recordarme que no era una puta correa porque, después de haberla agarrado un rato antes, ahora quería tirar de ella para arrastrarla directamente a mi cama, quisiese o no.

El vestido tenía un corte pronunciado, de manera que mostraba su lisa piel color aceituna, a la vez que unos simples tirantes finos se cruzaban en su espalda. La tela negra abrazaba la curva de su trasero y lo único que dejaba a la imaginación era la duda de cómo sería sin ella.

Dios, lo que podría hacerle a ese culo.

«Joder, no estás siendo de ayuda, Russo».

Me obligué a apartar la vista e ignoré la excitación que corría directamente hacia mi polla.

Sin decirme ni una palabra, entró en el salón principal y fue hacia su hermana y su *nonna*, que parecían estar jugando a un juego infantil con unas ceras.

El ambiente era distendido y la conversación amistosa. Ver aquello debería haberme resultado un alivio (pero, francamente, en este momento habría recibido con los brazos abiertos una pizca de animosidad). Estaba muy exaltado y tenía los hombros tensos por toda la frustración sexual contenida.

Tony estaba sentado de espaldas a mí, riéndose con sus primos. Esa noche todavía no nos habíamos peleado. Sabía que en algún momento tendríamos que llevarnos bien, por eso le había invitado al muy idiota. En ese instante, en el que la frustración me estaba arañando la piel desde dentro, me alegré de haberlo hecho.

Me dirigí a la barra y me senté junto a Luca. Necesitaba una copa. Solo una, para relajarme. La última vez que me emborraché fue hace seis años y me follé a mi madrastra. Había aprendido la lección.

Luca me miró de reojo con cara de estar divirtiéndose mientras le daba un sorbo a su cerveza. Al parecer, sabía que deseaba a Elena, igual que cualquier puto hombre de Nueva York. Aunque supongo que mi caso era más entretenido porque, antes de conocerla, no me callaba lo mucho que la detestaba.

—¡Vete a tomar por culo! —le dije entre dientes.

Él se rio en voz baja.

Unos segundos después, estaba meciendo mi *whisky* sin apenas escuchar a mi primo Lorenzo, que hablaba de un caballo por el que había apostado demasiado dinero.

—Te lo digo, este tiene muchas posibilidades...

Su voz se fue apagando mientras miraba detrás de mí a lo que solo podía ser una chica.

—Dios mío, quiero casarme con esa mujer.

Una ola de agitación me invadió el cuerpo porque sabía de quién estaba hablando, pero me limité a agitar el *whisky* de mi copa antes de dar otro sorbo.

Escuché tras de mí la suave risa de Elena en respuesta a algo que había dicho Tony. Cerré la mandíbula con fuerza y me tragué el sorbo de licor. Era tan leal al idiota de su hermano (culpable de que casi acabase asesinada)... Apreté los dientes.

Necesitaba una válvula de escape antes de que esto explotase.

Podía pelearme o follar, y, como sabía que lo segundo ahora mismo estaría teñido de todo lo relacionado con Elena Abelli, tendría que ser lo primero.

Saqué lentamente el móvil del bolsillo.

A continuación, le reenvié la foto de Jenny a Tony.

Y esperé.

En realidad, no tenía novia. Para ser más exactos, era alguien con quien follaba a menudo, que era lo más parecido que había tenido nunca a una relación. No creo que Elena sintiese tanta simpatía hacia mí si se lo contaba, así que... le conté una mentirijilla, como el embustero que soy. Tony se acostó con Isabel y se aseguró de que me enterase, por lo que yo me follé a Jenny por puros principios. Me resultó un poco embarazoso lo fácil que fue.

Hacía más de un año que no hablaba con Jenny. Después de que contactase conmigo recientemente, di por hecho que el muchacho no podía hacer que se corriese tan bien con la mano izquierda como con la derecha.

—Eh, As...

Yo mecí mi *whisky*.

—Que pase lo que tenga que pasar.

—Vale, jefe.

Lorenzo dio un paso atrás.

Luca negó con la cabeza y se levantó de su asiento.

No debería haberlo hecho. Yo no empezaba estas mierdas en público, pero me preocupaba lo que podría pasar si no lo hacía. Si volvía a toparme con Elena Abelli esta noche... Iba a perder la cabeza.

Una repentina ola de tensión me acarició la espalda justo antes de que un dolor sordo me explotase en un lado de la cabeza.

—¡Tony! —exclamó Celia con un grito ahogado mientras el vaso de cristal se hacía pedazos y emitía un sonido metálico al estrellarse contra el suelo.

La sala se quedó en silencio.

Y yo no pude evitar que se me dibujara una media sonrisa.

Gracias a Dios, este hijo de puta era un inconsciente.

Capítulo 19

«La imperfección es belleza; la locura, genialidad, y es mejor ser alguien absolutamente ridículo a una persona aburrida hasta la médula».

Marilyn Monroe

Elena

—*Stupido!*

Mamma repitió aquella palabra tres veces, aunque fue como si se lo hubiese dicho a la pared. Acto seguido, masculló en italiano que todos sus hijos eran *stupidos* y se fue de la cocina.

—Joder, Elena. Para.

Tony puso cara de dolor.

Aparté la bolita de algodón del corte tan feo que se había hecho en la cara.

—¿Puedes pegarle a Nicolas con la mano que tienes herida, pero no puedes aguantar que el alcohol te escueza un poquito?

Y pensar que llevaba toda la noche atendiendo a sus necesidades cuando en realidad podía dar puñetazos como si estuviese perfectamente. Ahora se arrepentía. Lo sabía por la cara de tensión y el rojo que estaba calando la venda y manchándole la mano.

Madre mía, tenía una pinta espantosa.

No había nada más repugnante que ver a dos hombres dándose una paliza hasta la muerte. Especialmente, cuando tienes la extraña sensación de no saber quién quieres que gane. Tony..., ¿no? Tragué saliva; me sentía una traidora.

Después de que mi hermano estrellase un vaso de cristal contra la obstinada cabeza de su futuro cuñado, Nicolas rodeó el cuello de Tony con el brazo y lo lazó contra el suelo. Aquel tremendo pum todavía resonaba en mi cabeza.

La *nonna* levantó la vista de su partida de tres en raya con mi hermana y suspiró.

—Por fin un poco de entretenimiento.

Adriana le dio un sorbo a la copa de vino, se le iluminó la cara por primera vez desde que recibió la misteriosa noticia y, extrañamente, se apostó con mi *nonna* cincuenta pavos a que ganaba Tony. Al parecer, su futuro marido era parte de la razón de su malestar.

Papà se limitó a recostarse en su silla y mirar, igual que los tíos de Nicolas. Nadie se metía y, por lo que tenía entendido, iban a pelear hasta la muerte. Aquella idea se asentó en mi estómago y me produjo una sensación tan desagradable que llegó un momento en el que no aguanté más, así que esperé fuera, enfrente del restaurante, con Dominic.

No estaba segura de cómo había empezado, pero supuse que Tony había descubierto lo de la foto, o a lo mejor Jenny había admitido que había estado con Nicolas hacía poco.

Y aquel era el resultado.

Tony tenía el torso lleno de marcas rojas y se le estaban

formando el principio de unos cardenales en las costillas y la espalda. Le estaba saliendo sangre de un corte bastante feo en la cara, de la nariz y del labio, y le estaba manchando el pecho.

Se recostó en la silla de la isla, solo con los pantalones de traje y los zapatos puestos, mientras escribía un mensaje.

—¿Cómo te has cortado?

No estaba muy segura de cómo una herida tan irregular que iba del rabillo del ojo a la línea del cabello podía ser producto de una pelea a puñetazos, aunque supongo que fue una bastante dura. Era como si los dos hubiesen estado guardándose toda su agresividad para ese momento.

—Con la pata rota de una silla.

Los ojos casi se me salen de las órbitas.

—¿Te ha pegado con la pata de una silla?

«Qué sucio».

—Sí, después de que yo le diese con ella.

Ah.

Sinceramente, no sabía ni por qué intentaba ayudar a Tony. No se podía decir que hubiese sido el mejor hermano últimamente. Eso me hacía sentir como una idiota, pero, desde que tenía uso de razón, había tenido ese gen de madre protectora del que no me podía librar. No podía ignorar esa tendencia a ayudar. Aunque no sabía a quién había salido. De mi madre no era y, por la forma en la que la *nonna* usó el bastón para abrir la puerta de la cocina y luego le dio las gracias a Tony por hacer que ganase cincuenta pavos, de ella tampoco podía haberlo heredado.

Por otro lado, mi piel bailaba al son de los nervios por no saber qué podría pasar después de esta noche. Tenía que hacer algo para mantenerme ocupada o volvería a pensar en él y todo mi cuerpo se excitaría de nuevo. Para no generar confusión, intentaba pensar en su peor versión.

Me crucé de brazos. Todavía no me había quitado el vestido ni los tacones.

—Bueno, ¿has conseguido darle algún golpe? Porque parece que te has llevado la peor parte.

Me dedicó una mirada sarcástica, e, inmediatamente, devolvió la atención al móvil.

—Le he dado lo suyo.

—Por favor, dime que no estás escribiendo a Jenny.

—No estoy escribiendo a Jenny —repitió en tono cortante.

Estaba escribiendo a Jenny.

—Os engañáis el uno al otro. ¿No crees que podrías tener una relación más sana?

Soltó el teléfono en la isla y se pasó la mano por el pelo.

—La quiero, Elena.

Se me formó un pequeño nudo en la garganta.

—A veces con el amor no basta, Tony.

—Claro que no —me respondió en un tono serio, y, durante un instante, pensé que íbamos a tener una conversación profunda e inteligente por una vez, pero, entonces, volvió a abrir la boca—. Además tiene que haber buen sexo.

Suspiré.

Él soltó una carcajada, se pasó la mano por el pecho y se lo embadurnó de sangre.

—Elena, eres una buena hermana. Anda, ven a darle un abrazo a tu hermano mayor.

—No. —Y fruncí el ceño—. Estás sudado y sangrando.

—Lo menos que puedo hacer es darte un abrazo.

—Lo menos que puedes hacer es... No, Tony, ¡no!

Me estrujó en un abrazo de oso e hizo el numerito de limpiarse toda su masculinidad en mí. Yo lancé un quejido, arrugué la nariz e intenté librarme de él con todas mis fuerzas.

Tony tomó una bocanada de aire.

—Mierda.

Acto seguido, me quedé petrificada.

—Creo que me he roto una costilla.

Yo puse un gesto de dolor y me aparté de él justo cuando *papà* entró empujando las puertas de la cocina. Primero, lanzó una mirada a mis suministros de primeros auxilios, que se encontraban sobre la encimera, y luego me observó con desaprobación para indicarme que no mimase a Tony. Al final, centró la atención en su hijo para clavarle esa mirada juiciosa que se le daba tan bien.

—Tienes una pinta asquerosa.

A mi hermano se le escapó una risita.

—Gracias, papi.

La puerta se cerró con un bamboleo y, a continuación, se escuchó la voz de *papà* al otro lado.

—Al despacho, ya.

Despierta como una lechuza y con todas mis sinapsis ardiendo todavía, me metí en mi dormitorio a rastras. Mientras el agua caliente de la ducha se escurría por mi piel, me pregunté cómo de mal habría acabado Nicolas. ¿Quién estaría limpiándole las heridas? ¿Gianna? Un peso desagradable se hundió en mi pecho.

Inquieta y aturdida, me desenredé el pelo mojado y, cuando terminé, me puse unas braguitas y una camiseta ajustada en la que ponía «Que duermas bien, y que no te claven el colmillito».

Estaba tumbada en la cama escuchando la banda gótica Type O Negative que se escapaba de la habitación de Adriana y se colaba en la mía. Una buena hermana habría ido a preguntarle por qué estaba enfadada, pero estaba comenzando a darme cuenta de que yo era de las egoístas. Cerré los ojos y deseé poder librarme de la atracción que sentía por su prometido con solo pulsar un interruptor.

Pero, cuando los abrí, todavía podía sentirla (una fascinación que había calado de una manera tan profunda en mi piel que era como si siempre hubiese existido, solo que había permanecido dormida). Mi respiración se convirtió en un jadeo al revivir esa noche: su presencia rozando la mía, su voz grave en mi oído, su mano en mi muslo mientras me levantaba el vestido más y más.

Un calor agradable me recorrió la entrepierna y dejó un vacío a su paso que temía que solo pudiese llenar él.

Estaba colada por aquel hombre.

Coladísima.

Lo deseaba como no creía que se pudiese desear a nadie.

Me destapé, me deslicé fuera de la cama y fui lentamente al vestidor para sacar un mechero Zippo de mi bolso de mano.

Tras el sonido áspero del pedernal, una llama comenzó a danzar ante mis ojos.

Después de la pelea, volví adentro para recoger mi bolso y me encontré un mechero en el suelo. Era el suyo, el del as de picas en el lateral.

Me lo llevé tan fácilmente como él se llevó mi cordura.

Volví a subirme a la cama, me tumbé y empecé a abrirlo y a cerrarlo para embriagar el dormitorio del amor secreto que albergaba por aquel hombre y que no debía sentir.

Al final, apagué la llama con un soplido.

Capítulo 20

«Las mujeres son como las bolsas de té: no sabes lo fuertes que son hasta que no se ven envueltas en una situación difícil».

Eleanor Roosevelt

Elena

—¡Me voy a correr! —grité mientras bajaba las escaleras.

Escuché un gruñido adormilado en la guarida de los chicos justo antes de cerrar de un portazo.

Me gustaba fingir que podía salir de casa y correr sola por nuestra urbanización vallada, pero no era verdad. Así que me senté en la escalera y me tomé mi tiempo para hacerme el nudo de las zapatillas.

Era temprano (las ocho o así), pero un par de sirvientes ya estaban yendo de acá para allá mientras limpiaban una casa que no estaba sucia. Aquí siempre había alguien. Cuando me casase y tuviese mi propio hogar, no tendría sirvientes. Quería pasearme desnuda por los pasillos. Con suerte, bastaría con ese incentivo para que mi marido estuviese de acuerdo.

Un segundo después, apareció Dominic con su cabello espeso revuelto por la almohada y una cara más taciturna de lo habitual. Se había puesto una camiseta sin tirantes, unos pantalones cortos de correr y unas zapatillas. Sabía que debajo de todo aquello llevaba una pistola atada al muslo.

Gabriella apareció por la esquina con unas sábanas entre las manos. Los ojos se le iluminaron al verme.

—Ah, genial, ¡vas a correr! Entonces, me pongo con tu dormitorio. Tu *nonna* me grita si entro a la suya antes de las diez.

Tenía el cabello oscuro y lo llevaba recogido en un moño alto y deshecho. Puso una sonrisa tan contagiosa que no pude evitar devolvérsela.

—Sí, con ella vas a tener que seguir el horario propio de una reina.

Gabriella era guapa, vivaracha y tenía una personalidad coqueta. Me preguntaba si los hombres de mi familia estarían aprovechándose de eso, pero supe que me equivocaba cuando se acercó a Dominic (que, sorprendentemente, estaba escribiendo algún mensaje en el móvil), se puso de puntillas y le susurró al oído algo que solo se me ocurrió clasificar como guarro.

Él no apartó la vista de su teléfono en ningún momento, pero sus labios dibujaron una sonrisa de oreja a oreja.

Lo único que le dijo fue:

—Más tarde.

Entonces la chica volvió a apoyarse sobre los talones con una sonrisa tímida y se disculpó al pasar por mi lado para subir las escaleras.

«¿Él también?».

—Increíble —dije en voz baja cuando ella ya no podía

escucharme—. No te hace falta ni mirar a una mujer para echar un polvo.

Atravesamos corriendo toda la urbanización vallada. Saludé con la mano a Tim Fultz cuando pasamos por su casa, estaba montándose en el coche para ir a trabajar al despacho de abogados. El resto de las propiedades estaban bastante tranquilas. La gente que podía permitírselas se pasaba la mitad del año de vacaciones o seguía en la cama con una ligera resaca y una prostituta cara. Una sensación amarga me recorrió el cuerpo cuando vi a Ryan cortando el césped en una de las casas en las que trabajaba.

A eso de las diez, cuando por fin vimos nuestra casa a lo lejos, caía un sol de justicia. El sudor se abría paso por mi espalda con pereza y me ardían los pulmones. Tirarme a la piscina de un salto me pareció la mejor idea que había tenido en mi vida.

—Te echo una carrera hasta casa —propuse entre jadeos.

—No.

Dominic llevaba un ritmo constante, pero tenía la camiseta empapada de sudor.

—Venga, gallina.

—Si tuviese cinco años igual habría picado.

—Le diré a *papà* dónde guardas tu alijo de marihuana.

Él soltó un resoplido sarcástico, negó con la cabeza y empezó a correr a toda velocidad.

—¡Ey!

Me ardían los muslos, pero aumenté el ritmo hasta que me puse a su lado. Le di un empujón en el hombro por tramposo y conseguí alejarlo un paso, aunque enseguida me di cuenta de que no iba a devolverme el gesto porque mi padre se encontraba en el porche de la entrada junto a un hombre desconocido, y los dos nos estaban mirando.

El coche de Nicolas descansaba en el camino de entrada

particular y, cuando lo vi sacar su enorme cuerpo de él, me vaciló el pulso y provocó un efecto dominó de latidos agitados en mi pecho.

Dominic aminoró el paso. Al parecer, no pensaba que fuese apropiado echarse una carrera con su prima en público. Yo fui dando zancadas hasta que lo alcancé y paré cuando mis pies tocaron el césped.

Mi primo se llevó las manos a la nuca y comenzó a respirar hondo con fuerza.

—Me cago en la puta —se quejó entre jadeos.

—Fumas demasiado —le contesté, y me atraganté con el aire por intentar respirar demasiado rápido.

Él levantó una ceja para preguntarme cuál era mi excusa.

—Las galletas de *mamma* —le confesé sin sentir ninguna vergüenza.

Entonces se rio de esa forma pensativa y silenciosa tan propia de él.

Los muslos me ardían, pero resistí el impulso de tirarme de rodillas. Cualquier otro día habría montado el numerito de tirarme al césped, pero desafortunadamente teníamos compañía. Creía que, si me decía a mí misma que la presencia de Nicolas era un infortunio, en algún momento pensaría que lo era de verdad. Estaba en un punto en que me agarraba a un clavo ardiendo.

Tenía la cara empapada de sudor, el pelo pegado a ella, y parecía que el corazón se me iba a salir del pecho en cualquier momento. Descansé las muñecas encima de la cabeza en un intento de recuperar el aliento; mis ojos se dirigieron sin querer hacia Nicolas. Llevaba una camisa blanca, una corbata negra y, encima, un traje gris. Iba hecho un pincel, como siempre. De pronto, sentí el deseo repentino de restregarle un poco de mi sudor.

Él me dedicó una mirada efímera mientras recorría el

sendero del jardín con grandes pasos. En el medio segundo que posó sus ojos en mí, advertí que no tenía cara de muchos amigos. Aunque caminaba perfectamente y, desde lejos, jamás habría dicho que anoche hubiese participado en una pelea en la que volaron mesas. Lo más seguro era que Tony siguiese durmiendo en la planta baja, recuperándose. Se había pasado toda la noche en vela, y yo solo esperaba que fuese porque se había dedicado a pensar en su relación con Jenny.

La voz de *papà* me sacó de mis pensamientos.

—Elena, ven aquí.

Me quejé hacia mis adentros. Lo había dicho en el típico tono de «Ven a conocer a este hombre». Le lancé una mirada a *papà* para intentar convencerlo de que no iba con el atuendo para conocer a nadie, pero él solo me devolvió una vacía, así que la petición seguía en pie.

Dominic rodeó la casa para dirigirse a la puerta de atrás y yo ardí de celos.

Suspiré y me dirigí al porche, salvando la distancia que me separaba de mi futuro cuñado. Mi piel empapada se llenó de energía.

Llegué junto a mi padre y su invitado, pero apenas lo escuché porque Nicolas estaba a menos de un metro de mí. El don se apoyó en una columna del porche con las manos en los bolsillos y su mirada, agradable y ardiente, clavada en mi cara. Una marca roja le desfiguraba el pómulo, y parecía tener un corte en el borde del labio inferior.

«¿Dónde ha quedado su pinta de caballero...?».

En ese momento, dirigí mi atención a la visita de *papà*.

—Encantada de conocerte, Christian.

Tenía la sorprendente capacidad de captar información inconscientemente, sobre todo, si se trataba de una de las presentaciones que hacía mi padre.

Acto seguido, eché un vistazo a la cara de Christian y me quedé embobada.

¡Dios!, qué guapo era.

Tenía el pelo oscuro, unos penetrantes ojos azules y las facciones suaves, pero angulosas: era la personificación del atractivo masculino. Aunque tenía un toque frío. Puede que fuese por la forma en la que el reloj le abrazaba la muñeca, lo recta que llevaba la corbata, lo planchado que estaba su traje y su postura, que destilaba seguridad en sí mismo. Aquel hombre era un perfeccionista (apostaría dinero a ello). Entonces sonrió, y aquella mirada fría me habría resultado encantadora si no fuese porque albergaba un toque de indiferencia. Era tan increíblemente guapo que, cuando quise darme cuenta, me ardían las mejillas sonrojadas.

—Debería haber venido un poco antes para hacer ejercicio contigo. Parecía que le estabas dando una paliza a tu primo —dijo.

La mente comenzó a irme a cien por hora. Aquel hombre era atractivo, hablaba en un tono culto, puede que incluso un poco caballeroso, y era todo un adonis.

Yo le sonreí con timidez.

—Bueno, Christian, yo salgo a correr todas las mañanas a las ocho.

Acababa de invitarlo y, sorprendentemente, *papà* ni se inmutó.

El hombre mantuvo el gesto impasible. No estaba segura de si eso era bueno o malo.

Entonces soltó una carcajada y se pasó el pulgar de la mano derecha por el reloj que llevaba en la izquierda.

—Tendré que tenerlo en cuenta. —Y se le enterneció la mirada, aunque conservó en ella un toque de indiferencia—. Ha sido un placer, Elena.

A continuación, *papà* dijo algo, pero los engranajes de mi

cabeza hacían tanto ruido al girar que no lo escuché. Me di la vuelta para ver a Christian y a mi padre entrando en casa.

Aquel hombre iba a apagar el fuego que sentía por Nicolas.

Era la primera vez que conocía a alguien interesante desde que el prometido de mi hermana apareció en nuestras vidas, e iba a hacer todo lo posible por conocerlo mejor. Con suerte, mi encaprichamiento cambiaría de sujeto igual que una mala transacción (y desde luego lo sería si estaba en lo cierto con la peligrosa esencia perfeccionista que le había notado).

Dirigí una mirada fugaz hacia la columna en la que se había apoyado Nicolas, y detuve mi atención en él al darme cuenta de que seguía ahí.

Me estaba dedicando la mirada más grosera que había visto en mi vida, y, viniendo de él, eso era mucho decir.

—¿Desde cuándo corres todas las mañanas?

¿Cómo sabía que no lo hacía?

Yo pestañeé.

—Desde ahora.

Comenzó a apretar el músculo de la mandíbula y desvió su mirada amenazante durante un segundo antes de volver a clavarla en mí. En ese instante, me di cuenta de que esa era la forma que Nicolas Russo tenía de mostrar desaprobación.

¿Qué demonios le pasaba?

—Es policía.

No pude evitar arrugar un poco la nariz.

Bueno, no era lo ideal, pero supuse que podría superarlo. No parecía un poli y, normalmente, yo me daba cuenta si lo eran. Ni siquiera los corruptos encajaban aquí. Puede que fuese del FBI. Desde luego, no era un patrullero. Nunca venían a casa, y el hecho de que Christian sí debía significar que era un alto cargo y no le importaba que lo localizaran mediante cualquier tipo de vigilancia. Solo el lado oscuro del mundo sabía lo corrupto que era el Gobierno. Puede que por eso estuviese tan interesada en la política, porque mi vida ya estaba inmersa en ella.

Después de un segundo, levanté un hombro y le contesté:

—Vale.

A mi futuro cuñado se le prendió la mirada con enfado.

—No te acerques a él.

Me quedé un momento callada. No entendía a qué venía de pronto ese carácter. Puede que fuese por lo de anoche. ¿Tan cabreado estaba por el incidente del teléfono?

—Nicolas, yo no le conté a Tony lo de la foto.

—Lo sé —me respondió exaltado—. Fui yo.

Lo observé con suspicacia.

—¿Por qué ibas a hacer eso?

—Quería darle una buena paliza a tu hermano.

Pestañeé, sorprendida de lo sincera que había sido su respuesta, y luego solté una medio carcajada.

—Bueno, y ¿fue tan satisfactorio como esperabas?

—No.

Aquella palabra era una amenaza. Una llena de significado y subrayada con algo magnético que hizo que mis pechos se estremecieran. Entonces le echó un vistazo a la mano que tenía a un lado del cuerpo y luego me volvió a mirar.

—No eres muy fiel, ¿verdad?

Me dejó de piedra, a pesar de no entender lo que me acababa de decir.

—¿Qué quieres decir?

En lugar de responderme, se separó de la columna y se acarició la corbata con una mano.

—Joder, no es ni italiano. No tenéis ninguna oportunidad.

Así que volvemos a menospreciar a Christian, ¿no?

Nicolas dio un paso hacia la puerta de entrada, que estaba abierta, aparentemente dando la conversación por acabada.

Parecía que mi padre no había tenido ningún problema con lo que le había dicho a su invitado, así que ¿por qué él le estaba dando tantísima importancia? La frustración fue creciendo en mi pecho hasta que las palabras se escaparon de mis labios antes de poder evitarlo.

—¿Quién ha dicho que esté pensando en casarme?

Él se paró en seco, y prácticamente me agredió con su mirada amenazante.

No debería haber dicho eso.

—Elena, te juro por Dios que, si me entero de que has dejado que te toque cualquier hombre, te enviaré sus manos en una caja.

Yo tragué saliva.

—Y no. Es. Un puto. Farol.

Acto seguido, dio un portazo tras de sí.

Capítulo 21

«Puedo resistirme a todo menos a la tentación».

Oscar Wilde

Elena

Llega un punto en la vida en el que te das cuenta de que lo que estás haciendo está mal, y tienes que decidir si evitar la tentación o sucumbir a ella.

Yo estaba haciendo lo segundo.

Las palabras de Nicolas deberían haber dejado un reguero de terror en mi estómago, pero, sin embargo, provocaron el efecto contrario: se hundieron en mi piel y me produjeron un escalofrío que me dejó sin aliento y me llegó hasta la punta de los dedos de los pies.

Aquel hombre era maleducado, arrogante y tenía un punto psicótico.

A mi parte lógica no le gustaba, pero a la carnal... Dios, ansiaba darle todo lo que desease.

Y ese era un problema grave.

Que se volvió todavía más serio después de que su declaración sonara sospechosamente a celos. Aquella idea dejó un rastro de excitación a su paso, incluso pese a que me diese con la puerta en la cara.

Dejó un peligroso, peligrosísimo deseo de constatarlo.

Lo que estaba haciendo era manipulación, y un poco infantil, pero no tenía tiempo que perder. Quería que aquel hombre que acababa de conocer se interesase por mí y lo quería cuanto antes. Aunque más que nada estaría poniendo a prueba la posibilidad de que Nicolas se pusiese celoso.

Tenía que saber si, para mi vergüenza, no era correspondida.

No sabía qué iba a hacer con los resultados, pero no estaba pensando tan a largo plazo. Lo único que tenía claro es que necesitaba saberlo.

Así que lo estaba poniendo a prueba.

Tentándolo.

Provocándolo.

Mi experimento incluía un bañador, una escena inspirada en *Aquel excitante curso,* excepto, desafortunadamente, por el desnudo y la atención de cierto hombre.

Las gotas de agua se desprendían de mi cuerpo mientras me impulsaba para salir de la piscina, me escurría el pelo y me sentaba en la tumbona.

Una suave brisa soplaba por el jardín, y en la radio sonaba discretamente rock de los setenta. Me apoyé en las manos para inclinarme hacia atrás y dejar que el sol me calentase la piel y, entonces, me di cuenta de que era tan débil como simétrica era mi cara. Lo que estaba haciendo podría resultar bastante inocente, pero las razones por las que me encontraba ahí estaban mal a ojos de cualquiera.

Quería nadar en la piscina antes de que Christian, Nicolas y *papà* salieran a la mesa del patio con el papeleo, pero se convirtió en una prioridad en cuanto me di cuenta de lo que iban a hacer.

Llevaba puesto un bañador rosa claro. *Papà* me mataría si iba pavoneándome en bikini por ahí habiendo invitados en casa, pero me gustaba llevar ese tipo de situaciones al límite, especialmente porque era lo único con lo que podía salirme con la mía. Era el bañador más arriesgado que tenía: lo único que me cubría la espalda eran dos tiras que se cruzaban. Además, me quedaba un poco pequeño, así que la tela se me solía meter en el culo.

Mi padre estaba sentado de espaldas a la piscina, Christian se encontraba en un extremo de la mesa y Nicolas, frente a mí. Sentía el calor y la emoción que desprendían las pupilas de este último cada vez que se encontraban con mi piel. Se recostó en su asiento y comenzó a dar golpecitos en sus documentos con un bolígrafo mientras me lanzaba miradas cada dos por tres.

No sabía qué estaba haciendo. Era la primera vez que ponía en práctica mis juegos de seducción. Antes de conocer a Nicolas, solo quería pasar lo más inadvertida posible.

De verdad que no estaba actuando en base a un pensamiento racional.

Me estaba empujando algún tipo de sentimiento innato que palpitaba en mi pecho y manipulaba mis actos.

De vez en cuando, Christian miraba hacia donde me encontraba, aunque lo hacía de una forma más indiferente, como si fuese capaz de apreciar la figura de una mujer, pero nada más. Entonces, supuse que tendría que ganármelo con mi personalidad. Fuese policía o no, me intrigaba lo suficiente para intentar conocerlo. En Christian, la oscuridad se quedaba bajo su frialdad; mi futuro cuñado te la mostraba abiertamente. No sabía qué era peor.

Se conocían entre ellos. Estaba segura por la forma en la

que se sentaban el uno junto al otro y por la facilidad con la que se comunicaban. Eran amigos. No podía concebir que nadie quisiese ser amigo de Nicolas Russo voluntariamente, pero, si tuviese que imaginar a uno, Christian era su tipo.

Cuando me levanté y me recogí el pelo en una coleta, el ardor de dos miradas se instaló en mi espalda. Lo más probable es que se debiera al hecho de que la braguita estaba tan tensa que me había dejado medio culo al descubierto. Un escalofrío me recorrió la columna vertebral.

Posiblemente esto no estuviese aportando nada al movimiento feminista, pero, en realidad, no existía nada parecido en la Cosa Nostra.

Todavía con el calor de sus ojos tocándome la piel, escuché que la voz de *papà* se iba apagando poco a poco, como si se hubiese dado cuenta. Iba a ponerse a gritarme en cualquier momento. Podía respirarse en el ambiente.

Suspiré, cogí mi toalla y me dirigí a la puerta sin acordarme de sacarme la braguita del culo. Le lancé una mirada a Nicolas antes de entrar en casa y tragué saliva. Tenía los labios apoyados en el boli y me seguía con la mirada, echaba humo de la ira.

No estaba segura de qué significaba aquella reacción. Podía molestarle que estuviese chapoteando por ahí mientras él intentaba trabajar. Dios, pero ¿qué estaba haciendo? En cuanto me refugié en casa y me alejé del futuro cuñado que tanto me distraía, me di cuenta de que había hecho el ridículo.

El lugar estaba tranquilo. Adriana había ido a su última clase en el teatro de verano, *mamma* seguramente estuviese en su dormitorio dándose un atracón de telenovelas, la *nonna* estaría viendo el programa de Jerry Springer, y los chicos se encontraban en el sótano, porque su risa subía por las escaleras y llegaba hasta la cocina.

Tony siempre se involucraba en el trabajo de *papà*, pero lo más probable es que le hubiese dado el día libre, teniendo en cuenta la paliza que se había llevado la noche anterior y de la que Nico había sido responsable.

Hice una pausa. «¿Nico?».

Merda.

Fui sin hacer ruido y con los pies descalzos hasta la encimera para coger un vaso. Siempre que nadaba me daba la sensación de que estaba a punto de morir de deshidratación.

Abrí el armario y me quedé observando la balda de abajo, vacía. Estaba a un paso de poner un candado en el armario y que solo las mujeres de la casa supiésemos el código.

Suspiré y me puse de puntillas para intentar alcanzar el vaso que estaba al fondo de la balda superior. Casi iba a rendirme y subirme a la encimera cuando lo sentí.

Se me erizó el pelo de la nuca.

El calor que desprendía el cuerpo de Nico me acarició la espalda a la vez que un antebrazo tatuado se alargaba por encima de mi cabeza, cogía un vaso y lo dejaba junto a mí, en la encimera.

La tensión se apoderó de mí, y clavé los ojos en los nudillos destrozados y en el as de picas que tenía tatuado en la piel bronceada.

Desprendía ira y, en la oscuridad de la cocina, me transmitió una fría mezcla de miedo y esperanza que se expandió a todo mi cuerpo. Me dejé caer sobre los talones, cogí el vaso y susurré un «gracias». Intenté alejarme de él, pero me obligó a retroceder cuando sus manos se aferraron a la encimera, a ambos lados de mí, atrapándome.

El corazón comenzó a latirme con tanta fuerza que me dejó sin aliento.

—¿Sabes lo que pasa cuando te paseas delante de los hombres vestida así?

Yo tragué saliva y negué con la cabeza.

—Que no te respetan.

Su voz ronca estaba tan cerca de mi oreja que hizo que un escalofrío me recorriese el cuello.

—¿Quién dice que quiero que me respeten?

Se agarró a la encimera con más fuerza.

—¿Quieres follar con él?

Yo pestañeé, sorprendida.

—¿Qué?

—Christian —me gruñó.

—¿Y si quiero qué? —le pregunté en voz baja.

—Mantengo lo que te he dicho antes.

Yo tomé aire lentamente en un intento de pensar con claridad pese a su presencia.

—¿Tú me respetas?

No tenía ni idea de dónde había salido aquello, pero ya estaba ahí, flotando en el aire con una fuerte insinuación.

No me contestó.

Me inundó una ola de impresión cuando recorrió con la yema del dedo el ribete de la parte de abajo de mi bañador, que todavía dejaba a la vista una zona demasiado amplia de mi culo. Me quedé sin respiración cuando deslizó la otra mano por mi costado y me agarró de la cintura, justo por debajo del pecho. Los pezones se me pusieron duros y se estremecieron ante la expectación. La excitación latió en mi entrepierna, y yo luché por acallar el deseo de cogerle la mano y subírsela hasta que su palma tocase mi pecho. Entonces me mecí mientras combatía la necesidad de recostarme sobre él, de sentir su cuerpo contra el mío.

Sus dedos resbalaron hasta el interior de la parte de abajo y se deslizaron por la curva de mi trasero, hasta casi donde este se encontraba con el muslo. La sangre que me corría por el cuerpo echaba humo cuando se acercó demasiado a una de mis partes prohibidas. Aunque supongo que lo único que la hacía estar prohibida era que nadie la había tocado antes.

Tenía la entrepierna muy mojada. El deseo de que me tocase, de que sus dedos se resbalasen dentro de mí allí mismo, en la cocina, era tan fuerte que me puse un poco de puntillas y arqueé la espalda para urgir a su mano a que bajara.

Nicolas dijo una palabrota en un tono ronco y sacó la tela de entre mis nalgas. Después, me rodeó la cadera con la mano y me agarró de la cintura de forma que ambas manos coincidieron. Estaban tan cerca de mi pecho que iba a perder el sentido. Me dejé caer hacia atrás hasta que estuve apoyada sobre él, y todo mi cuerpo se excitó como nunca antes.

Mis terminaciones nerviosas zumbaban y echaban chispas como si fuesen un cable con corriente bajo la lluvia. Transmitía tanto calor y estaba tan empalmado. Notaba su erección apretándose contra mis lumbares. Nicolas Russo estaba cachondo, y en mi vida había experimentado nada tan emocionante.

Apoyé la cabeza en su pecho y los botones de su camisa me hicieron cosquillas en la espalda desnuda. Entonces me llevé una mano a la cintura y deslicé los dedos entre los suyos. Nuestra respiración invadió la cocina.

Al escuchar la risa de mi hermano en el sótano, me di cuenta de lo peligroso que era lo que estábamos haciendo. Podría entrar cualquiera.

—¿Quieres que te respete?

Yo solo conocía una respuesta para aquella pregunta malintencionada. Solo quería una cosa de aquel hombre, y solo necesitaba experimentarla una vez para saber cómo era.

Negué con la cabeza.

Quería que me faltase al respeto. A mí y a cada centímetro de mi ser.

Me apretó la cintura casi hasta hacerme daño, como si estuviese luchando por no mover las manos de ahí. Frotó la nariz contra mi nuca, pero, de pronto, su voz tomó un tono frío como el hielo.

—¿Te gusta que los hombres te falten al respeto?

Un escalofrío me recorrió el cuerpo.

Todavía tenía la mano encima de la suya y él giró lentamente el anillo de mi dedo hasta que la joya quedó mirando hacia abajo. A continuación, me arañó la oreja con los dientes.

—O puede que solo te guste ponerlos a cien para que después vayan babeando detrás de ti.

Me rozó el cuello con los labios y, de golpe, todo el vello del cuerpo se me puso de punta.

—Bueno, ¿cuál de las dos es verdad?

Era una puta o una calienta pollas.

Aquellas eran las dos opciones que me había dado (lo que él pensaba de mí). La frustración se expandió por mi pecho.

—Ambas.

Nicolas se quedó un momento quieto y, a continuación, emitió un sonido de cabreo con la garganta y me dio un empujón para alejarme de él.

Yo me agarré a la encimera para no perder el equilibrio y luego me di media vuelta.

Los ojos le ardían de furia.

—Al parecer, eres tan tremendamente embustera como yo, Elena.

¿Qué se suponía que quería decir con eso? Ya era la segunda vez que, de alguna manera, insinuaba que era desleal.

Las venas se me helaron lentamente cuando vi a alguien aparecer al final de las escaleras del sótano. Gabriella. Nos miró, paseó las pupilas entre los dos, sonrió con incomodidad y se alejó corriendo de la cocina.

No estaba en situación de analizar por qué estaba ahí abajo con tres de los hombres de mi familia, y, aunque lo estuviese, no me importaba como para lidiar con ello. El alivio de que no hubiese entrado un segundo antes podía palparse en el ambiente.

—Elena, sube y cámbiate.

Lo dijo en un tono firme e intransigente.

¿De verdad creía que iba a hacer lo que me dijese? Dios, qué engreído era.

Yo le dediqué una mirada asesina.

—No.

Se pasó la lengua por los dientes y, antes de que pudiese entender cuáles eran sus intenciones, pasó un brazo por la parte trasera de mis muslos y mis pies dejaron de tocar el suelo. Una bocanada de aire escapó de mi cuerpo en cuanto me lanzó sobre su hombro.

—Pues supongo que tendré que hacerlo por ti —masculló a la vez que me llevaba hacia la puerta.

—¡Vale! Vale, voy a cambiarme.

Como no me bajó, comencé a forcejear e intenté escurrirme de su brazo, pero lo ciñó contra mis muslos con una fuerza extraordinaria y no me dejó moverme ni un milímetro. Entonces, empujó las puertas batientes y me invadió el pánico.

—¡Para! —le pedí entre dientes mientras me encontraba colgando bocabajo—. Ya te he dicho que me voy a cambiar.

—Pídemelo por favor.

Apreté los dientes.

—Bájame, por favor.

A continuación, me dejó en el suelo del recibidor. Sus ojos señalaron durante un segundo la escalera, indicándome de esa forma tan dominante que fuese para allá.

—A ti te pasa algo muy serio —le dije mientras me iba.

El corazón me latía con tanta fuerza contra la caja torácica que me estaba haciendo daño.

Él soltó un resoplido sarcástico.

—Aun no has visto nada, Elena.

Seguro que llevaba razón, y eso era lo que me preocupaba.

Capítulo 22

«Aquel fue el principio del fin de lo nuestro».
Anthony Casso

Elena

—¡Adelante!

Acto seguido, la puerta del ático de la planta veintidós se abrió y Gianna apareció al otro lado del umbral. Me parecería increíble que alguien fuese capaz de adivinar el próximo conjunto que escogería aquella mujer, aunque la conociera.

Esa noche llevaba un vestidito negro cuyo borde dibujaba un corte diagonal desde una cadera hasta la rodilla contraria. Unos zapatos rojos de tacón alto. Medias de rejilla. El pelo ondulado y semirrecogido en dos moñitos altos, y no se había maquillado. En realidad, no lo necesitaba.

—¡Qué pronto habéis llegado! —exclamó.

Los ojos le brillaban demasiado y tenía las pupilas excesivamente dilatadas. Estaba puesta. Casi seguro de cocaína.

—He traído unas *bruschettas* y una ensalada de marisco

—le dijo *mamma* mientras se dirigía a la cocina con un bol pequeño lleno de tomates en las manos, Benito cargaba con todo lo demás.

Adriana y yo nos quedamos en el pasillo, dudando si entrar o no.

¿Por qué había abierto ella la puerta del piso de Nicolas?

Un ápice de algo desagradable se enroscó en mi pecho y, durante un instante, Gianna dejó de caerme bien. El sentimiento fue tan fuerte y repentino que tuve que respirar hondo para deshacerme de él.

Fue una reacción celosa e irracional que no debería haber tenido, especialmente después del día anterior. El problema era que todavía podía sentir sus manos en mi piel, como si me hubiese dejado marcada de por vida. El único otro hombre que había llegado tan lejos como Nicolas me había tocado de una forma dulce y cariñosa pero había convertido en un recuerdo apenas unos segundos después. Lo que daría por poder dar marcha atrás en los dos casos.

Adriana entró en el apartamento intentando absorber todo lo que veía.

—Así que esta va a ser mi celda.

Mamma soltó un grito ahogado de la impresión y rápidamente se dio media vuelta para asesinarla con la mirada.

—¡Adriana!

Mi hermana se adentró en la sala y yo la seguí.

Gianna soltó una carcajada.

—Afortunadamente, esta cárcel cuenta con unas fantásticas comodidades. ¡Os la enseño!

Al parecer, Nicolas era el dueño de unas cuantas propiedades en Nueva York y había elegido esta para Adriana. No era tan pintoresca ni acogedora como su casa de ladrillo rojo, pero era muy lujosa.

Estaba decorada con un estilo moderno, tenía los suelos

de mármol blanco y plateado, un montón de mesas de cristal y acabados cromados. La iluminación era tenue y romántica, y su brillo se reflejaba en la pared de cristal desde la que se observaba la ciudad. Las vistas eran impresionantes, aunque sabía que mi hermana iba a odiarlas.

—Las odio —comentó en un tono mordaz a la vez que examinaba el paisaje.

—Oh, venga ya —le contestó Benito, y le rodeó los hombros con el brazo—. No está tan mal. Mira, hasta tienes una piscina.

Así era. El agua azul parecía una balsa de aceite, y lo único que la separaba de una caída de sesenta metros era una barandilla de cristal.

—Si tanto te gusta, vente tú a vivir aquí —contraatacó Adriana.

—No creo que le guste a Nico en ese sentido.

Un atisbo de sonrisa se dibujó en la cara de mi hermana.

Mamma y Gianna hicieron el *tour* por su cuenta, y escuchamos los oh y ah de mi madre desde el otro lado del pasillo.

Todavía no había llegado nadie, ni siquiera el novio.

Lo más seguro era que estuviese planeando dejar aquí a Adriana y aparecer exclusivamente cuando necesitase hacerle una visita conyugal. Mi prima Cici, que vivía en Chicago, había tenido la misma suerte, aunque a ella no le parecía tan mal porque odiaba a su marido.

Con la idea de las «visitas conyugales» aferrándose a mí como si de un regusto desagradable se tratase, decidí que necesitaba algo de alcohol, así que fui a buscarlo.

Tenía la cabeza metida en el frigorífico cuando lo escuché detrás de mí.

—Mírate, husmeando entre mis cosas. ¿Es que crees que me caso contigo en vez de con tu hermana?

Su voz hizo que me recorriese un escalofrío por la espalda, pero la ignoré y cogí un botellín de sangría de la balda. Entonces me di la vuelta a la vez que cerraba el frigorífico.

Nicolas se encontraba al otro lado de la isla. Soltó una carpeta junto a los aperitivos de mi *mamma* sin apartar los ojos de mí. Tenía que venir directamente del trabajo, porque solo llevaba una camisa abotonada hasta arriba y unos pantalones. No iba vestido para una fiesta. También estaba despeinado, como si se hubiese estado pasando las manos por el pelo, y de pronto me dieron ganas de hacerle lo mismo.

A continuación, me apoyé en el frigorífico y le dije:

—Tendremos que dar las gracias a Dios por sus pequeños milagros, ¿no?

Desvió la mirada para quitarse el reloj y dejarlo en la isla, pero una sonrisita se le dibujó en los labios.

Mi pulso comenzó a latir a un ritmo irregular, y llegué a la conclusión de que, aunque fuese yo la que se casase con Nicolas, aquel hombre solo haría que mi corazón se partiese y se agrietase poco a poco (aunque este no fuese consciente). O puede que sí lo fuera y que simplemente el corazón corriese riesgos que el cerebro no. Por fortuna, yo siempre había sido una realista y normalmente me dejaba guiar por este último.

Sin embargo, una parte de mí completamente diferente controlaba la forma que tenía de actuar con respecto a Nicolas: los instintos básicos. Así era como el ser humano continuaba con la especie. Gracias a la atracción obstinada y la lujuria. Y la madre naturaleza no iba a dejar que olvidase que había un hombre en la flor de la vida cerca de mí.

El día anterior hicimos algo que no estuvo bien. No era como si hubiésemos cruzado del todo la línea, pero era innegable que sí la habíamos traspasado un poco. La próxima vez nos costaría menos traspasarla un poco más. Aquel era un descenso peligroso y tenía que alejarme de él por completo.

No tenía ni idea de con qué ojos me miraría ahora (ahora que le había pedido que me faltase al respeto). Yo había decidido hacer como si nunca hubiese pasado, pero mi cuerpo no lo podía olvidar, todo lo contrario: se excitaba siempre que andaba cerca y mi estúpido corazón se emocionaba ignorando lo que era mejor para él.

Entonces rodeó la isla para acercarse a mí y yo le tendí el botellín de sangría en un gesto con el que le estaba pidiendo que me lo abriese.

En ese momento, me observó como si acabase de recordar con total claridad que el día anterior le había pedido que me faltase al respeto y se negase a fingir lo contrario, aunque puso una expresión de indiferencia, como si no fuese nada nuevo para él. Estaba segurísima de que no lo era. Tuve su teléfono entre mis manos durante dos minutos como mucho y recibió una foto de un desnudo. No me podía ni imaginar lo que vería si me lo quedase un día entero.

A continuación, me cogió la botella de la mano y desenroscó el tapón, pero justo antes de devolvérmela le dio un sorbo sin quitarme los ojos de encima. La tripa se me llenó de mariposas ante la idea de compartir algo con él, aunque ignoré aquella sensación ridícula.

Me la devolvió para, acto seguido, dirigirse al fregadero, y yo tragué saliva. Observé el botellín medio vacío con el ceño fruncido. ¿Por qué los hombres daban sorbos tan largos?

Le observé lavarse las manos apoyada en el frigorífico y con la botella posada en los labios.

En ese instante dirigió su mirada hacia mí y me recorrió desde el pelo, que me había alisado y llevaba suelto, hasta el vestido dorado que me llegaba hasta la mitad del muslo. Entornó un poco los ojos, como si no le gustase nada. Luego, su atención recayó en los tacones blancos que llevaba puestos para después retomar su lento viaje de ascenso por mi cuerpo, y yo supe que estaba buscando el rosa.

Peligro. Jugueteo. Deseo frenético. Una mezcla de todo esto invadió mi pecho, comenzó a fluir por mi torrente sanguíneo y fue directo a mi entrepierna, bajo el tanga rosa claro que, de pronto, me resultaba pesado, ardiente y notaba mojado.

Un poco aturdida, arañé el botellín con los dientes y lo mordí.

A él se le ensombreció la mirada.

¿No se estaba caldeando el ambiente?

Cazzo.

Es mi cuñado. Es. Mi. Cuñado.

Comencé a bajar la vista, pero paré a medio camino.

El agua que corría hacia el sumidero era rosa.

Se estaba limpiando la sangre de las manos.

—¿Un buen día en el trabajo? —le pregunté en un tono dulce y sarcástico.

Me dedicó una divertida mirada fugaz.

—Y mira qué bien haces de esposa. Estoy empezando a pensar que he salido perdiendo.

Seguí su mirada para descubrir a Adriana sentada en una esquina del suelo con las piernas cruzadas y jugando a lo que parecía un juego del móvil. Por lo menos, esta vez se había puesto algo adecuado para la ocasión: un vestido amarillo con escote *halter* y unos zapatos planos. Haría falta chantajearla para conseguir que se pusiese unos tacones.

Escuché el sonido de la televisión, que venía desde el otro lado del muro bajo que separaba la cocina del salón, y supuse que Benito estaría sentado en el sofá con los brazos apoyados en el respaldo, como siempre. De fondo, oí a mi madre decir a gritos lo grande que era la ducha.

A continuación, ladeé un poco la cabeza.

—Creo que hacemos mejor de *fratello* y *sorella*, ¿no te parece?

Él se relamió los labios y se pasó los dientes por el de abajo. Tenía un aire pensativo, aunque daba la sensación de que no estuviese pensando en nada bueno.

Las mariposas alzaron el vuelo.

—Si tú lo dices, Elena.

—Así es, As.

Entonces se secó las manos y lanzó el paño de cocina a la encimera. Típico de los hombres eso de no volver a colgarlo.

—¿Has estado informándote sobre mí?

—A lo mejor. —Y levanté un hombro—. Pero nadie sabe por qué te llaman As. ¿Es que puedes matar a un hombre con una carta?

Aquello le hizo gracia.

—¿Por qué tiene que tener que ver con matar? Puede que simplemente se me dé bien jugar a las cartas.

Levanté una ceja.

—Y ¿es así?

El pulso se me aceleró cuando lo vi caminar hacia mí, parecía que quería invadir mi espacio personal más que otra cosa.

—Lo que me temía.

Su expresión insinuaba una diversión macabra, como si supiese algo que yo no. Se paró a treinta centímetros de mí, apoyó una mano en el frigorífico, encima de mi cabeza, y luego se inclinó hacia delante hasta que no pude ver nada que no fuese él.

Contuve la respiración.

Me observaba con aire pensativo, como si se estuviese planteando si podía confiarme sus secretos en caso de que quisiese.

—No te has informado mucho sobre mí —supuso.

Yo negué con la cabeza.

Entonces pasó el pulgar por mi barbilla, justo por debajo del labio inferior y por el pequeño hoyuelo.

—Al primer hombre al que asesiné le metí un as de picas por la garganta.

Tragué saliva cuando dio un paso atrás y comenzó a alejarse de mí.

—Me llaman así desde entonces.

—¿Y ella qué?

—Bisexual y amargada —contestó Adriana sin ganas mientras tomaba un sorbo de vino sentada en la isla, a mi lado.

—¿Cómo estás tan segura de que es bisexual? —quise saber.

—Se ha fijado en las tetas de Gianna y en Benito.

Me quedé callada un momento.

—Bueno, es un poco difícil que la mirada no se te vaya a sus tetas.

Acto seguido, mi hermana ladeó la cabeza y observó el pecho de la mujer.

—Sí, supongo que llevas razón.

El ático estaba a rebosar de gente con unos veinte Russo que apenas conocía. Las mujeres se encontraban hablando entre ellas en una esquina, pero lo último que me apetecía era una conversación trivial. Adriana debería estar intimando con ellas, pero mi hermana nunca hacía nada según las reglas.

Papà se encontraba hablando con Nico, que acababa de

salir de su habitación, recién duchado y con un traje negro. Mi madre sonreía con falsedad (en ese momento estaba haciendo un intento bastante pobre de fingir que le interesaba la conversación de la tía de Nicolas). Y Adriana y yo estábamos sentadas jugando a juzgar a las personas con dos palabras, solo porque mi madre se había llevado el móvil de mi hermana (y, por lo tanto, el *Angry Birds*) y le había pedido a gritos que se levantase del suelo.

Hasta entonces, Adriana pensaba que todo el mundo parecía estar amargado y tenía algún tipo de vida sexual secreta. No me pareció que estuviese poniendo todo su potencial en este juego.

Todavía no me había contado por qué la noche anterior estaba tan molesta, y eso solo podía significar dos cosas: que le había dado un par de vueltas a la cabeza y había decidido que aquello no era tan malo como le había parecido en un principio o, la que me preocupaba, que había tomado la decisión de no escuchar las peticiones de su futuro marido. ¿Cómo lidiaría Nicolas con algo así? Se me formó un nudo en el estómago.

—Te toca —me dijo, y comenzó a juguetear con la etiqueta del botellín de sangría vacío.

En ese instante, se abrió la puerta y un «¿por qué?» escapó de mis labios en forma de gemido.

Al otro lado de la puerta estaba Tony con Jenny. Ella llevaba el cabello rubio suelto y un vestido ajustado azul marino, del mismo color de sus ojos cuando recayeron en nosotras.

—Ay, Dios mío, ¡hola! ¡Hacía un siglo que no os veía!

Adriana puso los ojos en blanco. Odiaba la alegría falsa o, en realidad, la alegría en general. Tampoco es que a mí me encantase, pero entendía la falsedad mejor que nadie.

Acto seguido le di un empujón a mi hermana en el hombro para pedirle que fuese amable sin necesidad de decírselo.

El chillido de Jenny dirigió la atención de todo el mundo hacia la puerta. Nico posó los ojos en la chica mientras hablaba con mi padre. No sabía qué esperaba, pero, desde luego, no era que apartase la mirada para acabar su frase, sin interesarse por ella.

Tony fue hasta donde se encontraban Benito y Dominic, que se habían acomodado al lado del minibar, y Jenny vino directamente hacia nosotras. La tensión se apoderó de mí cuando mi hermano pasó junto a Nicolas, pero dejé de contener la respiración cuando vi que no se producía ningún altercado. Simplemente, se dedicaron una mirada indiferente. Jamás llegaría a entender a los hombres.

—Me alegro tanto por ti, Adriana —comentó Jenny cuando llegaba a nuestro lado—. Te casas ya mismo.

Pareció que quería abrazarla, pero la cara de mi hermana dejó claro que no quería que nadie la tocara, así que la muchacha tuvo que dar un incómodo paso atrás después de haberse acercado más de la cuenta.

Entonces intenté relajar el ambiente y le sonreí.

—¿Qué tal, Jenny? Me he enterado de que en poco tiempo te gradúas en la escuela de cocina.

—Sí, pero no creo que jamás llegue a ser tan buena cocinera como Celia —lo dijo lo suficientemente alto como para que mi madre lo oyese, aunque esta solo frunció el ceño y le dio un sorbo a su cóctel.

Juro que Adriana masculló:

—Lameculos.

En realidad, Jenny no le caía bien a nadie.

Papà arrugó el ceño cuando la vio y *mamma* hizo como si no estuviera. A mi padre no le gustaba porque no era italiana ni estaba relacionada con la Cosa Nostra, y, por lo tanto, era un lastre. La novia de mi hermano era consciente de en qué estaba envuelta mi familia, aunque nunca había soltado prenda. Le era infiel a Tony, lo que significaba que no lo quería. En esta vida, solo existía una razón por la que una mujer de fuera de nuestro mundo quisiera seguir con un hombre al que no amaba: el dinero.

Jenny era una cazafortunas.

Una amable, pero una cazafortunitas al fin y al cabo.

Tony le pagaba las clases, el apartamento y la pulsera de diamantes que llevaba en la muñeca.

Siempre intenté darle el beneficio de la duda, pero, después de verla un par de noches atrás casi desnuda en el móvil de Nicolas, me di cuenta de que estaba equivocada.

La chica había crecido en una casa de acogida bastante pobre. No podía caerme mal por intentar mejorar su vida como fuera, pero no me gustaba que estuviese jugando con los sentimientos de mi hermano para sacar beneficio.

Aunque yo nunca me enfrentaba a nadie.

Bueno, a nadie a parte de Nicolas Russo.

—En fin, seguro que eres mejor que Adriana y yo juntas —le contesté con una carcajada.

En ese momento, Nico me encontró con la mirada, la clavó en mí, y yo tragué saliva.

—Un día de estos tienes que darnos algún consejo.

—Ah, ¡me encantaría! —exclamó ella.

Se escucharon dos golpes quedos en la puerta, y Gianna abandonó su conversación con Valentina Russo para ir a abrirla.

Me enderecé en mi asiento cuando vi que la persona que se encontraba al otro lado del umbral era Christian. Se había peinado el pelo castaño hacia atrás, llevaba un traje azul marino y una corbata roja y tenía un semblante aparentemente cordial. Solo sus glaciales ojos azules parecían encajar con el frío eco que lo acompañaba a todas partes.

Todas las mujeres de la sala se giraron para mirarlo fijamente, incluso a mi madre se le pusieron los ojos como platos al verlo. Era tan obvio que bien podrían haberse quitado las bragas y habérselas tirado a la cara. Los ojos ardientes de Nicolas seguían posados en mi cara, aunque me negué a devolverle la mirada.

En cuanto Gianna se dio cuenta de quién era, giró la cabeza, irritada, e intentó cerrarle la puerta en las narices.

Christian la mantuvo abierta con una mano y el gesto indiferente.

La mujer se dio media vuelta para marcharse, pero él la agarró de la muñeca y tiró de ella.

Observé la escena fascinada.

No quería que Gianna estuviese involucrada en nada con Christian porque yo lo necesitaba, aunque había algo emocionante en aquel agente vestido de punta en blanco y en el desastre de la moda andante que era ella. Eran tan diferentes, y aun así... puede que fuesen idénticos.

El hombre la agarró de la barbilla y observó detenidamente sus ojos. A continuación, negó con la cabeza e hizo una ligera mueca antes de alejarle la cara con un empujón. Gianna masculló algo parecido a *stronzo* (gilipollas) y luego se fue pisando fuerte con sus tacones de aguja.

Seguro que Christian se había dado cuenta de que estaba puesta, pero no entendía qué le importaba a ella lo que pensase él. En fin, ¿cuál era su relación? A lo mejor también era su madrastra. Estaba casada con un hombre que le triplicaba la edad, aunque me había dado cuenta de que nunca llevaba anillo.

Adriana posó sus ojos en Christian y proclamó:

—Perfeccionista.

A continuación, hizo una pausa y ladeó la cabeza.

—Y no puede ser más hetero

Bueno, al menos eso estaba a mi favor.

Capítulo 23

«Los jueces, los abogados y los políticos tienen licencia para robar. Nosotros no la necesitamos».

Carlo Gambino

Nico

Me estaba sirviendo un par de dedos de *whisky* solo cuando Adriana apareció a mi lado. La observé detenidamente mientras cogía el decantador de vodka y se llenaba tres cuartos de un vaso con él.

Entonces me lanzó una mirada fugaz, pero, al darse cuenta de que tenía mi atención, volvió a clavar los ojos en mí.

—¿Qué?

—Podrías intentar ocultarme tu alcoholismo a partir de ahora.

—Lo haré si dejas que siga con mis clases.

—¿Prefieres estar segura o ser feliz?

La muchacha pestañeó como si la pregunta fuese mucho más complicada de lo que era.

—Supongo que las dos.

—Por desgracia, eso no es posible.

Adriana soltó un suspiro de cabreo.

—No es mi culpa que muchos hombres quieran matarte.

Puede que con «muchos» se estuviese quedando corta.

—Y ahora a ti.

Ella frunció el ceño.

—¿Qué?

—También querrán asesinar a mi mujer —le expliqué, y luego añadí—: Y seguramente te violen un par de veces antes.

Adriana no cambió la cara de preocupación.

—¿Igual que lo que vas a hacerme tú?

No sé cómo, pero sabía que diría eso. En ese momento, clavé los ojos en mi futura esposa y mantuve el gesto imperturbable. La muchacha se recogió un mechón de pelo color caramelo detrás de la oreja. Tenía unas motitas doradas en los ojos marrones, igual que Elena. De un modo bastante inquietante, esperaba que compartieran más similitudes.

—¿Ni siquiera vas a decir que no vas a violarme? —preguntó con tono de enfado mientras se llevaba la copa a los labios y miraba por los ventanales que se extendían del techo al suelo.

Admiré las vistas con ella.

—No.

—¿Por qué no?

—No se me da bien cumplir promesas.

La joven se atragantó con un sorbo de vodka y, durante un instante, posó los ojos, que se le iban a salir de las órbitas, en mí.

—Me voy a morir —mascculló antes de desaparecer de allí.

Me invadió una diversión mordaz y, a continuación, negué con la cabeza en un gesto prácticamente imperceptible.

Aquel encuentro con mi futura esposa había ido bien. No había violado a una mujer en mi vida y no iba a empezar a hacerlo ahora, aunque, por alguna razón, me apeteció sabotear la conversación. Puede que porque ya estaba inquieto, y eso que la noche acababa de empezar.

Elena estaba de pie en la cocina, hablando con Lorenzo y tenía los cinco sentidos puestos en él. Se había alisado su larga melena y llevaba un vestido dorado que se ceñía a cada curva de su cuerpo. Joder, era demasiado ajustado y estaba recibiendo tantas miradas por parte de mis primos que me estaba cabreando. Hasta Luca posó durante un instante sus ojos en ella con una sonrisa cómplice en la cara, para luego señalarme con su cerveza en un gesto asqueroso.

Lorenzo estaba quedando como el típico imbécil enamorado hasta las trancas. El tío era un asesino a sangre fría y, aun así, parecía estar hecho un manojo de nervios mientras hablaba con Elena Abelli. En ese momento, se estaba frotando la nuca y poniéndose colorado. Solo de imaginarme a Elena atada a la cama de Lorenzo en alguna situación hipotética de BDSM de los cojones, me salía de dentro la ardiente sangre de Russo.

—Ha ido como la seda —comentó Gianna en un tono irónico porque, al parecer, había estado escuchando mi conversación con Adriana—. ¿Por qué has tenido que invitarlo?

Tenía las pupilas tan dilatadas que solo las rodeaba un hilito marrón oscuro. Me inundó una ola de desagrado. Me devolvió a cuando tenía quince años y encontré el cuerpo sin vida y con los ojos abiertos de mi madre.

—¿A quién?

No me importaba lo que me fuese a responder, pero ya lo sabía.

Ella me dedicó una mirada suspicaz.

—Christian.

—Gianna, a ti no te importa a quién invito a mi apartamento.

No lo habría invitado si no tuviese una razón justificada para ello (y más todavía después de que a Elena prácticamente se le hubiese caído la baba con él el día anterior). El gilipollas tenía una cara bonita, y que a la chica le hubiese llamado la atención me molestaba más de lo que estaba dispuesto admitir.

—No quiero que esté aquí, As. —Y observó a Christian con cara de amargada mientras este hablaba con mi tío Jimmy.

—Pregúntame si me importa —le respondí en tono seco.

Gianna odió a Christian desde el momento en el que lo conoció. Que formase parte del FBI estaba entre las primeras razones de la lista, pero es que además no tenía absolutamente nada que ver con él: ella se burlaba de su perfeccionismo y él ponía malas caras ante su falta de decoro.

La suave risa de Elena se esparció por la sala y acabó estrellándose contra mi pecho.

Yo apreté la mandíbula.

Joder, Lorenzo no tenía tanta gracia.

—Estás mirando a la hermana que no es. La tuya está ahí. —La mujer señaló con una uña pintada de blanco a Adriana, que estaba sentada en el sofá al lado de Benito con las piernas dobladas—. Seguramente se esté recuperando de tu amenaza de violación.

Yo dejé escapar un resoplido envuelto en ironía cuando escuché a mi futura esposa reírse por algo que había visto en el móvil de su primo.

—Parece que está traumatizada de verdad.

Había algo frío y valiente en ella, pero, al parecer, la idea de follar conmigo le atraía tan poco como para pensar que se iba a morir por eso. A lo mejor, era una buena amenaza para tenerla en mente; era posible que necesitase una bastante contundente con ella.

A decir verdad, había pensado en acostarme con Adriana un total de cero veces. Todos los pensamientos sobre sexo se los dedicaba a su hermana, especialmente después de que ayer arquease el culo contra mí de esa forma que todos los hombres entendemos como un «adelante».

No se mostró tímida a la hora de hacerme saber que me dejaba tocarla, pero no pude evitar que un impulso de conciencia me frenase cuando puso su mano sobre la mía y noté su anillo. Estaba enamorada de otro hombre. Llevaba aquel anillo barato en el dedo como si fuese un diamante.

Un resentimiento me recorrió todo el cuerpo. Solo quería correrse e iba a usarme para ello. En cuanto me di cuenta de eso, sentí algo que no había sentido en mi vida: que era prescindible. Y eso me jodió.

No obstante, su dulce voz preguntándome «¿Tú me respetas?» me había perseguido día y noche, fuese a donde fuese.

Siempre llegaba el momento en el que la vida de un Russo llegaba a su fin por culpa de un vicio.

La irracionalidad. La estupidez. Una inclinación por mantener relaciones sexuales sin protección con putas baratas. La avaricia de mi padre por el dinero.

Y empezaba a pensar que el mío era Elena Abelli.

Quería follármela y dejarla tan hecha polvo que nadie más pudiese hacerlo. Quería cortarle las alas para luego ser yo el que se las volviese a dar y que así dependiese de mí. Quería que me necesitase. Aquel sentimiento macabro, posesivo y peligroso me irritaba cada vez que se cruzaba en mi camino.

Elena Abelli era mi vicio y, joder, estaba dispuesto a dejar que acabase con mi vida.

Sin embargo, la ansiosa necesidad de follármela para intentar sacármela de una puta vez de la cabeza me estaba consumiendo. No me importaba si quería que fuese otra persona. Era un deseo que tenía que saciar. Y, cuando acabase con ella, no podría recordar a nadie más.

Gianna negó con la cabeza mientras me miraba con superioridad pese a que era treinta centímetros más baja que yo incluso con tacones.

—Es una idea terrible —dijo.

—¿El qué?

—Acostarte con Elena.

«Joder».

El padre de Elena se encontraba a menos de un metro de nosotros, aunque estaba demasiado sumido en su conversación como para haberlo escuchado.

—Gianna —le advertí.

—¿Qué? Es en lo que estabas pensando.

—¿Y qué estoy pensando ahora mismo?

La mujer creía que tenía el don de la clarividencia cuando estaba colocada, lo que venía a ser una gran parte del tiempo.

Entonces frunció los labios.

—Que quieres estrangularme.

Yo levanté las cejas para mostrarle mi acuerdo a la vez que le daba un sorbo al *whisky*.

—No entiendo cómo pude acostarme contigo —añadió mientras observaba la fiesta, y soltó un suspiro.

Yo tampoco, aunque solo podía sentirme aliviado porque fuese ella la que diese el primer paso. Para ser sinceros, estábamos tan borrachos que apenas recordaba nada de aquel momento.

Luego, posé mis ojos en Tony, que, al parecer, estaba recibiendo una charla condescendiente por parte de su madre. Que se hubiese traído a Jenny, quien en ese momento estaba intentando convencer a mi tía Mary Kay de algo, solo había conseguido divertirme.

Gianna se dispuso a alejarse, pero, antes de que fuese consciente de lo que estaba haciendo, la agarré del brazo y le pregunté:

—¿Y por qué sería tan mala idea?

No la estaba mirando, pero sentí su sonrisa llena de tristeza.

—Porque te vas a enamorar de ella —me contestó—. Y no te va a corresponder.

Elena

La conversación discurría en un tono bajo mientras *Can't Help Fallig in Love*, de Elvis Presley, sonaba de fondo. La tenue iluminación se reflejaba en las vistas cristalinas de la ciudad, y la figura de Nicolas con su traje negro, junto a la barra, solo conseguía resaltarlas.

No sabía cómo había pasado, pero estaba borracha. Me había sumido en una sensación de calidez agradable y de autocomplacencia, y no pude evitar dirigirme hacia aquel que supuestamente tenía que ser un caballero. El problema era que, seguramente, se aprovecharía de mí si en algún momento paraba para pedirle ayuda. O puede que pensase eso porque era lo que deseaba... Lo más probable es que tan solo me dedicase una mirada desagradable.

—No esperaba que te gustase Elvis.

Di eso por hecho porque me dio la gana.

Nicolas me lanzó la mirada asesina y fugaz con los ojos color ámbar entrecerrados que siempre conseguía acelerarme el pulso.

—Siempre que has dado algo por supuesto te has equivocado.

Recorrí los pasos que me separaban de él mientras disfrutaba de la electricidad que se extendía entre nosotros con cada golpe de mis tacones contra el suelo.

—Eso no es verdad.

Me puse a su lado para examinar detenidamente los decantadores llenos de alcohol. Estaba tan cerca de él que rozaba su pecho con mi hombro. Tanto que mi piel fue consciente y se excitó.

—Ah, ¿sí? Entonces, ¿en qué has acertado?

Pasé el brazo por delante de él para coger la ginebra y fingí que el hecho de rozarle no me afectaba, aunque, en realidad, provocó una estampida de calor en la zona baja de mi vientre.

—Desde el primer día supuse que eras un gilipollas y estaba en lo cierto.

Me quedé quieta, con la mano en el decantador, incapaz de creerme que eso hubiese salido de mi boca.

Sus labios dibujaron el principio de una sonrisa ladina, casi como si estuviese pensando en algo inapropiado.

—¿Es la primera vez que dices gilipollas?

—Sí. ¿Lo he usado bien?

Acto seguido, tiré del tapón y me serví un poco de alcohol en el vaso.

—Podrías haberlo hecho mejor.

Su comentario me ofendió un poco y fruncí el ceño. Era la primera vez que utilizaba una palabrota para insultar a alguien ¿y me quedaba corta? A lo mejor es que yo no era así. En ese momento, le dediqué una miradita y, al darme cuenta de que él ya me estaba observando, me invadió la vergüenza.

—¿Cómo se hace entonces?

Y añadí un poco de tónica y lima a mi copa.

—No le has puesto emoción.

Tenía una mano metida en el bolsillo, con la otra se llevaba el vaso a los labios mientras echaba un vistazo a la sala.

—¿Y cómo lo haría Nicolas Russo?

En ese instante, posó los ojos en mí.

—Si fuese a insultarte, me aseguraría de que te quedases pensando en ello un tiempecito.

Removí mi copa con la sensación de que estaba agitando otra cosa.

—Pues muéstramelo.

Nicolas me miró con suspicacia.

—¿Quieres que te insulte?

Yo asentí, le di un sorbo a mi copa y luego lamí la ginebra que se me había quedado en los labios. Mi respiración se convirtió en un jadeo cuando se le ensombreció la mirada al bajarla hasta donde acababa de pasarme la lengua.

—Creía que ya te había faltado al respeto ayer.

—¿De verdad? Ya se me había olvidado.

Durante un segundo puso cara de estar divirtiéndose y, luego, se acarició los dientes con la lengua mientras observaba la sala con aire calculador. Estábamos un poco apartados, y los invitados que teníamos más cerca se encontraban de espaldas a nosotros. Aunque siempre que él estaba delante era como si estuviésemos solos.

Nicolas negó con la cabeza.

—No voy a insultarte.

—¿Por qué? ¿Esta noche estás haciendo el papel de caballero?

—No, es que no me importa lo suficiente.

Yo me burlé de él.

—Eso es porque no tienes uno bueno...

Se me escapó un suspiro de la impresión que me provocó la áspera palma de su mano cuando me agarró de un lado del cuello y tiró de mí para acercarme a él. A continuación, pegó sus labios a mi oreja.

—Pareces una puta con ese vestido, Elena.

Un violento escalofrío me recorrió todo el cuerpo.

Tenía los ojos cerrados mientras su cálida esencia masculina se hundía en mi piel y hacía que me vibrasen las venas.

Entonces sus palabras se volvieron un poco más suaves.

—Solo sirves para una cosa, y no es soltar palabras insolentes por esa preciosa boquita.

No podía respirar con su cuerpo pegado a mi costado y sus sucias y ofensivas palabras en mi oído. Recorrió los vellos de punta de mi nuca con el pulgar y, acto seguido, me soltó. Yo lo observé con la mirada perdida mientras cogía su copa y se alejaba dejándome allí con una última frase.

—Así es como lo haría.

Capítulo 24

> «Puedes ser la luna y aun así sentir celos de las estrellas».
>
> Gary Allan

Elena

—*Mamma*, ¿con este vestido parezco...? ¿Fácil?

Mi madre dio un sorbo de la pajita de su cóctel a la vez que se le arrugaba el ceño.

—Bueno, *cara mia*... te acostaste con un hombre a quien era imposible que conocieses muy bien.

—*Mamma!* —la regañó Adriana.

Había pocos momentos en mi vida en los que mi madre y mi hermana se intercambiasen los roles, pero sucedían.

—No te he preguntado si soy fácil. Quería saber si lo parezco —suspiré.

La verdad era que aquel vestido era ceñido. Y con «ceñido» me refiero a que no me lo probé en la tienda y, cuando por fin llegó el momento de poder ponérmelo, me quedaba dos tallas pequeño. Pero era demasiado bonito como para dejarlo en el armario.

—No pareces fácil, Elena —me aseguró mi hermana.

Benito estaba sentado junto a ella en el sofá, con el brazo apoyado en el respaldo. Entonces le lanzó a mi vestido una mirada cautelosa y se rascó la mandíbula.

—Bueno...

—Uf, olvidadlo.

Acto seguido, atravesé la multitud en dirección a la zona de la terraza y la piscina. El sonido de la conversación se fue disipando mientras cruzaba las puertas dobles y salía a una noche cálida y tranquila. Allí fuera estaba sola; únicamente me acompañaban los edificios altos y sus luces amarillas, que invadían el horizonte.

Crucé los brazos sobre el pecho y me puse a admirar el cielo nocturno.

—No hay estrellas —dije en voz baja.

Pensé que seguro que desde la casa de ladrillo rojo de Nicolas sí se verían.

—Es Escorpio —dijo una voz en un tono frío.

La presencia de Christian me rozó el costado cuando este se acercó hasta pararse junto a mí.

—Escorpio es esa de ahí. —Y señaló con la cabeza hacia donde tenía los ojos clavados.

Un cielo liso y gris me devolvió la mirada.

—¿Y ahí? —le pregunté a la vez que apuntaba un poco a la izquierda.

Una sonrisita se dibujó en sus labios.

—El Águila.

Me dio la sensación de que podía nombrarme todas las constelaciones con las estrellas que las componían, y, de pronto, sentí que, policía o no, estaba totalmente fuera de mi alcance.

Un suspiro se escapó de entre mis labios. Estaba un poco mareada y totalmente desinhibida por todo el alcohol que había ingerido.

—¿No te gustan las fiestas? —quiso saber.

—No, sí que me gustan. Si te soy sincera, en ese sentido, soy bastante superficial.

Él se rio con un sonido grave y ronco, y un escalofrío me bajó por la espalda. Hasta se reía como un adonis.

—¿Cómo sabes tanto sobre las estrellas? —le pregunté.

—Crecí en una granja de Iowa. A veces, lo único que podía hacer era observar el cielo y me cansé de no saber qué estaba mirando.

—Bueno, no es una mala explicación, pero es mentira. Prueba otra vez.

Pestañeé. Hace un año eso no habría salido de mi boca. De hecho, habría dado la mentira por buena y seguido con la conversación. A lo mejor, solo tenía que volverme alcohólica para tener el valor de romper las cadenas de mi infancia.

Por el rabillo del ojo, vi un ínfimo atisbo de sonrisa por su parte.

—Estudié astronomía en el extranjero. Quería impresionar a las chicas francesas para llevármelas a la cama.

—Eso es todavía menos creíble. ¿Tú te has visto?

Con la cara que tenía ese hombre no necesitaba impresionar a nadie.

Y volvió a sonreír.

—¿Cómo sabes que la primera respuesta es mentira?

—Porque eres más frío que el Polo Norte. No te vuelves así en un amable pueblecito. Eso es propio de la vida en la ciudad, y, lo más probable, es que no la compartas con nadie. Además, no me cabe duda de que tú mismo sabes que estás en el lado equivocado de la ley.

Christian negó ligeramente con la cabeza y dijo:

—Me han contado muchas cosas sobre ti, Elena Abelli, y no puedo decir que seas lo que esperaba.

No quería ni saber lo que este hombre había escuchado de mí. Al parecer, era un tema bastante popular, y dudaba que fuese por una buena razón.

—¿No te has enterado? Dando las cosas por hecho solo conseguirás que te maten.

—Eso parece directamente salido del manual de As —comentó en tono irónico.

Una pizca de inseguridad se enroscó en mi pecho. Sabía que estaba pasando algo entre Nicolas y yo, aunque ni yo misma sabía qué era. Estaba atrapada en una retorcidísima telaraña.

—Christian, ¿estás tomando algo?

—Sí.

—Voy a ir al servicio y luego voy a prepararme una copa. ¿De qué la quieres?

Por fin aparté la vista del cielo para mirarlo a él y a sus hombros anchos envueltos en el traje azul marino. Su silueta se delineaba por las luces brillantes que iluminaban el horizonte.

Su presencia me resultaba agradable, aunque distante, como si estuviese en una terraza diferente, a un mundo de distancia de allí. Sus ojos se encontraron con los míos, y esperé a que apareciese esa chispa de química entre nosotros, pero lo único que sentí fue que me escudriñaban los gélidos ojos azules de una cara bonita llena de secretos.

Entonces se tocó el reloj con el pulgar en lo que advertí que era un tic; lo hacía siempre que dedicaba un instante a reflexionar sobre algo.

—Yo iré a por las copas. Nos vemos aquí fuera.

En ese instante, desvió un segundo la mirada hacia la izquierda, y yo hice lo mismo. Mi padre nos estaba observando a través del ventanal del salón, no con cautela, sino con interés. Y, de pronto, lo supe. Esto estaba preparado.

La decepción se hundió en mi estómago como el plomo. Había cosas de mi vida que quería controlar (como, por ejemplo, esta conversación), pero, en cuanto mi padre me dedicó una expresión de «compórtate», supe que todo aquello estaba planeado.

Aunque, si mi *papà* estaba considerando a Christian, significaba que no se había decidido por Óscar Pérez. Esa posibilidad me liberó de parte de la presión que no me dejaba en paz. Escogería al policía antes que a ese lameculos sin pensármelo.

—Me parece genial. —Y en mi cara se dibujó la sonrisa de la dulce Abelli.

Cuando volví a entrar, me encontraba un poco mareada y tenía demasiados pensamientos en la cabeza.

Los pies se me quedaron clavados en el suelo cuando vi a Nicolas apoyado en la pared del pasillo. Tenía una mano metida en el bolsillo y, en la otra, sujetaba un cigarro que se estaba pasando entre los dedos. La expresión de su cara haría salir corriendo a casi cualquiera.

Solo podía pasar por su lado, no me quedaba otra, así que tragué saliva y obligué a mis pies a dar un paso tras otro, aunque lo que quería, en realidad, era darme media vuelta.

Siguió mis pasos con una mirada ardiente. El corazón se me aceleró y me puse a rezar para que apareciese alguien a este lado del muro bajo para que me salvase de aquel hombre.

Mi piel se agitó con incomodidad cuando pasé a su lado, pero, al parecer, solo estaba intentando asesinarme con la mirada, porque no dijo ni una palabra. Aquel silencio me pareció peor que cualquiera de sus exigencias: por lo menos, entonces, sabía sus intenciones. Una vez conseguí dejarlo atrás, me paré, me di la vuelta y le solté:

—¿Qué?

—¿Qué te dije sobre Christian, Elena?

Habló en voz baja y con un tono tranquilo, aunque este desprendía un matiz fatal.

Ni siquiera se me había pasado por la cabeza que estuviese de ese humor por mi conversación con Christian en la terraza. Solo habíamos hablado, y delante de todo el mundo. ¿Iba en serio?

—No lo sé. Se me habrá olvidado —le respondí con sarcasmo.

Por su mirada asesina, no pareció hacerle ninguna gracia.

—Entonces deja que te lo recuerde. No te acerques ni a un puto metro de él.

—Ya te lo he dicho, pero te lo voy a repetir: soy una Abelli, no una Russo. No puedes decirme lo que tengo que hacer.

—Estoy empezando a cansarme de que no me demuestres el respeto que merezco como don —me espetó.

—¡Y yo estoy hasta el coño de los hombres!

Su mirada pasó a ser letal.

—Cuidado con lo que dices.

No podía creerme lo que acababa de decir, pero estaba borracha, frustrada y hasta las narices de esforzarme en no sentirme de una manera determinada. Todavía podía saborear la palabrota en mi lengua, y me pareció algo extraño, inmoral, liberador.

—Christian no.

Dos palabras. Él esperaba que acatase aquellas dos palabras que conformaban su orden.

Yo negué con la cabeza. En mi mente, era Christian u Óscar. La decisión que menos me costaría tomar en la vida.

—No.

Se metió el cigarro en el bolsillo e hizo que se me acelerara el pulso cuando dio un paso hacia mí.

Yo retrocedí, y él me dio un pequeño empujón para acto seguido agarrarme del cuello de una forma suave, pero que me consumió. Entonces me volvió a empujar ligeramente para hacerme retroceder un paso, y acabé chocándome con la pared. Aquel fue un movimiento muy agresivo, pero lo hizo con tanta delicadeza, con tanta rotundidad, que provocó que algo se agitase en mi pecho y se propagase por todo mi cuerpo. Deseo. Necesidad.

Se acercó a mí hasta que me rozó el vestido con el traje, y la expectación hizo que mis senos se alzasen con firmeza. No podía respirar con él tan cerca, agarrándome del cuello, y la posibilidad de que alguien apareciera por el pasillo en cualquier instante. La gente estaba bebiendo; en algún momento tendrían que usar el baño.

Nico apoyó la palma de la mano en la pared, a mi lado. Nunca me había sentido tan consumida por nada. Acto seguido, bajó la cabeza hasta dejarla caer ligeramente sobre la mía.

«¿Qué está pasando?».

Mi corazón se prendió en llamas.

—Nicolas —susurré—, esto no está bien.

Él me acarició el cuello con el pulgar, haciendo que se me alterase el pulso.

—Es platónico —dijo con un tono ronco.

Yo me derretí por dentro, entreabrí los labios y empecé a ver borroso. Quería probar aquella palabra directamente de su boca. Una risa que venía del otro lado de la pared se filtró entre el alboroto para llegar a mis oídos. Sacudí la cabeza para aclarármela, pero tenía su cara tan cerca de la mía que no podía pensar.

—No —jadeé—. No lo es. Suéltame, por favor.

—Christian. No.

No usó un tono de voz agradable, pese a que la forma que tenía de agarrarme sí lo era. Estaba jugando a algo extraño con mis sentidos.

Y, entonces, me di cuenta de lo que estaba haciendo.

Estaba chantajeándome.

No iba a soltarme hasta que obedeciese. Sabía que, debido a mi pasado, que me pillaran en esa situación me ponía más nerviosa que a él.

La frustración me oprimió los pulmones. Cuanto más tiempo estuviésemos allí (con él agarrándome de una forma tan íntima) más se expandiría el miedo por mi sangre, y más me irritaría y me fastidiaría. Le di un empujón en el pecho a modo de último intento desesperado, pero fue como intentar apartar una pared de ladrillo.

—Vale —susurré—. Christian no.

Tuvo que quedarse satisfecho con mi respuesta, porque dio un paso atrás.

Un segundo después, alguien apareció por la esquina y un frío gélido me trepó por la garganta. Benito se paró al vernos y entrecerró tanto los ojos que solo se le veían dos rendijas.

A Nicolas y a mí ya nos separaba casi un metro, pero estábamos solos y mis enormes ojos de cervatillo tenían que delatarlo todo. Yo forcé una sonrisa y mi acompañante le dedicó una mirada amenazante y de indiferencia a mi primo. Acto seguido, salí corriendo al baño.

Una vez dentro, me apoyé en la puerta y dejé escapar un suspiro de alivio.

No iba a casarme con Óscar Pérez.

Ahora que sabía que tenía una oportunidad, me permití

esperar lo mejor. Y no iba a perder esa oportunidad por culpa de Nicolas Russo.

Cuando terminé en el baño, fui directa a la terraza, junto a la piscina, cogí el *gin-tonic* que me había traído Christian, quien debía de haberse dado cuenta de que me gustaba (una buena cualidad para un hombre), y le di un trago largo para encontrar el valor.

Entonces, empecé a hablar con él. En tono animado. Como si fuese cien por cien mi elección y la intervención de mi padre no hubiese tenido nada que ver. Como si no me hubiesen chantajeado para que no lo hiciese.

A Christian le hacía gracia todo lo que decía y parecía saberlo todo de mi pasado, aunque no me extrañaba. Era una persona perceptiva y estaba buenísimo. Cuanto más bebía, más seductor me resultaba, pero, por alguna razón ilógica, no podía sacarme a mi futuro cuñado de la cabeza ni un segundo. No dejaba de estar pendiente de su presencia, incluso con la ávida atención de aquel hombre increíblemente atractivo.

Mis ojos se encontraron, al otro lado del cristal, con los de Nicolas. Él me miró mientras hablaba con Luca con las manos metidas en los bolsillos. La expresión de su cara me sorprendió: indiferente y tranquila. Como si nuestro encuentro en el pasillo no hubiese sucedido.

Qué hombre tan desconcertante.

Me había dicho que él no se tiraba faroles y, para mi desgracia, enseguida iba a descubrir que decía la verdad.

Cinco minutos después, las mejillas me ardían por la quinta copa de la noche, y estaba empezando a pensar que también me había imaginado el mal carácter de nuestro anfitrión. Era muy fácil hablar con Christian, aunque me pregunté cuánto de lo que me estaba diciendo sería verdad. Lo estaba escuchando mientras me contaba que tenía una cabaña en las Rocosas y que allí las estrellas brillaban de una forma increíble.

—Tiene que ser precioso —le comenté—. Me encantaría poder ir a verla.

—¿Ver el qué?

Los hombros se me tensaron al sentir la voz grave de Nicolas en mi espalda.

—Mi cabaña en Colorado —contestó Christian, a la vez que yo también le respondía.

—No te importa.

—Elena, pareces acalorada. —La voz de mi futuro cuñado tenía un matiz peligroso—. Deberías refrescarte un poco.

Yo fruncí el ceño.

—¿Qué? No...

Pero no pude terminar lo que iba a decir.

Porque Nicolas me empujó por el costado con una mano y me tiró a la piscina.

Capítulo 25

«Un buen drama es como la vida, pero sin las partes aburridas».

Alfred Hitchcock

Elena

Salí de la piscina empapada de la cabeza a los pies. Entretanto los dos hombres se quedaron como pasmarotes, mirándose el uno al otro a treinta centímetros de mí.

A Christian se le dibujó una sonrisilla en la cara a la vez que se llevaba la copa a los labios, pero sus ojos no se apartaron de los de Nico.

—¡Elena! —exclamó mi madre con un grito ahogado mientras salía corriendo al patio—. ¿Qué ha pasado?

Todos los ojos de la fiesta rozaron mi piel desde el otro lado del cristal, lo que me hizo sentir igual que si estuviese expuesta en un zoo.

Apreté los dientes.

—Me he caído.

—*Madonna!* ¿Cuánto has bebido?

—Al parecer, más de lo que pensaba.

La mujer recorrió con una mirada vacilante a Nicolas y a Christian, que resultaron ser los dos hombres menos caballerosos con los que me había topado en mi vida (el primero por empujarme a la piscina y el segundo por no ayudarme a salir).

Gianna salió a toda prisa con una toalla, y el policía la miró detenidamente por encima de su vaso. Su reacción pareció involuntaria e indeseada a partes iguales.

—Gracias —mascullé mientras cogía la toalla.

—Creo que puedo dejarte algo para que te cambies.

La mujer cogió los tacones que me había quitado para poder salir de la piscina. Tendría que habérselos tirado a Nicolas a la cabeza, pero, para cuando llegó el momento, ya había captado todas las miradas de la fiesta.

Cuando entré al apartamento detrás de Gianna, todo el mundo me observó con los ojos como platos (bueno, todas las mujeres). Esperaba lo peor por parte de mi padre, pero ni siquiera estaba mirándome. En cambio, tenía puesta toda su atención en los dos hombres que seguían en el patio y su expresión se volvía más amenazadora por momentos.

Acto seguido, se me revolvió el estómago.

¿Cuánta gente había visto que Nicolas me había tirado a la piscina? ¿Y por qué habría hecho algo así? Supuse que los Russo hacían lo que querían cuando querían. *Papà* debería haber tenido claro desde el principio que mezclarse con él no traería nada bueno.

Me estaba secando el pelo con la toalla cuando entré detrás de Gianna a lo que parecía ser un cuarto de invitados. Acto seguido, comenzó a rebuscar en una bolsa que había sobre la cama, y algo se retorció en mi pecho. ¿Había planeado pasar allí la noche? Uf, ¿por qué me importaba? Nicolas me había empujado a la puñetera piscina. Había dejado de gustarme para siempre.

La mujer encontró un par de pantalones cortos rojos con unos ribetes blancos en los bordes y a los lados, y una camiseta blanca lisa. Aquel conjunto era de los setenta, idéntico a uno de Farrah Fawcett. Empezaba a preguntarme dónde compraba la ropa Gianna.

Agradecí el conjunto y un sujetador deportivo (por suerte, ella tenía casi la misma talla que yo en la sección de lencería) y me di la vuelta para cambiarme.

—Gracias. Y perdona por este inconveniente. Supongo que soy un poco... torpe.

Uf.

La mujer se rio.

—No tienes que mentirme. He visto cómo te empujaba As.

Yo me quedé callada un instante; tenía el vestido bajado hasta la cintura y me estaba poniendo la camiseta.

—¿Cuánta gente lo ha visto?

—Ah, casi todo el mundo.

«Por supuesto». Solté un suspiro, me contoneé para que el vestido bajara por las caderas y luego me puse los pantalones cortos.

A continuación, me di media vuelta y vi a Gianna tumbada en la cama, con los pies en el suelo y los brazos estirados por encima de la cabeza. Aquella postura era impropia de una señorita y la dulce Abelli jamás la habría imitado. Y la envidié por ello.

—Gracias otra vez por la ropa —insistí—. Te la devolveré limpia.

—Quédatela.

El silencio tomó forma entre nosotras, y yo sentí la necesidad de hablar.

—¿Suele tirar a las chicas a la piscina?

La mujer se rio y se incorporó.

—No, rotundamente no. Tiene que importarle mucho algo para hacer eso.

Yo me quedé un momento callada porque, considerando que acababa de insinuar que yo le importaba, no sabía qué responder. «¿Dónde me he metido?». Lo único que sabía era que necesitaba arreglarlo.

—No es así.

Quise sonar tajante, pero parecí más insegura que otra cosa.

Ella sonrió, aunque sus ojos expresaban años de tormentos ocultos, y luego dijo:

—Nunca lo es.

Unos minutos más tarde, descubrí que, en realidad, todo el mundo había visto al prometido de mi hermana tirarme al agua. Al parecer, aquello resultaba difícil de entender hasta para los Russo. Las mujeres (especialmente Valentina) no dejaban de escudriñarme con la mirada, como si, por fin, se hubiesen dado cuenta de que había asistido a la fiesta. Jemma, por otro lado, me observaba con compasión, como si me hubiese metido en algo que algún día acabaría matándome. No supe qué pensar de aquello.

De camino a la salida del apartamento, ignoré las peculiares preguntas de borracha de Adriana, la mirada furiosa de Benito clavada en mi nuca y el silencio helado de mi padre y mi hermano. Antes de cruzar el umbral de la puerta, eché la vista atrás.

Nico me estaba observando con las manos apoyadas en la isla, y sentí la agradable caricia de sus pupilas en mi piel. Nuestras miradas se habían encontrado las veces suficientes como para haberme acostumbrado, pero aquella noche había algo diferente en ella. No era tosca, si no pensativa, calculadora, ligeramente ladina. Como si se estuviese planteando hacer algo que no debía.

Yo tragué saliva, aparté los ojos de él y no miré atrás.

Di por hecho que me someterían al tercer grado de camino a casa, pero nadie me dirigió la palabra. Mi madre habló de la boda, que era el fin de semana siguiente, y mi padre le respondía a todo lo que preguntaba desde el asiento del conductor.

Adriana se quedó dormida con la cabeza apoyada en la ventanilla.

Tony me rodeó los hombros con un brazo y me dio un apretujón. Yo escuchaba el ruido de los neumáticos mientras observaba la luz amarilla pasar volando por el cristal y entrar en cascada hasta el interior del coche.

A pesar de todo, seguía viendo la expresión calculadora en la cara de Nico; seguía sintiendo su caricia en mi piel.

Y, entonces, tuve claro como el agua que, en ese momento, estaba pensando en mí.

Era martes al mediodía. Un sol ardiente chamuscaba el hormigón mientras el olor a pan recién horneado y a ajo se apoderaba del ambiente que quedaba más allá de las puertas dobles de color verde del Francesco's.

Atravesé el camino del coche al restaurante con los ojos clavados en el suelo porque se me había desatado la tira de uno de mis tacones. Intenté rehacerme el nudo mientras saltaba a la pata coja, pero empecé a volcarme hacia un lado y, en ese instante, una mano me agarró con fuerza por la cintura desde detrás para devolverme el equilibrio.

—¿Sabes que estás andando raro?

Me puse tensa. Su voz grave me recorrió todo el cuerpo y se apoderó de mis entrañas haciendo que me subiese la temperatura de una manera impropia.

Mientras daba un paso adelante para que me soltase, su palma me rozó desde la cintura hasta la cadera con una caricia ardiente. Cuando me tocaba me sentía obscena, como si tuviese las manos en lugares muy diferentes a mi costado. Además, aquella sensación me frustraba porque no podía refrenarla, igual que no podía apagar la excitación que zumbaba bajo mi piel siempre que andaba cerca.

Le dediqué una mirada asesina, pero no dije ni una palabra. Había estado pensando en cómo lidiar con ese hombre y... no iba a hacerlo. «No te enfrentes a él». Eso fue lo mejor que se me ocurrió.

Seguí andando raro porque tenía la tira colgando de mi tobillo y escuché un resoplido divertido detrás de mí.

—Así que vas a ignorarme, ¿eh?

Apreté los dientes. Le parecía gracioso. ¿Cómo era posible que yo estuviese tan confundida y desconcertada respecto a ese hombre mientras que a él todo aquello le hacía gracia? Me di media vuelta y repliqué:

—¡Me tiraste a la piscina! ¿Por qué iba a hablarte?

Camisa azul claro, chaleco y pantalones grises, corbata negra y una cara estúpidamente atractiva. Tragué saliva. «¿Por qué me había enfrentado a él?». Ya era demasiado tarde para dar marcha atrás.

Entonces él se pasó el pulgar por el labio inferior y bajó la vista para dirigirla a mi vestido color maquillaje y a los tacones rosas.

—Eres una mentirosilla, Elena.

Por supuesto, iba a darle la vuelta a la tortilla para que fuese culpa mía; esa era su especialidad.

—¿Yo? ¡Tú intentaste chantajearme!

—Si me hubieses hecho caso a la primera, no habría tenido que hacerlo.

¿Iba en serio? Su mirada permaneció impasible. Uf, sí que hablaba en serio.

Me di media vuelta y, justo cuando otra vez estuve a punto de caerme, apoyé una mano en el ardiente muro de ladrillo y me las apañé para atarme el zapato con la otra.

—¿Dónde está tu primo? —me preguntó mientras escribía algo en el móvil—. No deberías estar sola aquí fuera.

Benito simplemente me había dejado en la puerta para irse a aparcar, y *mamma* y *papà* venían en otro coche con Adriana, pero eso no era asunto de Nicolas.

—Deja de comportarte como si fueras mi hermano. Ya tengo uno.

Solo lo dije porque supuse que le molestaría.

Él comenzó a apretar el músculo de la mandíbula.

—Entra dentro, Elena.

—Pídemelo por favor —repliqué parodiando la vez que él me lo dijo a mí.

Nicolas levantó la vista del teléfono con una mirada sombría y divertida.

—Si no metes tu culo dentro, Elena, serás tú la que grite «por favor».

«Dios mío...».

—Eso ha estado fuera de lugar —susurré mientras me dirigía a la entrada.

—Ha sido totalmente platónico —contraatacó.

Entonces me di cuenta de que me había autosaboteado cuando usé esa expresión.

A través de la ventana que había junto a unas cuantas baldas con pan recién hecho, se veía un cartel que ponía «Cerrado» con letras rojas; pero, cuando empujé la puerta para abrirla, enseguida me recibió un:

—*Mia bella ragazza!*

Se me dibujó una sonrisa en la cara.

—*Zio.*

Mi tío abuelo me cogió de la cara para plantarme un beso en cada mejilla. Olía a orégano y nostalgia. Había cosas que siempre olerían así, aunque nunca hubiesen dejado de hacerlo.

Francesco Abelli vivía en el lado aburrido de la Cosa Nostra. Cada céntimo blanqueado por nuestra familia era producto de aquel hombre de sesenta y cinco años vestido con pantalones y zapatos de traje, camiseta interior de tirantes y un delantal. Cuando no estaba maquillando las cuentas, se dedicaba a gestionar este restaurante.

—Siéntate al lado de la ventana. *È una bella giornata.*

No hacía un día bonito en ese sentido. De hecho, hacía más calor que en el infierno, pero posiblemente ni habría puesto un pie en la calle porque vivía arriba.

Me senté a la mesa y cogí una jarra con agua para servirme un vaso. La cegadora luz del sol entraba a raudales por el ventanal. Era de los peores sitios en los que podía sentarme, pero la palabra de mi *zio* era tan definitiva como la de *papà*, daba igual que con ella hiciese desdichados a todos los demás.

En ese momento, entró Benito, se sentó, se aclaró la voz y se sirvió un poco de té. Yo le dediqué una mirada suspicaz mientras le daba un sorbo a mi agua con una pajita.

—Tienes un chupetón en el cuello.

Acto seguido, él se frotó la zona mientras mascullaba:

—Le he dicho que no me lo hiciese.

Yo negué con la cabeza, sin querer saber cómo había conseguido tener un poco de acción entre aparcar el coche y este mismo instante.

Quince minutos más tarde, *mamma* y *papà* se encontraban sentados enfrente de mí, y tenía a un lado a Adriana y al otro a mi futuro cuñado. Mi madre frunció el ceño cuando se dio cuenta de que mi hermana y Nico no se habían sentado juntos, pero ni a la novia ni al novio parecía preocuparles lo más mínimo. Tony, Benito, Dominic, Luca y mi tío Manuel compartían la mesa de al lado y estaban charlando entre ellos.

Mamma frunció el ceño y parpadeó ante la deslumbrante luz del sol, y mi padre se puso a leer el menú, aunque se lo supiese de memoria, para refugiarse de este.

El almuerzo no resultó ser el tenso encuentro que esperaba que fuese después del regusto que nos había dejado la noche anterior. Aun así, Adriana era la que estaba más rara. Parecía ausente, como si su cuerpo estuviese allí, pero sus pensamientos se encontrasen a kilómetros de la mesa. Solo se limitaba a mirar por la ventana, cuando ella siempre tenía que estar haciendo cosas con las manos.

Mamma desparramó unos papeles por la mesa y comenzó a repasar los últimos detalles de la boda con Nico para pedirle el visto bueno en algunas cuestiones.

—Y ¿habrá luna de miel? —preguntó mi madre.

La incomodidad se puso a bailar bajo mi piel al ritmo de la melodía de un mal presentimiento. Me removí en mi sitio.

Nico se acarició la mandíbula y miró por la ventana. Mis ojos siguieron a los suyos hasta la calle y las aceras de Long Island bañadas por el sol.

Sentí un cosquilleo en la conciencia cuando vi una limusina negra por la carretera yendo más lenta de lo normal. Y, cuando vi el tatuaje de MS en la cara del conductor, la voz de Nico inundó el restaurante.

—*Giù!*

Abajo.

Todo el mundo empezó a gritar. Repetían «giù, giù, giù» sin parar, como si se tratase de la grabación estropeada de un número infinito de voces. Aquella alerta hizo que el ambiente se volviese tan denso que pude sentir la alarma.

Y, entonces, me tiraron al suelo y se me escapó una bocanada de aire. Un cuerpo pesado cubrió el mío a la vez que el cristal se hacía añicos siguiendo un patrón inconfundible. Disparos. El corazón comenzó a latirme en los oídos y llegó a tal punto que no pude distinguirlo de las balas que sobrevolaban mi cabeza.

Sabía quién se había tumbado sobre mí e intenté acompasar mi respiración a la suya mientras seguía propagándose el caos. Pese a que el restaurante se había convertido en un campo de batalla para los criminales más despreciables de Nueva York, me envolvió una sensación de seguridad.

Parecía que iba a durar para siempre cuando una ola de tranquilidad, seguida del eco del tiroteo, invadió el comedor.

—*Stai bene?*

Escuché las palabras, pero mis pensamientos estaban inundados de rojo. Unas gotas de sangre que se estrellaban contra las tablas de madera del suelo aparecieron en mi campo de visión.

Unas manos me agarraron de la cara y me la giraron.

—¿Estás bien? —repitió Nico.

Yo asentí mientras, poco a poco, se disipaba el zumbido de mis oídos.

Recorrió mi cuerpo con las manos y la mirada para comprobar cada centímetro de mi ser, pero yo no sentí nada porque lo único que podía ver era el clin, clin, clin rojo. La angustia me arañó el pecho y redujo mi consciencia a solo una emoción. Aparté las manos de Nico de mí.

—¡Suéltame!

—Para. —Y me agarró de las muñecas—. Todos están bien.

Yo pestañeé aturdida.

—¿Sí?

—Sí. —A continuación, me acarició la mejilla con el pulgar—. Respira.

Tomé poco a poco una bocanada de aire y, en ese momento, los escuché hablar. Estaban comprobando que todos estuviesen bien, aunque yo no había sido capaz de oírlos más allá del horror de la sangre goteando.

Benito era el que estaba sangrando.

—Hijo de puta —gimió mientras se agarraba el brazo—. En el mismo sitio, joder.

Papà comenzó a hablar por teléfono en italiano hecho un energúmeno y *mamma* estaba llorando. Encontré a Adriana de pie, rodeada de caos y cristales rotos. Justo cuando las sirenas comenzaron a resonar a lo lejos, el restaurante se quedó en silencio, como si el cambio de circunstancias nos hubiese rozado la piel a todos los presentes.

En ese instante, mi hermana clavó la mirada al frente y musitó dos palabritas que cambiarían nuestras vidas para siempre.

—Estoy embarazada.

Capítulo 26

«La suerte está echada».
Julio César

Elena

A veces no hay nada que decir.

A veces las palabras solo consiguen poner patas arriba un ambiente en el que ya rebosa una verdad incómoda.

Estaba sentada junto a mi hermana en el sofá mientras mirábamos un episodio de *The Office* sin verlo.

Todos los momentos graciosos, los «Eso dijo ella», se sucedieron sin siquiera provocar una sonrisa.

Mi madre se había subido una botella de vino y un Xanax a su dormitorio y hacía horas que no aparecía por el piso de abajo.

Después de que prestáramos una pobre declaración ante la policía (nos enseñaron a hablar con los agentes a los cuatro años), vinimos a casa y no habíamos salido del salón desde entonces. Nuestro tío Marco y Dominic, su hijo, estaban con nosotros, pero el resto de los hombres de la familia se habían ausentado debido al incidente en el Francesco's.

Rojo.

Ahora estaría goteando en un lugar distinto al restaurante de mi tío.

Y no sentía ningún remordimiento por ello, solo estaba como anestesiada.

Ya eran las dos de la madrugada cuando, por fin, decidieron aparecer. La luz del salón se encendió, y el sonido de las voces y los pasos inundó el recibidor. Noté que una carga me presionaba el pecho.

Papà rodeó el sofá para llegar hasta nosotras. Se había remangado la camisa y no llevaba chaqueta, y eso que nunca se dejaba ver sin ella, daba igual que hiciese un calor tan sofocante como el de hoy. Mala señal. Tragué saliva al darme cuenta de que tenía la camisa blanca manchada con salpicaduras de sangre.

Marco, Dominic, Manuel, Tony, Benito (que seguro que había pedido el alta voluntaria en el hospital), Luca y, al final, Nicolas, ocuparon la habitación. Mis pupilas siguieron a este último por la sala, pero él ni siquiera me dedicó una mirada de soslayo. Llevaba la misma ropa que se había puesto para ir a almorzar, y su gesto me resultó imposible de descifrar cuando se apoyó en el mueble de la televisión.

A su prometida la había dejado embarazada otro hombre. Cualquier miembro de la mafia se tomaría aquello como un grave insulto y algo personal, pero, cuando finalmente me dedicó una mirada pensativa y fugaz, por alguna razón, hizo que me preguntara si en realidad sería eso lo que estaba pensando.

En ese momento, había ocho hombres observando a mi hermana. Iban a intentar intimidarla para sacarle el nombre del chico.

—El teléfono —le espetó *papà*.

Adriana se quedó sentada en el sofá, con el vestido blanco que se había puesto para ir a comer y las piernas cruzadas. Por el contrario, yo me había cambiado y llevaba unos pantalones cortos y una camiseta. Mi hermana ni siquiera miró a nuestro padre ni respondió a su orden, lo que hizo que *papà* rechinase los dientes.

Al final, cogí el teléfono, que se encontraba sobre el sofá, en medio de las dos, me puse de pie y se lo tendí. Ya habíamos borrado cualquier ínfimo rastro de la existencia de Ryan.

Mi padre se lo pasó a Dominic, que empezó a buscar en él.

—Vamos a enterarnos de quién es igualmente, Adriana, así que por qué no nos lo cuentas tú —comenzó Marco.

Mi tío había decidido empezar con un enfoque blando, pero mi padre no estaba por la labor.

—Adriana, nos lo vas a contar. Ya. O te juro por Dios que no volverás a ver la luz del sol.

Mi hermana se cruzó de brazos, y un destello de desafío le iluminó los ojos. Esa estrategia jamás funcionaría con Adriana, y *papà* lo sabía. Yo tenía la teoría de que un día pensó que se volvería obediente por arte de magia.

—No vamos a matarlo —continuó Marco—. Hay un bebé involucrado, es distinto.

Aunque no lo dijo, todos lo escuchamos: distinto a mí. Diferente a mi situación.

Se me revolvió el estómago al ver la esperanza titilar en los ojos de Adriana.

—Te está mintiendo —solté.

Los hombres me acribillaron con sus miradas furiosas.

Yo tragué saliva y eché un vistazo a Nicolas, pero seguía pareciendo que estaba en un lugar muy lejos de allí.

El tío Marco negó con la cabeza.

—No, te estoy diciendo la verdad. No vamos a matarlo, Adriana. Te lo prometo.

El destello de esperanza de sus ojos se hizo un poco más patente.

Y, entonces, me inundó el pánico. Ya conocía la mirada de Benito, la de mi hermano...

«Mentira. Es todo mentira».

—Están mintiendo, Adriana —le insistí—. No les creas.

El corazón casi se me salió por la boca cuando vi el dorso de la mano de mi tío Manuel precipitarse contra mi cara. Me encogí del miedo a la espera de la bofetada, pero mi mejilla solo notó el roce del viento. Entonces, abrí los ojos y vi la mano de Nicolas agarrando la muñeca de mi tío.

—Pégale a una mujer delante de mí y te juro que no sobrevivirás para volver a hacerlo —bramó.

Pasaron unos segundos hasta que Manuel pegó un tirón, se soltó de la mano de Nicolas y dio un paso atrás con la cara colorada de la rabia.

Papà observó la interacción con imparcialidad, pero su mirada ocultaba algo muy parecido al disgusto cuando miró a Nico. Mi padre no me había pegado en la vida; su desagrado era por una razón distinta a que este hubiese intervenido, pero no estaba segura de cuál.

Los hermanos de mi madre siempre habían sido mezquinos, excepto Marco. Él era amable y reservado, pero, a la más mínima infracción, se convertía en un lobo con piel de cordero a la caza de su presa.

—Elena —bramó *papà*—, fuera.

Era la primera vez que me enfrentaba a mi padre, pero lo hice porque conocía a mi hermana: era fuerte a la par que ingenua. Ella quería creer en su cuento de hadas, así que eso es lo que haría, pero así solo cavaría la tumba de su príncipe.

No moví ni un dedo.

—Elena.

Mi padre lo dijo en un tono más frío que el Polo Norte y teñido de incredulidad.

El deseo de hacerle caso estaba tirando de mí, pero mis pies se habían quedado clavados en el suelo. De pronto, me encontraba sobre la alfombra barata de un apartamento mientras observaba la representación de esta misma escena delante de mis narices.

Papà le lanzó una mirada fugaz a Tony y este rodeó el sofá con cara de arrepentimiento para llegar hasta mí.

—No me voy a ir —protesté.

—Venga, Elena. Vamos.

Tony alargó el brazo para agarrarme la muñeca, pero yo la aparté de golpe. Acto seguido, mi hermano soltó un suspiro y me rodeó la cintura con un brazo para levantarme por los aires.

—Adriana, no lo hagas —le supliqué mientras Tony medio me llevaba en volandas medio me acompañaba a la puerta agarrándome con su brazo—. Te prometo que te están mintiendo.

Conocía el tipo de culpa que implicaba aquello (sin hablar de que se le partiría el corazón) y no podía permitir que Adriana viviese con lo mismo que yo.

Una vez mis pies tocaron el suelo del pasillo, Tony cerró la puerta y me dejó sola al otro lado. Solté un sonido de frustración y luego aporreé la puerta con la palma de la mano. Al final, deslicé la espalda por la puerta y me hice una bolita para escuchar las voces que se colaban por las rendijas.

Esperé y esperé a que el nombre de Ryan saliese de los labios de mi hermana.

Pero no lo hizo.

Nico

El tictac de un reloj; el tintineo del hielo en un vaso de cristal; el humo de un cigarro suspendido en el aire, y un cierto desagrado emanaba de Salvatore, que estaba sentado al otro lado del escritorio.

Yo ocupé una silla enfrente, me recosté y apoyé un codo en el reposabrazos. Estaba bastante seguro de que odiaba que me sentase como si estuviese aburrido, así que seguí haciéndolo.

No podía decir con exactitud cuánto tiempo llevábamos en su despacho, en silencio, mientras él se fumaba su cigarro, pero ahí había algo que se estaba fraguando y yo no era el responsable. Para ser sincero, disfrutaba de la atmósfera. Podía sobrevivir yo solo entre los silencios tensos e incómodos.

—No puedes tenerla.

Aquellas palabras atravesaron el silencio como un cuchillo.

Mis ojos se encontraron con los de Salvatore a través de una nube de humo.

—No he dicho que la quiera.

El hombre resopló con sarcasmo y negó con la cabeza.

—As, corta el rollo. Sé que quieres a Elena, pero esa oferta no está sobre la mesa.

Yo apreté la mandíbula. Me tocaba bastante los cojones que me dijesen lo que podía o no podía tener.

—No creo que estés en la posición de decir qué está sobre la mesa, Salvatore. Me has jodido, pero bien.

Técnicamente, era su hija la que se había follado a otro, aunque a nuestros ojos era su culpa: él había infringido el contrato.

Salvatore le dio una última calada a su cigarro y lo apagó con aire pensativo.

—Aunque quisiera dártela, Elena no es una opción. —Y sus ojos se posaron en mí para mostrarme que no era el caso—. Ya está prometida.

Yo lo miré fijamente, indiferente, mientras que mi pecho se retorcía con aversión antes de volverse tan frío que quemaba.

Había pensado muchísimo en esta situación, en lo que podía sacar de Salvatore por romper el contrato, en qué era lo que quería más. Empezaba por la E y tenía el pelo negro y largo. También resultaba ser mi vicio.

Lo quería, pero no podía permitirme tenerlo.

No obstante, ahora que sabía que pertenecía a otro hombre, algo violento se propagó por mis venas, y me dio la sensación de estar sufriendo un caso de congelación interna.

Mi lado irracional comenzó a hablar por mí.

—¿El contrato está firmado?

Salvatore asintió y un destello de satisfacción le iluminó los ojos.

Yo lo observé con detenimiento. Me jugaba lo que fuese a que, después del pequeño incidente de la piscina conmigo tirando a su hija al agua, no tardó en asegurarse la firma de aquel hombre.

No tenía nada en contra de él, pero había algo que no le gustaba de ostentar el mismo título que un hombre con casi la mitad de su edad. Y, además, yo era más rico, joder. No le hacía gracia lo lejos que había llegado mi reputación ni los detalles de ella, aunque, después de hoy, sabía que no se podía permitir ponerse en mi contra. Habíamos encontrado a los mexicanos relacionados con el tiroteo de la limusina, pero todavía había que encargarse de un par de miembros más.

Sinceramente, tenía más hombres en las calles que él. Hasta tenía a gente a sueldo que vigilaba a la suya, a quien había utilizado para llegar hasta los responsables del tiroteo de hoy. No le hizo gracia que jugase esa carta. Yo no actuaba según las reglas, y por eso el tradicional don no confiaba en mí. Aunque me necesitaba. Supongo que esa era la razón por la que le disgustaba tanto. Además, el caso era que simplemente se negaba a que mis manos de Russo se paseasen por todo el cuerpo de su hija favorita.

—¿Quién?

La pregunta se me escapó y recé para que no me diese una puta respuesta.

El hombre me dedicó una mirada suspicaz mientras le daba un sorbo a la copa de *whisky*.

—Óscar Pérez. Es colombiano.

Nos miramos el uno al otro durante un momento y, acto seguido, el frío clavó sus dientes en mi pecho.

—Este problema con los mexicanos se ha cargado a algunos de mis contactos de proveedores. Lo conozco... desde hace un tiempo. Tiene un buen producto y quiere a Elena.

Sonaba a que Salvatore estaba intentando convencerse a sí mismo. Óscar era el tipo de hombre criado por un par de ricos creyentes con un sentido retorcido del hastío, a lo que había que sumar la marca maligna de la que intentaría librarse a través de Elena.

Entonces me levanté, me abroché la chaqueta y me di la vuelta para marcharme.

—Ya hablaremos de esto mañana. Es tarde.

—¿Y Adriana? —preguntó cuando abrí la puerta.

No había mostrado mucho interés en vengarme del hombre que se había atrevido a follarse a la prometida de Nicolas Russo, pero solo porque había estado barajando la posibilidad de quedarme con su hermana.

—Quiero su registro telefónico. Seguro que se han puesto en contacto —le contesté antes de salir por la puerta.

No me importaba mucho con quién se hubiese acostado Adriana mientras estaba prometida conmigo.

Simplemente era una puta cuestión de principios.

Elena

Eran las ocho de la mañana y yo estaba sentada en el sofá con una camiseta holgada rosa de los Yankees y unos pantalones cortos. Me estaba comiendo un bol de cereales de sabor mantequilla de cacahuete mientras la presentadora rubia me contaba todos los detalles de la actualidad.

Siempre estaba viendo las noticias. Conocía casi todos los acontecimientos mundiales de los que se informaba: desde la crisis por el trabajo infantil en Corea hasta el burdo resultado que obtenía la gente que se estaba inyectando bótox en Los Ángeles.

El corazón se me paró al ver aparecer una cara familiar en la pantalla. Acto seguido, los labios rojos de la presentadora pronunciaron el nombre de «Óscar Pérez» seguido de «ha sido encontrado delante de su apartamento ejecutado de un disparo». Se me atragantaron los cereales.

No habían pasado ni diez segundos cuando escuché un «¡HIJO DE PUTA!» que venía del despacho de mi padre.

Yo abrí los ojos de par en par.

Mientras me hundía en el sofá, aliviada por la muerte de Óscar, las voces de Nicolas y mi hermano entrando en el recibidor se colaron en el salón. Estaban hablando de los registros telefónicos de Adriana. El alma se me cayó a los pies. Si el informe mostraba todos los mensajes de mi hermana, no les costaría nada dar con Ryan.

¿Tony y Nicolas habían descubierto que tenían algo en común? El asco se revolvió en mi vientre.

Los dos atravesaron las puertas del salón en dirección al despacho de mi padre. Yo seguía viendo las noticias a punto de explotar y con los ojos entornados.

La ira de mi padre se extendió por el pasillo como la niebla y, por un momento, me pregunté si iba a escuchar disparos, pero tuvieron que pasar otros cinco minutos antes de que sus gritos volviesen a invadir mis oídos.

—¡Elena! A mi despacho, ¡ya!

Yo dudé un segundo, pero, al final, me puse de pie y fui descalza sin hacer ruido hasta el despacho. Un miedo terrible se hundía en mi piel con cada pisada.

Antes de entrar, toqué en el marco de la puerta. *Papà* se encontraba detrás del escritorio, Tony estaba sentado en una silla frente a él y Nico permaneció apoyado en la pared junto a la ventana.

Yo me paré en mitad del despacho y me puse a toquetear el dobladillo de la camiseta. El sol me calentó la piel húmeda y pegajosa.

—Enhorabuena —me espetó mi padre mientras una oscura tormenta se desataba en sus ojos.

Yo tragué saliva; en mi vida lo había visto tan furioso.

—Vas a casarte.

Una sensación fría se arrastró por mi garganta y me invadió los pulmones.

Miré lentamente a Nicolas para ver que me estaba observando con indiferencia. Con mis pupilas clavadas en las suyas, solté un suspiro entrecortado y pregunté:

—¿Con quién?

Aunque ya lo sabía. Nunca habría podido imaginarme un final como este, pero tampoco tenía muy claro el porqué.

—Con Nico.

El corazón me latía tan rápido que tuve que esforzarme para que no me ahogase.

El silencio ocupó la sala (era intenso y lleno de odio por parte de mi padre, pensativo por la de mi hermano y apático por la de quien ya no sería mi futuro cuñado, sino mi prometido).

El que yo sentí fue intuitivo, como cuando la presa no hace ruido para evitar que la capturen. El instinto de supervivencia se apoderó de mí, y negué con la cabeza.

—No —susurré.

Los ojos de Nico se llenaron de ira.

Entonces mi padre recogió unos documentos del escritorio.

—Elena, ya está hecho.

Lo que sujetaba entre las manos tenía que ser el contrato. Así que Nicolas podía firmarlo por mí y «¿ya estaba hecho?». Obviamente, así era como funcionaba, pero que él hiciese algo como eso en parte me supo amargo.

Aquellas noticias fueron como una bofetada en la cara. ¿Cómo iba a procesar que pasase de ser el prometido de mi hermana al mío en menos de cinco minutos?

Y no solo eso.

Yo nunca había querido un marido como él. Era todo lo que mis entrañas creían que necesitaban, pero también todo lo que mi cerebro sabía que no. Iba a perderme a mí misma en Nicolas Russo y no iba a saber cómo encontrarme.

Mi corazón se enamoraría perdidamente y él lo pisotearía hasta hacerlo pedazos. Podía vivir una vida sin amor, pero no sobrevivir a uno fracasado.

Volví a negar con la cabeza.

—*Papà*...

—¡Ya está bien, Elena! Está hecho. Ahora ve a preparar una bolsa con ropa. Vas a quedarte con él hasta que llegue el día de la boda.

Los ojos casi se me salieron de las órbitas.

—¿Qué? —musité.

Mi padre me dedicó una mirada sarcástica.

—Hija, no es que seas virgen.

—*Papà* —le espetó Tony.

Aquellas palabras se clavaron en mi pecho. Sabía que estaba cabreado y que estaba dirigiendo ese enfado contra mí, pero eso no impedía que me estuviese haciendo daño.

—¿Cómo has podido permitir esto? ¿Crees que porque haya manchado mi reputación puedes destrozarla porque sí?

—Puedes culparte a ti misma y a tu prometido de tu mala reputación. He aceptado sus términos por el problema con tu hermana y tu... pasado.

Lo que quería decir era que Nicolas no confiaba en que no hiciese alguna estupidez con otros hombres a sus espaldas antes de la boda. Por lo visto, mi padre no tenía mucho que decir al respecto teniendo en cuenta que se había quebrantado su parte del contrato.

No sabía qué decir, pero, desde luego, no estaba preparada para aceptar aquello.

—Soy una pésima cocinera —solté, y acto seguido miré a Nicolas, que seguía apoyado en la pared con las manos metidas en los bolsillos.

—Ya tengo una. —Se limitó a decir en un tono grave y pensativo.

Me daba la sensación de que él tampoco quería del todo este matrimonio, así que ¿por qué había aceptado?

—Me gusta ir de compras. Gasto muchísimo dinero.

Eso era verdad, aunque también donaba a los albergues de la zona para no sentirme tan mal con mis hábitos de despilfarro. Así que supongo que eso significaba que gastaba todavía más.

—También lo tengo.

¿Ahora que le pertenecía solo iba a dirigirse a mí con tres palabras?

—Ya está bien, Elena —me interrumpió *papà*—. Vamos.

Un sonido de frustración ascendió por mi garganta, pero conseguí mantenerlo a raya.

—No quiero esto —le dije a mi padre en voz baja.

Evité mirar a Nicolas a los ojos, aunque estos me estuviesen quemando tanto la mejilla que parecía que me había salido un sarpullido.

—Ya está hecho.

Papà imitó mi tono, pero sus palabras eran definitivas.

Así que salí de su despacho, fui directa a mi habitación y, mientras metía ropa en una bolsa, pensé en cómo iba a conseguir sobrevivir a Nicolas Russo.

Capítulo 27

«La lujuria será nuestra propia tumba».
Desconocido

Elena

Estábamos envueltos en la quietud. De hecho, me dio la sensación de que aquel silencio me engullía durante todo el camino en coche. Y lo peor de todo era que ahí dentro olía tan bien, maldita sea. Todo lo que había pasado ese día había sido como una bofetada que me dejó tan insensible que tan solo su aroma masculino pudo hacerme notar algo. Pero no la sensación punzante que acompañaba al pánico, sino la locura que desataba en mí la simple idea de que sus manos me tocaran y de que nos encontrásemos tan cerca.

Era como si mi cuerpo se estuviese concentrando en el aspecto más básico de los acontecimientos, en eso que tanto había deseado, para no acabar traumatizada: era un mecanismo de defensa.

Estaba equiparando casarme con Nicolas con un trauma severo.

Y, en realidad, no parecía algo tan diferente.

No era lo mismo desear con todo tu ser a un hombre y querer que fuese el padre de tus hijos. Aquella idea tiraba de mí en dos direcciones para que me repusiera cuanto antes: la excitación y el terror.

Esos dos sentimientos eran tan fuertes que yo solo pude quedarme como anestesiada para así dejar espacio a otra cosa. Una sensación cálida y agradable vibró en mi entrepierna a la vez que el hielo y la electricidad anidaban en mi piel.

Mi madre me observó ojiplática, con la misma expresión que si me estuviesen enviando al matadero, salir por la puerta acompañada de Nico, que llevaba mi bolsa de ropa. Hasta mi hermana bajó corriendo las escaleras para gesticular un «Lo siento» antes de que la puerta se cerrase tras de mí. *Papà* no llegó a salir de su despacho, y Tony y mis primos se limitaron a mirar a mi prometido como si se estuviese llevando algo sin permiso.

No quería mostrar ningún interés por aquel hombre, pretendía mantenerme todo lo indiferente que me fuese posible hacia él, pero, a medida que la ciudad pasaba ante mis ojos como un borrón de hormigón y sol resplandeciente, y nos acercábamos a su casa, el término impasible ni siquiera me sonaba.

Cuando paramos frente a una casa de ladrillo rojo que me resultaba familiar, se me formó un nudo en la garganta.

—¿Por qué no vamos al ático?

—¿Esperabas algo más lujoso?

Yo le dediqué una mirada inquisitiva.

—¿Qué? No. Es solo que esperaba el ático. Es lo que elegiste para Adriana.

—Pero no es lo que he decidido para ti.

Entonces me puse tensa. No iba a dejar que olvidase que ahora le pertenecía, y aquello disipó la niebla de insensibilidad que me tenía prisionera.

No sabía cómo sentirme: nerviosa, aterrada, decidida a mantener alguna autonomía o excitada por la posibilidad de que me tocase. Al final, la mezcla de estas cuatro sensaciones danzó por mi piel cuando salí del coche.

Nico cogió mi bolsa del asiento de atrás y yo lo seguí hasta el interior de la casa. Era más grande de lo que parecía desde fuera. La puerta de atrás daba a una cocina con electrodomésticos de acero, encimeras de granito gris y una iluminación sutil.

A mi derecha había un despacho y, desde la puerta entreabierta, se veía el escritorio rojo cereza. Si no fuese por este, y el aseo pequeño y el cuarto para la colada que se encontraban a mi izquierda, el espacio era un piso de planta abierta con una escalera que subía a la parte de arriba. Podías ver la televisión de pantalla plana de pie desde la isla. Era sencillo, masculino y acogedor.

Tragué saliva cuando escuché el inconfundible clic que indicaba que había cerrado la puerta. Todavía estaba en *shock* por el giro de los acontecimientos, y no sabía cómo iba a procesarlo, ni si iba a ser capaz de hacerlo. Estaba caminando por inercia cuando, de pronto, dejé mis pensamientos a un lado.

Nicolas soltó mi bolsa en un sillón y, luego, las llaves sobre la encimera de la cocina. Aquel sitio podía parecer la comodidad materializada, pero dudaba de que algún día me pudiera sentir así dentro de su espacio.

Me quedé plantada junto a la puerta mientras mi prometido se servía una copa en el minibar que había junto a las ventanas de la entrada. Entonces me invadió la fuerte sensación de que, si me movía, algo me atacaría (puede que él). Las cortinas estaban cerradas, por lo que solo entraban unos pocos rayitos de luz y la habitación estaba sumida en una ligera penumbra.

Eran las nueve de la mañana y se estaba tomando un *whisky*. En ese momento recé porque no fuese alcohólico. Puede que la noche anterior hubiese impedido que mi tío me pegara, pero conocía a unos cuantos adictos al alcohol, especialmente por parte de la familia de mi madre, y todo en ellos era impredecibles.

Iba vestido de negro de la cabeza a los pies, y me miró desde el otro lado de la habitación de un modo que me hizo ser plenamente consciente de su reputación. Era el hombre más peligroso de la ciudad y, en poco tiempo, tendría que llamarlo «marido».

No me quitó los ojos de encima mientras se apoyaba en el minibar. Cuanto más tiempo pasaba, más rápido me latía el corazón y más propagaba este los nervios a través de mis venas.

Todos los pensamientos que debería haber procesado a lo largo de un periodo de tiempo me vinieron a la cabeza de golpe. Me pregunté con cuántas mujeres habría estado y qué esperaba de mí. No era virgen, pero no tenía mucha más experiencia que una. Solo me había acostado con un hombre, y lo justo para ocupar un fin de semana. No tenía experiencia y me preocupaba que, una vez que me probase, me escupiese como si fuese un trozo de carne.

Nicolas se aflojó la corbata mientras entraba a la cocina. Dejó el vaso en la isla y, acto seguido, me miró.

—¿Vas a quedarte pegada a esa puerta todo el día?

Yo tragué saliva y asentí.

Entonces apoyó las manos en la encimera y negó ligeramente con la cabeza. El estómago se me llenó de mariposas cuando volvió a clavar sus pupilas, que se derretían por el fuego que albergaban, en mí.

—Ven aquí.

Me pareció imposible que ninguna mujer ignorara aquella orden viniendo de él. Sentí un terrible impulso de complacerlo.

Recorrí los pocos pasos que me separaban de él con el corazón latiendo de forma arrítmica.

En cuanto llegué a su lado, me agarró de la nuca, enredó los dedos en mi pelo y hundió la cara en mi cuello. Soltó un ruido masculino de satisfacción que sentí en el fondo de mi vientre y que acabó asentándose con peso en mi entrepierna. Yo me mecí hacia atrás, no para enfrentarme a él, sino por la sacudida del rayo que explotó en mi pecho e hizo que me hirviesen las venas.

Apreté mis senos contra sus duros y ardientes abdominales, y me atravesó un escalofrío. Él no dejaba de frotar la cara contra mi cuello, arriba y abajo, como si estuviese disfrutando de mi olor, o puede que le hubiese puesto melancólico el hecho de que ya había capturado su próximo bocado.

—Joder. Qué suave eres —gimió contra mi garganta.

Acto seguido, me rodeó la cintura con un brazo y me levantó para colocarme en la isla, casi a la altura de sus ojos. Noté el frío de la encimera en los muslos cuando él pasó entre ellos para obligarme a separarlos.

El corazón comenzó a latirme con fuerza en los oídos y una sensación fría me recorrió lentamente todo el cuerpo. Era el miedo. Luego, empujó los labios contra mi garganta y fue bajando sin prisa por ella mientras dibujaba una línea de besos. Cada uno estimulaba mi entrepierna un poco más. Ladeé la cabeza para permitirle llegar más lejos y, en ese momento, un gemido se me escapó de entre los labios.

Aquel hombre había pasado de cumplir el rol de alguien que me resultaba tentador, pero no podía tener, al de dueño, amante y prometido. Ese cambio inesperado con el que me había encontrado esa misma mañana solo me había dejado tiempo para actuar según mi instinto. Lo deseaba, pero un frío soplo de terror se coló en mi subconsciente ante lo desconocido.

Entonces llevé las manos a ambos lados de mi cuerpo y me aferré al filo de la encimera, en un intento por mantenerme anclada como fuese a la tierra, mientras que él se ocupaba de mi cuello con besos lentos y roces con los dientes. A medida que su presencia consumía la mía, las dudas se iban desvaneciendo por completo.

Sus enormes manos recorrieron mis costados, desde debajo de mis pechos hasta la parte baja de mis caderas, y acarició con los pulgares la piel que quedaba desnuda bajo la goma elástica de mis pantalones cortos. Aquella sensación me estaba sacando de quicio; me moría porque siguiese un poco más, hacia arriba o hacia abajo. Me bastaba con que escogiese un sentido de una puñetera vez.

Apretó su erección contra el interior de mi muslo y, solo con que se hubiese adentrado unos centímetros, habría estado donde yo quería, donde lo necesitaba.

Me estaba balanceando con los ojos casi cerrados cuando sentí que me agarraba de un lado del cuello con fuerza para que no me moviese y seguía hundiendo sus excitantes y húmedos besos en mi garganta. Dejé caer la cabeza hacia atrás con un gemido, y el pelo rozó la encimera con el siguiente mordisquito de sus dientes.

Alineó sus caderas con las mías, me agarró de la zona alta del trasero y pegó su pene erecto a mi clítoris en un lento balanceo que me robó el aliento. Un gruñido quedo me rozó el cuello mientras que una sensación de vacío latía en mi entrepierna.

Solo se frotó conmigo una vez y luego se separó de golpe, aunque, en realidad, yo necesitaba que lo hiciese sin parar. Apartó las manos de mi cuerpo para colocarlas junto a las mías, en la encimera. Yo ni siquiera lo había tocado todavía y ya me encontraba sumida en un estado de ensoñación.

Sus iris eran más negros que el azabache cuando me dijo:

—Quítate la camiseta.

Cada palabra áspera y autoritaria se convirtió en un lento zumbido que vibraba en el deseo que necesitaba saciar en mi entrepierna. La fría sensación de terror volvió a colarse dentro de mí para abrirse paso entre mi confusión. Una parte de mí necesitaba obedecerlo, hacer todo lo que aquel hombre me pidiese, darle todo lo que quisiera... Pero no podía. Todavía no.

Dejé escapar un suspiro entrecortado y negué con la cabeza.

Él entornó ligeramente los ojos.

—Prométeme que no matarás al padre del hijo de Adriana y lo haré.

Su expresión se volvió más fría si cabe.

—No me gustan los ultimátums.

—No es un ultimátum. Es un... incentivo.

Nicolas negó con la cabeza y comenzó a alejarse de mí, pero lo agarré de la hebilla del cinturón.

—Por favor... —escuché decir a mi voz ronca.

Mis oídos no la reconocieron. Estaba envuelta en una profunda y sofocante lujuria. Él se quedó quieto y puso toda su atención en mí.

—Un regalo de boda.

Acto seguido, bajó la vista hasta el dedo que tenía enganchado en la hebilla de su cinturón y comenzó a apretar el músculo de la mandíbula con aire pensativo. Un segundo después, dijo:

—Te vas a quitar toda la ropa, siempre que yo te lo pida.

La euforia me atravesó como un rayo y tuvo que darse cuenta, porque su voz se tiñó de emoción.

—Pero eso no lo va a librar de una paliza.

Yo asentí, aunque tenía mis dudas. No era lo ideal para Ryan, aunque sabía que eso era mucho mejor que acabar muerto, y no quería tentar a la suerte.

—¿Y qué pasa con mi padre?

—Yo hablo con él.

—¿Cómo sé que no me estás mintiendo?

—Supongo que tendrás que fiarte de mí.

Puede que fuese una estupidez, pero confié en él (bueno, en lo que a este asunto respectaba). Mis dedos soltaron suavemente la hebilla del cinturón y noté que me quitaba un peso tremendo de los hombros. Puede que estuviese tomándome la situación de mi hermana como algo personal o, quizás, pensase que corrigiendo este error conseguiría borrar el mío. Eso no iba a pasar, pero, al menos, Adriana no tendría que convivir con el arrepentimiento y el corazón roto.

Nico cogió su copa y se apoyó en la encimera de enfrente para, acto seguido, tomar un sorbo de *whisky*, igual que si acabase de llegar a un club de estriptis, aunque su expresión se parecía más a la que tendría mientras hacía cola para pagar en el supermercado.

En ese momento, el miedo corrió bajo la superficie de mi piel como un río helado. Me llevé las manos al dobladillo de la camiseta y mi respiración se tornó en jadeos superficiales. La prenda tocó el suelo y se aceleró el pulso arrítmico de mi corazón. El sonido quedo de la tela al golpear el suelo de madera me pareció atronador y sugerente, a la vez que el ambiente estático que se respiraba en la cocina se encontraba con mi vientre desnudo. Mis pechos se estremecieron por la expectativa de lo que iba a ocurrir y se apretaron contra el material del que estaba hecho el sujetador. Antes de darme la oportunidad de pensármelo bien, me lo desabroché por la espalda y lo dejé caer al suelo.

El rubor se propagó desde mis mejillas hasta el pecho cuando me acarició los senos desnudos con su mirada ardiente. El repiqueteo de los latidos de mi corazón inundó el silencio.

Mantuvo la postura indiferente, pero las pupilas le ardían igual que los bordes de un papel que se está quemando. Se pasó la lengua por los dientes y apartó la mirada de mí durante un segundo para darle un sorbo al *whisky*. No podría decir por qué, pero me dio la sensación de que estaba intentando deshacerse de la atracción que sentía por mí. No quería desearme. No sabía cómo tomarme algo así, pero, por alguna razón, una ola de autoconfianza se propagó por todo mi ser.

Aquella era la primera vez que me desvestía para un hombre. El único con el que había estado lo hizo él mismo, pero debería haber previsto que Nicolas Russo me ordenaría que lo hiciese por él. Y quería hacerlo, esto y todo lo que desease.

Agarré la cinturilla de los pantalones cortos y me los bajé por los muslos para, después, dejarlos caer hasta el suelo. Me quedé ahí sentada, solo con un tanga fucsia, mientras que él se encontraba frente a mí trajeado.

Ahora tenía toda su atención, y la excitación que eso me provocaba me dejó sin respiración.

Muy lentamente y sin dejar de mirarme a los ojos, dejó la copa en la encimera y recorrió los pocos pasos que nos separaban.

—No he terminado —suspiré, pero no me oyó o no le importó.

Me dio un escalofrío cuando volvió a agarrarme del cuello y deslizó su mano hasta introducirla en mi cabello. Luego, tiró de mi nuca para acercar mi cara a la suya, tanto que su aliento, cálido y con un toque a *whisky*, me rozó los labios. Los nervios vibraron en lo más hondo de mi ser; iba a besarme. Pero, cuando se inclinó para rozar mis labios con los suyos, giré la cabeza.

En ese momento, se quedó quieto y su cuerpo se puso tenso.

Yo evité mirarlo a los ojos.

—Nicolas, puedo darte todo lo que quieras. Lo que quieras... menos esto.

En esta situación solo existía una manera de protegerme. No podía dejar que aquel hombre me absorbiese, menos todavía cuando ya podía sentir la atracción de lo fácil que podía ser. Necesitaba mantener mi autonomía, la distancia entre ambos. Mi corazón no necesitaba ningún incentivo más para caer en sus garras. Sabía que no podía evitar acostarme con él, tenía claro que no era tan fuerte, pero no teníamos por qué hacer el amor.

No podía hacer el amor con él y después verle hacer lo mismo con otra. Y, por lo que me dijo aquella noche en el callejón, ya sabía que no tenía ningún interés en mantenerse fiel. No podía compartir mi ser con alguien de una forma tan despreocupada e indiferente, especialmente ahora, después de mi error en el pasado. Así que solo podía darle una parte de mí (la única que él quería) y esperar salir viva de ello.

En ningún momento se me pasó por la cabeza que pudiese quejarse o, ni siquiera, importarle mi negativa. Besarse era, en cierto modo, romántico, y no lo veía queriendo compartir algo así conmigo.

Seguía aferrándome a ambos lados de mi cuerpo a la encimera y, cuando Nicolas echó un vistazo a mi mano izquierda, la del anillo, se le oscureció la mirada con desprecio. Entonces pude sentir su repentina hostilidad. No esperaba que reaccionase con ira, pero supuse que, al decirle a un hombre como él que no podía tener algo, solo conseguiría que lo desease más.

—Ábrete de piernas.

Su orden fue fría y severa, y turbó el miedo que ya tenía.

Insegura, tomé una bocanada de aire e hice lo que me había pedido.

Mientras lo hacía, sus manos ascendieron por mis piernas y hundió los pulgares en el interior de mis muslos con una acritud que hizo que el estómago se me encogiese de forma inesperada. El tacto áspero de sus palmas en mi piel suave me pareció incuestionable.

Al tener las piernas abiertas, una brisa fría me acarició la ropa interior y, de pronto, me hizo consciente de lo mojada que estaba. Su mirada ferviente y excitada, aunque todavía ligeramente teñida por la ira, me tocó ahí mismo.

Acto seguido, me tiró de la nuca para acercarme más a él, hasta que rozó su pecho con mis senos. Mi respiración era irregular cuando me gruñó al oído:

—Joder, estás tan cachonda que me molesta. —Y, justo después, me dio un fuerte mordisco en el cuello.

Yo solté un aullido por el dolor fugaz, pero este se convirtió en un gemido cuando hundió el pulgar en mi clítoris por encima de la tela del tanga. Luego me agarró el pelo con más fuerza, de manera que me forzó a inclinar la cabeza hacia atrás para, al final, meterse un pezón en la boca. Una chispa se prendió en la zona baja de mi vientre, y la llama se propagó por todo mi cuerpo como un incendio descontrolado.

En ese momento, comenzó a rozarme el clítoris con el pulgar, arriba y abajo, sin soltarme el pelo, de forma que ni siquiera me permitía bajar la vista. Luego, lanzó un gemido que salió desde lo más profundo de su pecho y cambió de seno. Después lo chupó y, al final, se lo metió en la boca tras arañarme sutilmente con los dientes. En ese instante se me escapó un sonido embarazoso, pero estaba tan cachonda que no me importó.

Apoyé el peso en las manos para recostarme y mis caderas comenzaron a balancearse bajo su tacto. Su boca estaba tan caliente mientras lamía y jugaba con todo mi pecho que llegó un punto en el que creí que me iba a morir. En ese instante, dejó de tocarme, provocando que me bullese por las venas un grito de protesta.

Con una mirada amenazante, aunque ya parecía estar menos enfadado, me agarró el tanga por la parte de la cadera y tiró de él para deslizarlo por mis muslos hasta dejarlo caer en el suelo con el resto de mi ropa.

Acto seguido, volví a abrirme de piernas. Ya había pasado el punto del pensamiento racional. Él bajó la mirada hacia lo que albergaba el interior de mis muslos, negó con la cabeza y se pasó la mano por la corbata.

—Joder.

Eso fue todo lo que dijo antes de rodearme con los brazos por detrás de los muslos, tirar de mí para llevarme hasta el filo de la encimera y hundir la cabeza entre ellos. Me estremecí al sentir por primera vez el tacto húmedo y caliente de su lengua. Acto seguido, me inundó una honda avalancha de placer, y una ola aún más poderosa me recorrió todo el cuerpo en cada suave y lento lametón desde la entrada de mi vagina hasta el clítoris.

Aquel hombre tan peligroso estaba siendo sorprendentemente dulce y respetuoso con lo que estaba haciéndome... En ese instante, sentí que algo me tocaba la fibra sensible.

Me estaba sujetando con tanta firmeza entre sus brazos que no podía mover las caderas ni un milímetro, mientras él se tomaba su tiempo para lamerme. Era como si lo estuviese haciendo por él, no por mí.

—Ay, Dios —gemí a la vez que hundía las manos en su cabello espeso y mis uñas cortas le acariciaban el cuero cabelludo.

Había pronunciado su nombre un montón de veces desde que lo conocí, pero se me escapó de los labios cuando su lengua dibujó un círculo alrededor de mi clítoris para después absorberlo.

Él se puso tenso y, entonces, me di cuenta demasiado tarde de que no le gustaba que lo llamase Nicolas.

—¿Cómo me llamo? —me preguntó, y acto seguido introdujo la lengua en mi vagina.

Emití un sonido gutural y pornográfico que nunca me creí capaz de producir.

Como no respondí, apartó la boca de mi cuerpo y buscó mi mirada con sus ojos ardientes. Las siguientes palabras las pronunció en un tono cortante.

—¿Cómo me llamo?

—Nicolas —susurré.

Las pupilas le brillaron durante un segundo y, después, me invadió una sensación de plenitud en cuanto introdujo un dedo dentro de mí. Encendió mi placer y la mecha ardió por todo mi torrente sanguíneo. Dejó el dedo quieto, y yo intenté mecerme, pero me estaba agarrando el muslo de tal manera que no me lo permitía.

—Mi nombre. —Y lo metió un poco más.

Yo negué con la cabeza. Empezaba a odiar este juego. Tenía «Nicolas» en la punta de la lengua, pero, cuando sacó el dedo para meterme dos con fuerza, el nombre se me atragantó y, sin querer, me salió «Nico».

Un escalofrío me recorrió el cuerpo porque su boca encontró mi clítoris, y lo lamió y lo succionó mientras sus dedos entraban y salían de mí sin parar. Lo hizo sin ninguna prisa y dejando escapar de vez en cuando sonidos graves de placer que salían de lo más profundo de su persona.

Se estaba tomando su tiempo, reduciendo la velocidad cuando la presión aumentaba, volviéndome loca hasta que un «por favor» se escapó de mis labios. Entonces dobló los dedos dentro de mí y la llama se avivó más si cabe.

Aterrada, empecé a negar con la cabeza cuando volvió a bajar el ritmo mientras le tiraba del pelo. No sabía en qué me había convertido, pero lo único que no dejaba de repetir era «por favor» una y otra vez. Y, por fin, me dio lo que quería. Sin dejar de lamerme a un ritmo constante, comenzó a meterme los dedos cada vez más rápido, con más fuerza, hasta que lo único que sentí fue una presión ardiente y profunda.

Su mirada amenazante se encontró con la mía.

Lo último que pensé antes de que mi último «por favor» abandonase mis labios y la presión explotase por mis venas como un incendio fuera de control fue: «Le encanta que le supliquen». Al final, el fuego se disipó en una débil excitación que se propagó desde mi cabeza hasta la punta de los pies en forma de escalofríos.

Recostada en la encimera y con el cuerpo libre de cualquier tensión, latí alrededor de sus dedos mientras que él se limitaba a besarme el interior del muslo, sin dejar de meterlos y sacarlos lentamente hasta que el pálpito cesó.

Solté un suspiro entrecortado a la vez que le peinaba el cabello con la mano. No estaba lista para dejar que se apartase. Era la única parte de él que había conseguido tocar.

Aquel era el primer orgasmo que había tenido con un hombre y, aunque odiaba admitirlo porque sabía que afectaría a mi salud futura, había sido lo más adictivo que había experimentado en mi vida.

Cuando volvió a subir las manos por mis muslos, me puse nerviosa otra vez.

¿Quería que le hiciera lo mismo?

O ¿esperaba que nos acostásemos?

Al incorporarme, sentí que me inundaba la timidez y no

me cupo duda de que, al apoyar las manos en la encimera y mirarme a los ojos, se daba perfectamente cuenta de todo.

Ni siquiera se había quitado la corbata mientras que yo estaba sentada desnuda delante de él. Una vez se disipó la excitación, todo aquello me pareció mucho más obsceno.

—A partir de ahora vas a llamarme Nico. Deja ya la gilipollez esa de Nicolas.

Yo asentí, indecisa. Todos mis «por favor» seguían resonando en la cocina, y sus palabras los acababan de atravesar con un cuchillo de fuego.

No sabía qué esperaba después de lo que acababa de pasar, pero tenía claro que no era que él se diese media vuelta para irse de casa y cerrase la puerta después de salir.

Exhalé y me dejé caer sobre la encimera.

Merda.

Estaba pillada hasta el cuello.

Capítulo 28

«Como malo soy el más malo, pero, gracias a Dios, como bueno soy el mejor».

Walt Whitman

Elena

Estaba bajándome de la isla cuando el tictac del reloj atrajo mi mirada. Solo llevaba una hora prometida con Nico y ya sentía que era otra persona, como si me hubiese quitado unas cuantas corazas y nunca jamás fuese a devolvérmelas. Entonces supe que había tomado la decisión correcta al no entregarme a él por completo. Si lo hubiese hecho, habría pasado lo inevitable, y le habría dejado abandonarme para irse a gobernar el inframundo de Nueva York.

Pasé el dedo por el borde de la copa de *whisky* y sentí el frío roce del aire acondicionado en la piel desnuda. Luego, me apoyé en la encimera y le di un sorbo al licor, esperando que este anestesiara la sensación abrasadora que me había dejado su barba de tres días al rozarse contra mi cuello, esperando que eliminase su aroma fresco y masculino de mi nariz. No fue así.

Escuché el sonido de las puertas del garaje abriéndose y miré hacia allí. Me pregunté si me iba a dejar ahí sola, pero no oí que arrancase ningún motor, así que supuse que solo estaría reparando sus coches.

Me bebí de golpe lo que quedaba del *whisky* ya caliente y dejé el vaso en la encimera, aunque, antes de que pudiese irme, mis pupilas recayeron en unos papeles. Me inundaron las dudas, pero di un paso adelante y cogí el documento de encima del montón con cuidado.

Miré atentamente los datos de la cuenta bancaria personal de mi prometido mientras mi corazón latía en una lucha interna. Estaba indecisa por lo inmorales que eran mis intenciones. Aun así, albergaba la esperanza de que me perdonara, por pequeña que fuese la posibilidad.

Puede que hubiese nacido en un mundo oscuro, pero también era transparente. La Cosa Nostra no era más que la versión cándida de las sonrisas de esos políticos que viven ajenos a nuestro mundo. Conocía este mundo, con sus luces y sus sombras. Sabía que yo era buena, pero, a veces, hasta la bondad tiene su lado oscuro.

Antes de que pudiese pensármelo mejor, me puse a buscar por los cajones del armario un papel y un bolígrafo. Cuando los encontré, copié los datos y metí la nota en el fondo de mi bolsa de deporte.

Puedes rendirte o luchar.

Era imposible luchar en el inframundo, pero siempre me habían dicho que la mejor manera para bajar allí era rendirte a él.

Después de vestirme, me dispuse a hacer un *tour* por la casa. Descubrí que había tres habitaciones en la planta de arriba y dejé mi bolsa en la cama de matrimonio del que tenía que ser el cuarto de invitados. Las paredes eran de color crema, y la colcha y los armarios, blancos. Desprendía una elegancia sobria, y por eso supe que Nico no había sido el encargado de la decoración de este dormitorio.

Un ventanal saliente, que contaba con un asiento bajo el cristal, se extendía por la pared del fondo y tenía vistas al jardín trasero y al garaje. Toqué el cristal con los dedos cuando mis ojos encontraron a Nico con la cabeza metida debajo del capó de uno de los coches que tenía aparcado en el camino privado de acceso. Solo se le veía el perfil, pero el corazón me comenzó a palpitar con un latido irregular. Llevaba una camiseta blanca, la camisa y la corbata descansaban amontonadas en una de las tumbonas.

Me pregunté quién le haría la colada. Me dijo que tenía una cocinera, pero casi era la hora de comer y no había llegado nadie. Yo no tenía ni la más mínima idea de cocinar. Lo sé, era una vergüenza para cualquier mujer italiana, pero, en parte, la culpa era de mi madre por no enseñarme nunca. Era tan perfeccionista en la cocina que nos pegaba en las manos si nos equivocábamos en algún paso, así que lo más fácil siempre fue mantenernos al margen.

Salí de mi nueva habitación y me paré enfrente del dormitorio de matrimonio. Las paredes grises y los muebles de caoba le daban un toque masculino. La cama era enorme y estaba sin hacer. Un montón de camisas y corbatas colgaban del respaldo de una silla, algunas se habían caído al suelo. Parecía como si un rey muy desordenado viviese allí. Sentí el impulso de recogerlo, pero lo reprimí y seguí mi camino. No sabía qué le parecería a Nico que hurgase entre sus cosas y no quería saberlo. Puede que tuviese que vivir con él, pero esto era un acuerdo (no un matrimonio de verdad).

Independientemente, si pensaba en mis otras opciones, no podía evitar sentirme aliviada de que Óscar Pérez estuviese muerto. Estoy segura de que, si me hubiesen mandado a su casa a pasar un día, no me habría quedado tumbada lánguida en la encimera, después de un orgasmo y sin tener que devolverle el favor. Solo de pensar en que me tocase se me erizaba la piel.

Le daría un beso al que hubiese acabado con su vida.

Luego abrí el frigorífico y me alivió ver unos cuantos platos precocinados que solo tenía que meter en el horno. Había notas escritas con letra de mujer encima de cada uno en las que ponía qué era cada cosa. Bueno, pues sí que tenía cocinera. Iba a sentirme menos mujer si, ahora que iba a casarme, tenía que dejar que otra me preparase la comida. Supuse que debía apuntar «aprender a cocinar» en mi lista de cosas que hacer, aunque no se podía decir que tuviese que buscar un hueco.

Metí una cazuela en el horno y después me puse a buscar un teléfono por la casa.

Estaba de pie junto a la isla, haciéndome una coleta y con el ceño fruncido por lo mal que estaba yendo mi búsqueda, cuando la puerta trasera se abrió y se me ralentizó el pulso.

Nico entró en la cocina y recorrió el suelo con la mirada para llegar hasta mí. Dios, aquella camiseta lisa blanca sería mi perdición. Tenía las manos y los brazos manchados de grasa y estaba sudado lo justo para resultarme sexi. Terminé de recogerme el pelo y dejé caer las manos sudorosas a ambos lados de mi cuerpo.

Me observó cuando pasó a menos de un metro de mí de una forma que daba a entender que el hecho de que estuviese en su casa era lo más normal del mundo, pero que no estaba seguro de si le gustaba o no. Entonces tuve la clara sensación de que no, y de pronto sentí que no me quería allí, que estaba fuera de lugar. Parecía como si su presencia ocupara toda la cocina y no dejara espacio para mí.

Yo me quedé ahí, observándole la espalda mientras cogía un vaso del armario y lo llenaba de agua del grifo. Su oscuro cabello estaba alborotado y le rozaba el cuello de la camiseta. Me puse un poco cachonda al recordar que mis manos habían estado ahí hacía menos de una hora.

—Creía que ya había hablado de lo de mirar fijamente.

Su voz grave reptó por mi espalda como una áspera caricia. Luego, y sin darse la vuelta, se bebió el vaso de un sorbo.

—No hemos hablado de nada —le contesté con la voz queda—. Tú hablaste y diste por hecho que yo te estaba escuchando.

—Me estabas escuchando —fue todo lo que dijo mientras apoyaba las manos en el borde del fregadero.

El aire se volvió denso y me costaba respirar. La incertidumbre. Una insinuación. Cada segundo de silencio era el tictac de una bomba a punto de explotar. Aquella presión en mi pecho y la excitación que vibraba bajo mi piel siempre que él estaba cerca no podían ser buenas para mí. Ni siquiera quería que estuviese aquí. Y, así, todas las dudas que albergaba sobre esta unión se volvieron palpables.

Me moví incómoda.

—¿Podemos hablar?

—¿De qué?

La tensión que se apoderó de sus hombros no me pasó desapercibida.

—De... ¿nosotros?

—¿Es una pregunta o tienes algo que decir?

—Tengo algo que decir.

Entonces, por fin, se dio la vuelta, cruzó los brazos y se apoyó en la encimera.

—Pues adelante.

Tragué saliva.

—Estoy segura de que mi padre se olvidará del contrato de matrimonio si se lo pides tú.

Sus ojos se prendieron con una diversión macabra.

—No me cabe duda.

Yo me quedé callada. No esperaba esa respuesta. Creía que mi padre había sido el que había empujado a Nico a este matrimonio (que la razón de su ira era por algo totalmente diferente). Simplemente, no había sabido cómo empezar la conversación de otro modo.

—Pues... oblígalo.

—Bueno, y ¿por qué iba a hacer algo así? —me preguntó arrastrando las palabras, aunque su voz estaba teñida de algo contrario a la amabilidad.

Yo fruncí el ceño.

—¿Por qué no?

Su mirada se volvió de hielo.

—Buena pregunta.

Sabía que me había metido yo solita en esto y que de alguna manera me lo merecía, pero, aun así, me molestó esa insinuación. Si todas nuestras conversaciones iban a ser así, acabaría volviéndome loca incluso antes de llegar a casarme.

Dudé un instante, sin entender nada de lo que estaba pasando.

—No hacemos buena pareja —fue lo que salió de mi boca, cuando en realidad lo que quería decir era: «Eres el único hombre que conozco que podría hacerme un daño irreparable».

—Antes no parecía que pensases lo mismo.

«Isla de la cocina» y «desnuda» se leía por toda la expresión de su cara.

Después de aquel recordatorio tan insensible, no pude evitar que una avalancha de calor subiese hasta mis mejillas, aunque también tenía que ver con que estaba perdiendo el control de la conversación muy rápido y me estaba poniendo más nerviosa por momentos.

—No es lo mismo y lo sabes. Si ese es el tema en cuestión... no tienes que casarte conmigo para eso.

Aquello me hacía parecer fácil (especialmente teniendo en cuenta lo que aquel hombre sabía de mi pasado), pero me daba igual.

—Hemos hecho un trato —añadí con voz queda mientras recordaba la promesa de desnudarme siempre que me lo pidiese—. Y no voy a romperlo.

Una corriente amarga de aire invadió el ambiente, y acto seguido me arrepentí de mis palabras. Nico soltó un suspiro tenso para después pasarse la lengua por los dientes.

—¿Y por qué estás tan en contra del matrimonio?

—No estoy en contra del matrimonio.

No pretendía que resultase un insulto tan cortante, pero Nico entendió la insinuación como que de lo que estaba en contra era de casarme con él. Yo tragué saliva a la vez que su expresión se tornaba aún más tempestuosa y veía cómo palpitaba el músculo de su mandíbula.

—Bueno, ¿y qué pasará cuando tu padre te entregue en matrimonio? ¿Seguirás follando conmigo cuando yo te lo ordene?

Me mordí el labio de abajo. Si decía que no, dejaría de proteger a Ryan, y no podía arriesgarme a algo así.

—Hemos hecho un trato.

Mientras la oscuridad se extendía por sus ojos como si fuese plomo en estado líquido, me di cuenta de lo que parecía que había dicho. Que iba a deshonrar mis votos, y, teniendo en cuenta que en este momento estaba prometida a aquel hombre, eso sonaba muy mal. El silencio tenso se hizo irrespirable.

De pronto, dio un paso hacia mí y se me paró el corazón. Yo retrocedí, pero me topé con la isla.

Entonces se quedó clavado en el sitio. Una diversión amarga se apoderó de su gesto durante un segundo y, después, negó ligeramente.

—Madre mía.

No es que fuese la persona que más temía del mundo, pero no podía parar de darle vueltas a la cabeza y mi cuerpo reaccionó por instinto. Y, cuando un hombre como ese se acerca a ti como si fueses su presa, la única reacción natural es retroceder.

Contuve la respiración cuando recorrió el espacio que nos separaba y se quedó a menos de tres centímetros de mí. Olía a hombre, a sudor fresco y a *whisky*. Aquel aroma se hundió en mi piel y se quedó incrustado en lo más profundo de mi ser.

Luego, apoyó las palmas de las manos en la encimera, a ambos lados de mí, y continuó acercándose hasta que su presencia tocó todo mi cuerpo. Acto seguido, se inclinó y acarició mi oreja con los labios.

—¿Por qué me tienes miedo?

—No te...

Di un salto cuando golpeó la encimera con la mano que tenía a mi lado y el sonido del guantazo invadió la cocina. El corazón me latía con tanta fuerza que estaba segura de que podía escucharlo.

—Con que no, ¿eh? —me preguntó.

Usó un tono sarcástico que debería haberme resultado frustrante (pero que estuviese tan cerca, aquella conversación... Me excitaba). Extrañamente, la excitación se acumuló entre mis piernas.

Acto seguido, me agarró de un lado del cuello y me ladeó la cabeza hasta que lo miré a los ojos. Habló en un tono grave y suave, aunque envenenado por la decepción que le provocaba tener que decirlo.

—No voy a hacerte daño.

Eso lo decía ahora, pero había escuchado historias sobre cómo los dones lidiaban con los ladrones.

—Eso puedo prometértelo, Elena.

Aquellas palabras encontraron el camino hasta mi pecho para colarse por las grietas y rellenarlas de una calidez agradable. La voz de ese hombre hacía que mi determinación se redujese a cenizas. Aun así, al instante leí entre líneas y descubrí que lo que quería decir era: «Eso es todo lo que te puedo prometer».

No sé por qué me importaba, no es que yo pudiese ofrecerle algo que no fuese traición.

—Pero nos vamos a casar.

—¿Por qué?

No podía evitar pensar que yo había sido su segundo plato. Eligió a Adriana antes que a mí, ¿no? ¿Por qué me quería ahora? ¿Solo era por conveniencia?

—Yo necesito una mujer. Tú necesitas un marido. Y creo que los dos sabemos que no quieres que tu padre se encargue de elegirlo por ti.

Sí, una conveniencia.

Llevaba razón. Nunca había confiado demasiado en mi *papà* en ese aspecto. Creía que verdaderamente había dado alas al deseo de Óscar de casarse conmigo, y no hacía falta ser psicólogo para intuir la personalidad de ese hombre. Estaba preparada para escapar del control de mi padre, aunque no estaba segura de que no fuese peor pasar al de Nico.

Si él podía tomarse este matrimonio como un acuerdo, seguro que yo también. Vacilé un momento. Se encontraba tan cerca que, con cada segundo que pasaba, empujaba mis dudas más y más en mi subconsciente.

No tenía ni idea de si estaba cometiendo un error, pero, por mucho que me gustase creer que tenía voz en este matrimonio, no era verdad. Solo estaba siguiéndome la corriente mientras fingía que le importaba mi opinión.

—Vale.

Aquella conformidad queda invadió el poco espacio que nos separaba.

—Vale —repitió él, y me pasó el pulgar por la barbilla.

Por el fugaz atisbo de diversión que apareció en su mirada, supe que me había manchado de grasa.

Noté mariposas en el estómago, pero el tono amenazante en el que pronunció las siguientes palabras me revolvió las tripas.

—Elena, te he dicho que jamás te haría daño, pero, si me entero de que has tocado a otro hombre, no habrá nada en este mundo que pueda salvarlo.

Capítulo 29

«Cada nuevo comienzo es el resultado del final de otro inicio».

Séneca

Elena

—*Oh, cara mia! È così bello ascoltare la tua voce!*

—Yo también me alegro de escucharte, *mamma* —le contesté en un tono frío, aunque solo llevase fuera de casa un par de horas.

Sentí que una pizca ínfima de diversión se desataba dentro de mí.

Antes de que Nico subiese las escaleras a toda prisa, como si no me hubiese amenazado con matar al hombre que se atreviese a tocarme, le dije que tenía que llamar a casa y me prestó su teléfono. No quería esa granada de mano, pero, al parecer, era el único que había en toda la casa.

Mi madre comenzó a irse por las ramas con «¿Cómo ha podido tu padre acceder a esto?» y «Todos mis planes de boda, ¡tirados a la basura!». Estuvo así cinco minutos seguidos.

—¡Estáis viviendo juntos sin estar casados! ¡Qué *osceno*!

—Yo no lo he decidido —le contesté entre dientes.

—Solo vamos a posponer la boda una semana. No voy a dejar que ese Russo se ponga la piel del oso antes de cazarlo.

Yo cerré los ojos.

—*Mamma*, ese no es el refrán.

—¡Qué más da! ¡Dispara a mi hijo, decide casarse con una de mis hijas y luego se lleva a la otra! *Non ci posso credere.* ¿Cómo voy a organizar otra boda con tan poco tiempo? ¿Y este acuerdo? *Disonora la famiglia, lo è...*

—No tienes que organizar nada. Envíame un correo electrónico con una lista con lo que hay que hacer y yo me encargaré.

Ya estaba llorando mientras decía palabras ininteligibles en italiano.

—*Mia figlia... sposata.*

Algo hizo clic dentro de mí.

—Vale. Mañana vamos a por el vestido de novia.

Tomé una bocanada de aire superficial. Iba a casarme.

Me pareció tan raro al escucharlo.

Luego, nos pusimos a repasar algunos detalles de la boda y, después, le pedí que me diera un par de recetas sencillas con las que pudiese experimentar. Apoyada en la isla, escribí los pasos que debía seguir en una libreta. Aprovechaba para garabatear cada vez que se salía del tema, que prácticamente solo fue para hablar de su hija soltera y embarazada. Quería ponerme en contacto con Adriana y decirle que podía estar tranquila con respecto a Ryan, pero no iba a hacerlo hasta que no estuviese segura de que Nico no me estaba mintiendo. No iba a darle esperanzas para quitárselas después.

La puerta trasera se abrió y yo miré hacia el umbral. La

incertidumbre me recorrió todo el cuerpo cuando me encontré con una mirada gélida. Luca se quedó petrificado con una mano en el pomo y, luego, clavó los ojos en mí durante lo que me pareció un minuto. Acto seguido, negó con la cabeza y una pequeña sonrisa se dibujó en sus labios mientras se sacaba el móvil del bolsillo y comenzaba a escribirle a alguien de camino al sofá.

Tragué saliva. En parte, sentía que yo era la protagonista de ese mensaje. Un segundo después le respondí a mi madre que no cuando me preguntó:

—¿Estoy hablando con la pared o qué?

Terminé de anotar las recetas mientras Luca se sentaba en el sofá y encendía la televisión para poner un partido de béisbol.

Hasta que no me despedí de mi *mamma* y colgué el teléfono, no me di cuenta de que ella creía que una milanesa de ternera era un plato apropiado para una principiante. Solté un suspiro y luego pensé, con cierta inclinación masoquista, que podría invitar a Jenny a casa para que me echase una mano. Uf.

Nico bajó las escaleras con el pelo mojado y vestido con una camisa blanca, una corbata gris y unos pantalones del mismo color. Se paró en seco y puso una mirada asesina al ver a Luca arrellanado en el sofá, con una mano apoyada en el respaldo, para luego seguir bajando los escalones.

El temporizador de la cocina sonó y yo saqué los *rigatoni* gratinados del horno. La boca se me hizo agua cuando el olor del ajo y de la albahaca inundó la cocina. No era nada fácil quitarme el apetito (al parecer se necesitaba algo más que un matrimonio con un don homicida).

Estaba sirviéndome un plato cuando la presencia de Nico me acarició el costado. Acto seguido, le lancé una mirada y le sonreí como me imaginé que lo harían las mujeres de los años cincuenta.

—¿Tienes hambre?

Un atisbo de diversión apareció en sus labios.

—No, tengo un almuerzo de trabajo. —Entonces bajó la vista hasta la isla, donde se encontraba su teléfono—. ¿No tienes móvil?

Negué con la cabeza. No quería explicarle que me lo habían quitado hacía seis meses, aunque tuvo que leérmelo en la cara, porque algo que no pude distinguir le iluminó los ojos. Me pregunté si llegaría el momento en el que me preguntaría sobre lo que pasó, sobre él, pero simplemente se limitó a decir:

—Mañana te compraremos uno.

En realidad, no echaba de menos tener teléfono. Mis amistades se limitaban a mi familia. Las personas que no pertenecían a este mundo jamás podrían llegar a entenderme de verdad. Era un molde creado por la Cosa Nostra, un triángulo que intentaba encajar en el cuadrado que era la sociedad.

—Coge lo que quieras de la cocina —dijo, para añadir después en un tono alegre y arrastrando las palabras—: Bueno, veo que ya estás en ello.

—¿Cuándo viene tu cocinera? Me gustaría conocerla.

A lo mejor era lo bastante amable como para darme algunos consejos de cocina, aunque quizás no fuese tan buena idea porque, en cuanto aprendiese, querría buscarle un nuevo empleo. La idea de tener una casa propia que dirigir me provocó una emoción inesperada, no me importaba tener que compartirla con Nico.

—Isabel viene los lunes y los jueves. También se encarga de la limpieza.

¿Esa mujer había estado aquí ayer y, aun así, su habitación estaba hecha una leonera? A lo mejor es que era rarito con sus cosas. Aparté ese pensamiento de mi mente enseguida.

—¿Tienes un ordenador que pueda usar? Tengo que ayudar a mi *mamma* con algunos detalles de la boda.

—Hay un portátil en mi despacho. Puedes usar ese. Y... —En ese momento sacó la cartera y lanzó una tarjeta de crédito negra a la encimera—. Para todos esos gastos que tienes.

No me gustaba el aspecto íntimo que implicaba gastar el dinero de aquel hombre. Especialmente, si pensaba en que ya tenía sus datos guardados en mi bolsa de deporte en la planta de arriba.

—No la necesito. Tengo la de mi padre —le repliqué, y me tiré del labio inferior con los dientes.

—A partir de ahora vas a usar la mía —me contestó en un tono tajante mientras se ponía un reloj.

Traducción: «Ahora me perteneces a mí, no a tu padre».

Yo asentí, pero me quedé inmóvil cuando la yema de su pulgar tiró de mi labio inferior hacia abajo para liberarlo de mis dientes.

—No me provoques —añadió con una aspereza que me rozó la piel.

Obviamente me di cuenta de que se refería al tipo de tentación que implicaba besarse.

Y, entonces, mi respiración se quedó atrapada en algún punto de mi pecho. Cuánto ansiaba pasar la lengua por su pulgar y metérmelo en la boca. Era un deseo que apenas podía refrenar, y sabía que él podía verlo en mi cara.

Los ojos le ardieron como dos carbones y me acarició el labio con el pulgar para desafiarme a hacerlo. Luego, dio un paso atrás y se metió las manos en los bolsillos, dejándome una huella cálida en la boca.

Después, le lanzó una mirada a su primo, que estaba sentado con los codos apoyados en las rodillas viendo el partido.

—Luca va a quedarse aquí contigo. En mi despacho.

Vi cómo los anchos hombros del muchacho se tensaban bajo la camisa blanca.

—As...

—Si necesitas ponerte en contacto conmigo, puedes usar su teléfono hasta que mañana te compremos uno —continuó mientras cogía las llaves de la encimera.

Luca se puso de pie para descubrir su increíble estatura, tenía que rondar casi los dos metros.

—Jefe, no soy un canguro.

Yo clavé la mirada al frente y recé para mis adentros para que Nico no dejase a aquel hombre conmigo.

—Lo serás hasta que encuentre a un primo gay —le contestó mi prometido en un tono cortante.

Cerré los ojos.

Podía poner la mano en el fuego por que eso no pasaría, teniendo en cuenta que la Cosa Nostra abogaba menos por la comunidad LGTBI que por el movimiento feminista. Aún quedaba trabajo por hacer.

Lucas apretó la mandíbula y Nico abrió la puerta trasera, pero se paró en seco antes de salir.

—¿Elena?

—¿Sí?

—Quema eso.

Acto seguido, se fue sin mediar más palabra.

Yo bajé la vista hasta mi camiseta rosa de los Yankees. Al parecer, Nico era seguidor de los Red Sox.

Ahora sí que era imposible que esto funcionase.

Luca me observaba como si quisiese rodearme el cuello con sus enormes manos y estrangularme.

Los nervios se agitaron bajo mi piel.

—No hay televisión en el despacho —dijo de pronto.

Pestañeé al darme cuenta de que me estaba pidiendo, de la forma más arrogante a la que me había enfrentado en mi vida, si podía quedarse aquí viendo la tele, incluso pese a que Nico le había dicho que se fuese al despacho.

Lo último que quería era pasarme el día cerca de este hombre. Así de inquietante me resultaba, pero, si iba a quedarse aquí un rato, no quería que tuviese que meterse en el despacho de su primo. Con eso solo conseguiría sentirme culpable el resto del día.

—Bueno, supongo que ojos que no ven, corazón que no siente.

En lugar de agradecérmelo, señaló con la cabeza la comida que había sobre la encimera.

—¿Qué es?

Yo suspiré, cogí mi plato y lo deslicé por la isla para acercárselo.

Nico

Me recosté en la silla y me crují los nudillos. Hasta ese momento no había podido reconocer el desasosiego que campaba con sigilo bajo mi piel.

No sabía cómo iba a superar el día de trabajo con Elena en mi casa y la posibilidad de que se quitase la ropa cada vez que se lo ordenase. La idea se repetía sin parar en el fondo de mi mente, y esa era la razón exacta por la que no quería casarme con ella. Estaba sentado delante de cinco hombres que me matarían si tuviesen la oportunidad, pero en lo único en lo que podía pensar era en el aspecto que tenía cuando se desnudó en mi cocina, en lo suave que era su piel y en su sabor.

Sabía mejor que estafar.

Esto no entraba en mis planes. Mi intención era sacarle otra cosa a Salvatore por haberme jodido, pero cuando dijo Óscar Pérez... La rabia irracional que sentía respecto a todo lo que tenía que ver con Elena comenzó a correr ardiente por mis venas. Así que descubrí dónde vivía y le metí un tiro en la puta cabeza. Intenté quedarme tranquilo con eso, pero la verdad era que su padre se limitaría a entregársela a otro, y solo Dios sabía por qué me resultaba algo insoportable de cojones.

—Tengo una idea, por qué no...

—Tengo una idea —interrumpí a Rafael manteniendo un tono de voz impasible—. ¿Por qué no te vas a tomar por culo?

Un ambiente tenso se instaló en la sala. No podía escuchar ni un segundo más sus estúpidas propuestas.

La tez morena del señor de la droga mexicano se puso roja y llena de manchitas del mismo color.

—Solo era un consejo empresarial, de hombre a hombre —dijo furioso mientras se ponía de pie.

—Si quisiera un consejo empresarial de alguien más pobre que yo, lo pediría.

Rafael dio un manotazo en la mesa de la sala de reuniones y, acto seguido, tres de sus subordinados salieron tras él por la puerta.

—¿Hemos terminado aquí? —pregunté a los asistentes.

Con expresiones tensas y miradas esquivas, todos se levantaron y salieron de la sala.

—Bueno —comenzó mi tío Jimmy desde su asiento, a mi lado—, alguien necesita echar un polvo, y no soy yo.

Vaya pedazo de eufemismo.

Ya llevaba casi dos semanas, y el deseo empezaba a quemarme y a desbordarme, e iba a llegar a un punto en el que se convertiría en una necesidad absoluta. Era consciente de que me volvía un gilipollas cuando me abstenía de practicar sexo. Ni siquiera podía recordar la última vez que había pasado tanto tiempo. No tenía ninguna razón en particular para este intervalo, más allá de la molesta sensación de que, de pronto, el pelo largo y negro me la ponía durísima, y, últimamente, solo me encontraba con una que lo tenía así.

—Tocarles los cojones a nuestros proveedores no es buen asunto —añadió Jimmy a la vez que se encendía un cigarro y se recostaba en su asiento.

—Has asumido un riesgo tonto y lo sabes.

—Para mal negocio lo que le has hecho a ese tal Pérez, As. —Y negó con la cabeza.

Así que el hombre era algo más famoso de lo que presupuse en un primer momento. Había gente que lo echaría de menos.

—Lo único de lo que me arrepiento es de no haberlo alargado más.

Miré a la mesa para encontrarme con tres pares de ojos clavados en mí. Lorenzo se estaba balanceando en su asiento y observándome como si le hubiese dado una patada a un cachorrito, mientras que Ricardo y Dino (uno de mis capos), que se encontraban sentados a su lado, también tenían puesta toda su atención en mí.

En ese momento, Gianna entró en la sala de reuniones como Pedro por su casa. Le dediqué una mirada suspicaz al darme cuenta del ceñido vestido negro que llevaba puesto, el que todas las camareras del club debían llevar. Había violado el código de vestimenta al añadirle una gargantilla y dos coletas altas.

Luego, se paró al lado de Lorenzo y le tendió una mano abierta. Sin mirarla, él buscó en la chaqueta, sacó un fajo de billetes y se lo dejó sobre la palma. A continuación, ella se lamió un dedo y comenzó a contarlos, como si Lorenzo fuese a estafarla. Era un Russo (así que sí).

—¿Y sobre qué habéis apostado esta vez? —Lentamente, la voz se me tiñó con un matiz amenazador.

El muchacho se rascó la nuca.

—Sobre si te casarías con Elena en vez de con su hermana, jefe.

Apreté la mandíbula.

Gianna arrugó los labios y le tendió de nuevo la mano. Mi primo suspiró, volvió a buscar en la chaqueta y le soltó los billetes que faltaban sobre la palma.

—Gracias, Lo.

Acto seguido, dio media vuelta sobre los tacones para marcharse.

—Espera un momento —le dije.

La mujer se paró delante de la puerta y tensó los hombros.

—Tú ya no trabajas aquí.

Gianna se giró y me asesinó con la mirada.

—¿Por qué no?

—Porque eres un tren a punto de descarrilar, por eso. El día que puedas pasar una prueba de drogas, me lo pensaré. Devuelve el uniforme antes de irte.

Debería haber sido consciente de que no era buena idea darle la oportunidad de elegir a su próximo marido cuando mi padre falleció. El capo era demasiado viejo para el negocio, no hablemos ya para controlar a esa mujer. Y esa era la razón evidente por la que lo escogió.

Me lanzó una mirada de pocos amigos con ojos vidriosos.

—Vale.

Y, en ese instante, al más puro estilo Gianna, se cogió el dobladillo del vestido y se lo quitó en un sencillo movimiento desafiante.

Yo respondí negando ligeramente con la cabeza mientras la irritación me recorría el cuerpo.

Lorenzo se echó hacia atrás para poder verla mejor. Solo se había quedado con un sujetador negro, un tanga y los tacones. Ricardo soltó un silbido, y Jimmy se atragantó con el humo del cigarro y se puso a toser.

Gianna estaba buena y lo sabía. Hasta su falta de gusto en lo que al estilo se refería parecía atraer a los hombres en lugar de repelerlos. Pero, para mí, había sido algo más que un grano en el culo desde que mi padre murió. Y ahora parecía estar lo bastante cabreada como para tirarme el vestido a la cara.

—Ponme a prueba —le advertí.

A la chica se le escapó un ruidito de frustración. Al final, tomó la opción segura y tiró la prenda al suelo, para después darse media vuelta sobre los tacones y salir a toda prisa de la sala.

Lorenzo soltó un silbido quedo al verla marcharse.

No estaba orgulloso, pero su culo desnudo me estaba haciendo pensar en otro también en cueros, y una avalancha de excitación se precipitó contra mi entrepierna.

—Suéltalo, Ricky —le pidió Jimmy, y le dio una calada al cigarro.

Ricardo lanzó unos cuantos billetes a la mesa, se despidió de mí con la cabeza y abandonó la habitación.

—Con que tú también —comenté.

El momento de Elena sobre la encimera de la cocina se reproducía en bucle en mi cabeza. Los soniditos que hacía, su olor... Joder, necesitaba echar un polvo.

Jimmy recogió su dinero.

—¿Quién crees que hizo la apuesta? Lleva en curso desde la fiesta de compromiso.

Ni siquiera me sorprendió que les resultase tan transparente.

Me había convertido en otro hombre que babeaba detrás de ella.

No me jodas.

Pero ahora era mía, me gustase o no. Y no me gustaba. Era una puta distracción. Tenía un cuerpo en el que quería enterrarme para no volver a salir, y por esa razón estaba forzándome a no volver a casa esa noche. Necesitaba tener algo de control sobre lo que respectaba a esa mujer. Me había prometido a mí mismo que no iba a tocarla hasta la boda, solo para demostrarme que podía. Pero en cuanto estuvo en mi casa... joder, no fui capaz.

Prácticamente acababa de cruzar el umbral de la puerta y ya estaba desnuda sobre la encimera de mi cocina.

La parte divertida de esto (aunque se podía argumentar que no lo era en absoluto) era que ella no quería tener nada que ver conmigo. Estaba pillado por esta chica hasta el cuello, hasta las cejas, pero ella estaba enamorada de otro hombre. Algo verde me quemó por las venas como si fuese una mecha prendida, y me acaricié la mandíbula.

Mataron al chico con el que estaba cuando se escapó, pero no los descubrieron en una situación comprometida ni el apartamento le pertenecía a él. Era posible que asesinasen al equivocado y que su amante siguiese vivo. Al menos, eso es lo que me había contado un pajarito, pero daba igual lo mucho que lo desease, no iba a seguir escarbando.

Siempre había considerado que mi moral era un poco inferior a mediocre, pero en ese momento supe que estaba muy muy por debajo de la redención.

Porque, inocente o no, si ese hombre seguía vivo y se cruzaba en mi camino, dejaría irreconocible su cuerpo sin vida.

Capítulo 30

«Si me caso, quiero estar muy casada».
Audrey Hepburn

Elena

Me tocó sin querer. Tenía las manos apoyadas en la encimera, junto a las mías, y las estaba rozando, aunque el calor que me inundó se pareció a cuando se deja que la luz entre en un habitación oscura y llena de polvo.

—¿Qué es eso?

Las palabras que arrastró su voz me recorrieron la espalda. Estaba detrás de mí, atrapándome contra la isla con su cuerpo.

—No te va a interesar. —Y me mordí el labio.

Aquella mañana me despertó el sonido de la lluvia en el cristal, con el plin, plin, plin colándose en mi subconsciente. Aunque me desperté en una cama extraña, hacía tiempo que no dormía tan bien. Mi prometido no decidió volver a casa hasta las ocho.

No tenía ni idea de dónde había pasado la noche ni de con quién había estado, pero tomé la decisión de que no me importaba. Este era el principio de mi nueva vida con él, y ya sabía que iba a ser así.

Pasé el día anterior repasando la lista que *mamma* me había enviado por correo electrónico, mientras que Luca veía la televisión y fingía que no estaba allí. Di por hecho que había dormido en el sofá, porque no escuché el crujido inconfundible de los viejos escalones de madera.

Ahora estaba en el despacho de Nico, viendo las noticias deportivas en el ordenador. Me pregunté por qué no pudo hacer lo mismo ayer, y llegué a la conclusión de que seguramente el sofá fuese mucho más cómodo que la silla del escritorio.

—Ya te diré yo qué es lo que me interesa.

—Cosas de la boda —le contesté—. Ya sabes, lo que nos mantendrá atados el resto de nuestras vidas.

—Parece que estás intentando asustarme.

—¿Y funciona?

—Nah, prefiero correr el riesgo.

El tono divertido de su voz provocó una reacción extraña en mi sistema nervioso. ¿Cómo podía mostrarse tan despreocupado e insistente respecto a casarse conmigo? Y ¿por qué me parecía que eso tenía un cierto encanto?

Al tirar del folio en el que había impreso el correo de mi madre para acercárselo, sus dedos rozaron los míos. Me di cuenta de que tenía las manos bonitas. Grandes, masculinas, con las uñas limpias y cortas. Ojalá pudiese descubrir algo de este hombre que no me gustase, pero, al parecer, tendría que buscarlo en su personalidad y no en su apariencia.

A cada segundo que pasaba, su cuerpo me empujaba un poco más la espalda, como si no me estuviese atrapando entre él y la encimera mientras leía la lista de mi madre.

—¿Qué te parece el rosa? —susurré.

Deslizó una mano hasta mi cintura y me abrasó la piel bajo el vestido festoneado que llevaba puesto.

—No lo había pensado nunca —me contestó arrastrando las palabras—, pero creo que me gusta.

Una sensación cálida y agradable se disparó hasta mis mejillas.

—Genial —le respondí—. Porque vas a llevar una corbata rosa.

Nico soltó un resoplido para hacerme saber que aquello le hacía gracia.

—A mí no me importa, pero seguro que a Luca le sienta fatal. ¿Te molestó ayer?

—No, se comportó como un perfecto caballero. No me tiró a la piscina ni nada por el estilo.

—¿Se quedó en mi despacho?

Yo dudé un instante porque mentía muy mal.

—Por supuesto.

—Mmm.

Entonces su mano se resbaló desde mi cintura a la cadera, y sus dedos me agarraron la carne con tal firmeza que se me aceleró el pulso. Luego, apretó los labios contra mi oído y susurró:

—No te creo.

Respiré.

—¿Esperabas que se quedase en tu despacho hasta el día siguiente?

—Sí —me contestó como si no estuviese pidiendo tanto—. Cuéntame qué hicisteis.

—Jugamos al Monopoly y compartimos un cucurucho de helado.

Mi nuca me advirtió que estaba sonriendo.

—Qué mentirosilla —dijo arrastrando las palabras.

—No tienes cafetera —fue todo lo que pude añadir.

—Yo no bebo café.

—No eres humano —musité.

Deslizó la palma de la mano desde mi cadera hasta la zona baja de mi vientre. Una sensación excitante se arremolinó dentro de mí ante la mínima presión de su tacto. Sus dedos me quemaban la piel pese a la tela y, al mismo tiempo, me rozaba la nuca con los labios. Me estaba derritiendo por dentro, disolviéndome hasta no ser más que un recuerdo, mientras él me daba un suave mordisco para después lamerme la piel. Yo me aferré al filo de la encimera y, en ese instante, un gemido trepó por mi garganta.

—¿Qué haces vestida para salir?

Tomé una bocanada de aire entrecortada.

—A las diez voy a ir con mi madre a la tienda de vestidos de novia.

—¿Te vas ya? —Acto seguido, pasó la cara por mis hombros desnudos y su barba de tres días provocó a mi piel—. ¿Quién te va a llevar?

—Benito va a venir a recogerme.

Durante un instante nos quedamos en silencio y, de pronto, me entró la duda de si me impediría ir. ¿Sería estricto? ¿E irracional? Me vinieron a la mente todas las cualidades terribles que podía tener y, al final, me di cuenta de que estaba dejando mi futuro en manos de aquel hombre. A quien apenas conocía. Quería saber de él, pero solo para poder entender cómo reaccionaría ante ciertas situaciones. Al menos, eso es lo que me decía a mí misma. Porque quería saber lo que hizo anoche, cuál era su segundo nombre, a quién había amado y a quién amaba ahora. Quería saberlo todo, y aquello hacía que el corazón me doliese, sabía que era inevitable que acabase roto.

—Vas a tener un teléfono prepago hasta que pueda comprarte uno nuevo.

Exhalé, ¿aliviada? No estaba muy segura. Era bastante difícil entender su personalidad, pero ya era algo.

—Nico, no es necesario que Luca se quede conmigo. No necesito un canguro.

Un silencio tenso se arrastró lentamente entre nosotros y Nico se apartó de mí al instante.

—Eso no es lo que dice tu pasado.

Me puse tensa porque, de alguna manera, no podía creer que hubiese dicho eso.

No había vuelto a verlo hasta esa mañana. Entró en el salón mientras se quitaba la corbata, y no pude evitar darme cuenta de que llevaba la misma ropa que la noche anterior. Me tragué el regusto amargo que tenía en la boca y le dije:

—No voy a salir huyendo.

Ya lo hice una vez y no fue nada liberador, sino el mayor error que había cometido en mi vida.

Su mirada fue como una cerilla encendida en una habitación completamente a oscuras.

—No podrías ir a ningún sitio en el que no te encontrase.

El tono indiferente de su voz provocó que un escalofrío helado me recorriese la espalda porque le creí. Aunque la intensidad de su expresión me hizo pensar que no dejaba a uno de sus hombres conmigo solo por mi seguridad o por el hecho de que pudiese intentar escaparme.

Me quedé muda al darme cuenta. ¿Creía que estaba saliendo con otro hombre? Eso explicaría la forma en la que había insinuado más de una vez que, de alguna manera, era infiel.

¿Se pensaba que era estúpida? Tendría que ser increíblemente tonta para tener una relación clandestina, especialmente después de lo que me había pasado. Sin ofender a Adriana (ella pensaba con su extraño corazón, no con la cabeza).

Estaba que hervía del enfado, y este salió a la luz.

Aquel hombre podía acostarse con quien le diese la gana. Se me formó un nudo en la garganta al imaginar lo que habría estado haciendo la noche anterior mientras a mí me estaban vigilando para que no hiciese lo mismo. Ya sabía que esta vida funcionaba así, pero lo había aprendido por experiencia ajena, no personalmente ni por la persona a quien pronto llamaría «marido». Por el hombre con el que compartiría un hogar.

El enfado se transformó en amargura, y esta se extendió por mi torrente sanguíneo como si fuese un veneno.

Nunca tendría un marido para mí sola. Siempre tendría que compartirlo. En ese momento tomé conciencia de aquella verdad tan real, tan cruda, que el pecho se me estremeció con un doloroso resentimiento.

Entorné los ojos sin querer, exactamente igual que el primer día que lo vi en la iglesia.

Él me dedicó la misma mirada suspicaz.

No tenía ganas de informarle de que no había ningún otro hombre. De todas formas, tampoco importaba si lo había.

Mi corazón nunca sería suyo.

Era lo único en mi vida que me pertenecía, y no iba a cedérselo.

Durante todo el camino a la tienda de vestidos de novia, la *nonna* y Adriana me observaron con la mirada perdida y sin pestañear. Benito, que iba conduciendo, no dijo ni una palabra, mientras que mi *mamma*, nerviosa y excesivamente animada, no paraba de hablar de la boda.

Mientras la mayoría de las chicas soñaban con su boda y fantaseaban con lo perfecta que sería, yo la observaba como si fuese una película borrosa. Como si el vestido del escaparate de la tienda estuviese detrás de una hoja de vidrio llena de manchas de dedos. Mi boda no iba a basarse en el amor, era una mera transferencia de poder de mi padre a mi marido.

Aunque, a medida que mis tacones resonaron en la acera, mi respiración se volvió más superficial y algo comenzó a bailar bajo mi piel. A vibrar en mis venas. Emoción. Anhelo. Iluminado por una triste llama de esperanza que parpadeaba a lo lejos.

El cristal estaba limpísimo y, tras él, se exhibía un precioso vestido blanco.

No amaba al hombre con el que iba a casarme. No podía. Puse un dedo en el cristal y dejé una huella en la falsa esperanza que me estaba dando aquel escaparate.

Mi madre estaba sujetando la puerta, y su mirada se volvió más inquisitiva a medida que me examinaba.

—Un día con el Russo y parece que mi hija se ha vuelto *stupida*.

—Con tus genes —mascculló la *nonna* mientras entraba a la tienda—, ¿qué esperabas?

Cerré la puerta tras de mí con un chasquido leve. La sensación de saber que Nico me estaba dedicando una mirada fugaz desde su asiento en la isla me incendió la piel de la cabeza a los dedos de los pies.

Tenía los codos apoyados en la encimera; delante de él, descansaba su arma desmontada. Estaba limpiando una pieza con aire pensativo, como si tuviese muchas cosas en mente (o puede que solo fuese meticuloso con su pistola).

—¿Has encontrado un vestido?

Usó un tono desenfadado, no teñido de la ira que había esperado.

Relajé la tensión de los hombros. Mi frustración se había ido desvaneciendo a medida que pasaban las horas del día, pero no sabía qué encontraría a mi vuelta tal y como habíamos dejado las cosas antes.

Luego, me dejé caer sobre la puerta; acababa de notar de golpe el cansancio de todo el día. Una sonrisa se dibujó en mi cara al pensar en el vestido.

—El perfecto.

—Con que el perfecto, ¿eh? —me preguntó arrastrando las palabras.

—Ajá. —Y, en ese momento, como la conversación me estaba pareciendo demasiado estirada y formal, añadí—: Ha sido carísimo.

Él me recompensó aquel comentario con la sonrisa más ínfima del mundo.

—Por supuesto.

No era que el precio determinase para nada mi decisión. Cuando lo vi, supe que era ese. Amor a primera vista con un vestido. Tenía mis dudas con respecto a nuestra boda, pero hoy me había dado cuenta de que sería la única vez que me casase. No iba a tirar ese día por la borda solo porque el enlace no fuese la historia de amor del siglo.

Encontramos cuatro vestidos rosas para las damas de honor, en lugar de los amarillos que *mamma* eligió para las de Adriana. Y, teniendo en cuenta que el grupo de chicas que había elegido mi hermana se conformaba de mí y tres de nuestras primas más cercanas, no tuve que hacer ningún cambio en la lista de participantes en la boda. Puede que pareciese deprimente, pero a mí me resultaba práctico.

Di dos patadas al aire para quitarme los tacones.

—Mi *mamma* ha llorado.

—¿Sí?

—Bueno, supongo que sollozar es más acertado. —Y lancé un suspiro al recordar la escena.

—Qué pena que me lo haya perdido.

Aquella conversación estaba siendo sencilla y relajada, aunque no pude evitar notar que Nico se estaba moviendo con cierta tensión. Acto seguido, me mordí el labio y fui hasta la cocina sin hacer el menor ruido. Luego, cogí un vaso del armario y lo llené de agua del grifo, como si pudiese hacer cosas normales aunque este hombre andara cerca y no me importase su presencia, aunque, en realidad, mi espalda se estremecía con violencia porque era consciente de que estaba ahí.

Mientras intentaba pensar en algo que decir, un nuevo electrodoméstico sobre la encimera llamó mi atención. Algo pesado se hundió en mi pecho.

—¿Has comprado una cafetera?

—No puedo permitir que te conviertas en algo inhumano.

Aquello era muy considerado por su parte... Y lo odiaba, porque no podía recordar la última vez que alguien pensó en algo que necesitase sin tener que pedirlo antes.

Tragué saliva para deshacer el nudo de la garganta.

—El teléfono que está en la encimera también es tuyo —añadió.

Dirigí una mirada fugaz al dispositivo y lo cogí. Para ser cien por cien sincera, me gustaba la libertad de no haber tenido teléfono durante los últimos seis meses.

—Creo que no lo quiero —le comenté.

—Elena, es tuyo. Llévalo siempre contigo.

Me pregunté si sería un momento inapropiado para decirle que me lo pidiese por favor.

—As —dije al encontrarme con que ya había grabado su nombre en mis contactos—, es tremendamente presuntuoso por tu parte que hayas metido tu número en mi teléfono.

Acto seguido, giré la cabeza para ver una sonrisita dibujarse en sus labios, pero en ningún momento apartó la vista de lo que estaba haciendo.

—Esposa, tú eres algo seguro.

«Esposa» debería ser el apodo dulce con el que cualquier hombre se refiriese a su prometida, pero el tono posesivo y sarcástico de su voz lo echó a perder. De todas maneras, hacía seis meses que aprendí que no me gustaba la dulzura. En ese instante, la excitación se extendió por mi cuerpo.

—Todavía no estamos casados —le contesté.

—Minucias. —Entonces echó un vistazo a mis mejillas sonrosadas—. Eres la primera mujer de la Cosa Nostra a la que veo ponerse colorada.

No hacía falta que me lo recordase.

—¿Y te molesta?

—Para nada.

A continuación, devolvió la mirada a lo que estaba haciendo mientras se pasaba un pulgar por la mandíbula con aire pensativo.

En respuesta, mi respiración se tornó superficial, y yo di un paso en dirección a la isla para agarrarme a la encimera.

—Gracias por la cafetera y por el teléfono.

Estaba sentado enfrente de mí, y la tenue luz hacía que sus ojos parecieran de color oro tostado.

—De nada.

La tensión se arrastró entre nosotros, encontró su camino entre mis piernas y se acomodó ahí, igual que una carga muy pesada. Quería darle las gracias de una forma completamente distinta. Deseaba ver lo que tenía debajo de esa camisa blanca. Ansiaba descubrir lo poco que le costaría contenerme. Anhelaba extinguir el fuego que ardía dentro de mí desde el día en el que lo conocí. Lo deseaba a él.

Sus ojos se encontraron con los míos, y el oro se oscureció

por los contornos. Mi pulso comenzó a hacer piruetas en una extraña danza.

—Esta noche vienes a trabajar conmigo.

El tono indiferente en el que me acababa de hablar rompió la tensión y, al final, se dispersó por los rincones de la sala.

Exhalé.

—¿Por qué?

—Necesito a Luca y no confío en nadie más para que se quede contigo.

Hice caso omiso a la manera en la que me hacía parecer una niña de dos años.

—¿Esperas que haya algún altercado esta noche?

—Espero que haya altercados todas las noches.

Entonces fruncí el ceño.

—¿Y quieres arrastrarme ahí?

—No voy a dejar que mueras. —Sus ojos se prendieron de una diversión macabra—. Solo acabo de empezar contigo.

Capítulo 31

«No se puede pintar Nueva York como es, sino tal y como uno la siente».

Georgia O'Keeffe

Elena

Lo más parecido que tenía a un conjunto para ir a una discoteca eran unos vaqueros pitillos y una camiseta suelta de tirantes. Era blanca, tenía un toque de brillo y cortes en los lados de las mangas, de manera que dejaba hilitos que las unían a las muñecas. Si le añadía los tacones blancos que seguían tirados junto a la puerta trasera, a lo mejor conseguía algo aceptable.

Estaba delante del espejo del baño cuando vi las tenacillas que había en el segundo cajón. Fruncí el ceño. Al ducharme esa mañana había descubierto que ya había un champú y un gel de flor de cerezo dentro. Alguna mujer venía lo bastante como para acumular artículos de aseo personal. ¿Qué iba a hacer si se la traía a casa mientras estaba yo? Algo amargo se revolvió dentro de mi estómago.

Intenté averiguar por qué me molestaba tanto. Si fuese Óscar Pérez el que trajese a otra mujer a casa, daría las gracias por el aplazamiento. Aunque con este hombre... la idea hacía que se me formase un nudo en la garganta y tuviese una sensación inexplicable.

Usé las tenacillas y luego me retoqué el maquillaje, pero sin sobrecargarlo.

Estaba junto a la puerta trasera, poniéndome los tacones, cuando Nico bajó las escaleras. Esperaba que la inseguridad que me había provocado el champú de aquella estúpida mujer hubiese suavizado la sensación con la que mi cuerpo reaccionaba a él. Todo mi ser comenzó a vibrar al verlo con un traje negro y una expresión serena que me quemó la piel. Tenía un atractivo tan clásico que me hacía pensar que encajaría perfectamente en cualquier momento de la historia.

No podía aferrarme al resentimiento o a la ansiedad de lo que él pudiese hacer en un futuro. Me negaba a vivir así mi vida. Tendría que ir afrontándolo día a día y dejar que lo inevitable se abriese paso cuando sucediese.

—¿Cómo puede ser que tarde menos en arreglarme que tú? —me burlé mientras me apoyaba en la puerta trasera.

Sus labios sonrieron al coger las llaves de la encimera. Luego, tecleó algo en el sistema de seguridad que había junto a su despacho.

Al no contestarme, la duda se instaló dentro de mi ser. Parecía estar más distante desde la conversación que habíamos mantenido aquella mañana. Aunque ¿qué esperaba? Estaba segura de que creía que tenía una relación con otro hombre y no le había aclarado que no fuese verdad. También le había dicho que no quería casarme con él y no era virgen, algo que estaba segura de que quería porque escogió a Adriana. ¿O solo era que la prefería a ella?

¿Por qué me quiso a mí siquiera?

Podría tener a quien desease. Cualquier virgen de aquí a la costa Oeste estaría encantada si pudiese dejar la reputación de Nico a un lado.

Entonces me di cuenta de que quería que me desease.

Donde una fuerte atracción por él había estado resonando dentro de mí desde que lo conocí, estaba apareciendo algo más, palpitando como un débil latido en un electrocardiógrafo. Casi podía escuchar el eco del bip en mis oídos. Casi podía sentir el tamborileo en mi pecho. Pero no era mío.

Olía a hombre, a sudor limpio y a *whisky*.

El parpadeo de las luces de la ciudad. Tacones altos y vestidos cortos. Las copas de más y el sexo vacío se suspendían en el aire como algo inevitable. La vida nocturna estaba en plena ebullición mientras nos abríamos paso hasta la puerta lateral del club nocturno.

Era la primera vez que estaba en una discoteca. Nunca había sido de ese tipo de chicas que esperaban meterse en el club de su prometido. Que, por lo que sabía, podrían haberse acostado con él. Una sensación de inquietud se arremolinó en mi estómago. ¿Cómo iba a darle placer cuando no me cabía duda de que había estado con mujeres mucho más experimentadas que yo? Imaginar que podría aburrirle en la cama era un golpe a mi feminidad. Ni siquiera había intentado llevarme a ella (solo me había provocado un orgasmo, como si fuese un regalo de compromiso, y después se había marchado).

Sumida en mis pensamientos, me mordí el interior de la mejilla. La idea de que no quisiese acostarse conmigo solo hacía que lo desease más. Con que me pusiese la mano en el brazo y sentir su presencia a mi lado bastaban para calentarme por dentro y por fuera.

Nico me llevó por un recibidor enmoquetado con una alfombra roja. La iluminación era tenue, y el aire traía un toque de humo de cigarro. ¿En Nueva York no era ilegal permitir fumar dentro de un establecimiento? Se me dibujó una sonrisa en la cara. «Me juego lo que sea a que este es su crimen más atroz».

El latido de un ritmo electrónico atravesaba los muros mientras las luces estroboscópicas azules y moradas parpadeaban en el vestíbulo, como si se hubiesen escapado de la pista de baile. Bajamos por una escalera y nos paramos delante de una gruesa puerta de metal. Nico se quedó tan cerca de mí que me tocaba la espalda con la chaqueta. Entonces levantó el brazo por encima de mi cabeza y dio cinco golpes fuertes en la puerta de la entrada, dejando una pausa corta entre cada uno.

Un segundo después, esta se abrió y una camarera morena con un ceñido vestido negro nos recibió al otro lado del umbral.

—*Signor Russo.*

La mujer le dedicó una sonrisa deslumbrante, pero se le borró en cuanto bajó la mirada y me vio a mí. Acto seguido, entornó los ojos, pestañas postizas incluidas. Tenía que admitir que había hecho un gran trabajo con el maquillaje, pero la forma en la que sus labios se curvaron con disgusto, como si yo fuese una prostituta barata, fue descaradamente grosera por su parte.

Uf. Mi primer día con Nico fuera de casa y ya era la mujer más impopular de la ciudad.

Antes lo habría dejado pasar por no tener en absoluto el valor de enfrentarme a ello. Sin embargo, ahora iba a casarme con un don. No podía permitirme verme avasallada por una camarera. Me pareció ridículo, como si me estuviese comportando como una niñata, pero llevé la mano atrás para deslizar mis dedos entre los de Nico.

Él se quedó quieto, como si le hubiese sorprendido lo que acababa de hacer, pero al instante cerró sus dedos sobre los míos. Y, acto seguido, noté un ligero manotazo en el culo que hizo que me pusiese a andar. Aquel gesto me reconfortó muchísimo y, afortunadamente, conseguí no ponerme colorada.

No volví a mirar a la camarera, aunque supuse que captó la idea. Nico podía hacer lo que quisiera y con quien quisiera, pero no delante de mí. Me debía cierto respeto, y ni siquiera creía que fuese a negármelo.

Al final, le solté la mano y llegué a una pequeña escalera de acero. Pestañeé, en un intento de asimilarlo todo.

Una atmósfera irrespirable, que no esperaba encontrar en un lugar como ese, flotaba en el aire. Para empezar, parecía haber solo dos mujeres en la sala, contando con la que se encontraba en la puerta. La inmensa mayoría eran hombres, desde algunos trajeados hasta otros con bañadores y polos.

Las mesas de póquer estaban distribuidas alrededor del enorme espacio y los jugadores ocupaban sus asientos, los unos enfrente de los otros; cada uno en una fase distinta de perder sus ahorros para toda la vida.

Bajé las escaleras detrás de Nico sin dejar de observar la sala de juego obviamente ilegal. Cuando una de las partidas terminó, todos los jugadores se pusieron de pie, y cinco de ellos se encendieron un cigarrillo y se dirigieron a una de las esquinas de la habitación.

—¿No está permitido fumar en las mesas? —le pregunté a mi prometido.

—Sí que pueden. Pero es algo que casi siempre puede delatarlos, así que esperan hasta el final de la partida.

«Interesante».

Me gustaba aprender cosas raras como esa.

A partir de entonces, lo acribillé a preguntas durante todo el camino hasta su despacho: desde cuánto hacía la casa en una noche (aproximadamente unos veinte mil) a por qué solo había dos mujeres allí (resultaban una distracción).

El juego era lo suficientemente serio como para que cualquier tipo de despiste se considerase indeseado. Nadie me prestó ni la más mínima atención mientras nos dirigíamos al fondo de la sala. Los hombres que estaban sentados en las mesas parecían estatuas por su concentración, y los que se levantaban a fumar las estaban pasando canutas por las pérdidas o se encontraban demasiado ocupados enviando mensajes sobre lo que habían ganado.

El despacho de Nico era un cuadrado perfecto, y contaba con un elegante sofá azul, un escritorio de caoba con un par de sillas delante, una televisión de pantalla plana y un minibar. Dejé mi bolso de mano sobre el cristal de la mesita baja y, mientras tanto, él pulsó un botón del teclado para encender el ordenador.

Los muros eran de hormigón, pero, con la alfombra oriental dorada y azul y un único cuadro decorando la pared, la sala resultaba acogedora y agradable de alguna manera.

Observé con atención la pintura, que se encontraba tras una resplandeciente lámina de vidrio. Estaba compuesta por colores pastel y unas pinceladas circulares gruesas, aunque refinadas. No tenía los conocimientos artísticos de mi hermana, pero reconocí el cuadro. Una vez vi un documental sobre la caída del arte moderno en el que se decía que lo que hoy en día se consideraba arte era un ejemplo pobre del talento y el alma de las obras del pasado.

—No te tenía por alguien que tuviese debilidad por Monet —comenté, y le lancé una mirada fugaz.

Nico no distrajo la atención del ordenador, pero una sonrisita apareció en sus labios. Estaba apoyado en el escritorio con una mano mientras que con la otra golpeaba las teclas. O dirigía este sitio como un científico loco con sus botones rojos de la destrucción o era un mecanógrafo muy poco hábil.

—A mi *mamma* le encantaba.

Una sensación agradable me invadió el estómago al escuchar la intensidad con la que sus labios pronunciaron la palabra *mamma*.

—Tenía buen gusto.

Nico se rio por lo bajo. En ese momento, pude entrever una nota de amargura, y él borró la diversión de su gesto con la palma de la mano, como si se acabase de dar cuenta de lo que había hecho. Parecía que estaba a punto de meterme en aguas profundas, pero no pude evitarlo.

Levanté una ceja y le pregunté:

—¿No te gusta Monet?

—Lo tengo colgado en mi despacho, ¿no?

—No es por eso por lo que lo colgaste aquí.

Entonces se le tensaron los hombros y comenzó a pulsar las teclas un poco más fuerte.

—¿Me estás analizando?

Yo volví a echarle un vistazo a las suaves pinceladas color pastel del cuadro.

—Hay un refrán entre las mujeres que dice: «No confíes en los hombres que no son buenos con su madre».

Acto seguido, me abrasó la mejilla con la mirada.

—¿Crees que era malo con mi madre?

No estaba segura de cómo había llegado a la conclusión de que no sería fácil conocerlo, de que a lo mejor tendría que ponerlo histérico para poder conseguirlo. No era alguien que simplemente compartiese su pasado con el mundo, incluyendo a su prometida. Necesitaba saber quién era el hombre con el que me iba a casar. A una parte de mí solo le importaba conocerlo, así que levanté un hombro y mi corazón comenzó a danzar al ritmo del juego desconocido que me estaba trayendo entre manos.

—¿Debería pensar lo contrario?

Nico soltó un resoplido de fastidio, pero no dijo nada más. No intentó defenderse, y a mí se me formó un nudo en el estómago por la necesidad que sentía de asegurarle que no pensaba eso. ¿Verdad?

La disculpa por mi insinuación comenzó a picarme en la garganta exigiéndome salir mientras él cruzaba el despacho para marcharse y, entonces, me giré y lo vi abrir la puerta.

—James estará justo aquí fuera por si necesitas algo. No salgas. No creo que tarde mucho.

—Nico, un momento. No tendría que haber dicho...

Mi prometido llamó a un tal Lucky por el pasillo. Acto seguido, echó la vista atrás para mirarme y dijo:

—No, llevas razón. No deberías confiar en mí. No he dejado de mentirte desde que entramos en esta habitación.

Yo tragué saliva.

—¿Sobre qué?

Él se quedó un momento callado con la mano en el pomo de la puerta.

—Siempre me limito a decir que a ella le encantaba porque es mucho más fácil que explicar que siempre estaba tan colocada que no podía diferenciar un Monet de una ridícula imitación de mierda pintada en la calle.

Capítulo 32

«Las verdaderas historias de amor jamás tienen un final».

Richard Bach

Elena

La puerta se cerró tras él, y yo estaba convencida de que me había convertido en la peor persona del mundo. No sabía absolutamente nada de su madre. Había dado por hecho que murió de cáncer o de cualquier otra enfermedad, pero ahora empezaba a preguntarme si no tendría nada que ver con eso. Imaginé que, en su familia, la mujer sería la única persona estable en la que confiar y apoyarse. Pero Nico ni siquiera tuvo eso.

Aquel cuadro fue de ella y él se lo había quedado, pese a que seguramente hubiese estado lejos de ser la mejor madre.

Fue bueno con ella.

Necesitaba una copa.

Estaba tomándome mi tiempo para prepararme un *gin-to-*

nic cuando un chaval de quince o dieciséis años entró por la puerta. Luego, la cerró y se quedó ahí de pie con una expresión estoica en la cara. James estaba en el pasillo, así que este debía de ser Lucky. Aquel apodo evocaba la imagen de un hombre fornido con el tatuaje de un trébol, no la de un muchacho. Seguro que mi prometido estaba iniciando al niño. Pobre criatura.

Le dediqué una sonrisa.

—Hola. Lo siento, pero no sé cómo te llamas.

—Matteo, pero todo el mundo me llama Lucky —me contestó a la vez que se metía las manos en los bolsillos del pantalón del traje.

—¿Por qué te llaman así?

—Supongo que porque tengo suerte, señora.

Aquello despertó una pizca de diversión dentro de mí.

—Pues encantada de conocerte, Lucky. Yo soy Elena, pero, teniendo en cuenta que eres mi canguro y todo eso, seguro que ya sabes quién soy.

El chico soltó una carcajada teñida de una ligera incomodidad.

Después, encendí la tele y me acomodé en el sofá. Durante los siguientes veinte minutos vi las noticias y me bebí mi copa acompañada del escándalo intermitente que se escuchaba fuera y del ritmo electrónico que vibraba a través el techo. Más le valía a Nico estar seguro de que no hubiese una redada en la sala de juegos mientras yo estaba en su despacho. Aunque no se podía decir que aquello me resultase una preocupación real. Un agente del FBI acudía a sus fiestas; no me cabía duda de que tenía al resto del cuerpo metido en el bolsillo.

Suspiré. El chico se había limitado a quedarse de pie junto a la puerta como el buen soldado de la mafia que era. Cogí una baraja de cartas de la mesa auxiliar y comencé a girar la cajita.

—Lucky, ¿te gustaría jugar conmigo a las cartas?

—Ah, bueno... —Y se pasó una mano por la nuca—. Yo no soy As.

Frunci el ceño; no sabía muy bien a qué se refería.

—Es solo que he pensado que las cartas podrían ser una buena alternativa para evitar que los dos sigamos muriéndonos del aburrimiento.

El muchacho soltó una risita.

—Mmm...

—¿O es que no está permitido?

¿Cómo de estricto era mi prometido con sus hombres?

El chaval mostró una media sonrisa.

—Se supone que solo debo mirar en tu dirección cuando me hables.

«Supongo que esto responde a mi pregunta...».

Después, lanzó un suspiro y añadió:

—Una partida.

No parecía estar muy seguro, y yo dudé un instante porque no quería meterlo en problemas, pero el chico ya se estaba acercando al sofá y yo no quería seguir sentada en silencio ni un segundo más, la verdad.

—¿Eres familia de Nico? —le pregunté.

—Su primo —me contestó—. Mi padre era el hermano de su padre.

Lucky era más alto que yo, pero tenía una complexión flaca y enjuta. Aún era un niño. Me pregunté cómo sería Nico con su edad. Seguro que era igual de mandón y solía salirse con la suya.

El póquer era el juego por excelencia, y, cuando le dije al muchacho que no teníamos que apostarnos dinero, me miró como si estuviese loca. Me dio la risa. Vaya Russito en potencia.

Así que jugué al póquer con aquel adolescente y aposté el dinero que no tenía.

Perdí.

Solía jugar bastante. A la *nonna* le gustaba y, a veces, cuando a mi *mamma* le daba la morriña y quería pasar «una noche familiar», nos reuníamos todos a jugar.

—Lucky —comencé, mientras ordenaba mis cartas—, ¿cómo murió tu tía?

—¿Caterina? —Y arrugó el ceño—. Creo que de una sobredosis. Por aquel entonces yo era un bebé.

Suspiré. «Sí, una persona horrible».

—¿Dónde está Nico esta noche?

Estaba segura al noventa y nueve por ciento de que no me lo iba a contar, pero eso aún dejaba una posibilidad del uno por ciento. Una sensación de alarma me recorrió el cuerpo al ver que se le tensaban un poco los hombros.

—No lo sé —me respondió por fin.

—Sí, sí que lo sabes —lo acusé.

El muchacho me miró con los ojos como platos.

—Bueno, sí, pero no voy a decírtelo.

—¿Por qué no? —Me hice la sorprendida.

—Porque As pediría mi cabeza si hablase de negocios contigo.

—Y ¿cómo iba a saberlo?

El chico se limitó a negar con la cabeza.

—Vale.

Acto seguido, dejé mis cartas sobre la mesita baja y me puse de pie.

—¿Adónde vas? —me preguntó en tono vacilante.

—Creo que voy a subir a bailar.

El muchacho se levantó a la velocidad del rayo.

—No... Un momento.

Acto seguido, me paré delante de la puerta, de espaldas a él.

—James está en el pasillo y no va dejarte pasar —añadió.

—Pero quedará fatal que tú sí que me hayas dejado, ¿no?

Pasaron tres segundos.

—De acuerdo —dijo con un gruñido propio de un niño pequeño.

A mí se me dibujó una sonrisa en la cara.

—Está ocupándose del hombre que le hizo el bombo a tu hermana.

En ese momento, me quedé petrificada, respiré hondo y, al final, fui directa al minibar.

—Has vuelto a perder.

Una partida se había convertido en tres y, o Lucky tenía mucha suerte, o simplemente yo era mala.

Suspiré, tiré las cartas a la mesita baja y me quedé mirando cómo unas cuantas se desperdigaban por el suelo. Iba por la tercera copa y mi cabeza estaba comenzando a notar las consecuencias.

Nico llevaba fuera casi dos horas y la preocupación me estaba carcomiendo por dentro. Me había dicho que no debía confiar en él, así que ¿cómo iba a creerme la promesa que me hizo sobre Ryan?

—Ahora son dos mil —dijo Lucky en tono petulante.

Solté un gemido para mis adentros. Los chicos Russo eran igual de crueles que los hombres Russo.

—Así que dos mil, ¿eh?

Aquella voz portaba un tinte de amenaza.

Lucky se puso de pie como una bala por tercera vez esa noche.

—Jefe...

—No digas nada.

El niño cerró el pico.

Mi prometido centró su atención en mí a la vez que entraba en la sala. Daba la sensación de que su piel exudaba confianza en sí mismo. Era como si se hubiese ido a correr y, en lugar de transpirar, hubiese sudado una seguridad fría. Se encontraba en un estado de tensión absoluto, y ese ánimo me afectó igual que si se tratase de algo que se contagiase por el aire.

—Sal de una puta vez, Lucky.

El tono de Nico albergaba un toque cortante. Le dio la orden mientras se desabrochaba la chaqueta y, acto seguido, su primo se dirigió a la puerta.

—Vuelve a abandonar tu puesto y te juro que no serás capaz de levantarte de la cama en una semana.

—Sí, jefe —contestó el chico antes de cerrar la puerta tras de sí.

—¿Cuál es la razón por la que mis hombres no hacen lo que les ordeno si están contigo?

—A lo mejor tienes que pedírselo con educación —le respondí a la vez que me mordía la mejilla por dentro para esconder la gracia que me estaba haciendo la situación—. Un por favor nunca ha matado a nadie, ¿sabes?

—Supongo que no. —Y la mirada se le encendió con una diversión macabra—. Al parecer, es tu expresión favorita en ciertas circunstancias.

Tomé una bocanada de aire a la vez que notaba un calor agradable ascendiendo hasta mis mejillas. El rubor se extendió por todo mi cuerpo, así que cambié de tema para intentar distraerme.

—He perdido dos mil.

Lo dije sin remordimientos, como si siempre estuviese haciendo cosas así.

Nico se quitó la corbata y una sonrisa se dibujó en sus labios.

—No has perdido nada. Te ha timado.

Yo me quedé un momento callada.

—¿Cómo lo sabes?

—Porque yo le enseñé a hacerlo, por eso.

«Suertudo de mis cojones».

—Me habría ganado sin necesidad de timarme —admití con un suspiro—. Mi cara de póquer es pésima.

Una mirada intensa se encontró con la mía, y sentí que esta me empujaba la piel.

—No sé por qué, pero lo dudo.

Luego, comenzó a caminar hacia mí con las manos en los bolsillos, y me dio la sensación de que se me olvidaba respirar con cada paso que daba.

No tenía ni idea de qué contestarle ni de por qué me pareció que quería decirme algo con eso, así que me limité a responder:

—Tampoco sé cómo reconocer a simple vista a alguien que me está engañando.

Me daba la impresión de que la familia Russo me iba a devorar viva. Hasta los chavales adolescentes me dejaban en ridículo.

Nico se puso en cuclillas delante de mí, que seguía sentada en el sofá, y cogió una carta del suelo. Mi corazón repiqueteaba como la lluvia contra el cristal. Estaba tan cerca que me bastaba alargar el brazo para poder meterle la mano en el pelo.

—Bueno, pues habrá que ponerle remedio, ¿no?

Me tendió una carta que tenía entre el dedo índice y el corazón, pero antes de que pudiese cogerla, desapareció de golpe.

Me quedé ojiplática.

—¿Cómo has hecho eso?

—Es un simple juego de manos.

El engaño dentro de la familia Russo había llegado a tal extremo que hacer desaparecer cartas era algo «simple».

—Enséñamelo —le insistí.

Los ojos se le encendieron con diversión.

—Primero empezaremos por lo básico, para que pueda dejarte sola un par de horas sin que me dejes sin blanca.

Yo fruncí el ceño en respuesta.

Después, recogió el resto de las cartas y, entonces, me di cuenta de que acababa de hacerse polvo los nudillos. Me mordí el labio cuando se puso de pie, se quitó la chaqueta y se sentó en la silla de detrás del escritorio.

—¿Sueles jugar? —quise saber.

Nico se recostó en el asiento y apoyó un codo en el reposabrazos.

—Antes sí.

—Y ¿por qué ya no?

—Porque tengo un negocio que dirigir.

—Por cómo lo ha dicho Lucky me ha parecido que eras bueno, pero ya no sabría decir si eras bueno al póquer o bueno engañando.

Una sonrisa que infundía temor se dibujó en sus labios.

—Parece que has charlado con él.

Ya conocía ese tono, y no le traería nada bueno a Lucky.

—Bueno... no. Lo he amenazado, o algo parecido, diciéndole que subiría a bailar si no me contaba lo que quería saber.

—¿Y qué era?

Tragué saliva.

—Dónde estabas esta noche.

—Creía que los asuntos que me traía entre manos serían lo último en el mundo que te preocuparía —dijo arrastrando las palabras, pero en tono divertido.

—Algunos de tus asuntos se han vuelto personales.

Sus siguientes palabras estaban teñidas de sarcasmo, aunque las dijo en una voz tan baja que casi no las escuché.

—¡A mí me lo vas a contar!

No estaba segura de a qué se quería referir con eso, pero dejé de darle vueltas cuando añadió:

—Está vivo, exactamente como te dije que lo dejaría. Ahora mismo tu *famiglia* lo está metiendo en vereda.

Me dio un escalofrío.

—¿Sobrevivirá?

—Sobrevivirá.

Dejé escapar un suspiro profundo de alivio y descansé la cabeza en el respaldo del sofá.

—Gracias —le dije en un tono suave.

—Creo que los dos sabemos que no lo he hecho por caridad.

Me sonrojé al recordar nuestro trato. Todavía tenía que sacar provecho de él y eso me hizo pensar que no quería cobrárselo. O que, a lo mejor, no quería que supiese lo caritativo que podía ser en realidad...

Nico tenía que responder algunos correos electrónicos, así que, mientras esperaba, accedí a la página web del organizador de fiestas de mi madre desde mi móvil y me puse a mirar los centros de mesa para la boda. De entre las opciones que había disponibles, reduje los candidatos a un jarrón bajo y redondo adornado con perlas alrededor del borde y uno simple que se asentaba en una pieza de cristal.

Le envié las fotos a mi *mamma*, pero la única respuesta que recibí fue un mensaje que decía: «Los dos parecen sacados de uno de esos rastrillos de la beneficencia».

Los jarrones eran sencillos, clásicos y de mi estilo.

Mi madre era una mujer llamativa y orgullosa, y querría que sus centros de mesa lo demostrasen, razón exacta por la cual no quería usar los que ya había encargado para Adriana (porque los había elegido ella). Yo ladeé la cabeza y volví a mirarlos una vez más, pero seguía sin poder decidirme.

Nico había estado hablando un momento por teléfono, y creí que podría acostumbrarme a escuchar su grave timbre de voz de fondo, independientemente de que estuviese hablando del «producto», que estaba segura de que era el mismo que mató a su madre.

Ahora estaba callado mientras respondía a un correo o, posiblemente, escribía un informe sobre la próxima vida que arruinaría. Me iba a casar con aquel hombre. Nunca pensé que fuese una mujer que necesitase atención, pero, en este instante, quería la suya. Por completo, y tan excitante como siempre.

Los nervios comenzaron a hacer de las suyas bajo mi piel, pero me puse de pie y fui hacia su escritorio. Me paré detrás de él. Entonces me dedicó una mirada fugaz y, a continuación, se recostó en su asiento.

—No puedo decidir el centro de mesa —le comenté.

—Enséñamelos.

En lugar de cogerme el móvil de la mano, me sentó en su regazo. El corazón se me aceleró por lo inesperada que fue su reacción. A continuación, su brazo me rodeó la cintura con firmeza, aunque tenía la sensación de que, más que sujetándome, estaba quemándome la piel. Yo le puse la mano en el hombro para no perder el equilibrio. Era tan grande y estaba tan fuerte y tan caliente... Fingí que esa postura no me estaba afectando en absoluto, pero lo cierto es que tardé un momento en recordar para qué había ido hasta allí.

Giré la cabeza para observarlo, y mi respiración se volvió superficial al darme cuenta de que tenía los labios a pocos centímetros de los míos. Me dedicó una mirada tierna que atravesaba mi piel más y más a cada segundo que pasaba.

Con su cuerpo pegado al mío, una sensación cálida me invadió por completo, y la necesidad de inclinarme hacia delante se convirtió en algo físico. Tiraba de mí con fuerza, como si fuese mi centro de gravedad. Era capaz de saborear su respiración y sentir los fuertes latidos de su corazón.

Podía eliminar la distancia que nos separaba, justo como ya hice una vez en su coche, bajo la llovizna.

Sería tan fácil: hundir mis dedos en su pelo, acariciarle la mandíbula y hacer que mi boca se encontrase con la suya.

Sabía que sería el mejor beso de mi vida.

Por eso me limité a enseñarle los jarrones.

Capítulo 33

«La simplicidad es la sofisticación en su máximo exponente».

Leonardo da Vinci

Elena

Odiaba su coche y cómo era exactamente igual que él. Odiaba la forma para nada desagradable en la que me faltaba el aire cuando me encontraba dentro de su espacio.

Odiaba su coche.

Pero me encantaba cómo lo conducía.

La manera en la que su mano encajaba perfectamente en el volante, la forma que tenía de sentarse en el asiento del conductor con una seguridad nada pretenciosa, y como nunca pasaba del límite de velocidad, igual que si quisiera mantener su fachada de caballerosidad.

Todo eso trajo a mi mente el suave sonido de la tela al caer al suelo, el arañazo de sus dientes en mi nuca, el tirón de pelo.

El pulso se dejó llevar hasta mi entrepierna y apreté los muslos.

No era una chica a la que le soliese gustar el juego, pero me apostaría todas las ganancias fraudulentas de mi padre a que este hombre follaba igual que conducía: con seguridad en sí mismo y el control total de la situación.

Nico permaneció en silencio mientras nos dirigíamos a la zona alta de la ciudad, las luces de las farolas parpadeaban y se desvanecían en su expresión indescifrable a nuestro paso. Un poco antes, había elegido el jarrón más sencillo con la frase:

—Menos es más.

Tuve que darle la razón.

Apenas me había dirigido la palabra después de aquello. Durante el tiempo que estuvo callado, me di cuenta de que me gustaba su voz. De que quería saber todo lo que pudiese decir. Había frases completas en esa cabeza esperando a ser lentamente pronunciadas, y yo las quería oír todas. Ni podía ni iba a analizar el por qué.

El silencio y la presión en mi entrepierna comenzaron a aumentar hasta que me vi obligada a romper el hielo.

—¿Cómo de rápido puede ir esta cosa? —le pregunté.

Nico ladeó la cabeza hacia un lado para encontrarse con mis pupilas. Me mantuvo la mirada un segundo y, luego, la devolvió a la carretera.

—Rápido.

Tiré de mi labio inferior con los dientes mientras intentaba pensar en una respuesta. Solo me salió un:

—¿Cómo de rápido?

Él no me miró, pero se le dibujó una sonrisita en la cara.

—Demuéstramelo.

La petición escapó de mis labios en un suspiro quedo y sugerente.

—No.

Yo levanté una ceja.

—¿Por qué no? ¿Te da miedo?

Entonces me dedicó una mirada fugaz. Un destello amenazador apareció tras un ápice de diversión.

—Tener miedo y ser un temerario son cosas muy distintas.

No sabía por qué, teniendo en cuenta que no me ayudaba en absoluto, pero me alivió que dijese aquello. Ya tenía un hermano impulsivo (no quería un marido igual). Sin embargo, todavía no me sentía preparada para dejarlo estar; su atención había prendido la excitación dentro de mí.

—¿Me estás diciendo que nunca antes has fanfarroneado con el coche delante de una mujer?

—Eso no es lo que he dicho.

—Así que ¿sí que lo has hecho?

—Posiblemente, cuando tenía dieciséis años.

Aunque eso fuese hace muchísimo tiempo, no pude evitar que una pizca de envidia encontrase la forma de meterse en mi cuerpo. ¿Qué chica fue lo bastante importante para él como para que fanfarronease para impresionarla? Dejé de pensar en eso.

—Voy a casarme con un Russo. ¿No crees que debería saber cómo es antes de que sea demasiado tarde?

Me lanzó una mirada que solo podía calificarse como de airada.

—Ya es demasiado tarde.

El pulso se me aceleró, pero conseguí forzar un suspiro.

—Bueno, vale. Si te da miedo...

Él negó con la cabeza y, acto seguido, el coche aceleró tanto que me quedé pegada al asiento. Se me escapó una carcajada, aunque su única respuesta fue mirarme otra vez y, durante un segundo, vi que una chispa le iluminaba los ojos.

En ese instante me puse a observar cómo subía el cuentakilómetros: ciento cuarenta, ciento sesenta, ciento ochenta...

Nico conducía igual que si estuviese yendo a menos de cien kilómetros por hora: relajado, sin mostrar ni un atisbo de emoción. Una ola de adrenalina siseó por mis venas. Llegamos a ciento noventa justo antes de tener que bajar la velocidad para tomar nuestra salida.

Hasta arriba de lujuria, vida y velocidad, bajé la ventanilla y dejé que la brisa cálida me acariciara las mejillas. Quince minutos después, aparcamos en el camino particular que llevaba a la casa y, aunque todavía no podía decir que sintiese aquel lugar como mi hogar, había algo en él que me hacía sentir bien.

La adrenalina se había ido desvaneciendo para continuar su camino a marchas forzadas, como un tren que se queda sin combustible. Empecé a sentir bajo la piel frío y calor a la vez mientras los nervios se propagaban por el ambiente.

Giró la llave y los suaves brum y crac del motor caliente se colaron dentro del coche por la ventanilla abierta. El aire cálido de la ciudad, la luz plateada de la luna y una fuerte tensión se asentaron en el espacio que nos separaba. Mi respiración era entrecortada, y cada segundo parecía una pausa enfática.

Estaba segura de que la verdad era tan evidente como el ruido del partido de béisbol que salía por la ventana del vecino. Deseaba a aquel hombre. Cada vez que estaba cerca de él perdía toda la estabilidad y el control. Lo que más me asustaba era que yo no quería controlar nada, sino que prefería que lo hiciera él. Quería vivir lo que no me cabía duda que habían experimentado otras cien chicas, daba igual que el hecho de pensar en ello me hiciera arder de celos.

Él tenía que ser consciente de todo esto, pero no estaba tan segura de que albergara los mismos sentimientos que yo.

Era una conveniencia.

El segundo plato.

Tardé un momento en darme cuenta de que estaba sonando *Snap Your Fingers, Snap Your Neck* en la radio. No se podía decir que la canción fuese romántica, pero era ruda y cautivadora, como el hombre que se encontraba a mi lado. Sonaba esa canción cuando lo besé. De repente, los dos fuimos tan conscientes de ello como si alguien lo hubiese gritado dentro del coche.

Abrí la puerta un centímetro para que la radio se apagase, pero no salí. Algo comenzó a latir con fuerza en mi pecho. Una necesidad insatisfecha que me dio la sensación de que estaba a punto de explotar. Las palmas de las manos comenzaron a sudarme.

—Nico...

Él acercó una mano a mi cara y las palabras se me quedaron atascadas en la garganta. Como si mi cuerpo estuviese esperando un puñetazo, se me escapó un suspiro cuando su pulgar me rozó los labios y luego bajó hasta la barbilla.

—Entra dentro. Yo tengo algunas cosas que hacer aquí fuera.

La verdad era que no había pensado exactamente qué le iba a decir y, por eso, me alegré de que me parase, pero, a medida que me dirigía hacia el interior de la casa, un peso tremendo que se parecía demasiado al rechazo se acomodó en mi pecho.

Al final, llegué a mi dormitorio y me puse la camiseta de los Yankees. Todo mi cuerpo vibraba con indecisión. El corazón me latía a tal velocidad que me hacía sentir viva. Me acomodé en el asiento que había debajo del ventanal y miré a través del cristal a la luz que salía por debajo de la puerta del garaje.

Me quedé dormida antes de escuchar siquiera el crujido de las escaleras.

Noté un calambrazo en el cuello al despertarme hecha un ovillo en el asiento del ventanal. Los rayos del sol entraban en la habitación para iluminar las partículas de polvo que había suspendidas en el aire. La boca se me hizo agua en cuanto el olor del beicon invadió mi nariz. Me pregunté si estaría aquí la cocinera de Nico, aunque era domingo y no la esperaba hasta mañana.

Medio dormida, encontré el camino hasta el baño del pasillo, me peiné un poco y me lavé los dientes. Quizás debería ponerme algo de maquillaje ahora que tenía un prometido con el que podía encontrarme en cualquier momento, pero, sinceramente, nunca les había dado mucha importancia a esas cosas.

Seguí el rastro del beicon sin hacer ruido y, de pronto, me paré en seco al lado de la escalera. La excitación se arremolinó en mi vientre y se expandió por todo mi cuerpo con un movimiento suave. El latido de mi corazón se mudó a mi entrepierna. Había una sartén cocinándose en los fuegos, pero no es que la comida fuese un fetiche sexual para mí. Por lo menos que yo supiera. Casi nunca había visto a aquel hombre sin traje ni corbata. Mi sistema nervioso se llevó un buen sobresalto al verlo en ese momento, de pie frente a la isla, sin un solo trozo de tela sobre su torso.

Era más musculoso que fibroso, tenía los hombros anchos, el pecho definido... Y, cuando se pasó una mano por los abdominales desnudos, las mejillas se me encendieron de tal manera que podría haber calentado la casa con ellas. Sonrojarme era la cruz con la que me tocaría cargar durante toda mi existencia.

Entonces Nico pasó una página de la revista en la que tenía puestos los cinco sentidos.

—Creía que te había dicho que quemases esa camiseta —me dijo arrastrando las palabras.

Yo tragué saliva y no se me ocurrió absolutamente nada que contestarle porque era demasiado temprano y había muchísima piel expuesta... El tatuaje terminaba en uno de los hombros, el resto de su cuerpo bronceado era fuerte y... uf. Abrí la boca y lo que salió fue:

—¿Por qué? ¿Para que los dos vayamos por ahí vestidos de forma inapropiada?

Sus labios se curvaron en una sonrisa, aunque ni siquiera se molestó en mirarme.

—No lo sé, parece platónico comparado con lo que me estabas rogando...

—Vale —solté—. De acuerdo. Pero no voy a quemar mi camiseta. Vas a tener que cambiar de equipo.

Le dije todo eso totalmente seria mientras iba a por la cafetera.

Su respuesta fue un ruidito irónico que demostraba que le había hecho gracia, pero que me dejaba claro que eso no iba a pasar.

Me esforcé en encender la cafetera como si requiriese toda mi atención porque su desnudez hacía que bailasen mariposas en mi estómago. Sin embargo, me distraje en algún punto del proceso y acabé clavando mis pupilas en su espalda.

De repente, decidí que tenía debilidad por las espaldas de los hombres, aunque no estaba segura de si me gustaba la pistola que tenía metida en la cinturilla de los pantalones de chándal. No me extrañaba que siguiese vivo (siempre iba armado). Tenía una pequeña cicatriz circular en la zona baja del costado, y me pregunté dónde estarían las otras dos heridas de bala.

—¿Quién te ha enseñado a cocinar? —le pregunté mientras observaba con atención la sartén en los fuegos.

Nico se dio la vuelta, llevó las manos a ambos lados de su cuerpo para agarrarse a la encimera, y se apoyó en la isla.

—¿Me estás diciendo que no sabes preparar unos huevos con beicon?

Fruncí el ceño y dejé caer todo mi peso en la otra pierna.

—Bueno...

Su sonrisa era maliciosa y encantadora a partes iguales.

—Estoy empezando a preguntarme qué voy a sacar de este matrimonio.

Me mordí el labio.

—Yo también.

Entonces se rio con una risa grave y afable que hizo que mi corazón se saltase un latido. Solo era la segunda vez que lo escuchaba reír de forma sincera y, de pronto, supe que podría llegar a acostumbrarme a ese sonido.

El café comenzó a salir y un intenso olor a tierra invadió la cocina. Nico me había comprado de lo bueno lo mejor, aunque con tal de tener mi dosis de café me habría bebido el de la gasolinera con sabor a quemado. Le eché un vistazo al reloj; marcaba las siete y media de la mañana.

—¿Esto del matrimonio significa que tendré que ir a tu iglesia?

Él sonrió, pero acto seguido se borró la expresión con la palma de la mano.

—Sí. En eso consiste esto del matrimonio.

Entonces fruncí los labios, sumida en mis pensamientos. No es que tuviese una debilidad particular por mi parroquia (de hecho, sabía que mi padre tenía en nómina a nuestro cura).

Por lo tanto, no podía ser sincera cuando me confesaba y me dejaba un montón de pecados que debían ser absueltos. De verdad, aquello provocaba que la conciencia se me hiciese un lío. Pero también supuse que no sería muy diferente en la iglesia de Nico. Y, además, tendría que estar acompañada de los Russo...

Tragué saliva.

—Creo que voy a empezar a prepararme.

—Nah, esta semana no. Tenemos que ir a otro sitio.

Lo observé durante un momento y una vocecita me llamó la atención desde mi subconsciente. Acto seguido, le dediqué una mirada suspicaz.

—¿Seguro que no tiene nada que ver con que tu párroco no aprobaría que viviese aquí antes de la boda?

El titileo más ínfimo brilló en sus ojos durante un segundo y, entonces, supe que había acertado. Me estaba escondiendo del cura de su iglesia. Quería ser un católico respetable e, incluso aunque eso estuviese muy lejos de ser verdad, tenía un toque admirable.

—Así que soy tu sórdido secretito.

Tenía que sonar a provocativo, pero, al darme cuenta de que, en realidad, me molestaba, me salió algo más bien intenso.

—¿Sórdido? —Y me lanzó una mirada que era *whisky* caliente sobre hielo—. Ojalá.

Yo inhalé, pero mis pulmones se negaron a aceptar el oxígeno. Cómo había podido decir algo así, como si la intensidad de sus palabras no le molestase ni lo más mínimo, mientras que yo tuve que apartar la mirada e intentar obviar el momento que acababa de ocurrir.

—No necesito mantenerte en secreto, Elena —añadió a la vez que se ocupaba de la sartén que estaba al fuego—. Es solo que no tengo la paciencia para escuchar lo que la gente cree que debería hacer con lo que es mío.

«Mío». El pronombre posesivo vagó por la sala y quedó suspendido sobre nuestras cabezas, igual que la brisa perezosa que se niega a marcharse. Algo me tocó la fibra sensible.

—Así que lo tuyo, ¿eh?

Él no contestó y se pasó una mano por la mandíbula.

—Mi prometida —corrigió con indiferencia como si acabase de darse cuenta del error tan tonto que acababa de cometer.

Como si «prometida» significase algo distinto a «mío». Al menos en este mundo.

—Mi familia sabe que estás aquí, eso es lo que importa —continuó—. Y no van a decir nada.

—¿O les dispararás?

En ese instante, me dedicó una mirada de desdén.

—O les dispararé.

Lo más aterrador de aquello era que no podía saber si hablaba en serio o no. Una parte de mí había escuchado su tono provocativo y relajado, mientras que la otra no hacía más que reproducir una y otra vez la imagen de él disparando a su primo en la cabeza el mediodía de un domingo soleado.

Sus ojos me escrutaron desde la cabeza a los pies y me quemaron la piel a su paso, pero, cuando se encontraron con los míos, algo blando salió a la superficie.

«Yo no tengo secretos, Elena».

Me estaba mintiendo.

Y solo se me ocurría una razón para ello. Una de mis mitades despreciaba aquella posibilidad, mientras que la otra se enterneció y se volvió blanda.

Estaba manteniéndome en secreto porque le preocupaba mi reputación.

Puede que fuese por razones egoístas, pero, aun así, mi corazón decidió doblar su tamaño. Aunque la culpa lo desinfló igual de rápido. Al parecer, iba a traerle muchos problemas en comparación con lo que yo valía en realidad. Los números que había copiado en el papel estaban en el fondo de mi bolsa de deporte, en la planta de arriba, y pesaban mucho en mi conciencia.

—A lo mejor, debería quedarme en mi casa hasta que nos casemos —le ofrecí.

—Esta es tu casa.

—Ya sabes lo que...

—No.

«Vale».

Al parecer no era algo negociable.

A continuación, Nico cogió dos platos del armario de la cocina.

—Creía que salías a correr todas las mañanas.

Apenas lo escuchaba de lo desnudo que estaba de cintura para arriba.

Luego fruncí los labios.

—He decidido que eso no me pega.

Él me dedicó una mirada amenazadora.

—Si decides que sí te pega, usa la cinta que hay en la habitación de invitados de la planta de arriba. Ya no puedes salir a correr por la calle como antes.

Yo dibujé una sonrisa dulce.

—Tienes una forma de hacerme sentir tan tan libre.

No le hizo gracia.

—¿Qué has pensado hacer con respecto al baile?

Después de la función no había ido a ninguna clase más y no creía que lo hiciese. Aunque ahora no estaba segura de si podría salir de casa de otra manera.

—No he tomado la decisión.

Nico sirvió los dos platos mientras yo me llenaba la taza de café. Aquel hombre me había provocado un orgasmo y me había hecho el desayuno. Lo primero solo era algo que esperaba, pero lo segundo ni me lo habría imaginado. Me preguntaba qué quería él de mí. Yo resultaba un ejemplo de esposa bastante pobre.

Luego, se apoyó en la encimera y me prestó toda su despótica atención.

—Si tomas la decisión de volver, tendremos que buscarte un nuevo estudio de danza.

Me quedé callada durante un instante.

—¿Por qué?

—No me fío de las calles de tu padre.

Yo le dediqué una mirada suspicaz.

Él se dio cuenta e hizo lo mismo conmigo.

—Eres excesivamente leal a la gente equivocada.

Un tono de enfado le recubrió la voz.

—¿Te refieres a mi familia? ¿A esa gente? —Y levanté una ceja—. Las calles de mi padre no tienen nada de malo.

En el gesto inexpresivo que me brindó, se leía «tiroteo desde una limusina» alto y claro.

Como no tenía nada pertinente que decir, contraataqué con:

—A lo mejor yo no confío en tus calles.

—Dentro de poco dejarás de ser una Abelli. Si vas a bailar o a cualquier otra cosa, lo harás en mis calles. —Y añadió con un tono amenazante—: Y olvídate de ser una carga para nadie.

Un escalofrío me recorrió el cuerpo al darme cuenta de que, en un corto periodo de tiempo, me convertiría en Elena *Russo*. Forcé un suspiro para ocultar mi inquietud.

—Hoy estás terriblemente totalitario.

—Entonces, ¿solo rozo la psicopatía? —En sus ojos se prendió una chispa—. Creo que voy a tener que ponerme las pilas.

Cuando nos miramos, a menos de un metro de distancia, algo intenso se derramó en el ambiente de la cocina. Una atmósfera lánguida, excitante y sugerente. Mi corazón palpitaba con el fuerte ritmo de un tambor. Él se quedó ahí, medio desnudo, tan masculino... Y supe que, si me quedaba callada, pasaría algo. Que cambiaría todo. Y eso antes de las ocho de la mañana de un domingo. Me inundaron la ansiedad, la expectativa y un ápice de pánico.

Sabía que algo relacionado con el siguiente paso que diese me rompería el corazón.

—Hazlo ya, por favor —suspiré—. Y así sabré a lo que atenerme.

Aquellas palabras atravesaron la espesa neblina que había inundado la cocina y despejaron el ambiente.

Nico me observó durante otro segundo, negó con la cabeza y, al final, se separó de la encimera.

—Desayuna. Nos vamos en veinte minutos.

—¿Adónde?

A modo de respuesta, cogió la revista que había en la isla y la lanzó sobre la encimera, delante de mí. En el anuncio ponía: «Feria de Vehículos Clásicos».

¿Qué demonios te pones para ir a una feria de coches?

Capítulo 34

«La moda pasa, pero el estilo permanece».
Coco Chanel

Elena

Con mucho pesar, me di cuenta de que Nico era una persona diurna.

Yo necesitaba una hora o dos para tomarme el café y prepararme para el día; pero él hizo el desayuno, se puso unos vaqueros y una camisa blanca y estuvo dispuesto para salir a la vez que el sol.

Ya le había encontrado una tara. Podía sumarla a la cuestión de su estado mental. Aunque supuse que esos dos problemas iban de la mano.

—Qué guapa —me dijo cuando dejamos atrás el camino de entrada a la casa.

Como una tonta, el rubor me llegó hasta la línea del cabello.

Él se rio por lo bajini y subió *Last Resort*, de Papa Roach, hasta que fue lo único que pude escuchar.

A medida que iba pasando el día, su «qué guapa» se convirtió en una grabación grave y manida que se reproducía en mi subconsciente. Era una observación simplísima, y, por eso mismo, me invadió el pecho una sensación tan agradable. Estaba acostumbrada a los cumplidos, y puede que sonase superficial, como si creyese que me los merecía, pero ni pensaba eso ni los quería. En mi vida, las chicas guapas acababan como Gianna: escondiendo la pena tras unos ojos con las pupilas dilatadas.

Lo observaba todo como si fuese una niña. Quería analizar el mundo y descifrar su significado, pero lo único que me encontré fue a mí misma de pequeña delante de un espejo desde el que una vida vacía y sin amor me devolvía la mirada.

En realidad, era una mentirosa. Siempre había sido una romántica. Una romántica tan empedernida que la idea de no dar con mi propia historia de amor me hacía sentir como si una vez más estuviese en aquel *parking* vacío, sola excepto por la nieve y el silbido helado del viento.

Sonrojarme por su comentario después de haber usado las tenacillas de su novia (amante, o lo que fuese), para luego recogerme el pelo en una coleta, no me convertía en la chica más lista del mundo. Sin embargo, sentí con una violencia desconocida que lo único que esperaba es que aquella mujer no fuese Gianna. Era mi polo opuesto (despreocupada y desinhibida) y, en comparación, yo parecía... insulsa. Con una trivialidad que no creía que tuviésemos en común, me preocupé por tener que ponerme los mismos tacones dos días seguidos porque eran los únicos que conjuntaban bien con mi vestido veraniego.

Durante la hora de camino en coche, elegí las flores de mi ramo y la disposición de las mesas, mientras que Nico estaba al teléfono o ponía la radio tan alta que no permitía la conversación. No podía decirse que fuese una cita romántica, pero había algo agradable en aquello.

Los coches brillaban a la luz del sol, la gente caminaba de acá para allá por la zona de aparcamiento. La temperatura comenzó a subir como el quemador de un horno, y daba la impresión de que el sol estuviese furioso con el mundo. En mi ignorancia, creía que habría algún tipo de diversión; sin embargo, el único entretenimiento allí eran los coches. En momentos como este, me alegraba de que nadie fuese capaz de leerme el pensamiento.

Puede que no hubiese actuaciones, pero lo que experimenté allí no se pareció en nada a la monotonía. A menudo, si Nico me prestaba atención y me quemaba la piel con esa mirada contemplativa que no se molestaba en ocultar, me sentía igual que uno de los vehículos en exposición. Entonces, me vino algo a la mente. Me pregunté si sería tan atento con todas sus mujeres e, inmediatamente, me odié por pensar en eso.

—No te separes de mí —me dijo en cuanto llegamos.

Mi parte obstinada quería averiguar qué haría si no le hacía caso.

Siempre me había pasado un poco de curiosa.

Mientras Nico estaba intercambiando unas palabras con uno de los dueños de los coches, me escabullí y fingí admirar un descapotable. Solo pasaron treinta segundos cuando una presencia enorme e intimidante me rozó la espalda.

Sentí su voz áspera, aterciopelada y enfadada muy cerca de mi oído.

—¿De verdad crees que voy a estar persiguiéndote todo el día?

Yo asentí, y mi corazón se agitó como unas alas.

—Es tu deber.

No me tocó, pero estaba tan cerca que el timbre grave de su voz me rozó el cuello.

—Yo no debo hacer nada.

La suave brisa veraniega jugó con mi piel mientras la gente pasaba a nuestro alrededor, aunque yo solo era consciente de la presencia de una persona, de un hombre.

«Qué guapa».

«Mío».

—A lo mejor es que quieres hacerlo —suspiré.

Pasaron dos latidos. Tres.

Podría haber dicho que no. Podría haber dicho lo que fuese para negarlo, pero, en lugar de eso, prefirió que un silencio lleno de palabras mudas se acomodase entre nosotros.

Este vínculo que compartíamos solía ser excitante y terrorífico a partes iguales. Hoy lo primero iba a empujar a lo segundo hasta que cayese en el olvido igual que una fotografía borrosa en el fondo de un cajón.

Como casi siempre, tenté a mi suerte y volví a alejarme de él. Empezaba a cansarme de las conversaciones sobre coches que mantenía con la poca gente con la que decidía hablar. Sentía que su mirada me seguía en cada movimiento que hacía, incluso si estaba inmerso en una charla. Y, en ese instante, me di cuenta de una cosa: puede que no fuese la única mujer en su vida, pero sí sería la única a la que llamaría su *esposa*. Aquella revelación provocó un vigoroso repiqueteo en mi pecho, un zumbido tan incontenible que no pude forzarme a sentir nada distinto a una alegría de la que ya no me podría desprender.

—Nicolas —lo llamé unos segundos después mientras me cubría los ojos del sol para poder echar un vistazo al lugar—. Es igual que tu Gran Torino.

Mi prometido se paró a mi lado, pero estaba ocupado enviando un mensaje. Todavía no había visto a este hombre borracho, pese a haber dado por hecho que era un adicto al alcohol, pero siempre que lo observaba estaba trabajando.

Empezaba a pensar que «adicto al trabajo» era un diagnóstico más acertado.

—¿Cómo sabes el modelo de mi coche? —me preguntó sin levantar la vista de su teléfono.

—Tengo conocimientos superavanzados sobre todo lo relacionado con los vehículos.

Le sonreí; ni siquiera sabía cómo narices conducir uno.

Él me lanzó una mirada, y la diversión apareció sigilosamente en sus ojos de color *whisky*.

—No me cabe duda. —Luego se guardó el móvil en el bolsillo mientras echaba un vistazo al aparcamiento—. Ese es del setenta. El mío es del setenta y dos.

Me quedé en silencio. Aquello fue tremendamente intuitivo por su parte; estaba demasiado lejos como para poder leer el papel que había en la luna.

—¿Cómo lo sabes?

—Ha sido a ojo —me contestó arrastrando las palabras.

Mmm...

—¿De qué año es ese rojo? —Y le señalé el siguiente Gran Torino de la hilera.

Entonces miró el coche un segundo.

—Del setenta y uno. —Y acto seguido se le dibujó una media sonrisa—. Es por la película, ¿a que sí? Por eso lo sabes.

Yo fruncí el ceño.

Era la cuarta vez que lo escuchaba reír. No tenía ni idea de cuándo había comenzado a llevar la cuenta, pero ahora no sabía si sería capaz de parar en algún momento.

Enseguida comprendí que no lo hacía «a ojo» como me había dicho. De hecho, al preguntarle un poco más, me di cuenta de que podía decirme la marca, el modelo y el año de todos los coches que había allí simplemente con echarles un vistazo. Era como una enciclopedia de vehículos, aunque una demasiado humilde para reconocerlo.

Yo lo observaba, fascinada por las pocas palabras que pronunciaba, y tomé una imagen mental de él cuando miró hacia mí y la luz del sol le iluminó de forma que le hizo parecer aún más guapo. Al sentir aquella mirada ávida y amenazante típica de él clavada en mí, noté una sensación agradable en mi pecho que, a medida que fue pasando el día, se extendía por todo mi ser, hasta enmarañarse tanto que ya nunca conseguiría escapar de ella.

—¿Por qué sabes tanto sobre coches? —le pregunté mientras caminábamos el uno junto al otro.

El sol era como un peso sofocante en mi piel, y me aparté la coleta de la nuca pegajosa.

—Así me mantenía al margen de los problemas —fue todo lo que me dijo.

Supuse que se refería a cuando era un adolescente. ¿En qué tipo de problemas se metería el joven Nico?

Noté la presión de la culpa en mi pecho cuando recordé la insinuación que hice sobre su madre la noche anterior. Yo no tuve ni de lejos los mejores padres, pero de pequeña me sentí segura, querida y cuidada. Me pregunté quién le habría querido a él. Me jugaba lo que fuese a que su padre le mostró el mismo afecto que el mío a Tony, lo que resultaba preocupante. Y dudaba de que una madre adicta pudiese ser cariñosa y comprensiva.

—Nico —comencé, pero luego dudé qué decir.

Quería preguntarle tantas cosas. Quería saberlo todo, pero intuía que no iba a contármelo, así que me decidí por un:

—Tengo sed.

—Ah, así que cuando quieres algo soy Nico —contestó arrastrando las palabras y en un tono divertido—. Venga. Vamos a por algo de beber.

En mi vida había visto a mi padre salir de casa con nada que fuese menos que un traje de dos piezas. Pero este hombre iba en botas, vaqueros y camiseta blanca. Y, aun así, no encajaba entre la multitud. Era como si todo el mundo supiese que tenía una pistola guardada en algún lugar debajo de la camiseta. O quizás viesen la Cosa Nostra en sus ojos.

Nos sentamos en un merendero cerca del límite del aparcamiento con una botella de agua. Nico se acabó la suya de dos sorbos y, luego, apoyó los codos en las rodillas y se puso a observar al gentío. Puede que debiese preocuparme por mi bienestar después del tiroteo desde el coche que habíamos sufrido hacía menos de una semana, pero la verdad era que no creía que hubiese otra persona sobre la faz de la tierra que pudiese hacerme sentir más segura que él.

Intenté fingir que no me daba cuenta cuando sus pupilas se posaron en mi cara, aunque un segundo después, y por culpa de mi pulso exaltado, no pude aguantar más.

—¿Por qué me miras así?

Un latido. Dos.

Su voz fue áspera y su mirada, firme, cuando dijo:

—Puede que porque quiero.

Algo agradable y tierno me envolvió el corazón y me lo estrujó.

Paramos delante de los Gran Torino, y la llama de una travesura se encendió en mi pecho. Me alejé hasta el siguiente coche y me puse a examinarlo como si supiese lo que estaba observando. Y, sabiendo que él tenía uno del setenta y dos, anuncié:

—Creo que mi favorito es el del setenta.

No me miró, pero el atisbo de una sonrisita se dibujó en sus labios.

—Eso no me lo dices a la cara.

Las mariposas de mi estómago echaron a volar, y tuve que morderme el interior de la mejilla para no sonreír.

Eran las once de la mañana de un domingo cuando me

di cuenta de que no solo me sentía atraída por mi prometido. Estaba total y completamente enamorada de él, con una locura que dolía.

Cuando volvimos al coche, los pies me estaban matando y el sol me había enrojecido la piel de los hombros. También se podía decir que estaba a punto de morirme de hambre. Solo eran las dos del mediodía, pero yo era muy particular con los horarios de comida y ya me había perdido el almuerzo y el segundo desayuno.

Mientras él conducía, yo apoyé la cabeza en la ventanilla para observar el mundo pasar a toda prisa. Un segundo después, me incorporé y fruncí el ceño sin entender qué estaba pasando.

—Nico, creía que esta parte del Bronx pertenecía a los Capello.

Al relamerse los labios y no decir nada, una carcajada de incredulidad se escapó de entre mis labios.

—Dios mío. Estás loco. No podemos estar aquí.

Él me miró un segundo con un ligero brillo en los ojos.

—Creía que ya habíamos aclarado que lo estaba.

Acto seguido, eché un vistazo por la ventanilla y me sentí como si fuese una criminal en busca y captura en una tierra extranjera. No me podía creer que hacía unos segundos hubiese estado paseándome tan normal por las calles de los Capello, la familia con la que mi padre tenía una relación neutral, aunque a veces tensa.

—Vas a conseguir que me maten —le comenté.

Él negó con la cabeza antes de clavarme una mirada que rebosaba intensidad.

—¿De verdad has creído por un segundo que dejaría que alguien te matase?

«No». Fue la respuesta visceral e inmediata en mi cabeza.

Aquellas palabras me enternecieron, pero no estaba muy segura de cómo debía sentirme. Siempre había seguido las reglas, y la única vez que no lo hice le costó la vida a un hombre inocente. Sabía que a Nico no le importaban mucho las leyes nacionales, no hablemos ya de las normas y las convenciones de la Cosa Nostra. Y lo de hoy solo era una muestra de ello. Yo no quería problemas, pero este hombre vivía por ellos.

—Es peligroso —añadí.

El silencio invadió el coche. A continuación, se pasó el pulgar por el labio inferior y me miró agarrando con una mano el volante.

—¿Confías en mí?

El hecho de que la noche anterior me hubiese dicho que no lo hiciera se convirtió en una verdad a gritos entre los dos. Tragué saliva. Por la forma en la que lo había preguntado, áspera y suave a la vez, sus palabras me atravesaron el pecho y fueron directas a un lugar que intentaba mantener cerrado a cal y canto, aislado del mundo. Me estaba diciendo que podía hacerlo. Que debería.

Tenía que casarme con ese hombre.

Pero no tenía que confiar en él.

Aunque no todo consiste en el deber, sino en el deseo.

Eché un vistazo más allá de la ventanilla del coche, a aquella parte prohibida de la ciudad a la que me había traído. Se me encogió el estómago por lo desconocido de todo aquello, pero la presencia agradable que tenía a mi lado, la fuerza con la que mi corazón latió la noche anterior y el aroma a hombre empezaron a resultarme familiares. Necesarios.

Nunca fui una mentirosa convincente, así que le dije la verdad.

—Sí —suspiré.

Y fue la primera vez que estuve tan segura de algo.

Capítulo 35

«Negro como el diablo, caliente como el infierno, puro como un ángel, dulce como el amor».

Charles Maurice de Talleyrand

Elena

Hicimos una parada en el despacho de Nico y, cuando vi que había una pizza esperándome en la mesa auxiliar, solté un gemido.

Él dejó escapar un suspiro divertido y se dirigió a su escritorio, donde se pasó la siguiente hora hablando por teléfono. O puede que fuese más tiempo, aunque no tenía forma de saberlo, porque, con el estómago lleno y todo lo que me había castigado el sol, me quedé dormida en el sofá. Fue un sueño ligero, en el que seguí oyendo su timbre de voz grave y, desde hacía poco, reconfortante, de fondo.

Tres horas después me desperté en el despacho, sola.

Un poco desorientada, pestañeé y me solté la coleta ya deshecha. Me peiné con los dedos y me volví a poner los tacones para después dirigirme directamente a la puerta y salir al pasillo. Las mesas de juego estaban vacías y el sótano habría estado en silencio de no ser por unas suaves voces masculinas.

Entré en la sala principal y me di cuenta de que Lorenzo, Lucky y Luca se encontraban a lo lejos, en una mesa con bancos corridos a ambos lados, cada uno con un conjunto de cartas en la mano. Me pregunté cómo se jugaba al póquer cuando todos los asientos estaban ocupados por un tramposo.

No vi a Nicolas por ninguna parte, y, de pronto, me acució el deseo de subir a mirar en la discoteca. Iba a casarme con alguien que rompía las reglas, así que quizás tuviese que salir de mi zona de confort y aprender a ponerme a su nivel. De puntillas para no hacer ruido con los tacones, fui hasta la escalera y me escabullí por la puerta.

El lugar era elegante, pero a la vez estaba decorado teniendo en cuenta la comodidad. La amplia pista de baile estaba compuesta de paneles que parpadeaban de morado a azul y a amarillo. Una larga fila de sillas de felpa roja descansaba alrededor de unas mesas redondas de madera barnizada, y un espejo se extendía por la pared del fondo. La escalera llevaba a la planta de arriba, donde imaginé que estarían las salas vip. Esperé que Nico no permitiese que allí ocurriese nada turbio, aunque aquello era hacerme muchas ilusiones.

Un segundo después, decidí volver a bajar antes de que se dieran cuenta de que me había ido. Había dado un paso para marcharme cuando me di cuenta de que no estaba sola.

—Así que tú eres la encantadora Elena.

Me quedé petrificada.

La voz no me era familiar, aunque había asumido que últimamente era uno de los temas más recurrentes de la lista de cotilleos, así que no me pareció sorprendente que me conociera.

Me di media vuelta y me encontré con una mirada ignorante, pero refinada; era como si las dos cualidades estuviesen luchando entre ellas. Su traje de Armani desprendía crueldad, aunque su aspecto sencillo, la ropa urbanita y el porte relajado la desmentían. Imaginé que era un camaleón, que era capaz de ofrecer el aspecto que desease sin ningún tipo de esfuerzo.

—Lo siento, creo que no tengo el placer.

Su risa queda sonó como unas notas musicales graves que se apagaban arrastradas por el viento.

—No, no creo. Solo soy el hijo menor.

Aunque el significado de aquella declaración debería haberse extinguido en el siglo XXI, entendía lo que quería decir. Mi vida era la prueba viva de las maneras anticuadas de la Cosa Nostra (mi boda estaba a la vuelta de la esquina). Como hijo menor, no heredaría mucho, ni el título ni el negocio, y siempre se esperaría de él que trabajase para su padre y, más tarde, para su hermano mayor. Siempre sería el segundón ignorado.

—Lamento escuchar eso.

Acto seguido, se rascó la mandíbula, encantado, y luego me pareció escucharle musitar:

—No me cabe duda de por qué le gustabas.

No conocía al hombre como para preguntarle, pero el uso del pasado en aquella afirmación («gustabas») despertó mi interés. No debería estar hablando con un desconocido a solas, pero Nico no dejaría entrar en su club a alguien en quien no confiara, ¿no?

Acorté la distancia que nos separaba con pasos vacilantes. Aquel extraño me cogió una mano y me plantó un ligero beso en el dorso. Mientras lo hacía, le insistí:

—Parece que ya sabes quién soy, pero yo no sé nada de ti. Tendrás un nombre.

—Puedes llamarme Sebastian. —Un resplandor sutil le iluminó los ojos antes de añadir—: Pérez.

Algo frío se desató dentro de mi cuerpo, y, en un acto reflejo, di un tirón para soltar mi mano de la suya. Hasta entonces no había notado que el ligero acento con el que hablaba era colombiano.

—Es la tercera vez que me pasa. Estoy empezando a preguntarme cómo voy a echar un polvo en esta ciudad.

Vacilé por el tono despreocupado de su voz y la declaración que acababa de hacer. Sin embargo, al verle meterse las manos en los bolsillos y darse la vuelta para echar un vistazo al lugar, me di cuenta de que aquel hombre podía ser más manipulador que su hermano. Aunque lo que yo quería saber era cuán pervertido podía ser.

Me pregunté si lo que había insinuado era verdad (si Óscar tenía mala reputación entre las mujeres). Que yo hubiese visto, parecía acaparar bastante atención femenina, pero eso solo ocurría en nuestro círculo, y si tenía ciertas... inclinaciones, estaba segura de que no se las mostraría a nadie de la Cosa Nostra. Bueno, al menos no hasta que atrapase a una de sus mujeres en un matrimonio y se la llevase a rastras a Colombia. Un destino que parecía haber evitado por los pelos.

—¿Sabes? Tú le gustabas —añadió—. Le gustabas mucho.

Un sabor desagradable me envolvió la boca. Que Óscar Pérez te desease era como contraer una enfermedad de transmisión sexual.

—Este sitio es agradable —comentó, y dio un par de pasos para adentrarse un poco más en la discoteca—. Aunque es muy interesante que te haya encontrado aquí. Creía que As iba a casarse con tu hermana.

Yo tragué saliva.

—Cambio de planes.

Se le escapó un simple «ah» cargado de diversión.

—¿Sabes qué? —continuó—. Una vez que mi hermano estaba borracho, me dijo que tu voz era como la suave caricia de una mujer.

—Qué... —Y contuve la cara de asco—. Bonito.

Él se rio entre dientes como si le encantase la incomodidad que había invadido la sala gracias a su comentario.

—Recitaba sonetos sobre ti. ¿Quieres escuchar alguno?

—Creo... que no.

—Bien dicho. Algunos eran... —Entonces se dio la vuelta y frunció un poco el ceño—. Un poco vulgares.

—Ya no eres el hijo menor —puntualicé.

Un titileo negro azabache inundó sus ojos durante un segundo.

—No.

A mí se me encogió el estómago.

—¿Por eso estás aquí?

En cuanto la última palabra salió de mis labios, una ola de pura tensión me acarició la espalda. Todo mi cuerpo se quedó petrificado, pero Sebastian permaneció donde estaba y, sin sacar las manos de los bolsillos, dirigió su mirada al hombre que se encontraba detrás de nosotros.

—Elena. Abajo. —Las palabras fueron frías y distantes. Eran las palabras de un jefe, cargadas con un inconfundible tono controlador. Un escalofrío se abrió paso bajo mi piel.

—Ahora.

Me di media vuelta para acatar su orden.

«Ya sabía yo que eso de romper las reglas no estaba hecho para mí...».

Nico ni siquiera me dedicó una mirada de soslayo. Permaneció concentrado en el colombiano que se encontraba en mitad de su discoteca. Empezaba a sospechar que este no había recibido ninguna invitación.

Aquella versión de mi prometido se sustentaba en una

severidad de hierro y una presencia intimidante que quemaba al que se acercase más de la cuenta. No pude evitar pensar que el hombre que conocía me acariciaba con las mismas manos que el don usaba para mutilar a sus enemigos.

Pasé a su lado y atravesé la sala, pero algo hizo que mis pies se pararan en seco al girar la esquina. La tensión era tan irrespirable que asfixiaba. Ansiaba ver a Nico hacer negocios. Simple curiosidad.

—Tienes cinco segundos para explicarme cómo cojones has entrado en mi club.

Sebastian se rio entre dientes.

—Así que directo al grano, ¿no? —Su tono se volvió tan sofisticado como su traje—. Muy bien. Puse las cámaras de la entrada en bucle y usé la maravillosa y vieja maniobra de la tarjeta de crédito.

—Esa puerta tiene dos cerraduras de llave de cadena HYT.

Pude sentir cómo la sonrisa de Sebastian estaba a punto de aparecer.

—¿Qué puedo decir? A lo mejor deberías haber puesto tres.

De pronto, a mis oídos solo llegó el silencio. Estaba segura de que a Nico aquello no le estaba haciendo ninguna gracia.

—Si quieres salir de aquí con todas las partes de tu cuerpo intactas, yo que tú empezaría a hablar.

—Mi hermano no debía de ser muy amigo tuyo.

La impaciencia se propagaba por el ambiente, y yo respiré despacio.

—Pérez —continuó Sebastian—. Óscar. —Y se quedó un momento callado—. Verás, mi hermano sospechaba, la verdad es que llegó hasta el punto de la paranoia, que alguien intentaba matarlo. No puedo decir que no hubiese considerado hacerlo yo mismo. Quiero decir, creo que llevaba dándole vueltas a eso desde que tenía siete...

—Al grano —le espetó Nico.

El intruso suspiró.

—Bueno, estaba tan paranoico que contrató a un detective privado. Alguien que lo siguiese a todas partes para asegurarse de que nadie más iba tras él. —Y soltó una carcajada—. Qué irónico, ¿no?

Hizo una pausa, como si estuviese esperando a que mi prometido le contestase, pero él no dijo nada, así que supuse que se estaba limitando a mirarlo con su furioso gesto de intimidación.

—Bueno —repitió Sebastian—, en fin, la razón por la que doy por hecho que mi hermano no era amigo tuyo es porque ese detective privado tiene unas fotos en las que sales pegándole un tiro en la cabeza.

El pulso me patinó y se paró de forma inoportuna. Y, cuando todo lo que Nico le contestó fue: «No creo que hayas venido a decirme quién es ese detective privado», me inundó un sentimiento frío.

Sebastian comenzó a reírse.

—Si lo hiciera, estoy seguro de que su cadáver acabaría flotando en el río que quede más cerca de aquí. Además, él me dio las fotos a mí. Ni siquiera las habría hecho si te hubiese reconocido. Casi le dio un infarto cuando se lo comenté.

—Un hombre listo —le contestó mi prometido arrastrando las palabras—. Tú no lo eres tanto. Dime lo que quieres antes de que decida que no me importa una mierda.

—Simplemente digamos que mi hermano llevó el negocio a la ruina. Asesinó a muchos de nuestros contactos con su... En fin, para serte sincero, le encantaban las mujeres. Follárselas, darles palizas, hacerlas pedazos. Fue un mal negocio. Si te asocias conmigo, esas fotos desaparecerán.

Mi futuro marido soltó un resoplido lleno de sarcasmo.

—Te das cuenta de que empezar una relación con chantajes no es el movimiento más inteligente, ¿verdad?

—Como si de otra manera te hubieras planteado tener un nuevo proveedor.

Nico fue el que asesinó a Óscar... ¿Por qué?

—¿La mierda que tienes es buena? —preguntó por fin.

—La mejor.

—Bien. Hablaremos de ello a finales de esta semana, cuando hayas pedido una puta cita, como todo el mundo. ¿Dónde te estás alojando?

—¿Por qué? —preguntó Sebastian en un tono que revelaba que se lo estaba pasando en grande—. ¿Quieres enseñarme la ciudad?

—Por si decido matarte, para no tener que perder el tiempo buscándote —le respondió mi prometido sin exhibir ningún tipo de expresión y, acto seguido, decidí que había escuchado bastante.

Antes de irme, me paré al escuchar las palabras de Sebastian; necesitaba saber la respuesta de Nico.

—Dime —dijo el hombre—, ¿por qué lo hiciste?

Un silencio denso tomó las riendas de la conversación, y el pecho se me encogió al oír el tono desenfadado de mi prometido.

—Tenía algo que yo quería.

Capítulo 36

«No existe ningún gran genio que no esté un poco loco».

Aristóteles

Elena

No estaba segura de cómo lo sabía, pero lo sabía.

La intuición estaba jugando en mi subconsciente y me envió una ola de incertidumbre por todo el cuerpo. La corazonada me estaba pidiendo a gritos hacerse realidad y, antes de que pudiese refrenarme, cogí mi teléfono de la mesita baja y le envié un mensaje a Tony.

Yo: ¿Sabías que a Óscar Pérez le encantaba hacer picadillo a las mujeres?

Me contestó un minuto después.

Tony: Elena, ¿qué cojones dices? No.

Puesto que sabía que era yo quien le había escrito, di por hecho que Nico tenía que haberle pasado mi número nuevo. No sabía qué pensar sobre que ahora fuesen tan amiguitos. Para ser sincera, no tenía muy claro que me gustase.

Yo: ¿Estás seguro? Creo que es algo de dominio público.

Tony: ¿Por qué iba a mentirte sobre algo así?

Había llegado el momento de tirar el anzuelo...

Yo: A lo mejor porque sabías que papá me había prometido a él.

El teléfono comenzó a vibrarme en la mano, y, cuando contesté, lo hice con un simple:

—Hola.

—¿Qué coño pasa contigo?

La voz de mi hermano rezumaba enfado y preocupación.

—¿De verdad crees que *papà* habría accedido al compromiso si realmente hubiese sabido que Óscar estaba metido en esa mierda?

Compromiso.

Asumí aquella palabra con la nada sorprendente sensación de que ya era consciente de ello, y le contesté:

—Gracias, Tony. Es todo lo que necesitaba saber. —Y, acto seguido, le colgué.

Al instante, me sonó el teléfono.

Tony: No empieces a comportarte raro.

Mi respuesta fue infantil, pero a cualquier hermano le habría resultado imposible reprimirse.

Yo: Tú eres el que está raro.

Estaba de espaldas a la puerta cuando un magnetismo conocido entró en el despacho y una sensación de vértigo me invadió el estómago. Hipnótica y volátil, su presencia me rozó la piel y se hundió en mis poros igual que si me poseyese. Sin embargo, también evocó algo incierto y profundo, como cuando te quedas observando fascinado el cielo verdoso que antecede a la tormenta, pero sabes que, en cuanto esta se desate, lo destruirá todo.

«Tenía algo que yo quería».

Óscar me tuvo a mí... Y lo siguiente fue que estaba muerto.

Quería descartar la idea de que Nico fuese el responsable de lo que estaba comenzando a pensar que había hecho o, mejor dicho, deseaba obviar el porqué lo había hecho. Tan solo de pensarlo se prendía la yesca que albergaba en mi pecho y que, sospechosamente, se parecía a la esperanza.

Sin esperanza, no tenía nada que perder.

Con ella, no éramos más que piezas de dominó esperando a caer.

Aun así, a medida que su presencia invadía el despacho, la yesca se alimentaba de una agradable bravuconería y crecía sin parar.

—¿Has echado un buen vistazo al club?

Agarré el teléfono con todas mis fuerzas, como si este pudiese anclar mis pies a la tierra.

—Más o menos.

Me di la vuelta y lo encontré apoyado en la esquina de su escritorio, con sus penetrantes ojos clavados en mí.

—Creo que no me gusta mucho encontrarte hablando a solas con el Escobar de turno.

Por su tono, aquel era un tremendo eufemismo.

—Pero ¿sí que puedo hablar contigo? —Y levanté una ceja para darle a entender que él no era muy diferente en lo referente a la ética.

—No puedes. —Un velo de amenaza le cubrió los ojos—. Debes.

Quería preguntarle si me obligaría a hacerlo si me negaba, pero las palabras se me quedaron atascadas en la garganta. En aquel despacho no quedaba espacio para la broma (solo había pólvora y fuego). Un movimiento en falso y detonaría.

No podía respirar porque aquella amenaza había acabado con todo el oxígeno. Nos limitamos a mirarnos el uno al otro, y los dos reconocimos el evidente deseo que se exhibía en el ambiente como el Monet en la pared, pero ninguno se lo atribuyó.

Un frío suspiro agitó mis nervios.

Deseaba ser lo mejor que hubiese tenido jamás. Ansiaba ponerlo tan cachondo como él me ponía a mí. Quería que solo me desease a mí, y con una necesidad pura. Sin embargo, no creía que pudiese compararme con la mujer más experimentada con la que hubiese estado. Y siempre había sido un poco perfeccionista (me lo pensaba dos veces si no podía hacerlo de forma impecable).

—¿Eras amigo de Óscar?

Aquellas palabras lucharon por ser escuchadas en medio de aquella atmósfera de tensión.

Una mueca de desagrado resplandeció en el fondo de sus ojos a la vez que se separaba del escritorio.

—No.

—¿Trabajabas con él?

Cogió las llaves del coche de la mesa del despacho y estiró los hombros, como si el simple hecho de hablar de Óscar le pusiese nervioso.

—No.

—¿Ni siquiera...?

—No tenía ni puta idea de quién era ese tío, Elena —me espetó.

Entonces fruncí el ceño en un intento bastante pobre de fingir que estaba sorprendidísima, pero, en realidad, una sensación placentera, parecida a la miel derretida, me inundó el pecho y se arrastró por mis vasos sanguíneos y mis venas.

«Tenía algo que yo quería».

Y ahora sabía que ese algo era yo.

Nico

Dirty Diana, de Shaman's Harvest, brotaba por los altavoces del coche para fusionarse con la tensión reprimida que desprendía mi cuerpo. Si fuese capaz de sacarme de la cabeza durante un maldito minuto la idea de follarme a la chica que se encontraba sentada a mi lado, la canción sobre una puta llamada Diana me lo impediría.

Ya había tensado mucho la cuerda de mi autocontrol. Tanto que podía escuchar las fibras rompiéndose una a una, hasta tal punto que se sujetaban solo de un hilo. Me aferré al volante.

Merecía que me diesen un puto premio por esto.

Porque no había nada que me impidiese soltarme. Deslizar la mano entre sus muslos y meterle dos dedos. Follármela con ellos y luego dejar que balancease sus caderas contra mi palma hasta que se corriese. Lo quería tan desesperadamente que hasta podía olerla y saborearla. La boca se me hizo agua y una intensa ola me encogió el estómago y me recorrió el cuerpo con una espiral de fuego ardiente.

Sobrepasado por la ira y la lujuria, apagué la radio de golpe.

Que le den por culo a Diana.

Y que le den por culo a todos los gilipollas que estén echando un polvo ahora mismo.

La fuerte tensión y el susurro quedo que hizo la tela cuando Elena cruzó las piernas invadieron el coche. Aquel gesto nervioso dejó al descubierto un poco más de sus suaves y bronceados muslos, y sentí que el pulso me latía en la polla.

Se me dibujó una mueca en los labios, pero me la borré con la palma de la mano. Sabía qué llevaba ahora mismo debajo del vestido. Esa imagen mental estaba grabada a fuego en mi puto cerebro. No era solo que tuviese el cuerpecito más sexi que hubiese visto en mi vida, sino que sus ojos oscuros, tiernos e inocentes, me habían abierto un agujero en el pecho. Cuando se sentó en la isla, simplemente lo hizo como si fuese a dejarme hacerle todo lo que yo quisiera. Sumisa. Obediente. No me jodas.

Luego se limpió las manos en el vestido y, al hacerlo, se bajó la falda. Entonces una parte macabra dentro de mí encontró placer en la idea de que la estuviese haciendo sentir incómoda. El ojo por ojo y esas cosas.

Podía hacerle lo que quisiera.

Podía hacerme con todo.

Hasta sabía que le gustaría.

Pero algo arcano y profundamente enraizado en mi ser me lo impedía. Algo que hacía que sintiese la necesidad de fumar cada vez que pensaba en ello.

Tenía que saber que no era el sustituto de algún antiguo amor. Necesitaba saber que no estaba fingiendo que yo era otro. Debía estar seguro de que era lo que ella quería y que no lo hacía por algún tipo de trato de obediencia o sentido del deber.

Cuando la vi hablando con Sebastian Perez, durante una milésima de segundo, pensé que había sido ella la que lo había dejado entrar, que él era el responsable del anillo que llevaba en el dedo. La rabia me ardió en la garganta y me supo ácida en la boca. Ella era mía. Y acabaría con la vida de cualquiera que me dijese lo contrario.

Iba a quedarse en mi casa hasta la boda porque no podía soportar la idea de que Salvatore intentase mantenerla alejada de mí. Solo de pensarlo, el pecho me dolía con algo vacío y desconocido, y ni de coña iba a quedarme dos semanas de brazos cruzados mientras sentía algo así.

Aun así, me alegraba de no haber disparado a Sebastian.

Me gustaba la forma que tenía de hacer negocios.

En cuanto aparcamos en el camino de la entrada, apagué el motor y salí del coche. Si permanecía sentado ahí dentro con ella un milisegundo más, iba a caer.

Elena me siguió hasta la puerta trasera y no pude evitar estar pendiente de cada uno de sus movimientos. El tacón se le tenía que haber quedado atascado en una grieta de la pasarela que atravesaba el jardín, porque comenzó a tambalearse. Yo retrocedí un paso para poder alcanzarla e impedir que perdiese el equilibrio, pero no estaba preparado para que cayese encima de mí.

Apreté los dientes por el impacto. Todo su cuerpo se apretó contra mi costado, desde las tetas hasta las caderas, y, joder, estaba ardiendo.

«Dios, qué chica».

Si conseguía pasar de esta noche, sería un puto milagro.

Elena

El taconeo de mis zapatos resonó por las tablas de madera del suelo mientras que los latidos de mi corazón imitaban cada reverberación contra el esternón.

Solo hacía unos días que había llegado aquí y me había quedado clavada delante de su puerta. La incertidumbre que sentí entonces seguía siendo la misma, pero algo había cambiado. El deseo que sentía en la zona baja de mi vientre había florecido hasta invadir cada centímetro disponible de mi cuerpo. Podía sentirlo por todas partes, y eso que ni siquiera me estaba tocando.

Nico tecleó algo en el sistema de seguridad y yo me quité los tacones. Después, se paró delante de las escaleras y me miró. Tenía una mirada amenazadora, brillante e inmensamente profunda.

—¿Estás bien?

—Sí —musité, aunque sentía que iba a explotar en cualquier momento si no me tocaba.

Él asintió una sola vez antes de subir los escalones tranquilamente y dejarme allí, compuesta y sin novio. Dominada por el deseo sexual y muy cachonda, me quedé ahí un momento, con los sonidos de los cimientos de la casa como única compañía.

Fui hasta la cocina sin hacer ruido, me serví un vaso de agua y lo dejé en la isla sin ni siquiera probarlo. Me aferré al filo de la encimera, cerré los ojos y dejé que la presión de lo que precisaba de aquel hombre aumentase hasta que noté que aquella necesidad era lo único que podía respirar.

Las escaleras crujieron al contacto de mis pies descalzos, y me paré en el último peldaño al escuchar el grifo de la ducha abierto en su baño. La indecisión me devoró poco a poco hasta que me sentí desnuda y vulnerable. Sería tan fácil dejar que mi vestido cayese sobre el suelo y meterme ahí dentro con él. Estaba segura de que no me rechazaría, aunque esa no era la razón de la duda que tenía dentro.

Así que, en lugar de eso, fui al baño del pasillo. Abrí el grifo del agua caliente de la ducha y me lavé el pelo con el champú de otra mujer. Luego me lo sequé con su secador. Iba solo con una toalla cuando me paré un instante en el pasillo. La indecisión era tan fuerte que vibraba bajo mi piel.

Al final, cerré la puerta de mi dormitorio tras de mí y me dejé caer sobre la cama. Con los ojos clavados en el techo, lancé un suspiro. Los latidos de mi corazón parecían estar interpretando una melodía de miedo, incertidumbre y necesidad. Luego me puse una camiseta y unos pantalones cortos y me quedé de pie en medio de la habitación.

En mi cabeza resonó con un timbre grave el «tenía algo que yo quería». Aquello fue lo último que pensé antes de darme cuenta de que estaba en el pasillo, justo delante de la puerta cerrada de su dormitorio.

Una vez la abriera, no habría marcha atrás. Sabía que eso daría un giro de ciento ochenta grados a todo, pero de lo que no era consciente en ese momento era de que... eso ya había pasado.

Capítulo 37

«No puedes culpar a la gravedad de enamorarte».
Albert Einstein

Elena

Ni siquiera levantó la vista cuando abrí la puerta.

Lo encontré sentado en un lado de la cama, con los codos apoyados en las rodillas y los ojos clavados en el suelo. Una peligrosa neblina permeaba el ambiente igual que las volutas de humo; transmitía una sensación tan posesiva como la de unas cadenas, se parecía a la luz de la luna y sabía a obsesión.

Los rayos plateados atravesaban el cristal y le iluminaban el cuerpo, pero no la expresión. La valentía que me había traído hasta aquí se redujo a cenizas en cuanto me encontré tan cerca de él, respirando su mismo aire y sintiendo su presencia, que podría consumir la mía hasta que dejase de existir sin ningún esfuerzo.

Los latidos intentaban escaparse por mi garganta, y un escalofrío helado me corrió por la sangre para dejarme la piel ardiente. No sabía que fuese posible desear algo tanto y temerlo en igual medida. La duda clavó mis pies al suelo y tiró de mi corazón. Sin embargo, de pronto me di cuenta de que, aunque decidiese cambiar de idea y darme media vuelta..., no iba a poder escapar.

Cada centímetro de mi cuerpo estaba ardiendo cuando me acerqué a él. Con la piel tan sensible como si estuviese recién depilada, sentí que sus pantalones me abrasaban el interior de los muslos al introducir una pierna entre las suyas, ligeramente separadas. Nico no me miró ni cambió la pose para abrirlas y que yo pudiese pasar del todo entre ellas. Mi respiración y el repiqueteo de mi corazón se agitaron antes de que el silencio los volviese líquidos.

Le acaricié el cuello con una mano y, a continuación, la hundí en la espesa cabellera de su nuca. Acto seguido, dejó escapar un suspiro tenso y quedo. Su pecho desnudo desprendía un calor embriagador, y yo lo absorbí como si fuese una adicta. Mis dedos se entremezclaron con su suave melena y le agarré un mechón, igual que había hecho unos días antes.

Ligeras como dos plumas, sus manos rozaron la parte trasera de mis muslos desde abajo hacia arriba y, en ese momento, mi pulso chisporroteó igual que el crujido de las llamas. No llevaba nada debajo de la camiseta y mis pechos, desnudos y turgentes, se encontraban cerquísima de su cara. Solo tenía que levantar la cabeza para tocarlos con los labios y aliviarlos de esta presión.

Acto seguido, hundió los dedos en mis muslos con firmeza, agarrando y acariciándome la carne. Noté un espasmo en el interior de mi vientre a la vez que el calor abrasador que desprendían las palmas de sus manos me quemaba la piel. Cada apretón provocaba un tamborileo en mi entrepierna que acababa asentándose en un deseo que necesitaba satisfacer. Yo exhalaba de forma entrecortada y superficial mientras él permanecía en silencio, como si lo que estaba haciendo mereciera toda su atención.

La neblina que pendía en el ambiente comenzó a espesarse, a caldearse, a abrasar con cada respiración.

Se me encogió el estómago cuando metió lentamente las manos en mis pantalones cortos de algodón y coqueteó con la curva de mis cachetes con una caricia que estaba comenzando a pensar que era sincera. Luego, deslizó las palmas bajo el dobladillo y me agarró el culo con las dos manos. Se me escapó un suspiro ronco cuando comenzó a masajear la carne con fuerza. Unos escalofríos ardientes y escurridizos se acumularon en mi entrepierna, y lo agarré del pelo.

Entonces encontró mi tanga y siguió el rastro del algodón hacia abajo. El cuerpo me zumbaba con la expectativa de lo que iba a suceder, pero, justo antes de que llegase a donde lo necesitaba, estiró la tela hacia un lado y la soltó para dejar que volviese a su sitio con un chasquido. Aquel movimiento me rozó el clítoris y provocó que una sensación lasciva me recorriese la espalda y me hiciese perder el equilibrio. La mano que tenía libre encontró su nuca y se aferró a ella para no caerse, pero, en el proceso, arrastré mis uñas cortas por la parte trasera de su cuello.

Como si lo odiase, Nico agitó la cabeza para deshacerse de mi caricia y, después, soltó un gruñido quedo que parecía provenir de las profundidades de su pecho. Entonces dejé caer la mano. No me dio tiempo a sopesar aquella reacción porque sus dedos se deslizaron debajo del tanga para escurrirse hasta tan abajo que tocaron mi entrada antes de frenarse. Aquel contacto me resultó desconocido, pero estaba tan cachonda que me descubrí balanceando las caderas para hacer fricción.

Un gemido brotó de mi garganta cuando su mano se escurrió un poco más abajo y me metió un dedo sin previo aviso. Soltó un «joder» ronco que me recorrió la espalda y comenzó a follarme lento, entrando y saliendo, mientras la presión aumentaba en mi entrepierna igual que cuando se acumula demasiado vapor dentro de un tarro de cristal.

Dejé caer la cabeza hacia atrás, llevé la palma de la mano hasta su cuello y lo acaricié con las uñas. Entonces se puso tenso y, de pronto, me di cuenta de lo que acababa de hacer y volví a dejar caer la mano. Sin embargo, el daño ya estaba hecho. Recibí un azote en la parte inferior de mi trasero, y este desató una placentera vibración que atravesó todo mi sexo. Para nada creía que ese fuese un buen castigo, pero, acto seguido, sacó el dedo que tenía dentro de mí para dejarme con un ansia animal.

La neblina se había infiltrado en mi piel, mi mente, mis inhibiciones y hasta en los límites de mi visión. Necesitaba una cosa, solo podía pensar en ella, y era físicamente imposible que me fuese sin haberla conseguido.

Nico se abrió de piernas y no dudé en meterme del todo entre ellas. Luego, alzó la vista y sus ojos se encontraron con los míos; el fuego que albergaban era plomo líquido y negro como una noche sin luna. Solo unos centímetros separaban nuestros labios. Estaban tan cerca que compartíamos la respiración. Tan cerca que nos podíamos besar.

En ese momento, me di cuenta de lo débil que era porque si aquel hombre me decía que lo besara, lo haría. Haría todo lo que quisiera. Pero no me lo pidió. Solo me observó con los ojos entrecerrados mientras respiraba mi aire como si fuese suyo por derecho.

—Quítatelo —mascullló.

No estaba hablando de la ropa. Me miró a la cara, pero bien podría haber tenido las pupilas clavadas en mi mano izquierda. En ese instante, entendí que no le molestaba que le rozase el cuello con las uñas; era el anillo.

Tragué saliva e intenté pensar pese a la niebla que él mismo había generado y que me nublaba la mente. Me había dicho a mí misma que no me lo quitaría hasta que hiciese lo que pudiese para reparar el daño que había causado. Odiaba admitirlo, pero deseaba este momento más que tener un recordatorio de mi culpa. Aunque la verdad era que ya no se trataba simplemente de lo que quería.

Lo necesitaba. Más que la moral o la honestidad.

Sabía que no debía acostarme con Nico, no con mi mentira tan reciente que se podía sentir en el ambiente.

Pero, en el momento en el que me quité el anillo y lo dejé caer al suelo, supe que no sería tan mala Russo después de todo.

Como consecuencia, su cuerpo desprendía calor y satisfacción. Sin pensármelo dos veces, agarré el dobladillo de mi camiseta con las dos manos y me la quité de golpe.

Él soltó un gemido y, antes de que ni siquiera pudiese bajar los brazos, se aferró a mi seno con la boca y dio un lento chupetón mientras hundía los dientes en el pezón. Una excitación candente se extendió a la velocidad del rayo entre mis muslos, y estos comenzaron a latir con un deseo que necesitaba complacer. En ese momento, empecé a balancearme sobre él y le pasé una mano alrededor del cuello para introducirla en su cabello.

Me bajó la parte delantera del pantalón corto con una mano, y, en el proceso, rozó piel muy sensible. A continuación, me agarró con la mano ahuecada de una forma tan bestia que hizo que me pusiese de puntillas y, acto seguido, comenzó a frotarme hacia delante y hacia atrás con toda la palma a la vez que ejercía una presión constante en mi clítoris. Entonces dejé caer la cabeza hacia atrás y lancé un gemido.

—Joder, estás mojadísima —gruñó.

Luego, se metió un pezón en la boca y deslizó dos dedos hasta lo más profundo de mi ser. Me invadió una presión excitante y placentera, que amenazaba con desbordarme mientras me masturbaba. Primero rápido y luego lento. Sin parar.

A lo mejor debería haberme avergonzado por estar tan mojada que el ruido que producían sus dedos al entrar y salir de mí con fuerza invadía toda la habitación, pero me quemaba tanto la piel que parecía que me habían empapado en queroseno y después me habían prendido fuego con una cerilla. El incendio que ardía en la zona baja de mi vientre había creado una llama que tenía que alimentar. Si no... me convertiría en humo.

—Oh, Dios mío... —gemí mientras le hundía las uñas en los hombros.

Estaba muy cerca, a punto.

—Dios, por favor.

Entonces, empezó a recorrer cada poro de mis pechos besándolos igual que me besaría en la boca: con labios, lengua y dientes. Sus dedos se escurrieron fuera de mí para lubricarme el clítoris y, cuando volvió a meterlos, se acabó.

La presión estalló en llamas y escalofríos. Mis venas ardieron como un rastro de pólvora y lanzaron fogonazos de luz en mi cerebro. Un temblor me sacudió todo el cuerpo, como si hubiese vertido tres chupitos de alcohol directamente en mi torrente sanguíneo, y, después, una débil excitación se propagó dentro de mí.

Cuando esta sensación se desvaneció, me di cuenta de que me habían fallado las piernas y de que estaba sentada en su muslo. Todavía no había abierto los ojos cuando sus labios y una voz ronca y grave me rozaron el oído.

—Joder, eres la cosa más sexi que he visto en mi vida.

La satisfacción, que seguía titilando con un resplandor

anaranjado, goteó en mi pecho igual que si se tratase de un grifo mal cerrado.

—Gracias —musité mientras mis mejillas se sonrojaban tanto que quemaban al tacto.

Su mano abandonó mis pantalones cortos con una caricia, y yo me estremecí por perder el contacto con su piel.

Tenía los ojos casi cerrados, y su color negro se encontraba intoxicado. En ese momento, me rozó los labios con el pulgar y sus palabras sonaron roncas, como si hubiese estado un rato sin hablar.

—De nada.

Dejó un rastro líquido a lo largo de mi boca, y supe que era mío. Me pasé la lengua por el labio inferior para lamérmelo.

A él se le encendió la mirada.

—Súbete a la cama.

Era una orden. Su estado de ánimo relajado se estaba endureciendo para volverse severo, y eso provocó que mi corazón amenazase con salirse por el esternón.

Me aparté de él y gateé por encima de la cama. Tenía la sensación de estar tumbada en una nube de Nico cuando me tendí bocarriba. Era demasiado blanda para ser suya, pero olía igual que él: a *whisky* sin hielo, a sándalo y a un aroma que asociaba a una tentación placentera y a peligro.

Mirándome a los ojos, se bajó los pantalones del chándal y, acto seguido, las mejillas comenzaron a arderme, y eso que todavía llevaba los bóxers puestos. Eran tan negros como el brazo que tenía tatuado. Yo tragué saliva al echar un vistazo a su erección, que parecía querer salirse por la tela. La expectativa comenzó a vibrar en mi entrepierna. La tenía tan dura... Nunca había visto nada tan sexi.

Mi cuerpo se encontraba lánguido, maleable y todavía no se le había pasado el subidón del orgasmo, pero, cuando aquel hombre posó sus ojos en mí mientras rodeaba la cama y observé la fugaz amenaza que apareció en su mirada, el pulso comenzó a temblarme en la garganta.

El aire acondicionado se encendió de golpe con una ráfaga fría que me puso todo el vello de punta. Nico abrió el cajón de la mesilla, sacó un condón y lo lanzó sobre esta. Luego, me agarró por los tobillos, tiró de mí para llevarme a un lado de la cama e, inmediatamente, se me encogió el estómago y un ruidito de sorpresa escapó de mi garganta.

—Estos putos pantalones cortos —masculló mientras agarraba la cinturilla y tiraba de ellos para sacármelos por las piernas junto al tanga.

Una parte de mí un tanto manipuladora sabía exactamente a qué se refería. Aquellos *shorts* parecían unas braguitas, y cabía la posibilidad de que los hubiese llevado puestos delante de él cuando todavía estábamos a punto de ser cuñados.

Acto seguido, lanzó mi ropa al suelo, tras él.

—¿Estabas intentando provocarme, Elena?

El orgasmo bien podría haber sido suero de la verdad porque yo susurré:

—Sí.

Entonces me agarró de los muslos, los separó y, luego, soltó una palabrota en voz baja. A continuación, dirigió la mirada directamente a mi cara y me observó de una forma más severa.

—¿A quién más provocas?

Aquellas palabras se estrellaron directamente contra mi estómago y amargaron cada atisbo de lujuria. Seguía creyendo que era una guarra, y ¿yo estaba aquí tumbada con las piernas abiertas para él? Le dediqué una mirada asesina, tiré de mis muslos para que los soltara y me puse de pie.

—Que te follen, Nicolas.

El entornó los ojos.

—Preferiría follarte a ti.

—Una pena —le espeté, y le di un empujón para pasar junto a él.

Pero no pude dar ni un paso más porque me rodeó la cintura con el brazo, mis pies dejaron de tocar el suelo y me volvió a tirar en la cama. El aire se me escapó de los pulmones y dentro de mí estalló un enfado que no me dejó respirar.

—No soy una muñeca a la que puedas tirar por ahí y no voy a irme a la cama contigo.

Él trepó hasta la cama y se puso de rodillas entre mis piernas.

—Nadie ha dicho nada de irse a dormir —dijo arrastrando las palabras.

Odiaba admitirlo, pero mi cuerpo adoraba su voz y respondía calentándose por todas partes. Era una presa tremendamente fácil.

—Nico...

—Platónico.

Titubeé un segundo.

—¿Qué?

Se me escapó un suspiro cuando pasó las callosas palmas de sus manos por mis muslos para abrirlos más.

—Si quieres que pare, di «platónico».

Esa palabra me recordó lo nada platónica que quería ser para él.

Pasaron dos segundos llenos de tensión cuando hundió los dedos en el interior de mis muslos. Y, al no decir nada, sus ojos se volvieron tan oscuros que podía verle el alma ennegrecida. Él se inclinó hacia delante y la expectativa se agitó y estalló en todas mis terminaciones nerviosas.

Yo musité un «espera» nada entusiasta, pero bien podría habérmelo ahorrado. No era la palabra correcta y, aunque no quería quedar como una presa fácil, tampoco quería volver a decir «platónico» nunca más. Me apoyé en las manos mientras lo observaba y, cuando apretó la cara contra mis muslos e inhaló, yo eché la cabeza hacia atrás.

Una vez comenté que Nico ponía todo su ser en cada cosa que hacía.

Y, Dios, para nada me equivocaba.

Me rodeó los muslos con los brazos para levantarlos ligeramente y, luego, me lamió desde el culo hasta el clítoris. Un vapor ardiente avanzó lentamente por mi sangre y me prendió fuego. Yo solté un grito ahogado y tuve que aferrarme con los dedos a las sábanas.

Era tan sucio, tan inapropiado, estaba tan mal... Pero, Dios, a lo mejor era por eso por lo que resultaba tan placentero.

Un sonido profundo de satisfacción salió de su garganta.

—Estás trastornado —susurré—. Hazlo otra vez.

Por primera vez desde que lo conocí, Nico me hizo caso.

Volvió a darme otro lametón lleno de excitación y desató un violento escalofrío que me recorrió todo el cuerpo. Una neblina de insensatez se llevó mis pensamientos dejando un rastro de lujuria y locura a su paso. Estaba tan cachonda que ardía igual que un cometa cuando cae del espacio. Comencé a balancear las caderas contra su boca mientras él me lamía por todas las partes que pudo alcanzar.

Cada oleada abrasadora se fundió en un deseo entre mis piernas que necesitaba satisfacer, hasta que solo sentí vacío.

Lo necesitaba. Con un delirio irresponsable, primitivo, radical.

Y si eso me convertía en una guarra, me importaba un comino.

—Nico..., para.

Entonces comprendí que no iba a volver a obedecerme, porque cada vez que intentaba apartarme de él, lo único que conseguía era que tensase más los brazos alrededor de mis muslos. Aun así, en ese momento, perdí de vista durante un instante mi objetivo final y acabé poniendo los ojos en blanco.

Sentía un vacío tremendo.

Le tiré del pelo lo más fuerte que pude y, al final, se dignó a prestarme atención. El dorado de sus ojos había ardido y solo quedaban las brasas. Me dedicó una mirada ligeramente inquisitiva. Yo no dije ni una palabra, pero tuvo que leerme en la cara lo que necesitaba.

Caminó a gatas hasta ponerse sobre mí, pero en el camino me lamió y mordisqueó desde el vientre hasta los pechos. Y, entonces, me cubrió con su cuerpo. Pesaba muchísimo. De una forma agradable y maravillosa que hizo que mi piel cantara de satisfacción. Luego me besó el cuello y apoyó las manos a ambos lados de mi cabeza.

En ese momento, me di cuenta de que él me había lamido todo el cuerpo, pero yo apenas lo había tocado. Nico exudaba tensión cuando deslicé las manos por su espalda y sus costados y, al posarlas en sus abdominales, cerró los ojos y apretó la mandíbula.

Recorrí con los dedos la línea de vello que tenía debajo del ombligo; sin embargo, cuando llegué a la cinturilla de los calzoncillos, dudé un instante. Había estado con un hombre, pero eso no significaba que lo supiese todo sobre cómo tocar a uno.

—Más abajo —me ordenó entre dientes.

El pulso se me agitó con expectativa e incertidumbre, pero dejé que la mano se resbalara hacia abajo para agarrar su erección con la palma ahuecada a través de los calzoncillos. Entonces descansó su frente sobre la mía y un gruñido se le escapó del pecho. Acto seguido, se apretó contra mi mano.

Podía notar lo cachondo que estaba al otro lado de la tela; lo gruesa, grande, dura, y totalmente masculina que era. Una ola de deseo se llevó todas las dudas que tenía e, inmediatamente, deslicé los dedos por la cinturilla para envolverle el miembro erecto con la mano.

—Ah, joder —gruñó.

Estaba muy caliente y muy suave. Tenerla en la mano hizo que una sensación agradable me invadiese la parte baja del estómago. Podía saborear la expectación de cómo sería sentirla dentro de mí. Un latido floreció en mi entrepierna. A continuación, bajé la mano hasta la base y, luego, volví a subirla.

—La quiero —suspiré.

Entonces tomó mi cara con su mano.

—Pídemelo con educación —me ordenó con la voz ronca, y me dio un mordisquito en la mandíbula.

Le di un apretón, y él siseó y me clavó una mirada suspicaz. Acto seguido, tiré lenta y delicadamente de su miembro para, después, susurrarle al oído:

—Por favor.

Tenía los ojos entreabiertos y se podía ver en ellos un velo de amenaza cuando se dejó caer a mi lado y se quitó los calzoncillos. La cara me ardió al verle agarrarse el pene erecto por la base y alargar el otro brazo para coger el condón de la mesilla.

La acción fue tan primitiva, tan sorprendentemente sexi, que hizo que algo se incendiase dentro de mí. Antes de saber lo que estaba haciendo, me puse a horcajadas sobre sus caderas. Apoyé las manos a ambos lados de él, me incliné hacia delante y le besé la parte delantera del cuello como si fuese su boca.

—Joder. —Y me sostuvo la nuca con la palma ahuecada mientras sus dedos se entremezclaban con los mechones de mi pelo.

Sabía igual que olía, y no podía saciarme. No paraba de besarlo y de tocarle todo el cuerpo, recorrí sus bíceps y sus pectorales con las manos hasta que las hundí en su cabello.

Le besé con lengua la garganta, le di un mordisquito en el lóbulo de la oreja y le chupé el cuello.

—Ya está bien —gruñó lleno de frustración, y me agarró el pelo de la nuca para que parase.

Yo me eché hacia atrás con los ojos entrecerrados. Le rocé el pecho con los senos, lo que hizo que sintiese un tremendo estímulo de placer más abajo y que me muriese por un poco de fricción. Entonces me froté contra su pene erecto, y aquello provocó que se propagase un fuego por todo mi ser que consiguió que agachase la cabeza y enterrase los dedos en las sábanas.

—Espera —mascullló, y rajó el envoltorio del condón con los dientes.

Yo estaba febril de una manera ardiente, ansiosa, necesitada, así que me fue imposible parar. Balanceé mis caderas contra él usando su pecho a modo de palanca para restregar mi lubricación por toda su erección.

En cuanto consiguió sacar el condón, se quedó petrificado y luego soltó un gemido tan profundo que lo sentí vibrar en su torso. Me había frotado con tanta fuerza que la cabeza de su pene erecto se había colado dentro de mí. Era tan grande que sentí una punzada de dolor. Un temblor me recorrió el cuerpo y comencé a exhalar con jadeos irregulares. Cerré el puño sobre sus abdominales y me hundí en él un par de centímetros más. El dolor se disipó para dejar una plenitud deliciosa, y se me escapó un suspiro ronco.

Noté que su cuerpo se ponía tenso bajo mis manos, y el envoltorio del condón crujió al desaparecer dentro de su puño cerrado.

—No. Con condón —gruñó.

Puede que fuese la persona más estúpida del mundo, que eso fuese lo más impulsivo que había hecho en mi vida, pero no quería usar el condón de la mesilla que reservaba para todas las chicas de una noche (o, peor todavía, para una habitual). Quería ser diferente, lo necesitaba.

Mi respuesta fue un sollozo y, a la vez, me deslicé un poco más abajo, hasta que la mitad de su miembro desapareció dentro de mí. Los dos observamos lo que estaba ocurriendo mientras exhalaba de forma irregular. Me sentía tan llena que me quemaba. Me quedé ahí, y los muslos comenzaron a dolerme como si hubiese corrido más de un kilómetro y medio.

Él clavó las pupilas en el punto por el que nos manteníamos unidos, en su mirada se advertía amenaza y locura a partes iguales. Y, en ese momento y tras soltar un gruñido, me tiró de espaldas y, con un empujón, se metió del todo dentro de mí.

Yo grité, y la espalda se me arqueó para separarse de la cama. Me sentía llena, tanto que me iba a desbordar. Le empujé el pecho para que saliese lentamente de mí, pero él permaneció tan dentro que podía notarlo en la tripa. Su cuerpo pesaba mucho cuando se tumbó sobre mí, con una mano apoyada en la cama y la otra envolviéndome la cabeza.

Se quedó así un momento, a la vez que su pecho, pegado al mío, luchaba por recuperar el aliento. La respiración entrecortada me abanicó el cuello mientras siguió inmóvil.

Entonces pegó los labios a mi oreja.

—¿Quieres que te cuente un secreto?

Yo me estremecí al escuchar aquella voz tan grave, pero no respondí; seguía intentando averiguar cómo respirar con él encima de mí.

—Es la primera vez que me follo a una mujer sin condón. —Y me frotó el cuello con la nariz.

Usó un tono suave y cariñoso, pero lo dijo con los dientes apretados.

—Y siento decirte que acabas de crear un monstruo.

Acto seguido, me sujetó por el pelo de la nuca y comenzó a follarme.

Piel con piel. El arañazo de sus dientes. Su tremendo peso. Sin parar. Era tan intenso que yo estaba luchando por encontrar algo de aire que poder respirar, cualquier cosa que no fuese él y lo tempestuoso de todo aquello. Enseguida, la intensidad se rebajó y mi cuerpo comenzó a aumentar de temperatura y amoldarse al suyo. Con cada embestida prendía una chispa dentro de mí que solo la siguiente podía saciar. Hundí las uñas en sus bíceps, y un pequeño escalofrío se propagó bajo su piel.

Me habló mientras follábamos, directamente al oído, con un tono grave y ronco que me estaba volviendo loca.

—Entra tan bien —me alabó—. Joder, está tan apretado. Tan mojado, listo para mí.

Aquellas palabras se hundieron en mi piel y rellenaron hasta el último poro de mi cuerpo con una satisfacción agradable.

Cada vez que su pelvis se hundía en la mía, una excitación fundida se propagaba desde mi clítoris hacia la piel. Un gemido gutural se escapaba de entre mis labios con cada embestida, como si Nico los estuviese empujando para que yo los soltara.

Solo era un amasijo de deseo, llamas y placer.

—Joder, tienes que callarte —me gruñó al oído—. O esto va acabar antes de que esté listo para terminar.

Traté de parar, pero me resultó tan imposible como dejar de respirar.

En ese instante, me tapó la boca con la palma de su mano, mientras que con la otra seguía agarrándome del pelo. Era duro, autoritario y muy adictivo.

Y, de pronto, supe que aquello fue lo que me atrajo de Nicolas Russo. Lo que me fascinó. Puede que la Cosa Nostra me hubiese mancillado desde el principio, como un veneno en el suministro de agua, porque lo necesitaba: la autoridad, la dominación, notarlo por todas partes. Ya sabía que sería así, muy intenso, pero sentirlo era mucho mejor de lo que había imaginado.

El orgasmo llegó enseguida y con tanta violencia que hizo que me temblase tanto el cuerpo que me castañearon los dientes. La excitación palpitó en la zona baja de mi vientre para después ramificarse en escalofríos y destellos y originar la mejor sensación que había experimentado en mi vida.

Cuando se me pasó, lo encontré a él inmóvil y dentro de mí, observándome con unos ojos más negros que una noche sin luna. Me quitó la mano de la boca y, por las marcas de dientes, me di cuenta de que le había mordido mientras me corría.

—¿Quién te folla? —gruñó.

Yo me estremecí.

—Tú.

—¿Y quién más?

—Solo tú —susurré.

Una ola de satisfacción salió de su pecho, y apoyó la frente sobre la mía.

—Voy a correrme dentro y luego voy a follarte otra vez.

Sus labios se aproximaron a los míos. Estaban tan cerca que, con un impulso lento y un jadeo, rozaron los míos de una forma tan sutil que fue como si no hubiese pasado.

Casi podía sentir su beso resbalándose, lamiéndome y mordiéndome. Húmedo, complicado, tempestuoso. Porque seguro que así era como besaba Nico. Quería experimentarlo de una forma tan violenta que mi cabeza y mi boca entraron en conflicto.

No me cabía duda de que sabría a *whisky* y a malas decisiones.

Esta vez ganó la cabeza.

Él se quedó así, con nuestros labios separados por unos centímetros, mientras bombeaba su miembro dentro de mí, lentamente, hasta el fondo y con una intimidad que me hizo sentir igual que si alguien me hubiese frotado la piel con papel de lija hasta dejarme en carne viva, vulnerable, a la vista de cualquiera.

Pero ya no podía escapar. No con su puño agarrándome del pelo y su cuerpo sobre el mío. No con sus palabras guarras resonando aún en mis oídos. No con el calor que brotaba de mi pecho simplemente con mencionar su nombre.

Lo había dejado entrar dentro de mí.

Y ya no volvería a dejarlo salir.

Capítulo 38

«El amor es como un virus. Todos podemos contagiarnos en cualquier momento».

Maya Angelou

Elena

Los latidos del corazón son algo voluble. Un momento pueden palpitar y al siguiente pararse de golpe. Rugir como una tormenta y luego yacer tan tranquilos como el mar en calma. Lo que no sabía es que podían cambiar. Resplandecen, se expanden y te calientan el pecho. Duelen y ansían una razón por la que latir.

Los míos tenían debilidad por lo romántico.

Comenzaron a saltar, a multiplicarse y llenarse de una alegría tan densa como la miel y tan cálida como el sol. Hacían todo eso mientras mi piel se enfriaba a la vez que mis ojos observaban fijamente el techo y yo intentaba ignorarlos.

No podía enamorarme de aquel hombre.

Prefería no llegar a conocer el amor antes que vivir uno

no correspondido. Lo había visto lo suficiente como para despreciar esa posibilidad.

No podía querer a un hombre que me trataba como a un producto o, peor todavía, como a un bonito pájaro enjaulado y no como a su mujer. Si había algo de los hombres que pertenecían a la mafia sobre lo que no me cabía duda era que les resultaba imposible comprender el concepto de la fidelidad. Los latidos de mi corazón se hicieron un nudo, una bola desagradable que me estrangulaba desde el fondo de la garganta.

Olía a él. Nico estaba por todo mi cuerpo y yo se lo había pedido amablemente. Alguien tenía que salvarme de mí misma antes de que me pusiese de rodillas y le profesase mi inevitable amor. Bien podría hacerlo justo después de que acabase de follarse a otra.

La amargura me atravesó el pecho, así que me puse en marcha para levantarme e irme de allí, pero una mano de hierro me rodeaba la muñeca.

Lentamente, dirigí las pupilas hacia el hombre que estaba tumbado a mi lado como si fuese un rey recién follado. Me jugaba lo que fuese a que su corazón palpitaba con satisfacción por haberse tirado por fin a la fácil de su prometida. Pero, en cuanto lo miré, el resentimiento se transformó en un tipo de dolor diferente. ¿Cuándo se había vuelto tan guapo que hacía daño? Me esforcé en no frotarme el pecho por la punzada de dolor que acababa de notar.

Él no dijo ni una palabra, solo se quedó observándome con desazón mientras respiraba entre jadeos. Solo habían pasado unos instantes desde que habíamos vuelto a tener sexo, pero en mi cabeza parecía una eternidad, los segundos se burlaban de mí por lo inevitable que era que dentro de poco poseyera a otra igual que había hecho conmigo.

Estaba echando a perder un momento que llevaba deseando con todo mi ser el suficiente tiempo como para que se hubiese convertido en una necesidad, pero ahora no podía parar de analizarlo todo (las posibilidades que tenía y las consecuencias) y, aparentemente, no tenía mucho a mi favor.

Cuando el contacto visual comenzó a quemar, intenté tirar de la muñeca para soltarme, pero Nico no iba a dejar que me fuera. La expresión de su cara no mostró ni un atisbo de emoción, como si mantenerme ahí sujeta no le supusiese ningún esfuerzo. Como si fuese a retenerme ahí para siempre.

Un segundo después, deslizó la mano por mi muñeca y me dejó libre. Algo se hundió en mi pecho, pero me deshice de lo que fuese antes de poder analizarlo. Acto seguido, salí de la cama y, mientras me dirigía a la puerta, se me clavó algo en la planta del pie. Me paré en seco y bajé la vista. Ahí estaba el anillo, olvidado, igual que el chico dulce que me lo dio. Se me revolvió el estómago.

Lo recogí del suelo sin pensarlo. Una ola de tensión me rozó la espalda y evocó una sensación de hormigueo que me recorrió la columna vertebral. Era un silencio hostil, de esos que no contienen palabras, pero lo dicen todo.

Nico odiaba el anillo, y yo solo podía intuir que sabía que estaba relacionado con un hombre (o que eso creía él). La única que tenía algo de idea sobre el anillo era Adriana, y, aun así, lo único que le había contado del incidente era que me lo había dado él.

Iba a mantener mi promesa con o sin la joya de cincuenta centavos, pero... Dudé un instante.

Ya no estaría con ningún otro hombre que no fuese el que se encontraba en esta habitación. Los dos lo sabíamos, y eso eliminaba cualquier tipo de ventaja que pudiese tener en el mundo ajeno a la mafia. Si un hombre era consciente de que te rendías a él y a nadie más, y, además, ni siquiera podías dejarlo, ¿qué le iba a motivar a serte fiel?

Él me llevaba la delantera en todos los aspectos de esta relación. Puede que lo único que me diese cierta ventaja fuese que Nico no supiese que el hombre que me había regalado este anillo no significó nada para mí. Imaginé que creer que tu prometida estaba enamorada de otro hombre reducía el ego a la mitad, especialmente si se trataba de uno tan gigantesco como el suyo.

Podía contárselo todo. Desnudar mi alma y ser sincera. Comportarme como una persona abierta y esperar a que el bien ganase.

Pero cabía la posibilidad de que siempre hubiese sido tan manipuladora como él.

Puede que fuese la única forma de sobrevivir a aquel hombre.

Me puse el anillo en el dedo y salí del dormitorio.

Nico

No he odiado nada en mi vida.

Estaba resentido con los Zanetti, fueron quienes mataron a mi padre y a mi tío en un tiroteo hace cinco años, pero, aunque les había pegado un tiro en la puta cabeza como se merecían, no los odiaba.

Igual que no había lugar para el arrepentimiento, tampoco lo había para el odio.

Pero en este mismo instante podía decir que sentía aberración por una cosa. Por dos: el anillo de los cojones y el hombre que se lo dio.

Aquella repulsión me quemaba igual que si estuviese respirando gas pimienta, me pegasen un puñetazo en la garganta y me estuviesen apuñalando, todo a la vez. Esa era la comparación a la que había llegado después de aprender a base de ensayo y error como miembro de la mafia. Añádele una dosis de veneno que te coma por dentro, y eso es el odio.

Joder.

El pecho se me encogió, y notaba una quemazón en los pulmones cada vez que inhalaba.

Me levanté y, antes siquiera de que me diese cuenta de que la tenía en la mano, estrellé una lámpara contra la pared. La porcelana se hizo pedazos con un golpe que seguro que despertó a todo el vecindario. Respiré hondo y negué con la cabeza. Obviamente lo había escuchado. Siempre decía que era un psicópata (a lo mejor tenía que enseñarle cómo era uno de verdad).

Mis pupilas se encontraron con su ropa, que seguía tirada en el suelo. Ahí estaba, era suya, seguramente olía a ella y, mierda, la recogí del suelo y la solté en el primer cajón de la cómoda, junto a la parte de arriba del bikini blanco. Si quería que se la devolviese, tendría que pedírmelo con educación, coño.

Le envié un mensaje a Luca y me vestí. Me puse un traje tan oscuro como mi estado de ánimo. Tenía que salir de esta puta casa antes de que hiciera alguna estupidez, como pedirle que olvidase a todos los hombres que había conocido excepto a mí.

En vez de coger un cigarro de la mesilla de noche, me llevé todo el paquete. Pensaba fumarme hasta el último pitillo.

Pasé por su dormitorio y vi que tenía la puerta cerrada y la luz apagada. Exploté de enfado porque ni siquiera hubiese salido a ver qué había pasado. La última vez que lancé algo contra una pared fue cuando era lo bastante pequeño como para que me reprendiesen con una patada en las costillas. Quizás debía hacerse responsable de lo loco que me volvía.

Abrí la puerta del garaje, me apoyé en la mesa de trabajo

y le di una larga calada al cigarrillo. Todavía podía olerla en mis manos, y, cada vez que me llevaba el cigarro a la boca, me invadía el recuerdo de habérmela follado.

Joder, era el mejor polvo que había echado. Un escalofrío me recorrió la espalda al pensar en ello. Apreté los dientes e intenté deshacerme de aquella sensación tan extraña. Sin embargo, notaba mi cuerpo sensible, como si ella todavía estuviese tocándome (sus uñitas rosadas hundiéndose en mis bíceps, su mano rodeándome la polla, su olor envolviendo mi cuerpo). Tan dulce, maldita sea. Entonces apoyé las manos en la mesa y agaché la cabeza.

Debería haber aceptado la oferta que me hizo Salvatore cuando nos enteramos de que Adriana estaba embarazada (un rincón de su territorio que me llenase los bolsillos y otro que llevaba queriendo un tiempo), porque Elena jugaba con mi mente y me hacía romper el mobiliario y fumar más de lo que debía. Tenía una mala sensación, terrible: si esa chica me decía por favor, le daría lo que quisiese.

Me la había follado sin condón, a pelo.

Tenía veintinueve años y nunca había sido tan estúpido como para acostarme con alguien sin usar condón, hasta hoy. Ahora estaba arruinado (aunque, bueno, había sido con mi prometidita). Creo que no me había acostado con una mujer de la que no hubiese descubierto que también se estaba follando a mis primos o, mejor todavía, a Tony. Ni de coña iba a fiarme de que todos esos estuviesen sanos, así que siempre me la enfundaba. Se me tensó la mandíbula al pensar en el historial sexual de Elena. Quería saber con cuántos hombres había estado, sus nombres y todo lo que le habían hecho, para poder hacerle lo mismo el doble de fuerte y que olvidase sus existencias.

Me pregunté si estaría tomando la píldora y, de un modo perturbador, una parte de mí esperó que no lo hiciera. Quería un vínculo irrevocable con esa mujer. Deseaba escribirle mi nombre en la piel, hacer todo tipo de mierdas de pirado para que supiese que era mía. Como encerrarla en una habitación y darle de comer de mi mano. Lleno de indiferencia, me acabé el cigarro y contemplé qué me haría falta para llevar esto último a cabo.

Vi los faros de Luca parar en el camino de entrada. Cuando salió del coche, se remetió la camisa y se colocó bien los puños.

—Me la voy a jugar. La princesa rosita te ha cabreado y me ha arruinado la noche.

Yo negué con la cabeza al escuchar el mote tan estúpido que le había puesto y me encendí otro cigarro.

—Es sorprendente que hayas encontrado a alguien con quien follar con esa cara tan fea que tienes.

Una sonrisa se dibujó en sus labios y se limpió la boca con la mano como si tuviese restos de algo.

—¿Has tenido que pagarle? —le pregunté mientras escuchaba la ciudad de fondo.

Las sirenas, el sonido de los neumáticos y la televisión de mi vecino John, que veía sin parar los mejores momentos de los partidos de béisbol con la ventana abierta. Era uno de mis encargados y estaba pensándome en darle un aumento para que arreglase el aire acondicionado de los cojones. Si quisiese estar todo el día escuchando la liga de béisbol, la pondría en mi tele.

Luca fue hasta el frigorífico y cogió una cerveza.

—Puede que hubiese sido mejor si le hubiese pagado. —La lata se abrió con un chasquido, y él fue a sentarse en una tumbona—. Ha estado todo el rato hablando de ti.

—Qué interesante.

Respiré hondo para sacarme el olor de Elena de la nariz y noté el aroma de finales de verano, que se parecía al césped recién cortado, al aceite de motor, al calor sofocante y al olor urbano, a veces amargo, de la ciudad.

A mi primo se le dibujó una media sonrisa.

—Isabel.

—Ah. Pues, si crees que sé cómo hacer que se calle, no es tu día de suerte.

Luca se rio.

En realidad, conocía un par de formas, pero no quería hablar de esa chica. La agitación seguía avanzando bajo mi piel, así que salí del garaje y me apoyé en el Mustang que había aparcado en el camino de la entrada.

Isabel se me pasó un momento por la mente y recordé que vendría al día siguiente por la mañana. Solo era mi cocinera y, para ser sinceros, una asistenta de mierda, aunque antes solía ser una follamiga. Bueno, en fin, lo hacíamos los lunes y los jueves, cuando venía a casa. Al principio me venía bien, pero luego se tiró a Tony y me vino con un drama que no deseaba. Hacía un año que no la tocaba y solo me había topado con ella un par de veces.

Consideré qué debería hacer con ella. Ni siquiera los hombres de la Cosa Nostra exhibirían a una querida o examante delante de su prometida. Y conociendo a Isabel, haría todo lo que estuviese en su mano y más para intentar, y conseguir, que Elena se sintiese incómoda con nuestro pasado fugaz. Pero ¿a ella le importaría? Mi pecho comenzó a arder al pensar que no.

—Tu princesa rosita va a conocerla mañana —comentó Luca, aunque más bien era una pregunta sobre cómo debía gestionarlo él.

Un movimiento en la ventana de arriba me llamó la atención.

Le di una fuerte calada al cigarrillo y me topé con los ojos de mi prometida, que estaban observándome desde el otro lado del cristal. La tenue luz de una lámpara iluminaba su reflejo. Tenía el pelo negro despeinado y la mirada tierna. Mi ritmo cardíaco se aceleró de forma incómoda.

Había conseguido lo que quería, lo que creía que necesitaba para terminar con esta obsesión por Elena, para frenar la fijación que tenía con ella y volver a mi vida. Pero, al observarla en ese instante, un pálpito me dolió en el pecho, justo detrás del esternón. Como si me hubiese provocado un cardenal solo con mirarme.

—Déjala.

Capítulo 39

«La vida es muy simple, pero nos empeñamos en complicarla».

Confucio

Elena

Los pájaros cantaban. Unos agradables rayos de sol entraban a raudales por la ventana. Y yo me sentía como un pañuelo de usar y tirar. Noté una punzada de dolor en mi entrepierna y me dio la sensación de que tenía la piel sensible, como si las manos rugosas de Nico y su barba de tres días me la hubiesen dejado en carne viva.

Aquel recuerdo hizo que una agradable calidez recorriese todo mi ser, aunque sabía que no estaba bien. Mis sentimientos hacia él eran molestos y caprichosos hasta para mí. Quería seguir un camino recto, lleno de madurez y reflexión, pero no parecía que pudiese encontrar nada así a su lado. Me ponía a cien y, acto seguido, bajaba a cero. Era blando y de pronto se volvía intenso. Era desagradable, pero después mataba a un hombre para poder tenerme.

Cuando pensaba en Nico no usaba el cerebro, si no otro órgano completamente diferente.

Uno que latía.

Me quedé dormida sin dejar de olerlo en mi piel, en mi pelo, en todas partes, y con una alegría que me había invadido el pecho. Aunque también tenía una vocecita ansiosa que no me dejaba en paz (por el golpe que escuché en su habitación poco después de irme y la hostilidad que se colaba por debajo de la puerta). La violencia era algo cotidiano en mi vida, pero me preocupaba la causa de esta.

Quizás Nico, por fin, se estuviese dando cuenta de que venía con una carga que no estaba preparada para soltar. Lo único que me podía imaginar era que estaba arrepintiéndose de no haber conseguido una mujer virgen. No le gustaba compartir (eso era obvio).

A lo mejor, no era lo que él creía que quería.

A lo mejor, iba a devolverme ahora que había conseguido meterme en su cama.

Seguro que mi *papà* lo asesinaba si lo intentaba, pero él nunca parecía tener miedo de romper las reglas. Sin embargo, si mi padre no estaba contento con este emparejamiento, como había escuchado, ¿era posible que se alegrase de que mi prometido cambiase de idea?

Se me formó un nudo en la garganta. Creía que aquello era lo que quería (no casarme con Nico), pero ahora que lo pensaba... Noté que algo me envolvía los pulmones y me los estrujaba. Y no tenía nada que ver con que destruyese mi reputación ya dañada.

Una punzadita de dolor se me clavó en el pecho mientras salía de la cama y cruzaba el pasillo sin hacer ruido. Me di una larga ducha caliente. Tenía los brazos y las piernas doloridas, y eso que la noche anterior no había hecho nada de esfuerzo. Me pregunté si Nico me seguiría sintiendo en alguna parte. Me pregunté si pensaría en mí tanto como yo en él.

No lo había visto desde que se fue bien entrada la noche anterior y ni siquiera estaba segura de que hubiese vuelto a casa. Aunque, si lo había hecho, ya se habría ido a trabajar. No creía que estuviese aquí; había demasiado silencio y tampoco olía a beicon.

Salí de la ducha, me sequé y me enrollé en una toalla. Justo cuando alargaba el brazo para agarrar el pomo de la puerta, esta se abrió y un cuerpo que apestaba a flor de cerezo chocó contra mí. Colisionamos, mi cráneo se estrelló contra el suyo y, acto seguido, retrocedí unos pasos.

—Guau.

—¿Qué coño? —farfulló una voz femenina.

La mujer me clavó una mirada suspicaz. Yo puse una mueca mientras me frotaba la frente y, en ese momento, un olor afrutado volvió a invadirme la nariz.

Flor de cerezo.

La garganta se me cerró del todo.

El champú.

Sabía que había otra mujer, pero no se me había pasado por la cabeza que tendría que encontrarme cara a cara con ella mientras estaba envuelta en una toalla.

—¿Quién cojones eres? —me espetó a la vez que también se frotaba la frente.

Yo la escudriñé con la mirada y ella hizo lo mismo conmigo. Nuestros ojos se posaron sobre la otra, igual que si estuviésemos en un evento público y nos hubiésemos dado cuenta de que llevábamos el mismo vestido. En este caso, resultaba que nos estábamos follando al mismo hombre.

De algún modo, se parecía a mí. Tenía una media melena y el pelo de color marrón oscuro, pero sus facciones eran suaves y la forma de nuestros cuerpos era similar. Genial. Nico tenía un prototipo de chica, y a mí me había añadido a su grupo de follamigas.

—¿Sabes hablar? —vocalizó—. ¿O eres muda? —Acto seguido, puso los brazos en jarras y me recorrió el cuerpo con una mirada condescendiente—. Eso explicaría por qué As te ha traído a casa.

Yo pestañeé.

Nunca había tenido que enfrentarme a un comentario tan malicioso. Ni siquiera había escuchado algo así salir de la boca de una mujer que no apareciese en televisión. Si alguno de mis parientes varones la escuchara, se le iría la cabeza. ¿Miradas maliciosas y asesinas? Por supuesto, pero solo porque los hombres no se enteraban de esas cosas.

Tenía claro que Nico y yo no compartíamos los mismos valores en lo que a las mujeres de su vida respectaba. Si no, ni siquiera habría permitido que ella estuviese aquí. Se me encogió el pecho. Y esto no había hecho más que empezar. Iba a exhibir a las chicas delante de mis narices como si yo no significase nada. Puede que hubiese pensado así porque no era virgen y, por eso, no merecía su respeto.

Comenzaron a sudarme las palmas de las manos a la vez que se me helaban los latidos del corazón. Sin embargo, algo ardiente y amargo trepó dentro de mí. Ira. Un anillo de cincuenta centavos lo cabreaba lo bastante como para estrellar algo contra la pared, pero ¿yo tenía que compartir baño con esta puta?

Mis ojos rebosaron indiferencia al encontrarse con los de la otra mujer y, acto seguido, le contesté a la pregunta relativa a mi capacidad de hablar.

—A veces. —Levanté un hombro y añadí—: He decidido no hablar con arpías vengativas hasta después de las nueve de la mañana.

Entonces eché un vistazo al reloj que había en la pared para ver que todavía quedaban cinco minutos para eso.

Se quedó boquiabierta.

—Vaya, eres una verdadera zorra, ¿eh?

—Y estás en mi camino.

Me dedicó una mirada asesina, pero se hizo a un lado para que pudiese salir del baño.

—¿Sabes? —me preguntó con un tono un poco más empalagoso de la cuenta—. Tenía curiosidad por saber qué hacía Luca ahí abajo. Seguro que ha venido a ayudarte con tu paseo de la vergüenza.

—Creo que voy a quedarme un tiempo —le contesté cuando pasaba por su lado.

—¿Que te vas a quedar? —repitió como si se me hubiese ido un poco la cabeza.

—Eso he dicho.

La frustración se filtró en mi corazón y me quemó el pecho mientras atravesaba el pasillo. Antes de que fuese consciente de lo que estaba haciendo, me paré delante del dormitorio de Nico.

—Y, por cierto... —me di la vuelta para dedicarle una mirada antes de abrir la puerta de mi prometido—, tu champú está a punto de acabarse. ¿Podrías comprar más?

Vi cómo el rojo le coloreaba lentamente las mejillas justo antes de cerrar la puerta tras de mí.

Me quedé un momento en el dormitorio de Nico, apoyada en la puerta y con las pupilas clavadas en la pared. Una opresión me apretaba el pecho. Creo que nunca me había frustrado tanto. Puede que hubiese sentido resentimiento por cómo mi padre decidió manejar mi transgresión del pasado, pero pura ira, nunca. Ese sentimiento que te quema con una llama amarga y mordaz. Los ojos empezaron a escocerme y pestañeé para mantener las lágrimas a raya. No iba a llorar por Nicolas Russo.

Llevaba toda la vida preparándome para esto. Me había mentido a mí misma y había rezado porque cuando llegase el momento me creyese esas mentiras (que no necesitaba el amor ni la fidelidad).

Levanté muros pero, no sé cómo, él los echó abajo en un periodo de tiempo irrisorio.

Quería girar las manecillas del reloj para no haber entrado en el dormitorio de Nico la noche anterior. Hacía unos segundos, el recuerdo de sus manos habían sido unas marcas agradables y placenteras. Ahora solo me parecían manchas que el agua no se podía llevar.

Por los golpes exagerados y el estruendo de sartenes en la planta de abajo, no me equivocaba si decía que Isabel y yo no habíamos hecho buenas migas. Poco después de cerrar la puerta, me di cuenta de que era lunes y que la cocinera ya debería estar aquí.

«Isabel viene los lunes y los jueves», me dijo Nico. Y, en ese instante, caí en que la mujer estaba limpiando. O era un código para decir «ella también me folla» o era la peor asistenta que había visto en mi vida. Recorrí la desordenada habitación de Nico con la mirada y recaí con indiferencia en la lámpara hecha pedazos.

Desde que lo conocí, había recurrido a varios juegos infantiles que me habían metido en situaciones incómodas. Igual que ahora, que estaba en su dormitorio solo con una toalla para fastidiar a su amante. Comencé a golpearme la cabeza contra la puerta. Él me llevaba a hacer estupideces, y odiaba esas cosas.

Atravesé el pasillo y fui a ponerme el vestido largo más bonito que tenía. Un conjunto precioso que siempre me hacía sentir mejor, aunque hoy no ayudó mucho. Me maquillé sin dejar de escuchar a Isabel, que parecía un elefante en una cacharrería, hasta que un Luca contrariado soltó un: «Por Dios, mujer. Para ya».

Me dirigí escaleras abajo, y me envolvió el alivio cuando me di cuenta de que no había nadie en la cocina ni en el salón. No quería volver a ser borde, era agotador.

La puerta del despacho estaba entreabierta, y escuché a Luca e Isabel susurrando dentro mientras me preparaba el café. Miré mi teléfono, que había dejado cargando en la encimera. Tenía un mensaje de mi madre comentándome algunos detalles de la boda, nada más. Quería hablar con Adriana, pero sabía que todavía no le habrían devuelto el móvil. Estaba a punto de llamar al fijo cuando la conversación de la habitación se terminó y empecé a oír un ruido sospechoso, como... de... besos.

Se me dibujó una mueca en los labios.

Sentía que estaba atrapada en una situación como las que había vivido con Gabriella, solo que esta vez yo estaba al otro lado de la escena: era la novia en vez de la familiar. Y este nuevo prisma no me gustaba nada de nada.

Luego escuché un gemidito.

Arrastré los pies, incómoda. ¿De verdad iban a meterse mano con la puerta abierta? Seguro que sabía que estaba aquí; el café estaba saliendo de la cafetera y el crujido de las escaleras había sido lo bastante atronador como para despertar a un muerto.

—Mierda —soltó Luca mientras tosía.

Sí, se estaban metiendo mano.

Lo único que daba por hecho era que Isabel estaba intentando hacerme sentir lo más incómoda posible y que Luca solo era un tío que no podía rechazar el sexo.

Se me revolvió el estómago al imaginar que era Nico el

que estaba ahí con Isabel. Tendría que ir acostumbrándome a esa posibilidad, así que me esforcé en creer que en realidad era él el que se encontraba en el despacho. Dejé que aquel dolor se expandiese por mi pecho hasta que me dejara cicatriz.

Luego, busqué el número de Benito en el móvil y le envié un mensaje.

Yo: Recógeme, por favor.

Acto seguido, aparecieron tres puntos suspensivos que querían decir que estaba respondiéndome.

Benito: Ya sabes que no puedo hacer algo así.

Me esperaba esa respuesta, pero estaba comenzando a sentir que las paredes se cerraban sobre mí y me estrujaban los pulmones. Si no salía enseguida, me quedaría sin respiración.

Yo: Por favor. Solo quiero hablar con Adriana.

Benito: Llama al teléfono de casa.

Yo: No, necesito verla.

Benito: Joder, Elena.

Yo: Por fa...

Benito: Me cago en todo. Las cosas que hago por las mujeres.

Me invadió el alivio y tomé una bocanada de aire.

Benito: ¿As está allí?

Yo: No. Solo Luca.

Benito: Que no se te olvide preguntarle.

Yo: Sí, ya lo sé, Benny.

Benito: Nada de Benny. No tardo.

Me llevé la taza de café a mi dormitorio y esperé allí a que llegase. Cuando recibí el mensaje que decía que me estaba esperando en la entrada, me dio un chute de energía y fui directa a la planta de abajo para descubrir que Luca e Isabel seguían ocupados el uno con el otro. Ya habían pasado, al menos, veinte minutos. Vacilé un momento. No quería quedarme aquí ni un segundo más, pero la idea de enfrentarme a cualquiera de ellos dos hizo que se me revolviese el estómago.

Entonces busqué un trozo de papel y redacté una nota rápida diciendo que Benito había venido a recogerme y que estaría en mi casa un par de horas. La mano me vaciló al escribir «mi casa». Ya no pensaba que mi hogar fuese donde vivían mis padres, pero hoy este era el último sitio que me lo parecía.

Salí por la puerta principal porque Benito estaba esperándome en la calle y por otra razón. No quería usar la puerta trasera por si Luca me escuchaba. Una vocecita me hablaba desde los recovecos de mi mente para decirme que fuese consciente de que cabía la posibilidad de que no me dejara irme, y esa no era una opción. El corazón me palpitaba con incertidumbre cuando solté la puerta con mosquitera para dejar que se cerrase con un chasquido quedo.

Luego, me monté en el asiento del copiloto.

Benito estaba enviando un mensaje, seguramente a alguna señorita desafortunada. En ese momento, mi primo me parecía un oasis en el desierto y, por alguna razón molesta, las lágrimas comenzaron a brotar de mis ojos.

—Elena, tengo que hablarte de esta —comenzó mientras lanzaba el móvil a la consola central—. Es rubia, alta... Y qué piernas. Madre mía.

A continuación, formó un círculo con el dedo índice y el pulgar para hacer un símbolo de perfecto y me miró de refilón. Acto seguido, bajó la mano y se le ensombreció el gesto.

—¿Qué te ha hecho ese gilipollas?

—Nada. —Y negué con la cabeza mientras me secaba las lágrimas de los ojos—. Es solo que estoy siendo una estúpida.

Benito me dedicó una mirada suspicaz.

—Elena.

Yo me lancé hacia él y le rodeé el cuello con los brazos. Olía a cien dólares de gomina y a su colonia de siempre.

—No sé cómo consigues a las mujeres con todo el perfume que te echas. Podría olerte a kilómetro y medio.

Él me devolvió el abrazo.

—Son como moscas atraídas por la miel.

—Gracias por recogerme.

Y me estrujó entre sus brazos.

—Si te hace daño, dímelo.

No era una pregunta, pero lo parecía. Aunque los dos sabíamos que no podía hacer nada si resultaba ser así. Ninguna persona se entrometía en la relación ni en nada relacionado con la esposa de un hombre de la Cosa Nostra. No era asunto de nadie, daba igual lo abusivo que fuese todo.

—Te lo diré, pero no ha pasado.

Acto seguido, me separé de mi primo y me puse el cinturón.

—Entonces, ¿qué te pasa? —Y me secó una lágrima de la mejilla con el pulgar—. ¿Mierdas del periodo? ¿Ha llegado Andrés el que viene cada mes?

A mí me dio la risa.

—Te he echado de menos.

—Y yo a ti, prima. Vámonos a casa.

«Casa».

Tampoco sentí que lo fuese al escucharlo de su boca.

Capítulo 40

> «Si el sol y la luna dudasen alguna vez, se apagarían al instante».
>
> William Blake

Elena

Los tictacs del reloj del abuelo se apoderaron de la sala, que, por lo demás, permanecía en completo silencio.

Mamma le dio un sorbo a la copa de vino mientras me observaba atentamente.

La *nonna* estaba sentada en el sofá de al lado mirándome como si supiese que la noche anterior había echado un polvo prematrimonial alucinante.

Yo me sonrojé.

Y ella me dedicó una sonrisa felina.

—Elena, prueba la macedonia —me dijo mi madre a la vez que soltaba la copa de vino para empujar el plato por la mesita baja y acercármelo—. La hice anoche.

—No tengo hambre, *mamma*.

A las dos se les pusieron los ojos como platos. Fue como si acabase de confesarles que quería meterme en un convento. De pronto, me arrepentí de no aceptar la ensalada de frutas.

Mi madre se llevó la mano al pecho y añadió:

—Sabía que ese Russo estaba abusando de ella.

Suspiré.

—No está...

—Por favor —se mofó la *nonna*—. Desde donde yo estoy sentada parece bastante consensuado.

Acto seguido, me observó como cualquiera miraría a una novia que no iba vestida de blanco impoluto.

—Nadia —refunfuñó *mamma*—. No me refería a eso.

—No, eso sería imposible. Eres la más mojigata a esta orilla del Misisipi.

—No abusa de mí, ¿vale? —Y me crucé de brazos, incómoda—. Simplemente no tengo hambre.

Mi madre no pareció creerme, y mi abuela también suavizó el gesto.

—Tú siempre tienes hambre —musitó la *nonna*.

—No es verdad —le contesté como si tuviese dos años.

Mamma negó con la cabeza.

—Nunca debimos permitir que esto pasara. —Y me acercó el plato un poco más—. Esto es lo peor que ha hecho tu padre en su vida.

Yo levanté una ceja. ¿Lo peor?

La abuela se aclaró la voz.

—A nadie le importó cuando entregó a Adriana sin pensárselo dos veces.

—Por supuesto que nos importó —contestó mi madre.

—No, no es verdad. Recuerdo perfectamente que me dijiste: «Confía en tu padre».

—Adriana habría estado bien, pero tú... —Y cerró el pico.

—Yo ¿qué? —le pregunté en un tono tranquilo, aunque se me encendieron las mejillas de la frustración.

No se preocuparon por mi hermana porque creían que ella podía valerse por sí misma. Pero no pensaban lo mismo de mí.

La mujer frunció los labios y le dio otro empujoncito al plato.

—¿Por qué no comes macedonia?

—Por tercera vez... No tengo hambre.

—Es la depresión —le susurró la *nonna* a mi madre.

Yo solté un suspiro.

—No tengo depresión.

—Entonces cómete la fruta —insistió mi *mamma*.

—Sí, *cara mia*. Tienes que comer fruta. Te has quedado en los huesos.

—No está en los huesos —le contestó mi madre—. Está bien y punto.

La *nonna* me escudriñó con el ceño fruncido.

—Lo único que tiene son tetas. —Y musitó—: No me extraña que ese Russo se haya encabezonado tanto con ella.

Yo solté una carcajada.

—Si estuviese deprimida ese sería el tipo de comentario que me ayudaría.

Las dos me miraron como si acabase de admitir que tenía depresión.

Mi madre dio un brinco para acercarme más el plato. Estaba a un par de centímetros de acabar en mi regazo.

—Te sentirás mejor después de comer.

Yo apreté los dientes.

—Por el amor de Dios, no voy a comerme la estúpida ensalada, *mamma*.

—No podemos ayudarte si no te ayudas a ti misma —masculló mi abuela.

Yo me froté la sien.

—¿Por qué creéis que no puedo cuidar de mí misma? Puedo ser tan resuelta como Adriana.

—Por supuesto que lo sabemos —respondió mi madre un poco demasiado rápido—, pero a lo mejor no eres tan emocionalmente... estable.

Cerró la boca como si acabase de darse cuenta de que aquello era peor que decirme que no era resuelta.

—Sigue cavando tu propia tumba, Celia —musitó la *nonna*, y le dio un sorbo a su café—. Ya mismo llegas a China.

Yo pestañeé.

—¿«Emocionalmente estable»?

Mi madre comenzó a juguetear con la cremallera de su chaqueta como si de pronto se hubiese vuelto algo interesantísimo que hacer.

—A lo mejor no he usado el término correcto.

—Celia, por favor, explícate —le instó mi abuela con una sonrisa de oreja a oreja—. Me tienes con el alma en vilo.

—Lo que quería decir es que tú eres más blanda que tu hermana..., más dócil, y un hombre como ese Russo podría aprovecharse de eso.

Yo abrí la boca para desmentirlo, pero me di cuenta de que a lo mejor llevaba razón. De pronto, a todas nos quedó claro que no había aguantado ni una semana con Nico antes de volver a casa sin apetito.

—Dicho de otra manera —continuó *mamma*—, no creemos que el Russo sea bueno para ti.

—¿Creemos? —Mi abuela frunció el ceño—. ¿Quiénes lo creemos? No pongas palabras que no he dicho en mi boca.

Me reí, aunque no me hacía ni la más mínima gracia.

—Yo no he pensado en ningún momento que fuese bueno para mí, pero eso da igual. Como dijo *papà*, «ya está hecho».

Mi madre frunció el ceño.

—Tu padre no actúa como si desease este matrimonio. Ha estado de un humor de perros toda la semana.

—No lo dejes mejor de lo que es, Celia. Ha sido un completo sinvergüenza.

—Si le dices a tu padre que no eres feliz con Russo, a lo mejor cambia de opinión.

Yo tragué saliva. ¿No era feliz? Hoy desde luego que no.

—Incluso si Salvatore cambiase de opinión —añadió la *nonna*—, seguro que ya está tan preñada como tu otra hija.

A mi madre se le cambió el gesto.

—Nadia, no seas vulgar.

—*Oh, Madonna, salvami*. No sé cómo has llegado a tener tres hijos. Eres tan aprensiva como una virgen.

Me estaba dando jaqueca, así que me puse de pie.

—*Nonna*, te lo aseguro, no estoy embarazada. Llevo años tomando la píldora.

Acto seguido, mi abuela le lanzó una mirada asesina a *mamma*.

—No me extraña que tus hijas sean unas rameritas. ¡Prácticamente las has animado!

Mientras salía de la sala, mi madre musitó: «Mejor ser una ramera que estar senil».

Las cortinas estaban cerradas, igual que cuando alguien pasaba el luto. Un bultito asomaba bajo la maraña de sábanas que había en la cama. Tenía un tamaño más bien pequeño y, dentro de él, retumbaba *Seven Nation Army*. Levanté el edredón y me metí dentro para taparme hasta la cabeza después. Las dos estábamos tumbadas de lado, mirándonos la una a la otra, con el iPod de Adriana sonando en medio.

Cuando acabó la canción, pulsé el botón para parar la lista de reproducción.

—¿Qué le dijo una hermana a otra?

Ella hizo el gesto forzado de poner los ojos en blanco, pero se le dibujó una media sonrisa.

—¿Qué?

—¿Vas a ser mi dama de honor?

Para darle expectación, frunció los labios, como si se tratase de una decisión difícil que tenía que considerar.

—Tu prometido mandó a Ryan al hospital.

Era su prometido hasta hacía menos de una semana, pero ahora que era el mío no iba a tardar en hacerme responsable de sus acciones.

—Lo sé, o creo que lo suponía. Lo siento, Adriana.

—Creía que iban a matarlo.

La voz le temblaba con alivio.

Una parte de mi corazón se hizo pedazos, añicos, que se disolvieron para dejar un dolor vacío a su paso.

—Pero no lo hicieron.

—No. —Y acarició los bordes de su iPod—. Sé que fue gracias a ti. Siempre sabes lo que hay que hacer.

Se me formó un bultito en el fondo de la garganta. «Ojalá fuese cierto». Dios, a veces me daba la sensación de que estaba en una balsa encallada en medio del mar, y hoy era una de esas veces.

—Lo quieres de verdad, ¿no?

—Sí.

Los ojos comenzaron a escocerme.

—¿Cómo es?

Las pupilas de mi hermana se encontraron con las mías, y frunció el ceño.

—¿A qué te refieres?

—A estar enamorada.

—Pero...

Entonces comenzó a pestañear y lanzó una mirada fugaz a mi mano derecha.

Y, en ese momento, lo comprendí. Por supuesto que pensaba que yo estaba enamorada. Yo era una romántica empedernida que ni siquiera había conseguido engañar al resto del mundo, no digamos ya a mí misma. No era una chica con la que tener sexo casual y todo el mundo lo sabía.

Retorcí el anillo que tenía puesto en el dedo y se me escapó una carcajada amarga.

—Ni siquiera sabía cómo se llamaba, Adriana... No sé su nombre.

—Entonces, ¿por qué te fuiste? —Y arrugó el ceño—. Creía que lo conociste por ahí, te enamoraste y te marchaste para estar con él.

La culpa me perforó el pecho. Era una hermana horrible. No le contaba mis secretos y había deseado a su prometido. Si me moría antes de confesarme, seguro que iba de cabeza al infierno.

Aparté la mirada.

—¿Recuerdas ese pequeño tiovivo que tenía música con el que jugaba sin parar cuando éramos pequeñas?

—Sí, el rosa.

Le sonreí.

—Eso es. Bueno, no sé si te acuerdas, pero fue un regalo de Navidad del *nonno*. Desde entonces, siempre había querido ver uno de verdad. Supongo que solo era un sueño estúpido e infantil. Pero nunca lo conseguí... Ya sabes lo ocupado que está *papà*. —Y me aclaré la voz—. En fin, la noche que me fui... Supongo que no fui capaz de asumir lo que me esperaba. Me sentí desbordada. Óscar Pérez, la idea de que alguien como él se convertiría en mi futuro... Tener que forzar la sonrisa. Intentar con todas mis fuerzas meterme en la piel de esa persona que no podía seguir siendo. Todo me vino de golpe; se me cerraron los pulmones y no podía respirar. En ese momento, lo único que creía era que si no salía de esta casa iba a morirme. El tiovivo estaba guardado justo ahí, en mi vestidor, tentándome con sueños fantasiosos. Quería que uno se hiciese realidad, aunque fuese así de insignificante. Así que salí a hurtadillas y cogí el autobús...

Los ojos se le iban a salir de las órbitas, y a mí me dio la risa.

—Ni siquiera me paré a pensar en que era invierno y que el tiovivo no estaría montado. Supongo que pensé que lo vería cubierto con un poco de nieve. En fin, él era el guardia de seguridad de un supermercado de por allí y se paró para ver por qué estaba en medio de un *parking* sola. Y no sé... Aquello lo desencadenó todo. Le dije que no sabía qué estaba haciendo, que no tenía casi dinero ni un lugar donde quedarme, así que me llevó a su apartamento para pensar qué hacer.

—Lo más seguro es que estuviese intentando echarte un polvo —musitó Adriana.

Yo me reí.

—Puede ser. Aunque parecía amable y sincero. Era encantador y me gustaba, pero... no llegué a quererlo.

El silencio se acomodó en el espacio que nos separaba mientras un peso tremendo caía de mis hombros. No había sido consciente de lo mucho que necesitaba compartir esto con alguien hasta este momento.

—Seré tu dama de honor —me dijo en voz baja.

—Gracias a Dios. —Me llevé una mano al pecho, aliviada—. Si no iba a pedírselo a Sophia, pero ¿te imaginas el discurso?

Mi hermana soltó una risa despreocupada que se apagó poco a poco.

—Hoy tengo una cita con el médico.

—Ah, ¿sí?

—Sí.

Le sonreí.

—No me puedo creer que vaya a ser tía.

Ella tragó saliva.

—Elena, estaba tan aterrada con que fueran a matarlo si se enteraban... —Sabía que estaba intentando explicarme la razón por la que había bebido tanto—. Y ahora estoy todavía más asustada de haberle hecho daño al bebé.

—Seguro que está bien. —Y le tiré de un mechón de pelo—. Un Abelli es más fuerte que eso. ¿Te imaginas que unos cuantos chupitos de vodka le hicieran daño a Tony?

Adriana sonrió.

—A Tony no le hiere ni una bala, aunque a Benito sí, le encanta lloriquear por esas cosas.

Las dos nos reímos con una risa tranquila que llevaba tiempo ausente en nuestras vidas. La diversión se desvaneció dejando paso a un silencio cómodo.

—El amor... —comenzó—. Creo que sientes como que te estás cayendo... y que él es el único que puede salvarte.

Me tomé un segundo para reflexionar sobre eso.

—Suena aterrador.

Mi hermana se rio.

—No, no da miedo... Es emocionante.

—Puede que para ti lo sea. A ti no te asusta nada.

—¿Seguro que no estás enamorada? —me preguntó otra vez mirándome directamente a los ojos.

—No, de verdad que no.

—Oh, oh —murmuró.

Antes de que pudiese preguntarle, un escándalo ensordecedor subió por las escaleras. Portazos, gritos de hombres...

Me incorporé de la cama y me destapé.

Cuando reconocí a Nico entre las furiosas voces masculinas, me dio un tremendo vuelco el estómago.

—Oh, Dios mío...

El pulso me temblaba mientras salía de un salto de la cama y echaba a correr por el pasillo.

Cuando llegué a las escaleras, me quedé petrificada.

Si alguien hiciese recreaciones a mano de las pesadillas de cada persona, esta sería la mía. La ira impregnaba el aire volviéndolo tan denso que me rozaba la piel. Luca, Lorenzo y Ricardo estaban en el recibidor con un semblante tenso.

Algo se me revolvió en el pecho cuando Nico y Benito se encararon y se agarraron de los respectivos cuellos de las camisas.

Mi prometido empujó a mi primo contra la pared con tanta fuerza que tiró un jarrón de una mesa y este se hizo añicos.

—Te has pasado de la puta raya...

—Pregúntame si me importa una mierda tu raya de los cojones.

Benito contraatacó con otro empujón y lo lanzó treinta centímetros más atrás.

—A lo mejor no te importa una mierda si dibujo la raya con tu puto cadáver —gruñó Nico.

En un abrir y cerrar de ojos, los dos apretaron sus pistolas contra la sien del otro.

El corazón se me volvió un bloque de hielo.

La puerta de la entrada se abrió de golpe y se estrelló contra la pared. *Papà*, mi hermano y Dominic cruzaron el umbral.

Las pistolas apuntaban en todas direcciones.

Cazzo.

«Creo que la he cagado bien».

Capítulo 41

«Todos nacemos estando locos. Algunos nunca dejan de estarlo».

Samuel Beckett

Elena

—¡Más vale que alguien empiece a explicarme qué coño está pasando aquí ahora mismo! —soltó *papà*.

Cuando la mirada de mi padre se encontró conmigo al final de la escalera, se quedó callado y su expresión mostró un enfado mayor si cabe. Luego, negó con la cabeza y me señaló con la pistola.

—Elena, vete a tu cuarto.

Mis pies comenzaron a obedecerlo por puro instinto.

—Quédate.

La voz de Nico contenía un fuerte tono controlador.

En ese momento, era el don. No albergaba ni el más mínimo atisbo de dulzura en él.

Yo me paré en seco y se me heló la sangre de la indecisión.

Mi prometido se separó de Benito y se encaró con mi padre. Mi primo y *papà* estaban apuntándolo con una pistola a la cabeza, él ya la había bajado. Un sudor frío recorrió mi espalda.

Papà y Nico clavaron sus pupilas en el otro mientras se comunicaban con la mirada. Era algo que solo los dones podían entender.

—¡Te has pasado tres cojones! —le gritó mi padre echo un basilisco—. Elena no es tuya hasta la boda. Y, por si por algún casual se te había olvidado, eso no ha pasado todavía.

—Deja que te ilumine, Salvatore —le gruñó Nico—. Desde que se firmó el contrato, ella es mía.

—Que le den al contrato. Y. Que. Te. Den. A ti. As.

Mi prometido se pasó la mano por la mandíbula con un aire divertido y sarcástico.

—¿Estás echándote atrás?

—Eso es lo que he dicho.

Mi corazón amenazaba con salirse del pecho.

Nico dio un paso para acercarse a mi padre.

—¿Quieres saber qué es lo que hay que hacer para empezar una guerra contra mí, Salvatore? Porque este es el camino.

Los ojos se me iban a salir de las órbitas. «Esto no podía estar pasando...».

Papà apretó la mandíbula. Tony y Dominic se quedaron en silencio con un semblante imposible de adivinar a la vez que dirigían la atención, y sus armas, a los Russo que había en el vestíbulo.

—Elena, ven aquí —me ordenó Nico.

Mi padre me clavó una mirada asesina.

—Te vas a tu puto cuarto. ¡Ya!

La indecisión se revolvió con tanta violencia en mi estómago que me dio la sensación de que iba a vomitar. No sabía qué hacer ni a quién escuchar. ¿Por qué me estaba pasando eso? «He escrito una nota...». Debería haber sabido que eso no le parecería suficiente.

Nico posó los ojos sobre mí un instante. La oscuridad se vislumbraba en sus bordes, pero sus iris brillaban desde lo más hondo. Y yo lo comprendí todo. No dijo nada, pero no hizo falta. Quería que lo eligiese a él y estaba haciéndomelo ver. Era lo más vulnerable que le había visto hacer, y el hecho de que quizás me enseñase una parte de él que muy poca gente había podido ver hizo que el pecho me latiese con fuerza.

Comenzaron a sudarme las manos y la respiración se me aceleró cuando hice algo que llevaba enraizado dentro de mí desde que era una niña. Hice caso a mi padre y di un paso en dirección a mi dormitorio.

Pero algo me frenó.

Ponerme del lado de mi padre implicaría muerte y violencia. Además de una posible guerra.

Aunque no fue solo por eso.

Un tirón en lo más profundo de mi estómago me empujó en la dirección contraria. Un punto cercano a mi corazón se volvió frío y se vació al dar ese pasito.

Mientras dudaba, la tensión pendía sobre mi cabeza como una nube temible.

Mi padre me vendió a Óscar Pérez.

Nico lo asesinó por mí.

Evité mirar a mi *papà* a los ojos cuando bajé las escaleras, pero su ira era tan fuerte que me quemó la piel. Tomé una bocanada superficial de aire cuando Luca alargó la mano y me rodeó la cintura con fuerza, por si cambiaba de idea.

En ese instante, mi mirada se encontró con la de Tony. Él siempre era el primero en sacar una pistola en cuanto escuchaba la palabra *guerra*, pero no parecía querer lo mismo que mi padre. Si no, ni me habría dejado pasar por su lado. A lo mejor Nico y él se llevaban mejor después de la paliza que se dieron. Fuese como fuese, se lo agradecí.

Ya era culpable de la muerte de un hombre.

No podría sobrevivir a la de otro.

Luca me llevó como si fuese su prisionera hasta el coche, rodeándome la cintura con el ardiente grillete que era su brazo.

Nico y el resto seguían dentro, y yo recé por que estuviesen llevando a cabo la versión de los miembros de la mafia de darse un abrazo, que normalmente incluía algún tipo de violencia, pero no una guerra.

—La próxima vez, en lugar de escaparte —comenzó Luca en tono cortante—, pídeselo; me juego lo que sea a que, si le pides algo, te lo va a conceder.

—No me he escapado. Es que tú estabas un poco ocupado. —Y endurecí la mirada—. Así que dejé una nota encima de la isla de la cocina.

Él me dedicó una mirada inquisitiva.

—No había ninguna nota.

Yo pestañeé. «¿Qué?».

El hombre observó mi expresión y, después, negó ligeramente con la cabeza y musitó:

—Puta Isabel.

Estaba sentada con las piernas cruzadas en la cama mientras sacudía el Zippo para abrirlo y cerrarlo.

«Si le pides algo, te lo va a conceder».

Había llegado a la conclusión de que Nico me volvía tan loca como lo estaba él. Porque «pedir algo» era una solución muy sencilla a un problema, y no habría dudado en ponerla en práctica con cualquier otra persona. Era muy simple: si él entraba en la ecuación, perdía el raciocinio.

Abrí el mechero con un rápido movimiento de muñeca, y una esperanza se prendió con la nueva llama.

A lo mejor, no tenía que verlo con otra mujer ni compartir baño con ella. Aquella fe no era más que un ascua cuya luz estaba casi extinguida porque la simple idea de que hubiese otra me atravesó el pecho dejando una herida abierta y sangrante.

Aun así, la infidelidad era un denominador que siempre iba unido a los miembros de la mafia. Como un surfista y su tabla. Un escritor y su bolígrafo. Eran inseparables. Y pedirle que no fuese así sería malgastar saliva.

«Ojos que no ven, corazón que no siente», como reza el dicho.

Podía vivir ajena a eso.

El mechero se me escurrió de la mano cuando el aire trajo hasta mis oídos el ronroneo quedo de un motor. Fui hasta la ventana para ver a Nico salir de su coche y meterse directamente en el garaje. Luca no se había marchado desde que volvimos, hacía ya casi una hora.

Cuando entré en casa, me encontré la nota arrugada en la papelera. Llevaba razón con lo de «puta Isabel». No había hecho nada como era debido, pero no me había ido sin decírselo a nadie, como Nico tuvo que haber pensado.

A cada minuto que pasaba, la vergüenza me resultaba una carga mayor sobre los hombros. Estaba molesta, y la decisión de marcharme fue algo impulsivo, yo no la tomé.

Luca salió del garaje y se frotó la mandíbula antes de meterse en su coche. Yo me quedé ahí, esperando a que Nico apareciera, pero no lo hizo. Me había pasado la última hora preguntándome cómo reaccionaría, qué le iba a decir y, ahora que estaba aquí, la inquietud que tenía dentro me estaba pidiendo que pusiese fin a aquello de una vez por todas.

Fui hasta la planta baja y salí por la puerta trasera. Noté el cemento caliente bajo los pies descalzos cuando me paré delante del garaje. Él estaba apoyado con las dos manos en la mesa de trabajo, y un vaso de *whisky* descansaba no muy lejos de ellas. Los hombros se le tensaron al darse cuenta de que estaba ahí.

Acto seguido, posó los ojos en mí. Eran amenazantes, tiernos, y todas las emociones que cupiesen entre esas dos. Un escalofrío danzó por mi espalda y, antes de que supiese qué estaba haciendo, me dirigí hacia él. No esperaba que ahuecase su áspera palma contra mi cara ni que me frotase el cuello con ella. Mi corazón comenzó a resplandecer como la llama de un Zippo.

Hizo un ruidito quedo de satisfacción cuando hundí la cara en su pecho. Luego, deslizó las manos desde mi mejilla hasta la nuca, y sus dedos se enredaron en mi pelo.

Olía genial. Y me hacía sentir tan bien... Como cómoda, segura y necesaria, todo en uno. Había un nombre para eso, pero no sabía cuál.

—Lo siento —susurré—. No pretendía que pasase nada de esto.

Él dejó escapar un suspiro con una mezcla de incredulidad y diversión, y creo que musitó:

—Así que esta es la dulce Abelli.

Él había hecho algo que ningún miembro de la mafia debería: exhibir a su amante delante de su prometida y, no sé cómo, yo había acabado pidiéndole perdón por las consecuencias que eso había provocado.

La *nonna* y mi madre llevaban razón.

Aquel hombre iba a comerme viva.

Pero era tan tierno, me hacía sentir tan bien, que me costaba darle importancia.

Entonces me agarró un mechón de pelo y me giró la cabeza hacia él. Acto seguido, se le endureció la mirada.

—¿Dónde está tu móvil?

De pronto, me di cuenta de que no me lo había llevado cuando me fui. Llevaba tanto tiempo sin uno que me resultaba difícil acordarme de él.

—Se me olvidó.

—Qué oportuno.

Yo tragué saliva.

—Te escribí una nota.

—Eso me han dicho. —Entonces bajó la vista hasta mi mano—. ¿Dónde lo has encontrado?

Eché un vistazo al mechero al darme cuenta de que me lo había traído.

—En el suelo, después de que te enzarzaras con mi hermano.

—Y lo guardaste.

—Sí.

—¿Por qué?

Yo vacilé un momento, una mentira tomaba forma en mi lengua, pero me la tragué. Ya me sentía bastante mal por lo de hoy, no podía soportar mentirle también.

—Era tuyo —le susurré.

Todo se sumió en un silencio tan sepulcral que podía oír los latidos de mi corazón.

Pum, pum.

Pum, pum.

—Te perdono —me dijo con voz ronca.

Una presión tremenda abandonó mis hombros.

A continuación, me dijo en tono severo:

—No volverás a salir de esta casa sin decírmelo primero, ¿está claro?

Yo asentí.

—Dilo.

Hice un esfuerzo para mirarlo a los ojos y repetí:

—No me iré de casa sin decírtelo primero.

Acto seguido, mis pulmones se encogieron porque acababa de hacer una promesa que no podía cumplir. No todavía.

—Si quieres ir a ver a tu familia, te llevaré yo.

Al escuchar aquello, me mordí el labio inferior.

—Mi *papà* podría dispararte.

—Puede ser.

No parecía preocupado.

Algo se me revolvió en el pecho al pensar en eso y me hizo sentir vacía.

Luego, Nico me empujó la espalda contra la mesa de trabajo y apoyó las manos a ambos lados de mi cuerpo para, después, inclinarse hacia delante y besarme la garganta. Yo suspiré e incliné la cabeza. No había esperado que fuese así, pero no podía decir que se me diese genial adivinar cuál sería su siguiente movimiento.

—¿Puedo pedirte una cosa?

—Dispara —dijo arrastrando las palabras por mi cuello.

Le contesté antes de que pudiera frenarme a mí misma.

—Quiero a Isabel fuera de aquí.

Me recorrió la oreja con los labios y dejó pasar unos segundos en los que contuve la respiración.

—Hecho.

Me dolió el corazón.

A continuación, me acarició el muslo y me rodeó el culo con la mano, de manera que pegó mi cuerpo contra el suyo. Después, me dibujó un rastro de besos por la garganta.

—¿Puedo pedirte otra cosa? —susurré.

Sentí su sonrisa en mi cuello.

—Estás tremendamente exigente hoy.

Yo tragué saliva.

—No quiero a ninguna mujer... aquí, ¿vale?

Él se quedó un momento quieto y, con una sensación de vacío en mi vientre, me pregunté si no habría ido demasiado lejos. Si me diría que no.

—¿Eso es lo que quieres?

«No, lo que quiero es ser suficiente para ti».

«Lo que quiero es que solo me desees a mí».

—Sí.

Durante el siguiente instante de silencio, la expectativa de su respuesta me rodeó los pulmones y los estrujó.

Entonces acercó su cara a la mía y nuestras miradas se encontraron. Solo unos centímetros separaban nuestros labios.

No me iba a quitar un simple anillo cuando me lo pidiese y tampoco iba a besarlo. Esa certeza se asentó entre nosotros, mezclada con el olor a aceite de motor y a verano.

Lo que no sabía era que pronto lo arruinaría todo, hasta tal punto que no volvería a confiar en mí.

Me recorrió los labios con el pulgar y lo bajó por la barbilla.

—Hecho.

La banda que me rodeaba los pulmones se soltó, aunque dejó un sentimiento viciado. Denso como el alquitrán, negro como la noche sin luna. Como una serpiente venenosa en un paraíso tropical.

—Eres tan leal a tu familia —comentó en voz baja—. Y aun así me has hecho caso a mí y no a tu padre. ¿Por qué? ¿Para evitar una guerra?

Eso era lo que él esperaba. Podía leerlo en esa forma en que me miraba con cierta indiferencia forzada.

Lo hice porque sentí que era lo correcto.

Un anhelo desconocido se despertó en mi pecho. La necesidad de que lo supiera.

Clavé mis pupilas en sus pupilas, doradas como el vaso de *whisky* que había a mi lado.

—A lo mejor quería hacerlo —susurré.

Él me observó durante tantos segundos que hizo que se me acelerara el pulso. Luego cerró los ojos y negó con la cabeza.

—Venga. Vamos adentro.

Acto seguido, me agarró de la mano y tiró de mí.

Yo lo seguí.

Era agradable, seguro y lo necesitaba, todo a la vez.

Eso tenía un nombre.

Hogar.

Capítulo 42

«El beso que no se saborea se pierde para siempre jamás».

Billie Holiday

Elena

Nico no me soltó la mano cuando entramos en casa y cerró la puerta de atrás.

Luego, tiró de mí hasta el sofá y mi respiración se volvió superficial. Acto seguido, se sentó y yo me quedé de pie, entre sus piernas, mientras esperaba a ver qué quería. Haría todo lo que me ordenase. Puede que fuese mi corazón sumiso o, quizás, fuese mi parte romántica, que estaba intentando encontrar la forma de prosperar.

Me rozó las piernas con las palmas a la vez que me iba subiendo el vestido, hasta que dio con la piel de los muslos. Esta comenzó a vibrar con expectativas. Sus manos eran idóneas; tenían la aspereza perfecta y la calidez más excitante. De pronto, no supe qué haría si no pudiese sentirlas nunca más.

En ese momento, me tiró de la parte trasera de las rodillas para que me acercara hasta que me puse a horcajadas sobre él.

Pecho con pecho. Latido con latido. Mi vestido rosa con su camisa y corbata negra. Entonces me di cuenta de lo distintos que éramos. Grande y pequeña. Duro y blanda. Exigente y dócil.

Durante un segundo, respiramos el oxígeno del otro y, después, se inclinó para recorrer con besos todo mi cuello.

—Qué bien hueles —me dijo en tono ronco.

Su barba de tres días me hizo cosquillas en el cuello cuando continuó arrastrándose hacia abajo y dejó atrás la clavícula para meter la cara entre mis pechos.

—Joder, y qué tetas.

Yo suspiré y le pasé las manos por el pecho.

—Mi *nonna* dice que solo quieres casarte conmigo por ellas.

—Eso no es verdad. —Y noté su sonrisa pegada a mi piel—. Por esto también.

Di un respingo por el fuerte azote que me pegó en el culo. Luego, me bajó el vestido por los hombros, dejó al descubierto mi sujetador blanco sin tirantes y los pechos se me estremecieron cuando los hizo desaparecer bajo sus manos y los apretó a través de la tela.

—Así que es por mis tetas y mi culo.

Aquellas palabras acabaron con un gemido cuando tiró de una de las copas de mi sujetador hacia abajo y me pasó la lengua por un pezón antes de chuparlo. Entonces relajé la cabeza y me envolvió una neblina irrespirable.

A continuación, me agarró la entrepierna con la palma ahuecada.

—También porque tienes el coño más boni...

—Nico —le interrumpí.

Una sensación adorable inundó cada poro de mi piel.

Y él soltó una risita.

Me encantaba el sonido de su risa y la forma en la que su agradable timbre me recorría la espalda con sigilo.

Me dio un escalofrío.

Acto seguido, me acarició con el pulgar la piel de gallina del brazo.

—¿Tienes frío?

Yo negué con la cabeza y tiré de mi labio inferior con los dientes.

—Son los nervios.

Nico me desabrochó el sujetador y, al verme sentada sobre él a horcajadas y con el vestido bajado hasta la cintura, su mirada se volvió amenazante.

—¿Por qué?

Yo deslicé las manos por sus abdominales, que se tensaron al tacto, hasta que llegué muy abajo. Luego, pasé un dedo por la hebilla del cinturón.

—Quiero hacer una cosa —susurré.

La insinuación de que quería darle placer y probar su sabor pendió pesada y densa en el ambiente.

Inmediatamente, dirigió sus pupilas a mi cara. Comencé a desabrocharle el cinturón mientras los nervios danzaban por mis venas. Él se puso tenso, y yo me incliné hacia delante para apretar mis pechos contra su camisa y pegar mis labios a su cuello. Dios, olía tan bien que me mareaba. Acto seguido, froté la nariz contra él, en un intento de absorberlo por completo.

Entonces me agarró la parte de atrás de la cabeza con la palma ahuecada y, después, la deslizó hasta la nuca.

—¿Por qué ibas a ponerte nerviosa por eso?

Yo tragué saliva.

—Porque es la primera vez que lo hago.

Intenté retroceder para ponerme de rodillas delante del sofá, pero, de pronto, me agarró un puñado de pelo. Su mirada rebosaba confusión e incredulidad.

—Me estás mintiendo.

Lo dijo en un tono cortante.

Yo solté una risita, aunque, en realidad, aquellas palabras me acababan de perforar el pecho.

—Seguro que enseguida te das cuenta de que no.

Tenía tantos nervios que los notaba vibrar bajo mi piel. Noté que tenía las manos sudorosas y me esforcé para no secármelas en el vestido. Me pregunté cuántas mamadas le habrían hecho a este hombre y de parte de cuántas mujeres experimentadas. Era idiota.

Volví a intentar que me soltase, pero solo conseguí que su mano se cerrase todavía más. Me miró con unos ojos que irradiaban tensión y, entonces, cuando los dos comprendimos la situación, tragué saliva. Sin dejar de mirarlo, tiré del anillo hasta que lo dejé caer por mi dedo. Acto seguido, aflojó la mano, y yo bajé lentamente hasta el suelo.

En ese momento, se abrió de piernas, como si se estuviese poniendo cómodo, como si tener a una mujer arrodillada a sus pies formase parte de su día a día. «Dios, qué hombre». Nunca facilitaba nada.

Le desabroché los pantalones, y el sonido de la cremallera provocó un eco muy seductor en la sala. Acto seguido, apoyó el codo en el reposabrazos y comenzó a observarme.

Vacilé un momento. Tenía claro que no iba a hacerlo a la perfección, y deseé tener más práctica para que no fuese así. Desde luego, él sabía lo que se hacía en el ámbito de lo oral, y me daba miedo decepcionarlo.

—¿Vas a quedarte mirando mi entrepierna todo el día o me la vas a sacar?

Parecía un rey ahí sentado, exigiendo, impaciente. Aunque me dio la impresión de que estaba a punto de venirse abajo por la tirantez de sus hombros y la tensión que apareció durante un segundo en su mirada.

Las manos me temblaban cuando le bajé los bóxers y envolví su erección con los dedos. ¿Cómo iba a meterme esa cosa en la boca? Aunque una parte de mí sentía aprensión, una tenacidad inesperada me estaba ordenando que lo intentara. Era tan suave y estaba tan caliente. Era tan dura y gruesa. Resultaba tan placentero tenerlo dentro que quería agradecérselo. Y, en ese instante, me incliné hacia delante y me froté su miembro erecto contra la mejilla.

Él abrió más los muslos y se pasó una mano por la boca mientras la otra se aferraba al reposabrazos.

A mí se me hizo la boca agua a la vez que frotaba la cara y los labios por todo su miembro. Luego saqué la lengua y le di un lametón a modo de experimento. Y repetí, esta vez desde la base hasta la punta. En ese momento, vi que se le tensaba el vientre y se le escapaba un gemido quedo. Su reacción me pareció tan sexi que un ruidito de satisfacción me trepó por la garganta mientras le daba pequeños lametones por todas partes. No me dejé ni un centímetro.

—Deja de jugar con ella —dijo en un tono severo.

Dios, vaya carácter tenía cuando se trataba de sus mamadas.

Le lancé una mirada asesina.

—Chúpamela —me ordenó.

De una forma nada sana, su tono mandón provocó que una ola de excitación me recorriese la entrepierna. Yo obedecí: pasé la lengua por el glande y, después, me lo metí en la boca.

Acto seguido, Nico dejó caer la cabeza hacia atrás con un:

—Joder, eso es.

Mis pechos se estaban frotando contra sus muslos, y una chispa de placer se agitó por todo mi cuerpo. Volví a chupársela, pero esta vez me la metí más adentro y comencé a deslizar la boca arriba y abajo.

—Sí, justo así —siseó a la vez que me agarraba un puñado de pelo.

A continuación, empezó a moverme la cabeza para controlar el ritmo. Arriba y abajo, y más adentro cada vez.

—Mírame —me mandó en un tono brusco.

Dirigí mis pupilas hacia él.

—Joder —musitó.

Entonces él mismo la empujó y me la metió tan adentro que me llegó a la garganta, me dio una arcada y los ojos se me llenaron de lágrimas. Después, lanzó un gemido y me empujó para que me separase de él. Respiraba entre jadeos cuando apoyó la cabeza en el sofá y me dedicó una mirada con los ojos entrecerrados.

Yo me limpié la boca con el dorso de la mano.

—¿Qué pasa?

—Me voy a correr —fue todo lo que dijo.

Fruncí el ceño.

—Qué rápido.

Quería decir que no estaba preparada para que acabase, pero, en cuanto lo escuché salir de mi boca, me di cuenta de que había sonado a que era un eyaculador precoz.

Nico soltó una carcajada.

—Voy a follarte muy fuerte por haber dicho eso.

Me sonrojé.

Sus ojos ardían con una mezcla de deseo y desdén.

—Quítatelo todo y ven aquí.

Acto seguido, me puse de pie y me deslicé el vestido y el tanga por las piernas. En cuanto me senté a horcajadas sobre él, me apresó un pecho con la boca. Una sensación febril me consumió, y sentí como si hubiese derramado un chupito directamente en mi torrente sanguíneo. Me tocó, con aspereza y urgencia, pero con eso solo consiguió alimentar más el incendio.

Luego, hundí las manos en su cabello mientras él me chupaba y me mordisqueaba el torso, la garganta y el cuello. Me apretó el culo y me azotó las nalgas a la vez que me frotaba contra su erección.

—Levántate —me ordenó con tono ronco.

Apenas terminó de pronunciar las palabras antes de levantarme de golpe y tirar de mí para que me pusiese sobre su cara. Yo gemí a la vez que apoyaba un muslo en el respaldo del sofá y una mano en su hombro. Nico me chupó y me lamió; yo balanceé las caderas contra su boca. La piel me ardía. La presión no hacía más que subir sin parar.

—Estoy a punto —gemí.

Le agarré de un puñado de pelo justo antes de que la liberación me atravesase como un rayo, me obligase a doblar las piernas y me robase el aliento. Me deslicé hasta su regazo mientras seguía respirando con dificultad y, antes de que pudiese adivinar sus intenciones, me agarró por las caderas y me la metió de golpe.

Me quedé sin aire al sentir el dolor propagándose por mi cuerpo.

—Nico, me duele muchísimo.

Sus manos me tranquilizaron.

—Joder, cariño, lo siento.

Luego, se inclinó hacia delante para capturar mi labio superior entre los suyos y besarme con un dulce tironcito.

Fuimos conscientes de lo que acababa de pasar al segundo de que su boca abandonase la mía.

Nico se quedó petrificado.

Mi pulso patinó y se paró con torpeza.

La incomodidad se coló poco a poco en mi torrente sanguíneo; agradable como el *whisky* solo, pero fría como el hielo. Él estaba dentro de mí, hasta el fondo, tanto que me había provocado una punzada de dolor, pero lo único en lo que podía pensar era en el hormigueo que notaba en la boca, donde me había besado. Me chupé los labios, y la mirada de Nico se tornó amenazante mientras seguía el movimiento de mi lengua. Saboreé un poco de mí, pero no lo bastante de él.

El aire dejó de correr. La indecisión se agitaba en mis manos. Los latidos de mi corazón bailaban, se excitaban y palpitaban como si, por fin, hubiesen cobrado vida.

No podía refrenarme.

Un temblor me recorrió el cuerpo al inclinarme para acercarme lo bastante como para entremezclar nuestras respiraciones. Y continué hasta que rocé su boca con la mía. Era tan blanda, tan suya, tan mía. Cuando Nico abrió un poco los labios, pegué los míos a los suyos y deslicé la lengua dentro de su boca. Un gemido salió desde las profundidades de su pecho, y se aferró a mis caderas.

Yo me lancé hacia atrás, en un intento de recuperar el aliento, pero, antes de conseguirlo, me incliné de nuevo para volver a besarlo. Lánguida y mojada, le lamí el interior de la boca. Él me posó la palma ahuecada en la nuca y me absorbió la lengua. Gemí y recorrí con los dedos su corbata. El siguiente beso fue violento y Nico me arañó con los dientes para, después, aflojar la mordida y desprenderse de mis labios dejándolos mojados. La sangre me palpitaba en los oídos, corría a toda velocidad por mis venas y me quemaba como si se tratase de gasolina que se había prendido fuego.

Me sentía tan llena de él al tener su boca en la mía que me desbordé. Completa. Consumida. Y en ningún momento quise descansar ni un solo instante.

Intentó besarme más lento, pero yo no deseaba parar. No podía.

Apreté mi boca contra la suya, le di un sutil lametón en el

labio superior y le robé el aliento directamente de los pulmones. Sabía tan bien. A mí y a *whisky* de vainilla sin hielo.

Entonces me mordisqueó el labio de abajo para hacerme ver que ya era suficiente.

—O follamos o te quitas de encima.

Vacilé ante su repentino cambio de humor. Sin embargo, enseguida me di cuenta de lo que estaba pasando. Estaba cabreado porque no le había besado nunca y, ahora, me estaba negando ese placer. Le dediqué una mirada suspicaz, aunque tampoco me molestaba tanto. Cualquier otro hombre de la Cosa Nostra no habría respetado jamás que no desease besarlo, pero él sí lo había hecho. Y, ahora que estaba intentando devorarlo vivo, el jefe orgulloso se lo había recordado.

En ese instante, comencé a bambolear las caderas. Primero lento, perezosa. El dolor era como estar junto a un fuego que te quema demasiado, pero que sabes que necesitas su calor para seguir viviendo. Le rodeé los hombros con los brazos y hundí la cara en su cuello.

Un escalofrío me recorrió el cuerpo mientras la presión y la excitación crecían a medida que frotaba mi clítoris contra su pelvis. Sus manos bajaron por mi espalda, me agarraron el culo y tiraron de mí para que me pegase a él con más fuerza. Solo estaba rozándome, todavía no había empezado a follármelo, pero no parecía importarle.

La sensación de que siguiese tan dentro de mí me llevó al límite. Un «mmm» se me escapó al levantarme un poco para luego volver a deslizarme hacia abajo.

—Joder, esos soniditos.

El siguiente lo capturó con la boca. Pasó sus palmas por mis costillas y me rodeó la cintura con ellas. Un temblor avanzó bajo su piel cuando comencé a subir y a bajar lentamente.

Dos manos ásperas me estaban sujetando con fuerza.

Unos dientes me mordisquearon la mandíbula.

Los labios ascendieron por mi cuello para hundirse en mi oreja.

—¿Vas a volver a apartar la boca de mí?

Yo negué con la cabeza.

—¿Porque es mía?

—Sí —suspiré.

Soltó un gemido gutural para después agarrarme por la nuca y besarme con fuerza. Fue húmedo y caótico. Salvaje y violento. Y, después, deslizó su saliva por mi boca con la lengua y me dio varios lametones, sin prisa, como si estuviese intentando saborear cada centímetro de ella. Un calor se derramó dentro de mi pecho y se propagó por toda mi piel.

Me había dejado que me acostumbrase a follármelo para, a continuación, comenzar a moverme arriba y abajo con las manos. Una presión dulce y excitante empezó a aumentar dentro de mí.

Luego, agachó la cabeza y se metió uno de mis pezones en la boca, así que la presión se desbordó. Un temblor me sacudió por la explosión de placer y, finalmente, se desvaneció. Comencé a respirar entre jadeos irregulares con la frente apoyada en la suya.

A Nico se le tensó el cuerpo, y me hundió las manos en la cintura mientras seguía meciéndome contra él.

—Pídeme que me corra dentro de ti.

—Por favor, córrete dentro de mí —suspiré pegada a sus labios.

Acto seguido, apretó la cara contra mi garganta, dejó escapar un gemido muy masculino, que me puso toda la piel de gallina, y me mordió el cuello con tanta fuerza que me dejaría marca.

Yo permanecí sentada, rodeándole los hombros con los brazos y abanicándole el cuello con mi respiración. Su presencia me calaba en la piel cada vez que tomaba aire. Su tacto, su sabor y su olor se hundieron tan dentro de mí que rellenaron las grietas de mi corazón. Se estaba convirtiendo en una droga, una adicción que tendría que alimentar todos los días. Con la última embestida, la euforia me invadió las venas y me relajó las extremidades.

Era un capricho, un antojo, una necesidad, y estaba segura de que él no sentía lo mismo, pero, aun así, mis dedos recorrieron su corbata para descansar en su pecho...

Pum, pum.

Pum, pum.

Pum, pum.

Los latidos de su corazón se habían acelerado por mí.

Capítulo 43

«No recordamos fechas, recordamos momentos».
Cesare Pavese

Nico

Me quedé maravillado con la suavidad de su piel mientras le acariciaba la espalda. Elena era tan pequeña y tan frágil entre mis brazos que podría acabar con su vida en un abrir y cerrar de ojos. Aquella idea hizo que se me formase un nudo en la garganta.

No sabía qué hacer con esta mujer, pero lo que sí tenía claro era que la mantendría a salvo. Cada vez que la miraba, mi sangre ardía con más fuerza, dejando la palabra *mía* marcada a fuego en mi pecho. Si la razón de este encaprichamiento solo fuese la codicia de los Russo, se me habría pasado en el momento en el que la chica abandonó mi cama. Y, joder, todos los que estuvieron hoy en casa de los Abelli se dieron cuenta de que eso no había ocurrido.

Llegué a la conclusión de que no me importaba una mierda que quisiese estar con otro: porque no podía. Era así de sencillo. Me había evitado indagar en su pasado porque sabía que descubriría algo que no me iba a gustar (para ser específicos, un amante) y no iba a ser capaz de gestionarlo con una mente clara. Además, la idea de ganarme su odio hacía que sintiese un dolor hueco en el pecho.

Su respiración me abanicaba el cuello cuando le recorrí el cabello con los dedos. Tenía muchísimo pelo. Tuve que apartárselo de la cara mientras me chupaba la polla. No me había mentido; era la primera vez que lo hacía. Una ola de excitación me consumió. A lo mejor no tenía tanta experiencia como creía.

¿Qué más no habría hecho? Lo quería todo. Al completo. Tenía en la punta de la lengua la necesidad de pedirle que me lo dijera, pero me obligué a callármelo. No quería hablar de (ni pensar en) su historial sexual. Tenía la sensación de que solo acabaría rompiendo otro artículo del mobiliario.

Me eligió a mí en lugar de a su padre.

Y que me parta un rayo en dos si aquello no hizo que me invadiese una agradable avalancha de satisfacción.

Sus uñas se adentraron en el cabello de mi nuca y provocaron que un escalofrío me recorriese la espalda.

—Nico, ¿tú crees que nuestras familias se matarán en la boda?

Aquello me hizo bastante gracia.

—Puede ser.

Elena ladeó la cabeza, y todo su sedoso pelo me acarició las manos.

—Creo que no le gustas a mi padre.

Me dio la risa.

—No creo que le guste a muchos Abelli.

—A mí sí me gustas —suspiró.

«Joder».

—¿Sí?

—Sí.

Una sensación muy placentera se prendió dentro de mí.

—En nada te vas a convertir en una Russo, así que no cuenta.

Entonces arrastró un dedo por mi cuello.

—El fin de semana que viene.

«Mañana». Pero todavía no tenía por qué saberlo.

Después de que su padre hubiese amenazado con cambiar de opinión, decidí que no iba a arriesgarme a esperar. Elena era mía, y mañana tomaría mi apellido para demostrármelo.

—Creo que deberíamos organizar un par de eventos más antes de que llegue el día —comentó—. En algún sitio en el que las familias tengan que interactuar. —E hizo una pausa—. Como el casino.

Yo me reí entre dientes.

—Puede que no sea muy buena idea, cariño.

—Ah —se rio, y aquel sonido se estrelló contra mi pecho—. Se me había olvidado que vosotros sois un puñado de tramposos.

—Nosotros somos —la corregí.

—Nosotros —susurró como si estuviese probando a pronunciarlo.

Quise saber a qué le había sabido.

Ella se echó hacia atrás y, al ver sus tetas en mi cara, la polla comenzó a ponérseme dura. Me puse los calzoncillos para tapar la erección en proceso y evité tocarla. Estaba dolorida, y ya me sentía bastante mal por haberle hecho daño antes. Aunque no me arrepentía, porque ahora su boca me pertenecía.

Me alisó la corbata y me recorrió el pecho y el vientre con los dedos. Podría quedarme todo el día aquí sentado mientras esta mujer me tocaba y no aburrirme en ningún momento. Entonces me levantó la mano y me frotó los nudillos con el pulgar.

—¿Algún día los veré sin que estén hechos polvo?

Les eché un vistazo.

—Lo más seguro es que no.

Luego, pegó la palma de la mano a la mía para medir la diferencia de tamaño.

—¿Le has pegado a Luca?

—Sí.

Le había dado tan fuerte que me sorprendía que solo le hubiese destrozado la piel. El hijo de puta tenía la cara como el cemento.

Elena sonrió.

—Así que eres sincero.

—Siempre.

Acto seguido, me miró a los ojos y se le marcó una arruguita entre las cejas. Joder, qué guapa era. Coño, es que me dolía mirarla.

—¿De verdad? ¿Siempre que te he preguntado algo me has respondido con sinceridad?

Yo le recogí un mechón de pelo detrás de la oreja.

—Voy a ser sincero contigo, pero hay cosas que no tienes que saber.

En ese instante, su mano vaciló mientras seguía pegada a la mía y, de pronto, me di cuenta de lo que le había dado a entender. Creía que me refería a las mujeres. Dios, creo que no me había follado a otra desde que había conocido a esta chica. Sinceramente, estaba bastante seguro de que estaba obsesionado con ella, y ya nada me importaba una puta mierda. Solo quería seguir alimentándola. Follándomela, besándola, comiéndomela entera, una y otra vez, hasta que llegase mi hora. La idea de no poder hacerlo provocaba que me encontrase mal, como si hubiese pillado una cepa grave de gripe o algo así.

—Elena, estoy hablando de negocios.

Ella se concentró en nuestras manos y entrelazó sus dedos con los míos. Luego, apoyó la cabeza en mi hombro y dijo en voz baja:

—Me han dicho que eres una mala persona.

Se me dibujó una sonrisa en los labios.

—Y ¿te crees todo lo que te cuentan?

—Solo lo que he visto. ¿Por qué mataste a tu primo?

Pegué los labios a su oreja.

—Te estaba apuntando a la cabeza con una pistola.

Un escalofrío le recorrió el cuerpo. Ya sabía que era mía por aquel entonces.

—Nico.

—¿Qué?

—Tu semen me está bajando por el muslo —susurró.

«Joder». Eso era lo más sexi que me habían dicho nunca. Me palpitó la polla.

En ese momento, vi el líquido resbalando por su pierna. Acto seguido, lo recogí con el dedo y lo subí por el muslo para volver a metérselo dentro. Pronunció un mmm, ese ruido que tanto hacía y que me volvía loco. Dios, me había puesto cachondo. Si no se separaba de mí, iba a volver a follármela, y ya me había dicho a mí mismo que eso no iba a pasar.

—Tengo que ir a trabajar un poco —le comenté—. Voy a reunirme con tu hermano.

Elena se puso tensa.

—Por favor, no lo mates.

Se me escapó un ruidito de diversión sarcástica. Odiaba lo leal que era a ese cabrón. Quería que solo fuese incondicional conmigo. Ya sabía que era irracional, pero no tenía ni idea de cómo lidiar con mis sentimientos respecto a esta chica. Todo se magnificaba. Abrasaba. Y era impulsivo.

—No voy a matarlo. Tu padre y yo hemos decidido no volver a trabajar juntos. Tony va a ser una especie de intermediario.

—Ah. —Y tragó saliva—. Intenta que él tampoco te mate a ti.

—¿Y si lo hiciera?

Se quedó un momento callada, como si no hubiese considerado esa posibilidad y no supiese la respuesta. Me di cuenta de que no quería contestar a mi pregunta cuando hundió los labios en mi cuello y comenzó a ascender lentamente por él a la vez que me besaba. Me rozó la mandíbula con ellos para, después, posarlos en mi boca. Una excitación estalló en mi entrepierna. Entonces me besó con más intensidad, deslizó la lengua dentro de mí y me puso la polla dura como una piedra. «Mierda». En ese instante, le agarré un manojo de pelo y la separé de mí.

Tenía los ojos negros como una noche sin luna y los labios hinchados y rosados.

—¿Y si lo hiciera? —le repetí.

No dijo nada durante un instante y tiró del labio inferior con los dientes.

—Seguro que ningún hombre quiere estar conmigo cuando la gente se entere de que he estado viviendo aquí.

La irracionalidad se prendió en mi pecho. No era la respuesta que quería y, además, era mentira. Cualquier tío daría los ahorros de toda su vida y el huevo izquierdo por estar con Elena. Le dediqué una mirada suspicaz.

—Soy el único hombre con el que puedes estar.

Ella torció los labios en un gesto raro.

—¿Vas a asegurarte de que sea así incluso cuando estés bajo tierra?

—Sí —le contesté, aunque no tenía ni idea de lo que estaba diciendo.

—Solo tú podrías llegar hasta ese extremo.

La ira que desprendía mi mirada se intensificó, no creía que me lo hubiese dicho a modo de cumplido.

—¿Tomas anticonceptivos?

Las mejillas se le colorearon de un rosa pálido. Estaba sentada en mi regazo, con las tetas pegadas a mi cara y mi semen corriéndole por los muslos, pero, aun así, se sonrojaba por una pregunta tan simple.

—Sí —me respondió a la vez que me toqueteaba la punta de la corbata.

—Y ¿cuándo vas a dejar de tomártelos?

Ella pestañeó y, luego, se rio con incredulidad.

—Estás loco —anunció y, acto seguido, soltó mi corbata y se puso de pie.

—Elena, te he hecho una pregunta.

—Y yo he decidido no contestarla, Nico —contraatacó mientras se dirigía al baño desnuda de la puta cabeza a los pies.

Solté un gemido interno por las vistas.

—No vas a estar tomándolos toda la vida.

—No, pero creo que me gustaría estar casada antes de ni siquiera empezar a considerarlo.

Me froté la mandíbula.

«Vale. Pues ya lo discutiremos mañana».

—As, hoy has hecho un movimiento muy tonto.

Tony se encontraba sentado en el sofá de mi despacho con un brazo apoyado en el respaldo.

Yo le lancé una mirada asesina.

—¿Te he pedido opinión?

Él se frotó la sonrisa con una mano.

—Simplemente he dado por hecho que la querrías, nada más.

—Pues has dado por hecho mal —le contesté en un tono seco—. Si escribiésemos todas las gilipolleces que has hecho tú, el libro sería más gordo que la puta Biblia.

Tony se hundió un poco más en el sofá.

—Todo lo que yo hago es premeditado. Lo que pasa es que tengo más agilidad mental que la mayoría.

—Puedo oler tu trola desde aquí. Sinceramente, no sé cómo coño sigues vivo.

Él sonrió con suficiencia.

—Lo que te molesta es que no puedes matarme.

—Nunca lo he intentado.

—Eso es debatible. Pero ya no lo harás. Porque te gusta mi hermana y ella me adora.

¿Me gustaba su hermana? ¿Eso es lo que era? Me sonaba mediocre si lo comparaba con lo que sentía por Elena.

De pronto, las palabras de Gianna invadieron mis pensamientos.

«Porque te vas a enamorar de ella, y no te va a corresponder».

Santo Cristo. Llevaba razón.

Joder. Aquello no era nada práctico.

Acto seguido, di unos golpecitos en el escritorio con el boli, me recosté y me negué a responder a una declaración tan ridícula. Tony se rio y yo apreté los dientes.

—Por fin, el maléfico Russo sabe lo que es ponerse a los pies de una mujer.

Negué ligeramente con la cabeza.

—Tony, hay una gran diferencia entre tú y yo. A los pies de Elena o no, yo no soy un puto felpudo que se deja pisotear.

Mi futuro cuñado me dedicó una mirada más severa, pero solo se limitó a subir los pies a la mesita baja.

—Jenny te lleva por ahí cogido de los huevos y tú se lo permites. Ya que estás, podrías comprarle un consolador para que se lo ate a la cintura.

—¿Sabes? —comenzó—. Puedo vivir sin que pronuncies su puto nombre.

—Y yo puedo vivir sin que pongas los zapatos en mi mesa.

Pero no los movió. En cambio, se alisó la corbata y se posó la mano que tenía vendada en el vientre.

—Esta noche he quedado para echar un polvo.

—Creo que el «polvo» tiene menos gracia cuando todos los tíos de dieciséis kilómetros a la redonda también lo han probado.

Él apretó la mandíbula.

—As, adoro a mi hermana, pero tu prometida tampoco es que sea casta y pura.

La irritación se expandió por mi pecho, y me lanzó una mirada llena de placer en cuanto se dio cuenta de que me había molestado.

—Si quieres quedarte de brazos cruzados mientras te cuento cómo me follo a tu hermana, adelante. Me trae buenos recuerdos.

A continuación, se quitó una pelusa de la chaqueta.

—Si hubiese dependido de mí, no habría dejado que Elena se quedase contigo hasta que llegase la boda.

—Menos mal que casi nada depende de ti —le contesté en tono cortante—. Nueva York ardería por cualquiera de tus tremendos berrinches.

—Si prendiese fuego a la ciudad, sería porque merecería calcinarse.

Yo solté una carcajada de consolación.

—Es más probable que un tío se lleve a tu novia de paseo por ahí después de tirarle unos centavos a la cara.

Tony se tiró de la camisa y los ojos se le llenaron de ira.

—No es una puñetera prostituta.

—Pues eso es lo que parecía. Si le hubiese dado el reloj que llevo en la muñeca, habría hecho todo lo que le hubiese pedido.

—Igual que cualquier mujer. Pareces un fantasma paseándote por ahí con ese reloj de treinta y cinco mil dólares.

Fácilmente habría estado de acuerdo con él antes de conocer a Elena (en lo de «igual que cualquier mujer», no en el comentario de mierda de que era un «fantasma»), pero a ella no podía imaginármela entregándose a cambio de una gran suma de dinero. Y no era porque ella ya estuviese más que cubierta en ese sentido.

Dios, todavía no nos habíamos metido en el tema de los negocios y ya me había dado jaqueca.

—¿Podríamos dejar esto ya?

—Claro, As. Pero tengo que decirte una cosa antes.

Yo lancé el bolígrafo a la mesa.

—No quepo en mí de las ganas que tengo de escucharte.

—Por alguna razón, muy posiblemente el síndrome de Estocolmo, Elena te ha elegido a ti, y yo respeto su decisión, pero como le hagas daño voy a tener que matarte.

Le contesté con una carcajada. Tenía muy claro que me cortaría el brazo izquierdo antes que tocarle un pelo, pero por mis cojones que no iba a dejar que él supiese que su hermana era mi mayor debilidad.

A continuación, se me heló la mirada.

—Ya que estamos poniendo las amenazas sobre la mesa, si en algún momento haces algo tan estúpido como para provocar que otra pistola le apunte a la cabeza, te despellejo vivo. ¿Está claro?

Tony sonrió con suficiencia.

—Clarísimo, hermano.

Dios. Este imbécil sería mi puto cuñado a partir de mañana.

El reloj marcaba las dos de la madrugada cuando llegué a casa. Tony y yo dimos por finalizada nuestra reunión sin intentar asesinarnos mutuamente (lo que, en mi opinión, era una victoria) y luego tuve que ocuparme de otros asuntos. De esos molestos que te dejan una mancha roja en la camisa.

Los cubos de basura que había al lado del garaje estaban hasta arriba de bolsas, y se me dibujó una sonrisita en los labios cuando me di cuenta de que las había tirado Elena. Era una especie de criatura fascinante en mi casa, y me resultaba imposible adivinar cuál sería su siguiente movimiento.

Luca se fue después de informarme de todas las divertidísimas actividades que mi prometida había llevado a cabo ese día. Sabía que mi primo se estaba cansando de tener que quedarse aquí (y, además, necesitaba que volviese al trabajo), pero no tenía claro en quién más podía confiar. Normalmente, este tipo de mierdas se las encargaba a Lorenzo, pero ¿con Elena? Ni muerto. Por un instante me pregunté si seguirían existiendo los eunucos.

Para ser sincero, odiaba la idea de dejarla aquí con cualquier otro hombre que no fuese yo, pero, para mí, su seguridad era más importante que eso. Además, una vocecita en mi subconsciente no dejaba de recordarme que ya había intentado escaparse hacía seis meses. ¿Se fue porque su padre era un puto miserable o por otro hombre que podría estar vivo? Apreté los dientes.

Me dirigí a la planta de arriba y, en ese momento, decidí que tenía que hacer algo con el crujido de las escaleras. Hacían un ruido de dos pares de cojones.

Había pasado el día impaciente por volver a casa, solo para poder follarme a Elena toda la noche suave y con calma. Quería que se alargara, absorber sus gemidos, hacerla sudar y temblar debajo de mí. Solo de pensarlo se me ponía como una piedra.

Un gruñido vibró en mi garganta cuando pasé por mi dormitorio y encontré la cama vacía. Acto seguido, empujé la puerta de la habitación de invitados para descubrir que estaba en el quinto sueño. La ventana estaba entreabierta y por ella entraba una brisa que hacía susurrar las finas cortinas. La luz de la farola le iluminaba la cara con un resplandor amarillo, y el pecho me dolió al contemplarla.

Me puse de cuclillas junto a ella. Estaba durmiendo de lado, mirando hacia mí. Uno de sus suaves muslos se había salido de las sábanas. Llevaba puesta una escuetísima camiseta que se le había subido hasta justo por debajo de las tetas y un puto tanga.

La curva de su culo desnudo estaba justo ahí, suplicándome que le diese un bocado. Mi polla no dejaba de repetirme que fuese un imbécil y la despertase. Mierda. Me froté la cara y sacudí la cabeza. No podía hacer eso.

Tenía los labios ligeramente separados y respiraba de forma uniforme y superficial. Las pestañas oscuras le abanicaban las mejillas. La observé un momento con atención. Qué tranquilidad debía albergar esa cabecita para tener una expresión tan dulce. Quería que se quedase siempre así, asegurarme de que nunca le volviese a preocupar nada.

Joder, estaba completamente a sus pies.

Si la perfección tuviese cara, cuerpo, voz... Sería esta chica.

Le rocé el pómulo con el pulgar.

Acto seguido, mis ojos se toparon con el anillo y se me formó un nudo en la garganta. Las palabras de Gianna me llenaron la boca de un sabor amargo.

Iba a conseguir que esta chica me desease, me necesitase y me amase, ni de coña iba a ser el único que se sintiese así.

Capítulo 44

«Cuando nos enamoramos, nos sentimos más vivos».

John Updike

Elena

Olía a aire fresco y a expectativas. Una brisa cálida entraba por una rajita de la ventana y, en ese momento, me di cuenta de que la había dejado abierta toda la noche. No creí que eso fuese muy positivo para la factura eléctrica de Nico, aunque no me cabía duda de que tenía dinero como para pagar durante años el suministro de toda la ciudad de Nueva York.

Me levanté, cerré la ventana y me dirigí al baño sin hacer ruido. Una vez que estuve medianamente presentable, bajé las escaleras, pero mis pies se quedaron clavados en los últimos peldaños, aunque, por desgracia, esta vez no se debió a un Nico medio desnudo.

Un «no» quedo se me escapó de entre los labios.

—Sí —dijo mi prometido.

Los latidos del corazón comenzaron a rebotar como las bolitas de una máquina de *pinball* en mi pecho.

Primero lo miré a él, con su traje negro de tres piezas, y luego pasé al vestido blanco que descansaba en el respaldo del sofá. Una fría ola de inquietud me recorrió lentamente el cuerpo, aunque había algo más entrelazándose con esta. Una agradable semilla de placer, de alivio, creció dentro de mí igual que un globo. No me había dado cuenta hasta ahora, pero me molestaba vivir con este hombre sin estar casada (y no era por lo que implicaría en cuanto a mi reputación). Aunque me encantaban las libertades que un mundo tan progresista como el nuestro le proporcionaba a los demás, mi corazón latía por la Cosa Nostra y por todo lo que era romántico y los estructurados límites de lo tradicional. Además, la idea de que podría aburrirse de mí y decidir anular la boda había sido un gélido pitido de alarma corriendo sin parar por mi torrente sanguíneo.

Quería estar casada y tener un marido para mí sola, pero el sueño que siempre había concebido de la casa con un jardín bañado por el sol y rodeado de una valla blanca de madera se vería estropeado por la sombra de otra mujer. No podía compartirlo. A este hombre no. La idea hacía que se me revolviese el estómago, que me faltase el aire y que un dolor me oprimiese el pecho.

—¿Por qué mataste a Óscar Pérez? —le solté.

Nico se quedó con las manos en los bolsillos y se dejó caer contra la isla. Sus ojos eran un profundo mar en calma.

—Porque tú eras mía.

Tragué saliva para deshacer el nudo que tenía en la garganta. No creía que me estuviese respondiendo una mentira, pero sí que estaba evadiendo la pregunta. De pronto, supe que aquel pálpito de mi corazón sería peor que cualquier dolor físico que Óscar Pérez pudiese haberme infligido.

—A lo mejor has echado a perder mi destino.

Mi voz no fue más que un suspiro mientras observaba el vestido blanco veraniego que había encima del sofá.

No lo miré, pero no me hizo falta para saber que había metido el dedo en la llaga con mis palabras. Me lanzó una mirada tan airada que me quemó la mejilla.

—El destino no existe —me espetó—. Y si así fuese, lo último que haría nadie sería emparejarte con Óscar Pérez.

—¿Crees que las moiras me emparejarían contigo? No es que seas un santo.

—Elena, ¿tú quieres un santo?

«No, te quiero a ti, pero no quiero el sufrimiento amoroso que traerás contigo».

—Nico, no nos conocemos el uno al otro... Ni siquiera sé cuál es tu segundo nombre.

—Angelo. Ahora sube y prepárate. Nos vamos en una hora.

No moví ni un dedo.

—Ya he elegido mi vestido, Nico... Y es perfecto.

Sonaba como una chiquilla frívola, pero es que lo era. Debería saber qué estaba firmando. Me pregunté dónde habría conseguido una licencia de matrimonio sin mí, pero me di cuenta de que posiblemente aquella fuese la ilegalidad que menos le había costado perpetrar.

—Quiero mi boda —añadí en tono tajante.

—¿Seguro que quieres pasar por dos ceremonias conmigo? Parece que apenas puedes digerir la primera.

Su tono rezumaba irritación mientras sacaba el teléfono para contestar a un mensaje.

—No, prefiero una. El fin de semana que viene. Hoy no voy a ir a ninguna parte.

Me di media vuelta, pero no conseguí subir tres escalones antes de que un brazo me rodeara la cintura y mis pies se despegasen del suelo.

—Elena, vamos a casarnos hoy. Ni mañana, ni el puto fin de semana que viene. Hoy.

Tenía la espalda pegada a la parte delantera de su cuerpo y los dedos de los pies rozando el suelo. Aquello no encajaba exactamente con cómo me había imaginado a un hombre profesándome su deseo de casarse conmigo; de hecho, tenía un punto bruto y totalitario.

Intenté sacudirme para zafarme de su brazo, pero solo conseguí darme cuenta de que no podía escapar.

—Nico, suéltame.

«Agárrame más fuerte».

—¿Vas a llevarte el vestido arriba para ponértelo?

—Tú quieres una virgen —protesté—. Elegiste a Adriana antes que a mí.

Probé a empujarle el brazo para soltarme, pero era como intentar levantar acero con una palanca.

Su risa retumbó en mi espalda.

—¿Eso es lo que crees? ¿Que elegí a la rarita de tu hermana antes que a ti?

Yo apreté los dientes cuando me dejó en el suelo.

—No es rara.

—Tu padre me dijo que tú no eras apta para el matrimonio. No pude elegir entre las dos.

Al asimilar aquello, se desvaneció parte de la presión que sentía en el pecho. Me giré para enfrentarme a él y mirarlo a los ojos. Parecía que quería follarme en ese mismo instante y que apenas podía contenerse. Un escalofrío me atravesó el cuerpo.

Comencé a toquetearme el dobladillo de la camiseta.

—Nico, quiero mi boda.

Él me rozó la cara con su palma áspera.

—Pues es tuya. Pero hoy serás Elena Russo, ni un día después.

Apreté la mejilla contra su mano y susurré:

—Elena Russo.

Sabía a esperanza y a felicidad, pero, en cuanto aquellas palabras se desvanecieron, me dejaron un ligerísimo regusto a desamor.

El ruido de los cláxones, los gritos de alguien discutiendo con un conductor de taxi y el bullicio de la avenida Grand Concourse, en el Bronx, convergían para convertirse en un ruido blanco dentro de mi cabeza. El pulso me latía en la garganta mientras nos dirigíamos a pie hacia el edificio del Tribunal Supremo. Al llegar a la puerta me di media vuelta. Acto seguido, Nico me agarró la mano sudorosa con una risita queda y tiró de mí para que entrase dentro. No me perdí los ojos en blanco de Luca. Él era nuestro testigo, aunque creo que habría preferido al sin techo junto al que pasamos en la manzana anterior.

No tuvimos que esperar nada. Una recepcionista rubia con un moño bajo nos acompañó a donde teníamos que ir y, por su actitud incómoda y huidiza, sabía quiénes éramos. Me pregunté cuánto habría tenido que pagar Nico a la ciudad de Nueva York para conseguir este oficio el ajetreado mediodía de un martes. A lo mejor, no necesitó dar ni un centavo: él era el rey de la Cosa Nostra.

Los frenéticos latidos de mi corazón cronometraron toda la ceremonia, de principio a fin. Recordaba las palabras balbuceadas del juez, el sudor frío que me recubría el cuerpo y a Nico. Su presencia y el aroma ligero de su colonia me consumieron con su familiaridad y se abrieron paso entre el mantra de latidos que era mi pulso.

—Sí, quiero.

Aquellas palabras las pronunció el don, pero su mirada ardía como el *whisky* de vainilla sin hielo. Y, entonces, prometió quererme, honrarme, valorarme y protegerme, abandonar a todas las demás y solo tomarme a mí. Por la forma en la que salió de su boca, casi te lo creías.

Yo repetí las palabras que me dijeron. A continuación, llegó el momento del intercambio de anillos. Me quedé mirando el de cincuenta centavos que ya llevaba en la mano izquierda. Era mucho más barato que, según me había contado Nico de camino aquí, el de su madre. El silencio incómodo de la sala me rozó la piel. El juez se aclaró la garganta. Luca miró la hora en su reloj. Llevaba el anillo en el dedo corazón, pero me dio la impresión de que mi marido iba a quedarse ahí clavado montando un numerito hasta que me lo quitara, así que me lo cambié a la mano derecha. Nico deslizó el anillo de su madre por mi dedo mientras repetía las palabras del juez.

«Quería a su *mamma*». Los latidos de mi corazón se aferraron a aquel pensamiento, dándole la voltereta, haciendo piruetas y quemándolo en mi piel.

Le di un beso en los labios. Suave, dulce y desgarrador.

Y, así, me convertí en la señora de Nicolas Russo.

En la calle, el sol de Nueva York resplandecía con toda su fuerza, igual que los rayos ardientes en un cielo despejado.

—Bien hecho —me dijo Luca arrastrando las palabras—. Solo has conseguido que el juez pensara que te hemos secuestrado un par de veces.

Me quedé parada en medio de la acera. Los nervios seguían vibrando en mis venas, pero, lentamente, los fui reemplazando por una ola de alivio que me embriagó. Nico se puso delante de mí y alcé la vista para encontrarme con sus ojos. Sentía como si, en los últimos minutos, hubiese dado un giro de ciento ochenta grados; pero, ahora que estaba en medio de mi ciudad con aquel hombre a mi lado, me pareció que había pasado la cinta de la línea de meta.

—Nico, ¿y si las tres moiras existen de verdad y estaba destinada a estar con otro?

Él se metió las manos en los bolsillos y una chispa se prendió en su mirada.

—Pues supongo que tendré que encontrar a esas tres moiras y reducirlas a cenizas.

Yo me mordí el moflete para aguantarme la risa y negué ligeramente con la cabeza.

—Estás loco.

Nico soltó una carcajada, miró al cielo y musitó de forma casi inaudible:

—Estoy loco por alguien.

Se me congeló todo el cuerpo, pero no el corazón. En cambio, este dobló su tamaño. Quise fingir que no le había escuchado, aunque me quedé clavada en el sitio, como un ciervo delante de los faros de un coche. Sus ojos intensos se encontraron con los míos y mostraron un fervor mayor cuando se dio cuenta de que aquel comentario no había pasado desapercibido. Clavó las pupilas en mí, haciendo que me avergonzase con su indiferencia.

Luca estaba cerca de donde nos encontrábamos y se le dibujó una sonrisa en los labios; parecía que estaba viendo una película navideña de televisión.

Yo tragué saliva y anuncié:

—Tengo hambre.

El primo de mi marido soltó un ruidito que dejó claro que aquello le hacía gracia.

—Hay un montón de cosas en casa de As, si es que no lo has tirado todo.

Eso era justo lo que había hecho y, después, hice que Luca

sacase las bolsas de basura a la calle. Tiré del labio inferior con los dientes. No iba a quedarme de brazos cruzados y comerme la comida que había preparado Isabel. En ese momento, me pareció una reacción muy racional...

Durante un segundo, los ojos de Nico se desbordaron de diversión, pero no pareció sorprenderlo. Esta mañana tuvo que darse cuenta de que el frigorífico estaba vacío.

Mientras íbamos andando a comer, mis dudas sobre este matrimonio desaparecieron por el resplandor del sol, la suave brisa y su «estoy loco por alguien». Sin embargo, no pasó mucho tiempo antes de que apareciese un mal presentimiento para recordarme el trocito de papel que guardaba en el fondo de mi bolsa de deporte.

Capítulo 45

«Para ser sincera, tengo que decir que sigo leyendo cuentos de hadas y que son mis favoritos».

Audrey Hepburn

Elena

De vuelta a casa, el silencio podía cortarse con un cuchillo. Luca iba en su coche, así que solo estábamos Nico y yo, marido y mujer, envueltos por una atmósfera de quietud reflexiva.

Me moría por saber en qué estaba pensando. ¿Se arrepentiría de lo de hoy? Había experimentado muchísimos sentimientos a todos los niveles, pero no podía decir que hubiese preferido no hacerlo. A lo mejor, al principio, el matrimonio era un subidón parecido al de una droga, porque, incluso pese a la confusión, me sentía revivida, indestructible. ¿Eso era lo que se sentía al ser una Russo?

Nico tenía una mano apoyada en el volante y el sol se reflejaba en su alianza plateada. Supongo que llevaría un recuerdo de mí en su dedo a todas partes. No había pensado que él también se estaba casando conmigo. A lo mejor no podía controlarlo como haría él conmigo, pero, de alguna manera, una parte de Nicolas Russo me pertenecía.

En cuanto llegamos a casa, mi marido se fue directo al minibar. Ya se había tomado una copa mientras comíamos, y estaba empezando a plantearme que necesitaba el alcohol para lidiar con el hecho de que se había casado conmigo. «Vaya chute de seguridad en mí misma». Aunque yo tampoco podía decir nada, teniendo en cuenta que estaba petrificada por la nube de terror en la que me encontraba sumida.

Para ser sincera, me alegraba tener otra boda, porque la había cagado en la primera.

Apoyé una mano en la puerta para quitarme los tacones.

—Es la primera vez que me caso.

Nico le quitó el tapón al decantador de *whisky*.

—Yo también.

—¿De verdad? —le pregunté haciéndome la sorprendida—. Estaba segura de que, con tu reputación, habías tenido un harén de esposas y que las habías ido asesinando a medida que te aburrías de ellas.

En ese momento, se dio media vuelta y se le dibujó una sonrisa en los labios.

—Nah, ya tengo hombres que me hacen el trabajo sucio.

Asentí como si lo entendiese.

—Asesinar a esposas es un asunto sucio.

Cogí una goma de pelo de la isla y me levanté los largos mechones de cabello para apartármelos del cuello.

—Bueno, espero que, cuando te aburras de mí, me des un poco de ventaja.

Nico se metió una mano en el bolsillo mientras me observaba. Los ojos le ardían como una cerilla encendida, igual que hace unos días cuando dijo: «No hay ningún sitio al que puedas ir sin que te encuentre». Un temblor, frío y abrasador a partes iguales, me recorrió la espalda. De pronto, me sentía en un cuento de hadas retorcido, en el que la princesa se enamoraba locamente del rey malvado y elegía quedarse en su torre, incluso pese a que la puerta nunca estaba cerrada con llave.

Llevaba razón desde el principio. No existía la posibilidad de que sobreviviese a este hombre..., pero ya era demasiado tarde. Solo me quedaba disfrutar de mi momento mientras durase.

El vello de los brazos se me puso de punta cuando lentamente me dirigí descalza hacia él. Hacía un frío de dos pares de narices en esta casa, pero Nico siempre desprendía tanto calor que parecía una estufa. Ya podría compartir un poco.

—Todavía no te has aburrido de mí, ¿verdad?

Él se acarició la mandíbula.

—Creo que te quedan unos cuantos días.

Me adentré en su espacio personal y agarré la punta de su corbata.

—¿Solo unos días? —Y me llené los pulmones de él—. Supongo que más me vale hacer que duren.

Entonces me puse de puntillas e intenté darle un beso, pero apartó la cara.

Puede que hace poco su reacción me hubiese dejado angustiada, pero ahora lo conocía mejor. También me ayudó la erección que notaba contra mi vientre. Así que, ignoré su rechazo y, en lugar de eso, planté mis labios en su mandíbula. Se había afeitado esa mañana y tenía la piel suave para variar. Dibujé un rastro de besos por su garganta y comencé a marearme con su olor y su sabor.

Nico se llevó la copa a los labios, como si no estuviese liándome con su cuello.

—Creía que preferirías saltar del puente de Brooklyn antes que seguir adelante con lo de hoy.

—No.

Y negué con la cabeza mientras le pasaba la lengua por la garganta y deslizaba la palma hasta su miembro erecto. El me empujó la mano para que la apartase.

—Aunque puede que del puente Washington sí —añadí—. Está mucho más cerca del suelo.

Volví a posar la mano en su pene duro, y la froté de arriba abajo. Él me dejó hacer, pero no soltó la estúpida copa de *whisky*. Fui ascendiendo entre besos hasta la comisura de sus labios y, por fin, giró la cabeza para absorber mi suspiro con la boca. El beso fue húmedo y violento, y puede que incluso un poco enfadado. Mi lengua se deslizó contra la suya, y una llama comenzó a latir en la zona más baja de mi vientre.

Luego, me mordió el labio inferior.

—Joder, haces que me vuelva loco.

—No me culpes de tu psicosis.

—Tú eres mi psicosis.

—Qué grosero —susurré al filo de su boca.

En ese instante, soltó el vaso, me agarró de la nuca y me dio un beso lento e intenso. Me besó hasta que el latido de mi corazón palpitó en mi entrepierna. Un frenesí me quemó la sangre. Pegué mi cuerpo al suyo, recorrí su vientre con mis uñas cortas y tiré de la hebilla de su cinturón. Hizo un ruido ronco con la garganta, pero sus labios comenzaron a moverse más lentamente sobre los míos. Cuando me di cuenta de que se estaba separando de mí, solté un gemido de frustración.

—Nico...

Entonces me acarició la boca con el pulgar.

—Estoy seguro de que una mujer que actúa como si estuviese en un funeral en lugar de casándose no quiere que su marido se la folle.

—Sí quiere —protesté.

El sexo era sexo, y el matrimonio, matrimonio.

¿Por qué siempre mezclaba las dos cosas?

¿No entendía lo mucho que lo deseaba? Las palabras se me escaparon antes de que pudiese evitarlo.

—Yo pensaba en ti, ya sabes... Antes de que nos prometiésemos.

Me sonrojé con tanta intensidad que me quemó el pecho e hizo que se me acelerara el corazón.

Él se quedó petrificado durante un instante.

Una sensación de presión me envolvió los pulmones (una mezcla de miedo, vergüenza y vulnerabilidad), pero necesitaba que supiese que lo deseaba. La realidad era que lo *necesitaba* de una manera que ni siquiera podía entender, aunque no podía dejar que nadie supiese que era así de grave, y mucho menos él. Entonces, en algún punto muy dentro de mí, encontré el coraje para ponerme de puntillas y pegar mis labios a su oreja.

—Después de aquel momento en la cocina de mis padres, estaba tan cachonda que no podía ni pensar..., así que me fui a mi dormitorio, me tumbé en la cama y me masturbé con los dedos fingiendo que eran los tuyos.

Tres latidos repiquetearon en mis oídos.

—No me jodas —gimió.

Acto seguido, me agarró de las caderas y me levantó para que mi boca se encontrase con la suya. «Por fin». Le rodeé la cintura con las piernas y hundí las manos en su pelo.

Me llevó de espaldas por las escaleras mientras me besaba igual que si estuviese intentando devorarme viva. Nico besaba con egoísmo. Solo lo hacía cuando quería, mordiéndome y controlando, cada vez que nuestros labios se hundían en los del otro, cada lametón y la presión de estos.

Él deslizó la boca por mi cuello a la vez que yo me ocupaba de los botones del chaleco y de la camisa. Quería sentir su piel contra la mía, algo que solo había ocurrido una vez y que me moría por repetir. Conseguí desabrochar todos menos los de los puños, lo que me resultaba imposible teniendo en cuenta que me estaba masajeando el culo con las manos. Le saqué la camiseta interior blanca de los pantalones y le acaricié por debajo de ella la piel ardiente del pecho y del vientre. Luego siseó entre dientes y a mí se me escapó una bocanada de aire cuando se tiró en la cama encima de mí.

A continuación, tiró de mi vestido y se escuchó el desgarro de la tela al mismo tiempo que se soltaban los tirantes.

—Era un Chanel —susurré contra sus labios, pero todos mis pensamientos desaparecieron en cuanto me bajó el sujetador y comenzó a chuparme las tetas.

Sus manos se aferraron a la zona baja de mi trasero, y yo suspiré al notar sus dedos deslizándose bajo mis braguitas, frotándome el clítoris y coqueteando con mi hendidura.

—Joder, qué mojada estás —gimió.

Me puse tensa cuando uno de sus dedos se metió lentamente en el agujero incorrecto.

—¡Nico! —dije con un grito ahogado.

Un temblor le recorrió el pecho, y yo lo noté en las palmas de las manos. Entonces, pisó el freno, me besó en la mejilla y murmuró al filo de mi boca:

—Si me pides que pare, pararé.

Nunca me había considerado una chica atrevida, pero, de pronto, tuve claro que haría lo que fuese para volver a sentir a ese hombre temblando de esa manera.

La mirada se le volvió líquida cuando no le dije nada. Acto seguido, clavó las pupilas en mi cara mientras me introducía el dedo un poco más. Noté una sensación extraña, pero la forma en la que su respiración se volvió irregular y se le tensó el cuerpo, como si estuviese luchando por contenerse, me puso más cachonda de lo que había estado en mi vida.

Deslizó dos dedos dentro de mí; el otro seguía metido en

mi culo. Me puse a gemir cuando comenzó a moverlos lentamente hacia dentro y hacia fuera. La plenitud era intensa, deliciosa, y estaba a punto de lanzarme por el barranco. Me besó la garganta y yo me agité bajo su cuerpo mientras sus dedos me follaban con angustiosa lentitud.

Me aferré a las sábanas, hundí los talones en el colchón y, cuando me corrí, él absorbió mis gemidos con la boca. La delicadeza con la que me estaba besando se desvaneció poco a poco, y pasó a mordisquearme los labios y la mandíbula. Me chupó la lengua. Chocó con mis dientes.

Fue sucio y caótico. Y completamente él.

—Voy a follarte lento —me susurró al oído.

Cumplió su palabra.

Y de todas las maneras posibles.

La cocina. El salón. La ducha. El pasillo. Su cama.

Durante los siete días que pasaron yo me familiaricé muchísimo con Nico, el sexo, y todos los lugares y las posiciones en las que se podía practicar.

No creía que aquello fuese sano.

Solo respiraba, dormía y consumía a Nicolas Russo.

La primera vez que intenté irme de su cama después de casarnos, me agarró de la muñeca y volvió a observarme con esa mirada de desdén. Aquella vez sí que iba a retenerme ahí para siempre. No se quejó ni una vez por el anillo, y lo único que pude dar por hecho fue que se sentía mejor ahora que él también se encontraba en uno de mis dedos.

Dormía en su cama. A veces con la cara apoyada en su pecho. A veces con su cuerpo haciéndome la cucharita y rodeándome con el brazo. Siempre con él pegado a mí. Siempre con sus manos en mi cuerpo y su olor envolviéndolo todo. No sabía cómo ni cuándo había ocurrido, pero, de alguna manera, encontró la forma de romper mis barreras y adentrarse en todo mi ser.

Algo me tocó la fibra sensible.

Algo tierno y frágil.

Algo que se deshilachaba como si fuese una soga.

No fue a trabajar en esos siete días.

Me enseñó a hacer trampas con las cartas. A follar. Y a preparar una tortilla francesa.

Me dijo que su madre cocinaba muy bien. «Cuando no estaba puesta», especificó enseguida.

Yo me empapé de toda la información que compartió conmigo, sin importarme lo insignificante que fuera. Ya no me quedaba mucho para tener todas las piezas del puzle.

Además, estaba aprendiendo a cocinar, lenta pero segura.

—Mamá, te estoy diciendo que está aguado —suspiré al auricular del móvil.

—Eso es que no has mezclado bien la harina con la mantequilla.

—¡He hecho exactamente lo que tú me has dicho!

—Mis recetas son *buono*, Elena. El problema eres tú.

Después de que mantuviésemos un par de conversaciones de ese estilo, me di cuenta de que Google era mucho mejor profesor que ella.

Pedimos mucha comida a domicilio, pero Nico no se quejó ni una vez. De hecho, nunca se quejaba de nada. Ni cuando sentía el deseo de que me prestase atención e iba a su despacho a molestarlo, ni cuando me sentaba en su regazo mientras él hablaba de negocios. Aunque su parte mandona y totalitaria siempre estaba presente, empezaba a darme cuenta de que era más despreocupado, más amable; nunca habría imaginado que un hombre como él pudiese ser así.

Deseé que fuese una persona horrible. Porque, dentro de poco, iba a merecérmelo.

Me besaba lento y suave. Me acariciaba el pelo con los dedos. Me dejaba escoger película, aunque no acabamos ninguna en toda la semana. En cuanto comenzaba a trazar círculos en mi ombligo, me moría porque pusiese la mano más abajo, y él siempre me daba lo que quería.

Su cuerpo cubría el mío con todo su peso; con total perfección.

Piel con piel. La forma tan exigente en la que me inclinaba la cabeza para besarme con más intensidad. La aspereza de la palma de su mano deslizándose por mi garganta. Sus huellas quemándome como si me estuviese marcando con fuego.

Todo me parecía difuso. Un sentimiento que se fusionaba en mi pecho.

Hundí la cara en su cuello y respiré su ser. Olía a nicotina, y el veneno corrió ardiente por cada uno de mis capilares para propagarse después por todo mi torrente sanguíneo.

Se partió el último hilo de la cuerda.

Y, en ese momento, solo quedamos él, yo y una larga caída hasta el suelo.

Mi hermana me dijo que sería emocionante.

Pero no mencionó que dolería.

Capítulo 46

> «Me caí desde mi nube de color de rosa y me estrellé con un golpe sordo».
>
> Elizabeth Taylor

Elena

El sol me iluminó la piel con un cálido resplandor, pero no fue suficiente para extinguir el frío que se me había colado en el estómago durante esa noche. Me quedé ahí, tumbada y despierta, mientras escuchaba a Nico respirar y me debatía sobre qué hacer.

Por mi conciencia, mi cordura y él, quedarme de brazos cruzados no era una opción.

Deseé ser una persona diferente, alguien que pudiera dejar esto atrás y olvidarlo, solo para no tener que perder la pequeña cantidad de confianza que Nico me había entregado ni empujarlo a los brazos de otra mujer. Solo para no tener que destruir la alegría que me invadía cada vez que él andaba cerca.

Estaba despierto y, por la forma en la que se hundía el colchón, sentado en su lado de la cama. Noté el roce de su mirada en mi piel, pero no abrí los ojos. ¿Y si veía todo lo que estaba pensando?

Luego, me rozó el pómulo con el pulgar.

—¿Vas a quedarte todo el día haciendo el vago?

Asentí.

—Pues tengo antojo de tu famosa sopa aguada.

—No seas gilipollas —murmuré.

Él se rio por lo bajini.

—Ya te dije que no sabía cocinar, y aun así decidiste casarte conmigo —me quejé.

—También me dijiste que gastabas mucho dinero y no ha sido así.

—Tú espera a que vaya de compras.

Volvió a reírse y, acto seguido, tiró de las sábanas para destaparme. Solté un grito ahogado. Abrí los ojos de golpe.

—¡Nico, hace frío!

Estaba desnuda. Desde la semana pasada, si iba vestida, solo llevaba una camiseta y unas braguitas. Los mejores días de mi vida.

A continuación, su cuerpo se agachó sobre el mío y yo deslicé los brazos por debajo de su camisa blanca para robarle un poco de calor. No me cabía duda de que, con la cantidad de calor que desprendía, este hombre podría sobrevivir a una noche en el Polo Norte sin abrigo.

Me encantaba lo grande que era y lo pequeña y segura que me hacía sentir cuando estábamos juntos. La verdad era que adoraba todo lo que tenía que ver con él, y ya no había forma de remediarlo. Avanzaba a toda velocidad, como un tren que no podía parar e iba a atropellar a la chica de ojos enormes que estaba de pie en mitad de las vías.

La felicidad vibró bajo mi piel cuando se tumbó encima de

mí. Luego, me acarició la mejilla con la áspera palma de su mano y me sujetó la nuca con ella. Sus labios rozaron los míos.

—Joder, qué guapísima eres.

El tono ronco de su voz me envolvió el corazón y lo apretujó. Lo abrasó con la intensidad y el dolor ácido de la culpa. Siempre había odiado esa palabra. *Guapa*. Por lo sucia que sonaba, daba igual en qué idioma la dijeses. Sin embargo, la forma sincera y profunda en la que se desprendía de sus labios encajaba perfectamente con cómo mi corazón romántico imaginó siempre que se pronunciaría.

Me besó, y yo me derretí debajo de él mientras recorría con las manos los suaves músculos de su espalda.

Después, sus labios comenzaron a bajar por mi cuello.

—Sabes lo que significas para mí, ¿verdad?

El pulso se me ralentizó hasta pararse, mi conciencia comenzó a dar vueltas tan rápido que todo se volvió confuso.

«¿Por qué?».

¿Por qué me estaba haciendo eso?

Muchísimos sentimientos, desde la felicidad hasta la ira, salieron a la superficie con un rugido y comenzaron a vibrar bajo mi piel ante la situación que estaba viviendo. Las lágrimas me escocieron al intentar contenerlas. Estaba tan tensa que no había ninguna opción de que se diese cuenta, pero se limitó a besarme la garganta, como si ya hubiese anticipado mi reacción.

Un dolor me perforó el pecho.

A continuación, apoyó su frente en la mía. Me besó con ternura e inhaló un suspiro de entre mis labios. Y, un segundo después, estaba de pie diciéndome que estaría en el garaje para, al final, salir del dormitorio y dejarme helada tras su marcha.

Me quedé tumbada en su cama dos minutos más después de que se fuera mientras escuchaba el tictac de un reloj a lo lejos y dejaba que el frío se adentrase en mi piel hasta que el entumecimiento se propagó por mi cuerpo.

O lo hacía ya o no lo haría nunca.

Menos todavía si seguía diciéndome ese tipo de cosas.

Especialmente, si las pronunciaba como si nunca hubiese estado tan seguro de nada.

Con las manos temblorosas, me puse unos vaqueros, las zapatillas de correr y una chaqueta mientras vigilaba por la ventana de la habitación de invitados. Vi a Nico manchado de grasa hasta los codos y dirigiéndose a su mesa de trabajo. No había pisado el garaje en los últimos siete días, pero lo último que dijo fue que tenía que terminar de recomponer la distribución o algo así. A mí me sonó a que era un proyecto. Eso podía significar que pasaría horas ocupado, además, Luca no estaría aquí sin quitarme el ojo de encima. Sabía que no tendría otra oportunidad así.

Rebusqué por la bolsa de deporte y saqué la nota en la que había copiado los datos bancarios de Nico y una carta que escribí hace unos meses. Acto seguido, me las metí en el bolsillo trasero del pantalón. Mi pulso se acompasó con el ritmo de mis pasos cuando bajé las escaleras. Cogí algo de efectivo de la encimera y, entonces, me paré en seco junto a mi teléfono para observarlo un momento. Sentí el fuerte deseo de cogerlo; le había dicho que siempre iba a llevarlo encima. Aunque también le prometí que no me iría de casa sin avisarlo. Me dio la sensación de que me iba a sentir fatal por no hacerle caso, pero también sabía que me había instalado un GPS en el móvil.

Salí por entrada delantera y cerré la puerta con mosquitera sin hacer ruido.

En ese instante, comencé a bajar los escalones, pero me quedé petrificada cuando mis ojos se toparon con los de otro hombre. Se encontraba en el porche de la casa que quedaba a la izquierda de la nuestra, fumándose un cigarro de pie. Era el vecino por cuyas ventanas abiertas se escuchaba siempre el béisbol. Tenía la Cosa Nostra en la mirada.

El estómago se me revolvió de la angustia.

El hombre soltó una bocanada de humo y me observó durante un instante.

Si no hacía que aquello pareciese normal, iban a interceptarme antes de que consiguiera llegar a la acera. Entonces le dediqué la sonrisa tímida de la dulce Abelli, como si me hubiese pillado en medio del paseo de la vergüenza. No creí que Nico hubiese anunciado nuestro matrimonio todavía, aunque todo acabaría en ese mismo instante si me equivocaba.

Un segundo después, el vecino asintió ligeramente con la cabeza.

La cantidad de alivio más ínfima posible se propagó por todo mi cuerpo, aunque todavía no me fiaba de él. Después de todo, trabajaba para mi marido. Sus pupilas me tocaron la espalda con cada pisada que di mientras me disponía a atravesar la calle al paso más normal que pude fingir.

Una vez supe que no me podía ver desde la casa, giré la esquina a toda prisa en dirección a la parada de autobús. Solo había dos chicas asiáticas y un hombre negro con los auriculares puestos esperando. Según mi aplicación, estaba previsto que el autobús estuviese aquí ya.

Pasaron tres minutos.

Me moví incómoda en mi sitio. «Vamos».

Dos minutos más.

Un sudor frío se escurrió por mi espalda.

Una pequeña parte de mí creía que Nico me habría ayudado con esto si se lo hubiese pedido (pero no dejaba de existir una alta probabilidad de que no hubiese sido así). Y, en ese caso, habría perdido la oportunidad para siempre.

Nunca podía olvidar quién era mi marido ni que, si hubiesen descubierto a una mujer de su familia con algún hombre, Nico habría sido quien le hubiese metido un tiro en la cabeza a él.

Pude palpar el alivio cuando el autobús paró en el bordillo de la acera con un chirrido agudo y desagradable. Acto seguido, subí y me senté en la parte de atrás, alejada del resto de los pasajeros.

Me saqué el anillo del dedo y comencé a girar la pieza de bisutería sobre mi mano. El descanso que esperaba sentir empezó a mezclarse con arrepentimiento cuando observé como nuestra casa desaparecía de mi vista poco a poco. Pero tenía que hacerlo, tenía que quitarme el peso que me estaba hundiendo los hombros, enmendar el error de la única forma que era capaz. Luego me metí el anillo en el bolsillo y recé para que Nico lo entendiese. No le quedaba otra.

Me encontraba delante de las verdes puertas dobles del Francesco. Habían cambiado la ventana, lo más probable era que ahora el cristal fuese blindado. El cartel de cerrado colgaba al otro lado de la puerta y el cesto de pan estaba vacío, pero, al girar el pomo, descubrí que estaba abierta.

Mi vista se acostumbró a la tenue luz de la habitación. De pronto, el recuerdo de los repentinos disparos invadió mi mente y se me puso la piel de gallina. Aun así, el restaurante había quedado inmaculado. No había rastro del tiroteo que había tenido lugar aquí mismo. Un ruido metálico de ollas y sartenes salió de la cocina y escuché la voz de mi tío en medio del escándalo.

Di un paso hacia mi destino, pero una chica con una coleta rubia que se movía como un péndulo salió de la trastienda con un barreño lleno de vasos nuevos.

—Elena. ¡Hola!

Yo me encogí del susto sin que se me notara. Hablaba tan alto que la podían escuchar desde Corea.

—Hola, Sarah. ¿Está mi tío por aquí?

—¡Sí! En la cocina. ¡Voy a por él!

—No, no te preocupes —le solté de golpe—. Voy a darle una sorpresa.

—Ah, ¡genial! ¡Yo no sé nada!

Después, echó la cremallera de sus labios y tiró la llave. A continuación, soltó el barreño en la barra y me sonrió como si ahora compartiéramos un tremendo secreto, para luego volver a desaparecer en la trastienda. Sarah llevaba unos cuantos años trabajando en el restaurante. A mi *zio* le gustaba llamarla «sole che cammina». Un sol con patas. Esa era la mejor forma de describirla.

Todo aquel numerito de sellar sus labios no significaba nada, estaba bastante segura de que no aguantaría mucho callada. De hecho, el secreto brotaría de su cuerpo como si fuese la mismísima luz del sol. Me adentré en el pasillo que había al lado del cuarto de baño y de los comedores privados, y me paré delante de una puerta de madera.

«Por favor, que no esté cerrada. Por favor, que no esté cerrada».

Al empujarla un poco se abrió, y solté la bocanada de aire que estaba conteniendo. Subí las escaleras de dos en dos. El apartamento era la mitad de grande que el restaurante de abajo, y allí siempre hacía demasiado calor porque el sol entraba a raudales. Una vez allí, me abrí paso hasta el despacho de mi *zio* y me senté en el escritorio.

Una gota de sudor bajó perezosa por mi espalda.

A continuación, pulsé un par de teclas y encendí el ordenador. Cuando la pantalla me pidió la contraseña, recé una plegaria corta para que mi tío no hubiese cambiado la contraseña desde hacía seis años.

«Dulce». Su última mujer.

La ruedecita giratoria con los colores del arco iris comenzó a dar vueltas sin parar y, en cuanto se abrió la pantalla de inicio, un fuerte suspiro se escapó de entre mis labios.

Cuando Adriana y yo éramos pequeñas, y *mamma* y *papà* tenían que acudir a alguna cena, nos dejaban aquí. La mayoría de los niños que se quedaban en casa de la canguro veían pelis de Disney y comían aperitivos de fruta. Yo me sentaba en el regazo de mi *zio* mientras él maquillaba las cuentas en su escritorio y me dejaba dar sorbitos de *whisky* escocés.

Le había visto transferir dinero cientos de veces, pero no recordaba que hubiese tantísimos programas como ahora.

«Por favor, memoria, no me falles ahora».

Cinco minutos después, encontré lo que estaba buscando y mis terminaciones nerviosas amenazaron con abandonar mi piel de un salto.

Tecleé la información bancaria de la cuenta personal de Nico y luego la mía.

Introduje el número de siete cifras.

Al final, pulsé «Transferir».

Estaba saliendo del banco cuando mi hombro chocó con el de otra persona.

—Ah, perdona —dije y, en ese instante, eché un vistazo al hombre con el que me había golpeado.

Como si se tratase de un ancla, el estómago se me cayó a los pies.

«Sebastian».

—Bueno, bueno, ¿qué tenemos aquí?

Un destello de intriga apareció en sus ojos oscuros a la vez que se pasaba una mano por la corbata azul marino.

A mí comenzó a latirme el corazón en la garganta. Posiblemente, aquello era lo peor que me podía pasar (encontrarme con uno de los socios más recientes de mi marido), pero no había llegado tan lejos para rendirme ahora.

—Sabes que suenas igual que el típico villano, ¿no? —le contesté sin dejar de andar por la acera para adentrarme en el bullicio de la ciudad.

Sebastian se puso a mi lado; sus Ferragamo caminaban en sincronía con mis zapatillas de deporte.

—Ay, Elena. Es que soy un villano.

Un oscuro mensaje de fondo se coló en su ligero acento colombiano. En ese momento, escrutó la zona con la mirada.

—¿Por qué me da la sensación de que has venido completamente sola?

Yo ignoré la pregunta.

—¿Has echado ya un polvo?

Soltó una carcajada suave. Luego se pasó el pulgar por el labio inferior y, al hacerlo, el reloj de oro que llevaba en la muñeca brilló a la luz del sol.

—Sí. He encontrado a las chicas más complacientes del mundo.

—Así que chicas, ¿eh? ¿No son prostitutas?

—Ay, Elena. —Y se llevó una mano al pecho—. Me ofendes. Dame veinte minutos y podré cautivarte para que te quites esos... —Sus ojos bajaron por mi cuerpo—. Vaqueros.

—¿Y vas a empezar por acosarme?

—No, voy detrás de ti porque estoy empezando a pensar que realmente estás sola y, si no lo hago, mi socio intentará pegarme un tiro.

Yo levanté una ceja.

—¿Intentará?

—No soy fácil de matar. —Y me guiñó un ojo.

Entonces nos paramos en un semáforo y Sebastian estiró los hombros, cubiertos por las suaves líneas de su traje gris, hacia atrás, incómodo, mientras la esquina se llenaba de gente.

—¿Por qué hablas tan bien inglés? —le pregunté.

Si iba a perseguirme y a ser invasivo conmigo, yo también lo sería con él.

El hombre se metió las manos en los bolsillos.

—Mi madre es australiana. Fui al colegio en Sídney.

Tenía sentido. Ahora entendía perfectamente que Óscar fuese tan blanco, aunque su hermano había recibido el tono dorado de Colombia.

Al escucharlo, arrugué la nariz.

—Allí hay muchas serpientes y arañas.

—Sí, pero creo que aquí tenéis problemas más graves —me comentó e hizo un gesto de asco cuando vio a un taxista gritarle a un hombre en bici para que se apartase de su camino.

El semáforo se puso en verde y Sebastian siguió persiguiéndome todo el camino hasta la estación de autobuses. Me paré en una máquina para comprar un billete, pero mis dedos vacilaron mientras tocaban la pantalla cuando escuché el tono frío con el que aquel hombre pronunció:

—Dos.

—No —suspiré—. Aunque gracias por la oferta.

—Si eso es lo que quieres, Elena. Había pensado llamar a As de todas formas.

Acto seguido, se llevó la mano al bolsillo, pero, antes de que pudiese sacar el móvil, me di media vuelta y le agarré la muñeca. Una sonrisa de satisfacción se dibujó en sus labios.

—¿Ves lo que te decía? Apenas acabo de empezar a cortejarte y ya te mueres por tocarme.

Yo tragué saliva.

—No lo llames.

Un atisbo de amenaza le cruzó la mirada.

—¿Por qué no, Elena?

—Es solo que... no puedes.

—¿Estás huyendo?

—No —le insistí—. Te lo juro. Pero hay una cosa que tengo que hacer.

—¿Con miles de dólares en el bolsillo? —me preguntó en tono sarcástico.

Me limité a asentir.

—¿Y dejando a un don cabreadísimo?

Asentí de nuevo.

Sebastian negó con la cabeza y apretó la mandíbula.

—Qué cojones —musitó—. Total, si ya me estaba aburriendo de esta ciudad.

Entonces sacó la mano del bolsillo y su mirada amenazadora se clavó en la mía.

—Dos. Billetes. Elena.

Y dos billetes fueron. No me dejó otra opción.

Capítulo 47

«No he asesinado a ningún hombre que, para empezar, no se lo mereciera».

Mickey Cohen

Nico

El ventilador giraba mientras las gotas de sudor corrían por mi espalda bajo el sol ardiente. Me sequé el cuello con un trapo y, luego, lo tiré a la mesa de trabajo. La tensión se enroscó bajo mi piel y ya no lo soportaba más, así que cogí un paquete de tabaco del cajón y me encendí un cigarro. Inhalé hasta que me quemaron los pulmones y la nicotina se propagó por mis venas con una avalancha de relajación.

Para ser del todo sincero, no me apetecía nada ponerme a trabajar en mi coche ahora mismo. Tenía ganas de follarme a mi mujer o de dedicarme simplemente a observarla. Lo que me dejase. Pero había salido aquí por una razón. Dentro, ella estaba en todas partes. El sonido de su voz. Su jabón en mi ducha, su ropa en mi habitación. Las gomas del pelo y sus notitas sobre la boda encima de cualquier superficie. El cosquilleo de sus uñas en mi nuca siempre que se sentaba en mi regazo.

Joder, estaba tan pillado que no sabía cómo escapar.

Necesitaba un par de horas para pensar, o puede que para rumiar lleno de resentimiento, el hecho de que nunca se quitara aquel anillo barato del dedo. Deseaba a Elena. Sus sonrisas sinceras. Su lealtad. Cada puta parte de ella. Ya había tanteado el terreno, pero se puso tan tensa que me di cuenta de que no se acercaba ni de lejos al punto en el que estaba yo. Ni de coña.

Negué ligeramente con la cabeza.

Había ocurrido lo peor que podía pasar. Amaba a esa maldita mujer. Y, ahora, mi mayor debilidad se paseaba por ahí, con unos tiernos ojos marrones y el cabello largo y negro. Había muchos hombres a los que les encantaría darme en mi punto débil; y esa era la razón por la que nunca había querido ser vulnerable, aunque no esperaba que esto viniese acompañado de la calma y la seguridad de que, joder, moriría antes de dejar que lo hicieran.

Mi móvil comenzó a sonar en la mesa y lo cogí sin mirar quién me estaba llamando.

—¿Sí?

—Hola, soy Judy, del banco AMC Gold. ¿Hablo con Nicolas Russo?

—Así es.

—Solo necesito que verifique su fecha de nacimiento antes de que pueda proceder.

Dios, me había llamado la señorita del banco. Coño. Me froté una ceja con el pulgar y le recité la fecha del tirón.

—Genial, gracias. Es que se ha informado de que ha habido alguna actividad sospechosa en su cuenta y le llamo para asegurarme de que usted la ha autorizado.

Entonces me apoyé en la mesa y solté una bocanada de humo.

—¿Qué tipo de actividad sospechosa?

No me jodas, todo lo que hacía era sospechoso.

—Una transferencia con fecha de hoy, dieciséis de agosto, a las doce menos veinte del medio día, desde su cuenta de ahorro.

Me quedé petrificado.

—¿Cuál es la cantidad?

—Asciende a dos millones de dólares, señor.

Me pasé la lengua por los dientes y, acto seguido, se me escapó un suspiro impregnado de sarcasmo.

—¿Ya se ha efectuado la transacción?

La mujer vaciló un momento.

—Sí, señor. Usted indicó en su cuenta que no deseaba que nos pusiésemos en contacto con usted para señalar sus transacciones, pero en el banco AMC Gold apreciamos su negocio y queríamos informarle, por si se diese el caso de que no estaba autorizada. Cuenta con sesenta días para cancelar el cargo...

—Estaba autorizada.

Y una mierda lo estaba. Pero yo no lidiaba con los ladrones a través de la vía corriente.

—Ah, gracias a Dios —dijo la muchacha antes de aclararse la voz, incómoda. Al parecer, sabía con quién estaba hablando—. Me alegro muchísimo de escuchar eso. Voy a darle el visto bueno y a anotarla en la cuenta. Que tenga un buen día, señor.

Colgué la llamada, y mis pupilas se dirigieron hacia la ventana de la habitación de invitados.

El sol se reflejaba en el cristal, pero, cuando la observé más detenidamente, algo extrañamente frío se acomodó en mi estómago. Le di una última calada al cigarro y lo apagué en la mesa de madera.

Me dirigí a la casa y abrí la puerta trasera para encontrarme con que la cocina y el salón estaban en completo silencio. Un soplo de aire frío se estrelló contra mi piel, pero, por dentro, mi torrente sanguíneo ardía igual que si estuviese sobre una hoguera. La vivienda estaba en silencio. Mientras entraba a la cocina, lo único que se oía era el aire acondicionado y mis botas pisando el suelo de madera.

Vi que su teléfono se encontraba sobre la encimera y lo cogí al pasar por su lado.

El terrible chirrido que se produjo mientras subía las escaleras cortó el aire y, de alguna manera, se instaló bajo mi piel con un tacto desagradable. Acto seguido, estiré los hombros hacia atrás para alejar aquella sensación tan rara.

Con una calma poco habitual en mí, busqué en todas las habitaciones. En la mía (nuestra). En las de invitados. En los baños.

Nadie.

Algo hizo que se me formase un nudo en la garganta y me perforó el puto pecho.

Había huido. Joder, me había robado y se había ido. ¿Para estar con otro? Iba a ser el hombre más muerto de la historia.

Tenía toda su ropa aquí, igual que su bolsa, pero, quizás, no las necesitase. A lo mejor, le resultaban un lastre.

Respiré hondo y llamé por teléfono mientras bajaba las escaleras. El tono de llamada me sonó lejano al mezclarse con el latido de la sangre en mis oídos.

—Allister.

El frío tono de Christian se arrastró desde el otro lado de la línea.

—Encuentra a mi mujer —le ordené con una voz ronca—. Tiene una cuenta bancaria en una sucursal del centro. O ya ha estado allí o aparecerá dentro de poco. —Y añadí entre dientes—: Lo más probable es que luego vaya a la estación de autobuses.

Pasaron dos segundos de silencio.

—Dame una hora.

El agente colgó el teléfono y yo me metí el móvil en el bolsillo. Todavía tenía el suyo en la otra mano cuando, antes de ser consciente de ello, lo vi volar por la sala y estrellarse contra la pared.

—¡Joder!

Tiré todos los decantadores de la barra y, acto seguido, hice lo mismo con esta. El cristal se hizo pedazos y patinó por el suelo de madera. El fuerte olor a alcohol me llegó a la nariz a la vez que el líquido se expandía hasta mis botas. La amargura me corroyó el pecho. Luego me pasé las manos por el pelo y dejé que una peligrosa calma me envolviese.

Había dicho que estaba loco.

No tenía ni idea de lo loco que podía llegar a estar.

Le di una hora a Christian antes de empezar a destrozar la ciudad poco a poco.

Las llamas titilaban y chisporroteaban en la hoguera. Me encontraba sentado en el filo de mi asiento, con los codos apoyados en las rodillas, mientras mi pecho radiaba un ardor constante. Escuché un portazo en la entrada de atrás, pero no levanté la vista. Ni siquiera recordaba qué le había escrito a Luca antes, pero había entrado sin decir una palabra, y eso que hacía varios minutos que había llegado.

—Hace un poco de calor para un fuego —me comentó mientras se sentaba en una tumbona enfrente de mí.

Yo no le contesté y me limité a observar cómo las llamas devoraban la tela rosa viva.

—¿Ya le estás quemando la ropa?

Empujé la camiseta de los Yankees con el atizador para introducirla más en las llamas.

—Oye, As, ya sé que ahora mismo estás cabreado... —se calló cuando le clavé una mirada amenazante—, pero se ha dejado toda su ropa rosa aquí...

—Cierra el pico, Luca —le espeté.

No quería escuchar sus estúpidas teorías sobre por qué se había marchado. No me importaban una mierda. Bueno, no, no era verdad; me importaba tanto que me tocaba muchísimo los cojones.

Levantó las manos en señal de rendición, pero volvió a abrir la boca.

—Es solo que no me pega que una chica como ella deje a toda su familia atrás, eso es todo.

—No sería la primera vez.

Luca negó con la cabeza.

—Aquello no fue huir. Ni siquiera abandonó la ciudad.

Solté una carcajada amarga al darme cuenta de que tenía más sentido que se quedase por su familia que, en algún momento, lo hiciera por mí.

—No estás pensando con la cabeza, As. Joder, entra en tu casa.

Había estado allí. Por eso estaba sentado aquí fuera.

Mi mirada suspicaz se encontró con la suya.

—¿Por qué la defiendes?

—No lo hago. Va a obligarme a llevar una puta corbata rosa en tu boda. —Y puso cara de asco—. Pero sabe que se desatará la violencia en cuanto su padre se entere de que la has perdido. No es tonta. Simplemente estoy atando cabos, y no tiene sentido.

Para mí tenía todo el del mundo. Aquel estúpido anillo. Lo tensa que estaba esa misma mañana. Amaba a otro hombre y lo había dejado todo atrás para estar con él. Se me formó un nudo en la garganta y una puta sensación de vacío se desató en mi pecho.

—Dos millones, Luca. Explica eso.

Él se quedó callado.

En ese momento, me puse a contemplar las llamas. No sabía qué iba a hacer cuando la encontrase, pero Luca llevaba razón. No pensaba como era debido cuando se trataba de ella. Elena siempre sería mi mujer, pero no tenía por qué estar tan pillado, especialmente cuando no era correspondido.

En ese instante, me sonó el teléfono y cogí la llamada.

Christian me recitó una dirección del tirón y mi ritmo cardíaco alcanzó su pico máximo.

—Solo una advertencia, As. No está sola.

Aquellas palabras me sentaron como un puñetazo en el pecho, y estrujé el móvil con fuerza.

—Lo pillo.

Capítulo 48

«Creo que el amor se paga con lágrimas amargas».
Édith Piaf

Elena

—¿Sabes? —me preguntó Sebastian mientras se rascaba la mandíbula—. No conozco mucho Nueva York, pero diría que este barrio no es de los mejores.

Se encontraba a mi lado, sentado en un banco verde, en el que se habría derramado algún refresco, y otras cosas en las que no quería ni pensar, porque estaba pegajoso. Si existiera una señal de neón que se iluminara diciendo «róbame», ese era él con su impecable traje gris, el reloj de oro y unos gemelos que resplandecían bajo la luz del sol. Yo me había vestido para la ocasión, pero, ahora que lo tenía pegado a mí, había perdido todo el sentido. Aunque no es que estuviese muy preocupada por mi seguridad. Podía parecer un pijo y un pretencioso, pero la oscuridad de su profesión se reflejaba en sus ojos cada vez que el sol los iluminaba en el punto justo.

El hombre se recostó en el banco.

—Bueno, ¿qué hacemos ahora? ¿Esperar y punto?

—Sí.

Al otro lado de la calle llena de basura, descansaba una hilera de casas adosadas que se encontraban en un estado ruinoso. Las ventanas de las plantas más bajas tenían rejas, la pintura estaba desconchada y las vallas metálicas hundidas. Yo tenía la vista puesta en una gris; nos encontrábamos lo bastante lejos como para que unos árboles nos ocultasen lo justo, pero lo suficientemente cerca como para poder atisbar la puerta de entrada.

Tardé media hora en encontrar la casa, tiempo durante el cual no dejé de pensar en lo que pasó hace siete meses. Ojalá pudiese decir que mi recuerdo de él era conmovedor e inolvidable, pero, en realidad, solo era una sombra en mi mente y el único hilo que había evitado que su persona desapareciera era la culpa.

A nuestra derecha había un parquecito, y Sebastian se puso a observar a un grupo de niños que estaban jugando a dispararse con los dedos.

—A lo mejor podrían trabajar para ti y para mi marido —le comenté.

El hombre se rio.

—Voy a darles unos años. —Luego, apoyó el brazo en el respaldo, tras de mí, y me dijo—: Sabes que va a intentar matarme, ¿verdad?

—Si crees eso, ¿por qué has insistido en venir? —Negué con la cabeza, incrédula, pero un sudor frío comenzó a vagar por mi cuerpo—. No le diré que tú has estado involucrado.

Él soltó un resoplido de diversión mientras seguía con la mirada a un coche de policía que estaba pasando sospechosamente lento por nuestro lado.

—Ay, Elena, si es que no lo sabe ya.

Se me erizó el vello de la nuca.

Capté un movimiento por el rabillo del ojo y tuve que poner todo de mi parte para no deslizarme hasta la otra punta del banco. No quería atraer más atención hacia mi persona, ya tenía a un señor de la droga colombiano sentado a mi lado.

—Parece que ha picado el anzuelo —comentó Sebastian.

Aparentaba rondar los cincuenta. Se había recogido el pelo rubio canoso en un moño bajo y tenía una expresión ojerosa que solo podía ser consecuencia del trabajo duro. Caminaba hacia nosotros desde el otro extremo de la calle. Llevaba puesto un uniforme quirúrgico azul, pero sabía que no pertenecía al campo de la medicina. Desde las cuatro de la mañana hasta el mediodía, se encargaba de hacer la colada en una residencia de ancianos de la zona; después se iba a trabajar a una gasolinera hasta la medianoche.

Era rubia, igual que él, pero esa era la única similitud que pude encontrar entre ellos. Aunque, para ser sincera, casi había olvidado por completo qué aspecto tenía. Hundí las uñas en la palma de mi mano mientras la observaba subir los escalones del porche a la vez que rebuscaba las llaves en el bolso. De pronto, se paró en seco y bajó la vista hasta sus pies. Contuve la respiración cuando se agachó y recogió la bolsa verde con el dinero.

Solo me acordaba de algunas partes de aquel fin de semana. El zumbido en mis oídos cuando mi tío le disparó en la cabeza y la sangre caliente rociándome la cara se habían filtrado en mis recuerdos para convertirlos en un borrón rojo. Pero no se me había olvidado lo mucho que trabajaba: tenía tres trabajos y hacía más horas extra de las que nunca imaginé que eran posibles. La mayoría del tiempo lo pasé sola en el apartamento de su amigo, a quien habían metido en la cárcel por un robo insignificante, mientras él se iba a trabajar para mantener a su madre y a su hermana pequeña, que seguía yendo al instituto.

Quería que la chica fuese a la universidad para que no tuviese su misma vida, que consistía en trabajar sin parar y no llegar a fin de mes. Para las familias de por aquí, la vida era una montaña rusa de la que no se podían bajar. Lo único que recordaba eran la sangre, los ojos sin vida y la pasión con la que me hablaba de su familia. Habría hecho cualquier cosa por ella, y yo no podía quedarme de brazos cruzados cuando tenía los medios para ayudar.

La mujer abrió la cremallera de la bolsa que contenía el dinero. El bolso se le cayó al suelo del porche al taparse rápidamente la boca con una mano. Ahí había cincuenta mil dólares en efectivo. Fue todo lo que pude sacar del banco con tan poca antelación e, incluso así, seguramente había sido por mi apellido. A efectos legales, seguía siendo una Abelli; me preguntaba qué habrían hecho por mí si ya fuese una Russo. El resto del dinero llegaría por medio de un cheque bancario, y me la estaba jugando bastante esperando que no tardase en ir a cobrarlo. Nico podría cerrar mi cuenta del banco en un abrir y cerrar de ojos, igual que revocar la transferencia si declaraba que había sido un fraude, aunque eso podría tardar un poco más.

Primero, sacó el anillo, y yo me froté el dedo desnudo. Acto seguido, la mujer volvió a meterlo en la bolsa. Lo siguiente que encontró fue la nota que le había escrito. Sentí que se me iba formando un nudo en la garganta a medida que la veía abrirla. Un segundo después, sus hombros comenzaron a agitarse por los sollozos y bajó del porche para sentarse en los escalones. Una lágrima se resbaló por mi mejilla, pero me la sequé. No merecía compartir la pena con ella; todo aquello había sido por mi culpa.

Sabía su nombre desde hacía meses. No hubo manera de evitarlo cuando busqué información sobre su muerte para poder encontrar los datos de su madre. Pero teníamos un trato: él no me diría su nombre hasta que yo no le revelase el mío. Y, como ya no vivía para poder escuchar mi nombre, fingí que no lo sabía.

Unos minutos después, la mujer se puso de pie, se secó las mejillas y entró en la casa.

Sentí que una parte de la presión que cargaba sobre mis hombros se había ido volando como un pajarillo. Era imposible que le devolviese a su niño, pero podía facilitarles el futuro a ella y a su hija. Parar la montaña rusa para que pudiesen bajarse antes de la siguiente pendiente que sí que experimentarían el resto de sus vecinos.

Sebastian se sacudió una pelusa del traje.

—¿Ya está? Esperaba algo más de... clímax.

Yo sacudí la cabeza, pero no pude contestarle porque el oxígeno se me quedó atrapado en el pecho y se me helaron las venas.

—No importa. Ya está aquí —añadió con un suspiro.

El coche de Nico se paró en mitad de la calle. Salió, dio un portazo y se acercó a nosotros a grandes zancadas. Llevaba una máscara de inexpresividad. En ese momento, era el don, pero parte de su esencia le titilaba en la mirada: sentimientos intensos y cambiantes que hicieron que se me encogiese el pecho.

Sebastian se puso de pie.

—Me alegro de ver que por fin has aparecido.

Sentí un escalofrío al escuchar esas palabras, pero, en un abrir y cerrar de ojos, Nico lo agarró, se sacó la pistola de la parte trasera de la cinturilla del pantalón y le dio un revés con ella con tanta fuerza que el hombre retrocedió dos pasos.

Su socio se quedó petrificado y con la cabeza ladeada.

—¿Sabes? —continuó mientras se limpiaba la sangre del labio con el dorso de la mano—. Me lo estoy tomando un poco a lo personal.

Con mucha calma y sin pronunciar ni una palabra, mi marido le apuntó a la cabeza con el arma. A mí se me heló el corazón, me levanté de un salto y me puse delante de él.

—¡Nico, para!

—Métete en el coche —me ordenó sin dejar de mirar a Sebastian.

—No —susurré—. Esto no tiene nada que ver con él.

Por fin, su mirada ardiente se encontró con la mía.

—¿Fuiste tú quien le dejó entrar en mi discoteca?

Yo pestañeé.

—¿Qué?

—¡Le dejaste entrar al club de los cojones!

Entonces di un paso atrás y me choqué con mi acompañante. Nunca había escuchado a Nico tan furioso y, en ese instante, mi corazón hizo el intento de salirse del pecho.

—N-no —tartamudeé—. ¿Por qué iba a hacer algo así?

Y en ese instante lo entendí todo. ¿Creía que estaba teniendo una aventura con aquel hombre?

—Te juro que no tiene nada que ver con esto. Por favor, deja que te lo explique —le rogué.

Me bastó echar un vistazo a los niños que se encontraban en el parque para ver que nos estaban mirando ojipláticos.

Sebastian me apartó de su camino de un empujón y avanzó hacia Nicolas hasta que el cañón de la pistola le presionó la frente. Había desaparecido todo su carácter juguetón; solo quedaba la amenaza que se desprendía gota a gota de sus ojos.

—Ella no necesitaría ni un duro tuyo si se escapase conmigo, Russo. Ni quedarse sentada una hora en este barrio de mierda.

El coche de Luca aparcó detrás del de mi marido, y yo pronuncié una oración corta para que hablase con su primo y le hiciese entrar en razón. Él y Sebastian se miraron fijamente. La sangre comenzó a sonar cada vez más alto en mis oídos hasta que no pude escuchar nada más.

—Nico...

En ese momento, dirigió sus pupilas hacia mí. Fueron tan frías que me dejaron helada en el sitio.

—Métete. En. El. Coche.

—Por favor, no lo mates.

Él apretó la mandíbula.

—Si tengo que repetírtelo, es hombre muerto.

Con la náusea revolviéndose en mi estómago, me dirigí al vehículo. En cuanto les di la espalda, un escalofrío me recorrió la columna vertebral. Cada nervio estaba esperando a que un disparo cortase el aire.

Había varios coches parados en la carretera porque no podían pasar por culpa del Audi de Nico, que ocupaba los dos carriles. Me monté y cerré la puerta, de manera que me encerré con el aroma a cuero y a él. Intercambiaron más palabras. Palabras que parecían tranquilas y razonables. Justo cuando comencé a sentirme aliviada, mi marido volvió a darle otro revés con la pistola. El enfado estalló en los ojos de Sebastian y soltó un escupitajo de sangre. Acto seguido, Luca agarró al señor de la droga del brazo y lo llevó a rastras hasta su coche.

Nico cruzó la calle. Seguía vestido con los vaqueros y la camiseta blanca manchada de grasa. Ojalá no fuese así. Podía lidiar con el don que llevaba el traje negro, pero esta versión de él me intimidaba. Podía despojarme de mucho más.

Cuando llegó, se metió dentro del vehículo y cerró la puerta. Su cuerpo desprendía una tensión irrespirable que absorbía todo el oxígeno del reducido espacio. Apretó el puño y lo abrió antes de arrancar el coche y dirigirse al otro extremo de la calle. El ambiente era hostil; bastaría con una pequeñísima chispa para hacerlo explotar. Tardé cinco minutos en reunir el valor de decir algo.

—Nico...

—No me digas ni una puta palabra más, Elena —me espetó.

Algo me agarró el corazón y me lo rajó por la mitad.

Después de lo que había hecho, no tenía la capacidad de desafiarlo. Lo único que se escuchaba en el coche era el ruido de los neumáticos, los sonidos de la ciudad y mis latidos de dolor. Lo único que quería era irme a casa, hundir la cara en su pecho y pedirle perdón. Prometerle que no volvería a ocultarle nada.

Mi padre guardaba los datos de su cuenta bancaria bajo llave, en una caja fuerte de la que ni siquiera Tony conocía el código; Nico la había dejado tirada en la encimera. Era demasiado tentador, puede que mi única oportunidad. Todos los hombres como él estaban diseñados para ser iguales. Robar a mi marido debería haber sido como robar a mi padre, pero no me sentí así, sino como una traidora de la peor clase posible.

No estábamos yendo a casa. No me atreví a abrir la boca, pero en cuanto me di cuenta de adónde íbamos, el dolor sordo de mi pecho comenzó a volverse más vacío con cada kilómetro que recorríamos.

Aparcó, salí del coche y fui tras él. Subí en el ascensor a su lado, pero ni siquiera me miró entonces. Sonó un ping y las puertas se abrieron para dar paso al apartamento en el ático. Cada inspiración superficial me dolía.

Un hombre moreno y trajeado nos esperaba de pie en el pequeño pasillo. Lo reconocí vagamente, pero no fui capaz de asignarle un nombre a su cara. Entonces, asintió levemente a mi marido.

Nico abrió la cerradura de la entrada y encendió las luces. A continuación, lo seguí adentro, incapaz de procesar mis sentimientos.

Luego, se quedó parado junto al umbral de la puerta con los ojos clavados en un punto por encima de mi cabeza.

—James va estar ahí fuera. Tiene un teléfono que puedes usar si necesitas cualquier cosa.

El tono de su voz era frío y distante.

Yo quería decirle algo, lo que fuera, para que me mirase.

—Quiero mi teléfono.

Sus ojos, al borde de la cólera, recayeron en mí. Me moría porque me tocara, por sentir la aspereza de sus manos en mi cara y su voz grave en mi oído.

—Tenías un teléfono y decidiste no usarlo.

—Ahora sí lo usaré —fue todo lo que se me ocurrió decir.

Nico apretó la mandíbula.

—Pues haré que te traigan uno.

«Él va a hacer que me traigan uno».

Entonces, ¿había cortado conmigo? Ni siquiera había dejado que me explicase. A lo mejor no le importaba. Le había robado y eso no se podía perdonar. Me ardían los ojos, pero pestañeé para mantener las lágrimas a raya.

—Gracias.

Él soltó una carcajada amarga y queda. Luego, negó ligeramente con la cabeza.

—Luca no tardará en traer tu bolsa —comentó, y se dio la vuelta para marcharse.

—Nico.

Mi marido se paró sin dejar de darme la espalda, y se le tensaron los hombros.

—Lo siento —suspiré.

Pasaron un par de segundos, y, cuando creía que quizás iba a responderme, salió y cerró la puerta tras de sí.

Yo me quedé observándola con la mirada perdida hasta que la incapacidad de procesar mis sentimientos se convirtió en una desesperación que me arañó el pecho, me dejó sin respiración y borboteó por mi garganta en forma de sollozos.

Capítulo 49

«El amante debe luchar por encontrar las palabras».
T. S. Eliot

Elena

Mis latidos se hicieron pedazos uno a uno, lo que provocó que sintiese un dolor animal e incontrolable en el pecho.

Se me nubló la vista por las lágrimas y el resplandor del sol en los suelos de mármol. Una vez que desaté el llanto, este fluyó a través de mí igual que si acabase de abrir una presa que llevaba años cerrada. Me encontraba en medio de un precioso apartamento, pero lo único que sentía era frío y un vacío que se expandió hasta que pareció que iba a comerme viva.

Qué acertada había sido mi opinión de que Nico era una droga, pues me pareció la peor forma de retirármela. De hecho, estaba comenzando a darme cuenta de que era más que eso: era amor, y esto me rompió el corazón.

Fui hasta el baño de la habitación de matrimonio, abrí la

ducha y me metí dentro a llorar un poco más. Mi mente no paraba de dar vueltas a ideas desesperadas sobre cómo arreglar la situación, pero todas desembocaban en la desesperanza cuando pensaba en la frialdad con la que me había tratado ese día.

Una ola de náuseas surgió en mi estómago.

Había intentado no enamorarme de él, y me había colado tantísimo que su rechazo me provocaba un malestar físico. Me habría reído si me hubiese quedado algo de energía después de la llorera.

Salí de la ducha, me enrollé en una toalla y me dirigí hacia el dormitorio. Mi bolsa se encontraba junto a la puerta, y se me encogió el corazón al verla. Durante un segundo, me invadió una ligera sensación de vulnerabilidad al pensar que Luca me había estado escuchando llorar. Cualquier otro día me habría resultado humillante, pero ese pensamiento se desvaneció a medida que la insensibilidad se apoderaba de mí.

En lugar de vestirme con algo que fuese mío, encontré una de las camisas lisas de Nico en una cómoda y me la puse. Él podía haber acabado conmigo, pero yo todavía no estaba lista. De hecho, ya lo echaba de menos, con una percepción física de la pérdida que me estaba reconcomiendo por dentro.

Aún era mediodía cuando me metí en la cama. Me pareció enorme sin Nico. Llevaba una semana durmiendo con él, y ahora había un vacío tremendo en la parte del colchón que debería estar ocupando.

Me pregunté si dejaría que otra se acostase en su cama. El pecho se me encogió y comenzó a quemarme solo de pensarlo. Odiaba a cualquier mujer que pudiese tocarlo, escuchar su voz al oído o acaparar toda su atención. La odiaba con todas mis fuerzas y ni siquiera era real todavía.

En todo caso, comprendía por qué las mujeres no traicionábamos a los hombres de este mundo, daba igual lo que hiciesen o dijesen. Por amor. ¿Por qué no podía funcionar en ambos sentidos?

Permanecí tumbada observando el sol hundirse en el horizonte, hasta que, por fin, me quedé dormida.

Las luces rojas y amarillas se difuminaban al atravesar los ventanales que se extendían del suelo al techo para entrar en la oscura habitación. Pestañeé mientras miraba el reloj, que rezaba la una de la madrugada, y me giré para ponerme bocarriba. De pronto, el miedo invadió mi pecho, pero, enseguida, se vio reemplazado por un alivio tan fuerte que sentí que me faltaba el aliento.

Nico estaba sentado en un lado de la cama, dándome la espalda, con los codos apoyados en las rodillas y la mirada fija en algún punto al otro lado del ventanal.

Mi corazón comenzó a coser con aguja e hilo los pedazos que se le habían roto solo por su mera presencia, aunque sabía que las puntadas se abrirían otra vez en cuanto volviese a alejarse de mí.

—Cuéntamelo desde el principio —me pidió con voz ronca.

Todas las células de mi cuerpo se llenaron de desesperación, anhelo y esperanza.

Entonces me incorporé.

—¿Lo de hoy o...?

—Lo del invierno pasado, cuando te escapaste.

Tomé una bocanada de aire entrecortada y comencé a contarle cómo y por qué me fui de mi casa. No me dejé nada en el tintero, desde Óscar hasta él, pasando por lo del tiovivo. Cómo lo conocí, que tuve que ver a mi tío asesinarlo y, puesto que quería serle sincera, que me acosté con él.

A Nico se le tensaron los hombros.

—Te das cuenta de que le diste algo que me pertenecía a mí, ¿verdad?

Abrí la boca, pero enseguida la volví a cerrar. Era muy típico de él reclamar la propiedad de mi cuerpo antes incluso de haberme conocido.

—¿Cuántos?

—¿Cuántos qué?

—Hombres —gruñó.

Deseé decirle: «Tú primero», para señalarle que tenía un doble rasero, pero la verdad es que ni la más mínima parte de mí quería saber con cuántas mujeres había estado. Entonces tiré de un hilo suelto del edredón.

—Dos —susurré—. Él y tú. Ni siquiera he besado a otro hombre. Te lo juro.

La calma se instaló en el dormitorio mientras escuchaba los latidos esperanzados de mi corazón; él seguía con la vista clavada hacia delante. Llevaba la misma ropa de antes, y me pregunté qué habría hecho ese día, con quién habría estado y si habría pensado en mí.

—Dime por qué estabas con Sebastian —continuó.

—Me lo encontré en el banco. Le dije que no me siguiese, pero... es persistente.

—Es un puto imbécil —musitó Nico.

«Es». Lo dijo en presente, lo que significaba que estaba vivo. El alivio se apoderó de mí.

En el ventanal, pude ver el reflejo casi imperceptible de su persona, iluminado por las luces amarillas de la ciudad. Acto seguido, se miró las manos y me preguntó:

—¿Lo amabas?

Usó un tono de indiferencia, pero el atisbo de algo sincero se filtró a través de su voz.

—No —le contesté—. Apenas lo conocía.

Él soltó un suspiro cortante mientras se pasaba las manos por el pelo y las bajaba hasta la nuca para, después, sacudir la cabeza.

—Al parecer, a tu hermana le dio otra impresión.

Yo cerré los ojos al recordar la última conversación que había mantenido con ella y su «oh, oh». Después de pasarme un momento mordiéndome el labio inferior con los dientes, le dije:

—Adriana lo dio por hecho, nada más.

El eco de las sirenas ascendió por los muros del edificio a la vez que el silencio volvía a ocupar el dormitorio y se extendía una fuerte tensión entre los dos.

—¿Y el anillo? —me preguntó.

—Lo llevaba porque me sentía culpable, no porque lo amase.

—¿Lo llevabas?

—Se lo di a su madre esta mañana. —Y añadí en un tono suave—: Empezaré a trabajar para devolvértelo todo.

—¿Crees que esto es por el dinero de los cojones?

«¿No?». Me quedé callada.

Sus pupilas buscaron las mías en el reflejo del cristal.

—¿Sabes cuántos hombres querrían hacerte daño para herirme a mí?

No tenía claro cómo arreglar lo que había hecho ni qué decir para lograr que me perdonase. Todo eso me sonaba tan vacío en la cabeza... Y una parte de mí creía que ni siquiera merecía su perdón. Me miré un momento los dedos mientras tiraba del hilo.

—Lo siento.

—Joder, Elena, no es tan fácil.

Nico sacudió la cabeza con indignación, y a mí se me revolvió el estómago.

Me odiaba.

Yo lo amaba y él me odiaba.

Comencé a notar un escozor en el fondo de los ojos y una lágrima se resbaló por mi mejilla.

—Si te resulto tan repugnante, ¿qué haces aquí?

No escuché nada y, entonces, el aire se movió para indicarme que iba a ponerse de pie. Algo alcanzó el pico máximo de intensidad en mi pecho y la reacción visceral que tuve fue inclinarme para agarrarlo del brazo. No podía irse. Esa simple idea hacía que las puntadas que unían mi corazón se rasgasen una a una.

Nico se puso tenso, pero no se levantó. En ese instante, recorrí lentamente el espacio que nos separaba y me senté de rodillas detrás de él. Mi piel se estimuló ante el peso de su presencia y el calor que desprendía. Deslicé una mano desde su brazo hasta la cintura y lo besé en la nuca.

—No te vayas, por favor —le susurré.

Un escalofrío le recorrió el cuerpo.

—Desde que nos conocimos no ha habido otro hombre. —Y apreté la frente contra su cuello—. Solo tú.

Entonces me agarró la mano que había posado en su cintura y tiró de mí para que lo rodease y me bajase de la cama. Nuestras miradas colisionaron y me dio la misma sensación que si me hubiesen disparado en el pecho. Fue tan intenso que me arrodillé entre sus piernas para no quemarme por la proximidad de sus pupilas.

Acto seguido, me acarició los labios con el pulgar.

—Entonces, ¿por qué no dejabas que te besara?

Yo aparté la mirada, no me sentía capaz de decirle aquello mirándolo a los ojos.

—Los hombres como tú les rompen el corazón a las mujeres... Y no quería quererte.

Su voz grave invadió mis oídos.

—Y ¿ha funcionado?

El corazón me latió con fuerza.

—No —musité.

Un ruido quedo trepó por su garganta en una especie de mezcla de ira y satisfacción. Luego, me frotó la mejilla con la palma de la mano, y yo relajé el cuello para girarlo a un lado mientras el calor incendiaba todas y cada una de mis sinapsis.

—Mírame.

Acto seguido, dirigí mis pupilas hacia las suyas, que ardían entre amenazas y deseo.

—Me has mentido en la puta cara.

Yo asentí al recordar la promesa que le hice de no irme sin avisarlo antes.

—No te llevaste el teléfono.

Volví a decir que sí con la cabeza.

Entonces bajó la mano hasta mi garganta.

—Me has robado.

Sentí la saliva pasar por mi tráquea, bajo su palma.

Luego, me apretó el cuello y tiró de mí para que me pusiese de pie. Me levantó hasta que mis ojos estuvieron a la altura de los suyos, y un escalofrío me atravesó el cuerpo. Al final, rozó mis labios con los suyos.

—Me volví loco preguntándome dónde estarías —añadió.

Y asentí por tercera vez.

—No tienes ni idea —me gruñó—. No puedo estar separado de ti más de un puto día y tú has sido capaz de escaparte sin pensártelo dos veces.

Yo negué con la cabeza, pero, en ese momento, deslizó la mano hasta mi barbilla y me detuvo.

—Ni. Idea.

A continuación, hundió sus labios en los míos con suavidad, confundiendo mis sentidos con su estado de ánimo tan cambiante. Después, hizo del beso algo más intenso y yo me derretí como la mantequilla a la vez que mi corazón resplandecía y volvía a remendar todas sus partes por sí mismo. Solté un gemido cuando me metió la lengua en la boca mientras le sujetaba la cara con las dos manos.

A continuación, me rozó la parte trasera de los muslos con las palmas, que se frenaron al llegar a mis cachetes desnudos. Comenzó a besarme más lentamente hasta que, al final, se separó de mí para observarme con su camisa puesta.

Se le prendió la mirada.

—Quítatela.

La piel me ardía cuando me agarré el dobladillo de la camisa y me la saqué por la cabeza. Después me quedé ahí de pie, desnuda y sin aliento. Acto seguido, me levantó un pecho para llevárselo a la boca, me chupó el pezón, y aullé cuando me clavó los dientes en él.

—Joder, cariño, sigo cabreadísimo contigo.

—Pero no vas a dejarme aquí.

—No —me contestó con la voz ronca—. Aquí no puedo follarte tanto como allí.

En ese instante, me agarró de la entrepierna con la palma ahuecada e introdujo dos dedos dentro de mí.

El alivio y un brote de excitación se dispararon por mis venas.

Me volvió a besar, pero esta vez el beso estaba contaminado con cada gramo de su ira. Fue intenso, violento y me consumió. La realidad se desvaneció y solo quedó él: su calor, su olor y mi corazón ilusionado, que volvió a sentirse pleno cada vez que sus manos me tocaban.

Aquel beso ardió hasta la locura, con un delirio avaricioso que me dejó sin aliento. Me agarró un puñado de pelo, y sus labios me recorrieron el cuello acompañados de los dientes. Le rodeé los hombros con los brazos para apretar mi cuerpo contra el suyo. Entonces se puso de pie, me cogió en brazos y me dejó caer en la cama. Solté un suspiro cuando sentí todo el peso de su cuerpo sobre mí.

Con los labios pegados a los míos, me levantó el muslo y empujó su erección contra mi entrepierna. Las chispas se agitaron por mi cuerpo para, al final, disolverse y hacer que necesitase más. Le tiré de la camisa y él se echó hacia atrás para quitársela. Acto seguido, me mordisqueó los pechos y el vientre y, después, su boca se trasladó hacia una zona más baja. Pero, en ese momento, algo me llamó ligeramente la atención desde mi subconsciente.

—Espera —susurré mientras pestañeaba para deshacerme de la lujuria que me nublaba la mente.

Nico se aferró a mis piernas y me besó en el interior de uno de los muslos, luego en el otro, y, antes de que pudiese llegar a su destino y de que yo perdiese por completo el hilo de mis pensamientos, solté:

—Platónico.

Él se puso tenso, pero paró. La mirada le ardía con lujuria y frustración.

Yo tragué saliva.

—No quiero hacer esto si va a haber otra mujer, Nico. No puedo.

Entonces se quedó mirándome durante dos segundos llenos de tensión.

—Contigo me basta.

El corazón no me cabía en el pecho. De pronto me di cuenta de que incluso aunque hubiese escuchado esas palabras al principio, no le habría creído. Sin embargo, ahora, un sentimiento que no podía explicar me decía que, por la forma en la que las había pronunciado, eran verdad.

Al final, hundió la cara entre mis piernas y yo ardí de felicidad.

Me pasé horas besándolo, me lo follé hasta que estuve dolorida y dejó un recuerdo de que había estado dentro de mí. Seguía cabreado conmigo. Lo notaba en cada mordisquito, cada azote en el culo y en cada promesa que tuve que hacerle para que me dejase llegar al orgasmo. No ponerme en peligro saliendo de casa sola. Llevar siempre el móvil conmigo (o me lo pegaría a la mano con pegamento). No volver a robarle ni un puto duro. Y llevar puestas sus camisas solo cuando estuviese en casa.

Tenía que admitir que era una lista muy razonable, aunque creía que la última parte estaba motivada por un interés egoísta. Se lo prometí todo por las tres palabras que me había dicho.

«Contigo me basta».

El metrónomo de mi pecho palpitaba a un ritmo distinto, uno de noches sin dormir, manos ásperas y camisas blancas.

Me recosté en su pecho y escuché el latido de su corazón, era fuerte y estaba sincronizado con el mío.

Daba igual dónde hubiese nacido, siempre había pensado que yo era una persona moral y honesta. Puede que mis raíces fuesen demasiado profundas o quizás el amor nos diese a las mujeres una razón para sacar a la luz nuestros instintos más oscuros, porque, de pronto, supe que mentiría, engañaría y robaría por aquel hombre.

Prendería fuego al mundo por él.

Él era el rey de la Cosa Nostra.

Y era todo mío.

Capítulo 50

«Si no tardas mucho, te espero toda la vida».
Oscar Wilde

Nico

Pestañeé para acostumbrarme a la luz del sol que entraba a raudales por las ventanas, dando la sensación de que el cielo se estaba cayendo sobre nuestras cabezas, y me di cuenta de por qué nunca me había gustado quedarme en el ático. No había ni una puta cortina.

Alargué el brazo para palpar el otro lado de la cama y lo único que toqué fueron las sábanas. Se me clavó algo parecido a una puñalada en el pecho, aunque, acto seguido, el ruido metálico de las ollas y las sartenes hizo que me invadiese una ola de alivio. Me pasé la mano por la cara. Dios. Quería una esposa, pero me iba a dar un puto infarto esperando a que apareciese.

Cuando ayer dejé aquí a Elena, me fui a la discoteca con toda la intención de pegarle un tiro a Sebastian Pérez en la cabeza, no me importaba si había tocado a mi mujer o no. Había estado en posesión de ella y no se había puesto en contacto conmigo. Se me fue la cabeza cuando lo vi con el culo pegado a un banco del parque, a su lado, y me di cuenta de que se habían pasado la hora charlando. No tenía ni idea de qué me impidió enviar su cuerpo a Colombia metido en una caja; bueno, creo que sí lo sabía. Aquel hombre tenía mucha labia, y admiraba lo bien que se le daba salir de las situaciones de mierda.

Él la mantuvo a salvo mientras ella se iba a una especie de misión al puto East Tremont. Si hubiese frustrado su plan antes de que pudiese llevarlo a cabo, el anillo seguiría en su dedo, yo todavía estaría pensando que estaba enamorada de otro hombre y ella habría continuado guardando secretos hasta que considerase que había limpiado su conciencia.

Me levanté, hice pis y me puse unos bóxers para después ir a ver qué estaba haciendo la ladrona de mi mujer.

Las noticias se escuchaban a un volumen bajo en el salón, mientras ella se encontraba de pie delante de los fuegos. Llevaba puesta una de mis camisas y no llegaba a taparle del todo el culo. El cabello negro y despeinado caía por su espalda, y, por el amor de Dios, sentí que me ardía el pecho al contemplar esa imagen. Me acerqué a ella por detrás y deslicé la mano por debajo del dobladillo de la camisa.

Elena pegó un alarido y se llevó la mano al pecho.

—¡Dios mío, Nico! Qué susto me has dado.

«Me alegro». A lo mejor así notaba un ápice de lo que yo sentí ayer.

Le acaricié el cachete desnudo antes de tirar de ella para pegarla a mi cuerpo y mirar por encima de su hombro.

—¿Qué estás haciendo?

—Intentar prepararte el desayuno.

Observé con detenimiento los huevos quemados que descansaban en la sartén.

—No ha ido muy bien, ¿eh?

—No —suspiró.

A mí se me escapó una risilla.

—Eres una cocinera terrible, cariño.

Enseguida se distraía con todo lo que estuviese a su alcance: viendo la tele, leyendo, comiéndose unos cereales, pintándose las uñas... Tenía la capacidad de concentración de un niño.

—Si quieres que se haga bien, tienes que quedarte al lado del fuego hasta que esté hecho.

—Te juro que esta vez lo estaba haciendo así —insistió—. Pero ha llamado mi *mamma* a tu móvil, lo he cogido y se ha puesto a repetir sin parar que estaba «preocupadísima» porque mi teléfono no daba señal. Le he dicho que se me habría muerto o algo.

Sí, en realidad no quería comentarle que en estos momentos se encontraba tirado en el suelo de mi salón hecho pedazos. De hecho, estábamos quedándonos aquí a la espera de que Luca encontrase a alguien que limpiase el desastre que había armado, para que Elena no se enterase de que se me había ido la puta cabeza y había destrozado la casa. Y, como me recordó que había vuelto a obligarme a comportarme como un lunático, le di un fuerte azote en el culo.

—¡Ay! —exclamó—. ¿Y esto por qué?

—Por robarme. Por mentirme. Elige una.

Ella se quedó quieta mientras sus pensamientos llenos de culpabilidad se enroscaban sobre sí mismos ocupando el aire que nos rodeaba. Luego, hundió la cara en mi pecho, me envolvió con sus brazos y una satisfacción resonó en mi garganta.

Puede que no debiera haber confiado en lo que me dijo la

noche anterior, pero lo hice. Antes me parecía una persona casi imposible de leer, pero, a lo mejor, era porque me costaba concentrarme en su cara. Ahora podía ver todo lo que pensaba en sus tiernos ojos marrones, además de escucharlo en su voz. Todavía le quedaba un largo camino para convertirse en una Russo, pero, me cago en todo, iba a recorrerlo con ella de principio a fin.

Elena

Un escozor agudo en el cachete del culo hizo que me diese media vuelta. Entorné los ojos y me froté la zona dolorida.

Nico me estaba lanzando una mirada asesina mientras sujetaba la toalla que acababa de usar a modo de látigo en la mano. Solo llevaba unos bóxers y todavía tenía el pelo mojado por la ducha que nos habíamos dado.

—Vuelve a explicarme lo que va a pasar esta noche.

Yo puse los ojos en blanco como si me indignase, pero, en realidad, tuve que morderme el interior de la mejilla para aguantarme la sonrisa a la vez que me daba la vuelta para dirigirme al dormitorio.

—Estríperes masculinos. Ya sabes, hombres que bailan y se quitan la ropa.

Nico y yo habíamos pasado la noche anterior en el ático, aunque yo preferiría haberme ido a casa. Pasarnos el tiempo comiéndonos a besos me entretenía muchísimo, así que supongo que me daba igual dónde estuviese si él andaba cerca.

Mi madre me llamó a las ocho de la mañana, y Nico me pasó el teléfono y volvió a dormirse mientras yo charlaba sobre la fiesta de despedida de soltera de esa noche (de ahí que me hubiese dado un latigazo con la toalla).

Fui hasta mi bolsa, que se encontraba encima de la cómoda, y rebusqué en su interior algo de ropa antes de que mi marido pudiese volver a hacerme un moretón en la piel desnuda.

Entonces se me acercó por detrás.

—Elena, es imposible que permita que un hombre te toquetee todo el cuerpo.

Yo me giré y fruncí los labios.

—Pero ¿los estríperes tocan?

—Cariño, se llama privado por algo —refunfuñó.

—Ah —dije en tono despreocupado, y le di la espalda—. Está bien saberlo.

—¿Por qué está bien saberlo?

—Porque tendré que depilarme.

Aquel comentario consiguió que me lanzase contra la cama, y yo ya me estaba riendo antes de tocar el colchón.

—¿A quién cojones se le ha ocurrido que era buena idea que tú tuvieses estríperes en tu fiesta? —preguntó exasperado.

—Dios, estás como una cabra. ¡Solo estaba tomándote el pelo! Vamos a un espectáculo de cabaret —suspiré, y me apoyé en los brazos para incorporarme—. No se te puede hacer una broma.

Él se quedó a los pies de la cama y me miró con aire suspicaz.

—¿Se supone que tiene que hacerme gracia enterarme de que otro hombre te va a tocar?

Algo frágil ascendió por mi garganta.

—Tienes un doble rasero increíble, Nico. Yo sé que esta noche vais a ir a un club de estriptis y sé lo contentos que se pondrán todos de contribuir a la economía de todas tus bailarinas privadas.

Sabía que era imposible mantener a este hombre lejos de un sitio así (estaba segura de que era propietario de uno o muchos), pero la idea de que cualquier otra mujer lo tocase me ponía enferma.

—¿Cómo sabes adónde voy a ir? Ni yo me he enterado.

—Benito se lo dijo a mi madre.

—Benito. —Y puso cara de asco—. ¿Cómo se ha enterado ese gilipollas?

¿Cómo era posible que le cayese mal mi primo? Le gustaba a todo el mundo.

—¿Qué más vais a hacer, Nico?

Ir a un club de estriptis era lo más soso que se podía hacer en la despedida de soltero de un miembro de la mafia. Uno de mis primos mayores se casó el año pasado y contrataron a prostitutas para pasar esa noche. Solo me enteré porque Benito me escribió para preguntarme cómo podía saber si una mujer lo deseaba si ya le habían pagado por acostarse con él.

—Yo preferiría cancelarlo todo. No me gusta dejarte en casa de tus padres.

—¿Por qué?

—Porque no me fío de tu *papà*.

—Nico, ahora es tu suegro. Vas a tener que aprender a llevarte bien con él.

Mi marido soltó un suspiro de diversión y se pasó las manos por el pelo.

—Mujer, parece que venías con una mochila bastante pesada.

Yo fruncí el ceño.

Su intensa mirada abrasó la mía.

—Elena, me da igual lo que hagas esta noche, pero no va a tocarte nadie. ¿Está claro?

—Nadie va a tocarte a ti —contraataqué.

Nos miramos el uno al otro durante un instante y, en ese momento, la pregunta de hasta qué punto estábamos colados el uno por el otro hizo una entrada triunfal en la sala. Tenía gracia porque ya estábamos casados, pero también era emocionante por la parte posesiva y la necesidad. Él era mío y de nadie más.

—Parece que tenemos un trato —dijo arrastrando las palabras.

Acto seguido, me tiró del tobillo para acercarme a él y se subió encima de mí. La felicidad infló mi pecho como si fuese un globo, y me pregunté si se podía querer a alguien tanto como para explotar.

El coche de Nico ya llevaba parado delante de casa de mis padres dos minutos enteros, él permanecía sentado en el asiento del conductor, tenso y en silencio. Alargué la mano para tirar del picaporte, pero, antes de que pudiese abrir la puerta, pulsó el botón del pestillo.

—Nico, no podemos quedarnos aquí toda la vida —suspiré.

Sus ojos se encontraron con los míos.

—Que les den a las fiestas. Vámonos a casa. Voy a follarte con cariño y lento toda la noche.

La diversión me brotó de la garganta.

—Eres un romántico con las palabras.

Entonces se pasó una mano por la boca.

—¿Quién me has dicho que te iba a acompañar?

—Dominic y los dos hombres que has colocado en la puerta del club sin decirme nada.

Se le dibujó una sonrisita en los labios.

—Eres una chismosa.

—Es que hablas muy alto por teléfono.

—¿Tienes dinero?

—Sí.

—¿Y tu móvil?

—También —le contesté—, aunque no sé por qué necesitaba uno nuevo.

Nico levantó un hombro. A lo mejor le pareció más fácil comprarme un teléfono nuevo que ir a casa a coger el mío. Todavía no habíamos vuelto, seguíamos en el ático. Aún tenía que buscar algo que ponerme para esta noche, aunque, en fin, la mayoría de mi ropa estaba en casa de mis padres.

Benito salió al porche y mi marido le dedicó una mirada suspicaz.

—¿Vas a darles la noticia de que nos hemos casado?

—Sí, voy a asegurarme de que todos sepan que estoy atada legalmente a Nicolas Russo.

Acto seguido, me dedicó una mirada divertida.

—Nunca pensé que mi mujer hablaría con tanta propiedad.

—¿Te molesta?

En ese momento, me deslizó la mano por la nuca y acercó mi cara a la suya.

—Podría ser peor. —Y me dio un beso lento e intenso—. ¿Vas a pasártelo bien esta noche?

—A lo mejor —suspiré al filo de sus labios—. Pero, sobre todo, voy a echarte de menos.

—Vaya —dijo arrastrando las palabras—. Sí que eres dulce cuando no me estás robando.

Yo me sonrojé.

—¿Vas a dejar que busque un trabajo para devolvértelo?

Nico se rio.

—¿Tú sabes cuánto me quitaste? Con suerte, tardarías veinte años.

—Bueno... No voy a irme a ninguna parte, ¿no?

Le ardió la mirada.

—No, creo que voy a quedarme contigo.

—Nico... —Y tragué saliva—. Siento muchísimo lo del dinero...

—Pues no lo sientas. Estoy impresionado —comentó. La gracia que le hacía todo aquello le impregnó la voz—. Puede que ya haya una pequeña Russo dentro de ti.

Toqué suavemente en el marco de la puerta y me aclaré la voz.

—Hola, *papà*.

Mi padre levantó la vista de los papeles que había en su escritorio. Tenía una expresión imposible de descifrar.

—Me he enterado de que te has casado.

Todos los de la manzana tenían que haberlo escuchado por el chillido tan ensordecedor que soltó *mamma* cuando vio el anillo. No es que fuese un grito de alegría (más bien fue de horrorizada conformidad).

Yo me deslicé hasta el umbral.

—Sí.

—No me preguntó si podía adelantar la boda —gruñó mi *papà*.

—Y tú no me preguntaste antes de venderme a Óscar Pérez.

El corazón se me iba a salir del pecho cuando aquellas palabras llenas de ira salieron de mis labios. Nunca creí que tuviese el valor de responderle a mi padre, daba igual lo que me hubiese dicho o hecho.

Él comenzó a apretar el músculo de la mandíbula, pero se limitó a ordenar unos cuantos papeles.

—Yo no te vendí. Ya sabes cómo funciona esta vida, Elena. Si vivieses al margen de esto y tuvieses que tomar todas las decisiones por ti misma, no durarías ni un segundo. Esa gente se come vivas a las chicas como tú y luego las dejan tiradas en cualquier cuneta. Estaba intentando protegerte.

La visión que mi padre tenía de mi felicidad y bienestar estaba tan distorsionada que sabía que jamás estaríamos de acuerdo en nada, así que, por muy absurdas que considerase sus creencias, lo dejé estar.

—No quiero que haya ningún problema entre mi marido y tú.

Él soltó una risa burlona.

—¿Por qué te desagrada tanto? —suspiré.

—Porque es un exaltado y un embustero.

Yo abrí la boca para mostrar mi desacuerdo, pero la cerré enseguida. Aquello no era fácil de discutir.

—Si ve algo que quiere, lo coge... Igual que su padre. Joder, sabía que no debía permitir que te viese hasta que se casase con tu hermana.

—¿Por qué le dijiste que no era apropiada para el matrimonio?

—¡Porque no te merece! —Y *papà* dio un manotazo en el escritorio—. Óscar comprendía tu forma de ser. Habría sido un buen marido para ti.

Entonces me reí con amargura.

—¿Mi forma de ser? ¿Te crees que estoy hecha de porcelana, *papà*? Ni siquiera sabes quién soy porque no has dedicado un día entero a conocerme desde que cumplí diez años.

Él sacudió la cabeza.

Y yo noté que se me estaba formando un nudo en la garganta.

—Para empezar, no te han informado bien sobre el tipo de persona que era Óscar. Investígalo un poco más y piensa, por un segundo, que estuviste a punto de venderme a él. Y, después, más allá de tus dudas acerca de Nico, lo conozco desde hace poco tiempo y aun así sabe quién soy mejor que nadie. *Papà*, es mi marido... Y ha llegado a significar algo para mí, te guste o no. —Tragué saliva—. Si te importo lo más mínimo, te comportarás con él como una persona civilizada.

Después de un instante de silencio, me di la vuelta para marcharme, pero me paré al escuchar su voz.

—Aunque a veces no seas capaz de verlo, te quiero, Elena, y quiero lo mejor para ti. Avísame si alguna vez te hace algo malo.

Yo asentí, aunque sabía que nunca llegaría ese momento.

Por primera vez en mi vida, me sentía con la libertad de ser yo misma. De soltar una palabrota si quería, de guardarme las sonrisas para quienes se las merecieran, de que algo se me diese mal, de enamorarme.

Nico no me había tratado como si fuese de porcelana. En cambio, hizo añicos la imagen de la vida vacía en la que me reflejaba.

Me había enseñado a volar alto.

Capítulo 51

«La mujer debería ser femenina y mimosa con los hombres».

Jayne Mansfield

Elena

—¡Sophia Anise! —refunfuñó mi madre.

Un bailarín semidesnudo se estaba restregando contra una mujer en el escenario. Esta se giró hacia el público, se tapó la boca con la mano y dio un gritito ahogado.

—Creía que era un espectáculo familiar.

Sophia se rio a la vez que se apartaba el pelo de los hombros de un manotazo.

—¡Elena va a casarse! ¿Quién iba a querer ver un espectáculo familiar?

Mamma le había encargado a la muchacha que eligiese el club y el espectáculo, y ¿esperaba algo apto para todos los públicos?

—¡Me encanta! —exclamó Gianna—. Hacía tanto tiempo que no venía a un espectáculo de cabaret.

Cuando llegamos, nos encontramos a Gianna hablando con un segurata en la puerta del club como si lo conociera de toda la vida. Resulta que se había presentado al hombre tres minutos antes. El pobre muchacho posiblemente pensara que esa noche iba a echar un polvo, cuando, en realidad, ella era dicharachera con todo el mundo (bueno, excepto con el agente del FBI).

Todas las sillas de nuestra mesa se encontraban ocupadas, pero me parecía que estaban vacías sin Adriana ni la *nonna*. Mi hermana tenía unas náuseas matutinas terribles, y mi abuela le diagnosticó que estaba «más mala que un perro» y que se lo tenía merecido por haberse dejado hacer un bombo antes de casarse. También dijo que tenía que quedarse en casa para asegurarse de que Adriana se encontraba bien, aunque creo que solo era una excusa para no abandonar su rutina de irse a la cama a las ocho de la tarde.

Las luces centelleaban, tenía las mejillas calientes y notaba el pecho ligero, como si estuviese tan lleno de felicidad que podía explotar en cualquier momento. Me puse de pie y anuncié:

—Tengo que ir al baño.

—Bueno, pues ve —me contestó mi madre—. No tienes que decírselo a toda la sala.

Yo me reí.

Y ella puso los ojos en blanco.

—*Mamma mia.*

Dominic me dedicó una mirada suspicaz desde la pared donde se encontraba apoyado con los brazos cruzados. Tenía un aspecto muy elegante con ese traje, aunque estaba tan taciturno como siempre.

—¡Voy contigo! —Gianna se levantó de su asiento.

Llevaba unos tacones de terciopelo rosa palo que se anudaban con tiras y que no pude evitar envidiar.

—¡No, no, no! —exclamó Sophia—. ¡No podéis empezar ya a ir al baño! ¡La noche acaba de empezar!

—¿Qué sabrás tú de «empezar a ir al baño», señorita nonagenaria? —musitó mi madre mientras Gianna y yo nos dirigíamos al baño.

—Lo del baño es un mito, ¿sabes? —Y la chica se enganchó a mi brazo—. Al parecer está todo en nuestra cabeza.

—Sea como sea, no tengo forma de averiguarlo —admití—. No me gusta beber mucho.

—¿De verdad? Entonces, supongo que As y tú estáis hechos el uno para el otro, ¿no?

Yo fruncí el ceño.

—Pero si Nico siempre está bebiendo.

—Sí —me contestó riéndose y dándome un empujón con el hombro—. Pero siempre sin pasarse. La última vez que lo vi borracho fue hace seis años, y estoy segura de que aquello solo lo incentivó más para mantenerse sobrio.

—¿Por qué?

—Eh, bueno... —Y suspiró—. A lo mejor hay algo que As debería haberte contado.

—Te acostaste con mi marido, ¿no?

El estado de embriaguez en el que me encontraba empujó aquella pregunta tan invasiva para que saliera de mis labios.

Gianna soltó una risa incómoda.

—Bueno, es de dominio público, ¿no? Solo fue una vez, y los dos estábamos tan borrachos que ni siquiera nos acordamos.

Puede que fuese porque ya me había tomado un par de copas o porque ya había asumido que era verdad, pero no me molestó tanto. Sabía que Nico no era virgen ni de lejos, y tampoco tenía claro que quisiese que lo fuese. Si no fuese por eso, no sería el hombre que era ahora.

Después, terminamos lo que habíamos ido a hacer al baño y fuimos a lavarnos las manos. Estábamos codo con codo.

—Bueno, así que estás casada, ¿no? —le pregunté.

Gianna puso los ojos en blanco y lanzó un suspiro.

—No me lo recuerdes.

—Vaya, siento que no sea un matrimonio basado en el amor.

La chica se inclinó para acercarse al espejo y se aplicó otra capa de labial rojo cereza.

—No lo sientas. Lo elegí yo.

—¿De verdad?

—Sip.

La afirmación salió disparada de sus labios, que después apretó para esparcir uniformemente el carmín.

—Me casé con Antonio cuando tenía veinte años. Murió tres años después. Luego, me metí en un problemilla con la justicia, y Nico me dio a elegir entre volverme a casa, a Chicago, o casarme otra vez.

Acto seguido, me ofreció el pintalabios, y estaba a punto de rechazarlo cuando... ¿por qué coño iba a decir que no? Elena Abelli nunca se ponía nada tan atrevido, pero ahora era Elena Russo. Se lo cogí y comencé a aplicarme una capa generosa.

—Así que ¿elegiste casarte?

—Sí. —Luego me agarró la mano izquierda para poder observar mi anillo a la luz—. No tuve que pensármelo mucho.

Al parecer, la vida que tenía en su tierra natal no era ninguna maravilla.

—Vas a pensar que soy una persona horrible, pero elegí al candidato más viejo que estaba disponible, por razones evidentes.

—No creo que seas horrible para nada.

Y era verdad. Yo no tendría el valor de casarme con un

hombre que me triplicara la edad. Ni siquiera podía imaginarme la noche de bodas sin que se me pusiese el vello de punta.

—¿Y Nico no volverá a obligarte a casarte? —le pregunté.

Gianna puso una mirada asesina y me soltó la mano.

—No.

Vaya, vaya, había algo de temperamento más allá de la chica dicharachera.

Entonces le devolví el carmín y uní los labios a la vez que observaba mi nuevo aspecto en el espejo.

Una neblina me empañaba los ojos mientras el alcohol penetraba poco a poco en mi torrente sanguíneo y me soltaba la lengua.

—Me ha prometido fidelidad —anuncié.

Las palabras salieron solas de mi boca embriagada. No tenía ni idea de por qué se lo había contado, pero hubo algo liberador en el hecho de abrirme a otra mujer en un baño.

Era algo típico de las chicas, pero nunca antes había formado parte de ello.

Sus ojos oscuros rebosaron simpatía.

—Pobrecita mía. Parece que vas a quedarte a su lado mucho tiempo. Puede que As sea un tramposo por naturaleza, pero siempre cumple su palabra.

—Repíteme qué edad tiene tu primo.

Gianna habló tan alto que resonó por toda la calle.

Dominic nos dedicó una mirada fugaz, y juro por Dios que a mí se me escapó una risa nerviosa.

—Es demasiado joven para ti. Tienes como... diez años más que él.

La muchacha frunció el ceño y se apoyó en la pared de ladrillo para no perder el equilibrio.

—¿Tiene dieciocho? No los aparenta.

—No, veinte.

Fui hasta ella haciendo eses y, cuando conseguí chocarme contra su hombro, me quedé ahí.

—Está bueno.

Dominic se paró en el bordillo de la acera mientras fingía estar escribiendo un mensaje sin escuchar nuestra conversación.

—Sí, no está mal —le contesté.

Los labios de mi primo se curvaron hacia arriba.

Benito había recogido a *mamma* y al resto hacía unos minutos, pero Dominic se había quedado para esperar a que mi marido viniese a por mí. Nico me había escrito en tres ocasiones esa noche, y yo me las apañé para responderle todas y cada una de las veces. «¿Te lo estás pasando bien?». Sí. «¿Quieres irte ya?». No. «¿Cómo de borracha vas?». Muchísimo.

Un par de minutos después, cuando vi su coche en la calle y a Nico salir de él, mi pulso ebrio rebotó de la satisfacción. Aunque me quedé exactamente dónde estaba (o donde me recostaba) porque los tacones de más de siete centímetros y medio que llevaba no encajaban bien con más de tres copas. A partir de ese número había perdido la cuenta.

Mi marido nos lanzó a Gianna y a mí una mirada ligeramente suspicaz cuando nos vio juntas, apoyadas en un muro y la una en la otra, como si nos ofreciésemos un poco más de apoyo que solo el ladrillo.

Luego, se paró delante de nosotras con las manos en los bolsillos.

—Estás como una cuba.

Yo asentí lentamente.

Una expresión divertida apareció sigilosamente en sus ojos cuando se pasó el pulgar por el labio inferior.

—¿Puedes caminar?

Volví a asentir, pero no me moví. Creía que, si lo hacía, Gianna se caería al suelo.

Entonces dirigió la mirada hacia ella para después hablar un momento con Dominic. Mi primo se metió el móvil en el bolsillo y miró al don a los ojos. ¿Qué tenía que hacer para conseguir esa atención de su parte? Observé a mi marido mientras hablaba con Dominic. Era tan guapo que sentí que algo me tocaba la fibra sensible.

—Venga. —Y Nico me agarró de la mano—. Vámonos a casa.

—Pero Gianna...

—Dominic se encargará de ella.

—Ah... Hoy he bebido muchísimo.

A mi marido le entró la risa.

—¿Sí?

—Pero me ha encantado —solté—. Me lo he pasado genial.

Nico me abrió la puerta y yo me tiré en mi asiento. Luego se puso en cuclillas a mi lado y me abrochó el cinturón.

—¿Has estado con Gianna?

—¡Sí!

Acto seguido, me miró con aire inquisitivo.

—Nada de drogas, Elena.

—Sí, señor —me reí.

—Te lo digo en serio.

Algo de sobriedad se asentó dentro de mí al recordar a su madre.

—Nada de drogas —repetí.

—Prométemelo.

—Te lo prometo, As.

Los labios le dibujaron una curva hacia arriba.

—Con que As, ¿eh?

Yo asentí con aire cansado.

—Lo estoy probando.

Y, desde ese momento, lo llamé As cuando estaba borracha, Nicolas cuando estaba cabreada y Nico el resto de veces.

Luego me acarició la mejilla con el pulgar.

—¿Vas a potar en mi coche?

Yo arrugué la nariz.

—¿Por qué iba a potar? Me encuentro genial.

Hizo un ruidito de diversión.

—Joder, qué bien nos lo vamos a pasar.

Acto seguido, me cerró la puerta, y yo lo observé por el parabrisas mientras rodeaba el coche. Esta noche parecía un don, y me estaba muriendo por llevármelo a casa y arrancarle esa ropa para humanizarlo un poco.

Cuando se sentó en el asiento del conductor, giré la nuca por el reposacabezas para poder observarlo.

—¿Cómo puedes ser tan guapo?

Él soltó una risita.

—Supongo que es un don del Señor.

Luego me agarró la mejilla y me dio un beso muy intenso en los labios que hizo que me derritiese en mi asiento.

Me quedé dormida en algún punto del camino del club a mi casa, pero aguanté todo el treyecto para vomitar en el baño.

Capítulo 52

«El amor es una magia negra desconocida».
Atticus

Elena

La resplandeciente luz del sol entraba por las ventanas altas de la *suite* nupcial de la iglesia e iluminaba las partículas de polvo que había suspendidas en el ambiente de tal manera que parecían de oro. La náusea se arremolinó en mi estómago, pero yo apreté el vientre e intenté respirar con el diafragma.

Me mecí sobre los pies mientras mi madre tiraba de los cordeles del vestido.

—Elena, tienes que meter la tripa. Prácticamente no he empezado a ceñírtelo.

Che palle. Sentí que iba a sacarme la vida del cuerpo estrujándomela.

—Por el amor de Dios, Celia, no puede meter las tetas —comentó la *nonna*, que estaba sentada en una esquina.

Tenía una revista de *Vanity Fair* en una mano y una taza de café en la otra.

—El problema lo estoy teniendo con el culo. Los cordeles se le van abrir por las costuras si no puedo cerrarlos algo más.

«Y se preguntaban cómo era posible que pudiese tener depresión...».

Dio otro tirón de los cordones y yo susurré un «Ay, Dios» antes de tener que taparme la boca mientras la arcada ascendía por mi garganta.

—¡Corre, Adriana! ¡El cubo de basura! —gritó la *nonna.*

Mi hermana se levantó de un salto de la silla y nos encontramos en mitad de la habitación para que vomitase en el pequeño cubo el café y la tostada que me había tomado para desayunar.

—*Che schifo* —comentó mi madre con cara de asco.

Adriana me frotó la espalda. Llevaba un vestido rosa de dama de honor con los hombros al aire, y ya estaba peinada y maquillada. Mis primas seguían en la habitación al otro lado del pasillo terminando de arreglarse.

—Bienvenida al club —murmuró—. He potado tres veces esta mañana.

Yo ya lo sabía porque la había escuchado al otro lado la puerta del baño. Había pasado la noche anterior en casa de mis padres para cumplir el protocolo. A Nico no le hizo mucha gracia, pero solo iba a tener una boda y quería mantener la tradición de estar separados la noche de antes, me daba igual que ya fuésemos marido y mujer. Estuve diez minutos besándolo en el coche cuando me dejó allí. Solo iba a ser una noche, pero algo muy dentro de mi pecho tiró con fuerza cuando me alejé de él.

Siempre había imaginado el amor como un concepto (una sonrisa sincera, una pareja dándose la mano, un compañero de vida). Ahora sabía que era algo más apoteósico; una presencia exasperante, posesiva y abrumadora que florecía dentro de tu pecho con tanta fuerza que o te hacía sentir increíblemente vivo o te hacía pedazos.

La *nonna* se abanicó la cara con la revista.

—Mira, Celia, otra de tus hijas que ha tenido lo que se merecía. Vosotras las jóvenes os creéis que podéis ir por ahí y fornicar con todo el mundo sin que haya consecuencias.

Adriana puso los ojos en blanco y se sentó. El anillo de compromiso resplandecía a la luz del sol. Anoche me contó que iba a casarse con el jardinero. Su anillo era, incluso, más grande que el mío, y, en cuanto lo vi, supe que Ryan no podía permitirse algo así. Lo más probable era que mi padre se lo hubiese comprado y le hubiese dado un límite de tiempo para que se lo pidiera. Le gustase a Ryan o no, ahora estaba metido en este mundo y ya no podría salir de él.

Cogí mi vaso de agua de la mesa y me lo pegué a la mejilla.

—No estoy embarazada, *nonna*. Es solo que estoy nerviosa.

—¿Por qué? —Y frunció el ceño—. Si ya estás casada.

Puede que sí, pero esta era mi *boda*. El día con el que había soñado en secreto desde que tenía cinco años con los ojos como platos y maravillados.

—Lo único que quiero es que todo salga perfecto.

—Y saldrá —me aseguró *mamma*—. Pero quítate el vaso de la cara. Vas a echar a perder el maquillaje.

Acto seguido, me dio un manotazo en la mano y, del sobresalto, se me escurrió el vaso de los dedos, se cayó al suelo y se hizo pedazos.

—*Mamma* —dije enfadada y con el pulso acelerado—. ¡Se me podría haber mojado el vestido!

Ella se tapó la boca y luego se echó a reír. La *nonna* soltó una risita entre dientes desde su asiento en el rincón. A Adriana se le abrieron los ojos de par en par, pero no pudo impedir que la gracia que le había hecho brotase de sus labios.

—¿De verdad? —pregunté—. ¿Es que soy la única adulta aquí?

Entonces comenzaron a reírse a carcajada limpia.

Yo me aguanté la sonrisa para no darles alas.

A continuación, fui al lavabo y me lavé los dientes por tercera vez. Luego me dediqué a dar vueltas por la habitación; me sentía enjaulada. Hacía muchísimo bochorno. El calor se arrastraba bajo mi piel y, con la cola de metro y medio ya enganchada, me parecía que el vestido pesaba diez kilos.

—Dios, qué bochorno —me quejé—. *Mamma*, quítame el vestido. Necesito salir a que me dé un poco el aire.

—¡No! —me gritó mi madre.

La *nonna* le dedicó una mirada inquisitiva y todos mis sentidos se pusieron inmediatamente alerta. Observé a las dos mujeres.

—¿Qué pasa?

—Nada, *cara mia*. —La *nonna* agitó una mano para quitarle importancia—. Pero no puedes salir. Ya estás maquillada y peinada. No queremos que te vea tu marido.

—A él le va a dar igual...

—Por el amor de Dios, ya has echado a perder el compromiso al darte a saber cuántos revolcones con él y luego casarte en secreto. Escúchame... No quieres gafar tu matrimonio.

Yo no era supersticiosa, pero no quería discutir con ellas sobre ese tema. Además, las nubes comenzaron a cubrir el cielo y atenuaron la luz que entraba en la habitación.

—Va a llover, ¿a que sí? —suspiré—. Es que solo yo tengo esa suerte.

—Ay, no, *cara mia*, que llueva el día de tu boda da buena suerte. Simboliza la fertilidad. —La *nonna* se calló un momento, frunció los labios y volvió a clavar los ojos en la revista mientras susurraba—: Pero supongo que ya sabemos que no tienes problemas en ese sentido.

Yo negué con la cabeza, pero me hizo gracia su comentario. No estaba embarazada y no tenía planeado estarlo pronto. Solo tenía veintiún años (todavía quería andar por ahí desnuda, follar en el sofá y llenar de besos a mi marido un par de años más). Aunque no podía decir que la idea de tener un mini-Nico no me llenase el corazón de una agradable calidez. Pero antes tenía que aprender, al menos, a cocinar, pese a que el esfuerzo que me iba a costar me resultaba un poco desalentador.

Los nervios vibraban bajo mi piel, y me dejé caer en un sillón. Posé la cabeza en el respaldo, pero enseguida me incorporé porque mi madre me gritó que iba a estropearme el peinado.

De pronto, la puerta se abrió de golpe y entró Sophia con dos botellas de champán.

—¡Que empiece la fiesta! —dijo con tono chillón.

Se me dibujó una sonrisa en los labios.

Y que lo digas.

Una brisa fría me rozó la espalda en cuanto mis pasos se sincronizaron con las suaves notas del piano. Me aferré al ramo con las manos sudorosas y trescientos pares de ojos me tocaron la piel, aunque durante un instante solo fui consciente de uno.

Los brillantes rayos de sol atravesaban los ventanales de vitral para iluminarlo hasta los tobillos.

Whisky y fuego. Noches de insomnio. Piel tatuada, camisas blancas y manos ásperas. Amor, lujuria y felicidad. Él lo era todo.

Los violines de *Canon en D* se dejaban llevar por la iglesia y un escalofrío manó de la base de mi columna vertebral. Nico me estaba observando mientras caminaba hacia él, y aquello me dejó sin respiración. Era capaz de expresar muchísimo con solo una mirada. Era tan tremendamente intensa que podía dejarme petrificada en el sitio o enternecerme hasta que mi corazón latiese solo para él.

Puede que su madre no hubiese sido la mejor, pero sin ella Nico no existiría, y sin él (y la forma que tenía de mirarme), bueno, no querría estar en este mundo.

Los latidos de mi corazón se aceleraron y se zambulleron en mi pecho, y tuve que liberarme de su mirada para poder recuperar el aliento. Posé mis ojos en *mamma*, que estaba sollozando (de pena o alegría, no sabría decir) y después en *papà*, que me asintió levemente. Puede que las cosas hubiesen salido bien después de todo, porque, si mi padre me hubiese hecho elegir entre él o mi marido, no habría tenido que pensármelo dos veces.

Por mis venas corría pura felicidad. Lo único que impedía que me disolviese en la dicha era este pesadísimo vestido que mantenía mis pies pegados al suelo.

Los ojos comenzaron a escocerme cuando recayeron en Benito, que formaba el símbolo de «perfecto» con los dedos índice y pulgar. Tony me guiñó un ojo y Jenny, que estaba sentada a su lado con un ostentoso vestido rojo, articuló un «Dios mío».

Esta vez repetí las palabras del cura con convicción.

Esta vez ardí al escuchar el timbre de voz de mi marido.

Esta vez lo besé en los labios sintiéndolo.

Los invitados lanzaron vítores y gritos, y Nico soltó una risita por mi entusiasmo.

—Eres todo mío —susurré al filo de su boca.

Un gruñido de satisfacción ascendió por su garganta y

me plantó otro beso en los labios. Luego, entrelazó su mano con la mía y recorrimos juntos el pasillo. En cuanto llegamos al vestíbulo, proclamé:

—Ha sido perfecto.

Nico soltó una risita queda, se giró para mirarme y me acarició la mejilla con el pulgar.

—Tú eres perfecta.

Yo me puse colorada y pestañeé mirándolo.

—¿Te gusta mi vestido?

Entonces deslizó la mano hasta mi nuca y me dio un beso muy intenso.

—Estás preciosa, cariño.

Yo tragué saliva para deshacer el nudo que tenía en la garganta. Le saqué la corbata del chaleco de un tirón para evitar que el rubor me colorease las mejillas.

—Me gusta. Te queda muy bien el rosa.

—¿Sí? —me preguntó arrastrando la duda—. ¿Y tú qué llevas rosa?

Una sonrisilla traviesa se dibujó en mis labios.

—¿Quieres saberlo?

Nico volvió a colocarse la corbata y me lanzó una mirada inquisitiva.

—Voy a descubrirlo tarde o temprano. Más pronto que tarde si no me lo quieres contar.

Yo puse los ojos en blanco y me levanté el bajo del vestido para enseñarle mis tacones rosa claro. Puede que hubiese algo más del mismo color, pero eso era todo lo que iba a ver de momento.

Nico sonrió mientras se acariciaba el labio de abajo con el pulgar. El escándalo del resto de la fiesta se coló en la sala. Me agarró de la mano y tiró de mí para que saliésemos por la puerta principal.

—Nico, ¿qué estás haciendo? No podemos irnos todavía.

—No nos vamos a ir a ningún sitio. Solo quiero salir.

Yo pestañeé.

—¿Por qué?

—Necesito un cigarro.

Yo fruncí el ceño.

—¿Quieres ponerte a fumar ahora?

—Eso es lo que he dicho, mujercita.

Acto seguido, me sujetó la puerta, pero me paré antes de pasar porque un ruido sordo atravesó el cielo, que cada vez estaba más sombrío.

—Nico, va a llover. El vestido...

—Ya te compraré otro.

Dudé un instante, pero, en cuanto clavó sus ojos rebosantes de insistencia en mí, se deshicieron mis dudas. Era demasiado guapo. Me había prometido a mí misma no casarme con un hombre guapo, y ¿qué había hecho? Sería solo culpa mía si me mojaba con la lluvia.

Salí fuera y me levanté la falda mientras me miraba a los pies y bajaba los escalones con cuidado. Cuando la cola comenzó a arrastrarse por la acera y por todo tipo de suciedad y mugre, me eché la bronca a mí misma por no saber decirle que no a ese hombre con un poco más de firmeza.

Entonces levanté la mirada y se me paró el corazón.

Cuando volvió a latir, el pulso comenzó a repiquetear en mis oídos y me dejó sin aliento.

En mitad de la acera resquebrajada, entre el sonido de las sirenas desvaneciéndose y el sabor del aire de la ciudad, las brillantes luces amarillas de un tiovivo parpadeaban bajo el cielo cubierto. Descansaba ahí parado, solo, precioso.

Yo me acerqué un poco más, ya sin importarme la cola del vestido. Los ojos me escocieron y una lágrima resbaló por mi mejilla. La presencia familiar de Nico me rozó la espalda.

Las primeras gotas de lluvia cayeron del cielo y repiquetearon en el tiovivo dorado como si quisiesen interpretar una canción.

Su voz grave se coló en mis pensamientos.

—¿Te gusta?

«¿Que si me gustaba?».

Me giré lentamente para mirarlo. Cuando me vio la cara, un atisbo de confusión le inundó durante un instante las pupilas.

—¿Qué pasa?

Luego, me secó la lágrima de la mejilla con una caricia.

La lluvia se precipitaba cálida y ligera, y yo parpadeé para quitármela de las pestañas.

—Te quiero —susurré.

Su mirada se iluminó mientras el mantra de mis latidos invadía el espacio que quedaba entre los dos.

«Quiéreme. Quiéreme para siempre».

En ese momento, se acercó hasta que su esmoquin rozó mi vestido, deslizó la mano hasta mi nuca y pegó sus palabras a mi oído.

—Yo también te quiero, Elena Russo.

Puede que Nico no fuese un buen hombre, pero compensaba de sobra su falta de moralidad con sus grandes dotes como marido.

Y me quiso para siempre.

Fin

Agradecimientos

Tardé seis meses llenos de altibajos y oscilaciones repentinas entre «¡Esto es genial!» y «Vaya montón de basura» en terminar *El olvido más dulce*. Sin embargo, ahora que todo ha terminado, echo de menos seguir escribiéndolo.

Quiero agradecer a mis amigos y familiares su constante apoyo y consideración a la hora de preguntarme si sigo escribiendo esas «novelas porno». Siempre.

Gracias a mi marido por ser mi roca, mi inspiración y por contestar las preguntas tan raras que le hago sin ni siquiera pestañear.

A mis primeros lectores. Tawni, no tengo palabras; eres increíble, chica. A Emilia, Kristin, Samantha, Elizabeth, August y todos los demás... ¡Gracias! Este libro no sería lo que es sin todas vuestras sugerencias. Sois mi hogar.

A mi editora, Bryony. Tu perfeccionismo ha mejorado muchísimo este libro. Y a las correctoras que han ayudado para que cada frase brille con luz propia: Juli Burgett, Khalima Bolden y Jessica Bucher.

A Sarah y a Okay Creations, por la increíble portada. Y a Stacey Ryan Blake, por la preciosa maquctación.

A los blogueros y a las personas que han dado su opinión

sobre mis obras, por ayudar a que se corra la voz sobre este libro. Agradezco cada correo electrónico, apreciación y comentario. Me encanta escribir y por eso lo hago, pero vosotros hacéis que lo disfrute mucho más.

Por último, pero no menos importante, un libro no sería un libro sin un lector, así que gracias por hacer que *El olvido más dulce* se haya convertido en algo real. Lo significa todo para mí.

Con cariño.

Besos y abrazos,
Danielle